[지리산 유람록]

용이 머리를 숙인 듯 꼬리를 치켜든 듯

초판 발행   2008년 8월 22일

지은이 이륙 외
옮긴이 최석기 외
발행인 김흥국

펴낸곳 도서출판 **보고사** (제6-0429)
주   소 서울시 성북구 보문동 7가 11번지 2층
　　　　전화 922-5120~1(편집), 922-2246(영업)
　　　　팩스 922-6990 메일 kanapub3@chol.com

정   가 18,000원
ISBN 978-89-8433-663-6 (03810)

[지리산 유람록]

용이 머리를 숙인 듯
꼬리를 치켜든 듯

[지리산 유람록]

용이 머리를 숙인 듯
꼬리를 치켜든 듯

최석기 외

보고사

책머리에

　나는 내가 살고 있는 진주를 사랑한다. 서울에 가면 나는 진주 자랑을 자주 한다. 진주는 천년의 고도이고, 한복판에 남강이 흐르고, 역사의 흔적이 배어 있고, 멀지 않은 곳에 청정한 남해가 있으며, 그리고 곁에 지리산이 있다고 말한다. 기실 내가 진주를 사랑하는 이유는 지리산이 바라보이는 곳에 있기 때문이다. 가을이나 겨울이 되면 지리산의 위용이 지적으로 다가온다. 예전에 어떤이는 내가 지리산 얘기를 너무 많이 하자, 자신과 지리산 둘 중에 하나를 선택하라고 질투를 한 적이 있다.

　내가 지리산을 좋아하는 이유는 단순하지 않다. 나는 지리산이 우리 강토의 구심점이라고 생각한다. 선인들의 유람록을 보면, 지리산을 문학으로는 두보나 사마천에 비유하고, 존귀하기로는 임금에 비유한다. 심지어 이 세상에서 가장 큰 산으로 인식한 이도 있다. 중국의 태산보다 낫다고 생각한 것이다. 그리하여 유람을 좋아하는 이는 이 산에 오르려 하지 않은 사람이 없었다. 왜 그랬을까? 백두산과 그 맥이 닿아 있기 때문이다. 그래서 조선시대 선비들은 '지리산(智異山)'보다는 '두류산(頭流山)'이라 부르는 것을 더 선호하였다.

　게다가 품이 넉넉한 지리산에는 무량수의 초목과 생명체가 살아가고 있다. 이는 우리의 생명을 건강하게 유지시켜 주는 때 묻지 않은 자연이다. 어디 자연 생태만 그러랴. 정신사적으로도 고운(孤雲) 최치원(崔致

遠), 남명(南冥) 조식(曺植) 선생 같은 분이 깃드셨던 곳이다. 그러니 그 누군들 그 품에 안기고 싶지 않으랴.

나는 진주에서 20년을 살다 보니, 진주 사람이 다 되었다. 그래서 늘 갈등인 것이, 내 전공과 관련된 일만 할 것인가, 아니면 내가 살고 있는 이 고장 관련 자료를 정리할 것인가하는 점이다. 우리가 첫 번째 책을 낸 뒤 지리산 유람록을 연이어 만들지 못한 것도 그런 탓이다. 그러나 인연이라는 것이 참으로 묘해서, 우리가 『선인들의 지리산 유람록』을 번역해 내자 많은 분들이 관심을 가졌고, 지리산을 이해하는 길잡이 역할을 하고 있었다. 그래서 생면부지의 분이 나를 만나러 불원천리 진주로 오신 분도 계셨다. 그리고 좀 열렬한 팬(?)은 자주 전화를 해서 이런 저런 질문을 하기도 했다. 이런 분들의 보이지 않는 힘이 이 책을 다시 만들게 한 것이리라.

우리는 꼬박 1년 동안 이 책을 만들기 위한 준비를 했다. 팀원을 재정비하여 2명의 신입회원을 추가하고, 번역하고 발표할 분량을 분담하여 미리 준비하도록 했다. 그리고 전처럼 토요일이나 일요일에 모여 하루 종일 강독을 하며 고치고 다듬었다.

나는 이번 책을 만들면서 우리가 조금만 더 숙련공이 되면, 1년에 한 책씩 생산하는 것은 식은 죽 먹기겠구나 라고 생각했다. 그러나 아직 우리는 능동적이지 못하고 수동적이다. 나는 『중용』을 읽으면서 '능할 능[能]'자가 자주 등장하는 것을 늦게서야 발견하고 깊이 고심한 적이 있다. 왜 '능'자가 이렇게 많이 나오는 것일까? 저자의 의도는 무엇인가? 오랜 뒤에야 나는, 마음을 잡고 지켜나가는 공부는 주체적 자각과 의지가 없으면 불가능하기 때문이라는 것을 어렴풋이 알게 되었다.

나는 강독 기간 동안 동학들이 모두 이 책을 만드는 데 주체가 되면 얼마나 좋을까를 여러 번 생각했다. 사장이 자기 사업체를 키워나가는 심정으로 매사에 임하는 것처럼, 학인(學人)이 자각적으로 능동적으로 주체적으로 공부를 해 나가는 것이 바로 저 '능'자의 의미일 것이다. 이런 의미를 깨달아 실천하는 사람이 많은 사회를 만들고 싶다.

　지리산 유람록은 앞으로 매년 1책씩 간행될 것이며, 모두 5책 정도로 묶여질 것이다. 지리산 유람시도 부지기수로 많지만, 그 일은 다음에 생각하기로 한다. 입버릇처럼 하는 말이지만, 이 책을 통해 이 책을 만든 사람들의 기초 체력이 조금이라도 향상되었기를 바라며, 나아가 이 책을 통해 우리 고전의 기초 체력이 조금이나마 튼튼해지길 기대해 본다.

　여러 가지 어려운 여건 속에서도 이 책을 흔쾌히 출판해 주신 보고사 김홍국 사장님, 그리고 노고를 아끼지 않고 읽기 편하게 편집해 주신 보고사 직원 여러분들께 이 자리를 빌어 감사를 드린다.

2008년 8월
남명학관(南冥學館) 산해실(山海室)에서 최석기 씀.

목차

이
륙

이 산에 오른 뒤에야
성인의 말씀이 거짓이 아님을 알았네

유지리산록

이륙의 유람 일정

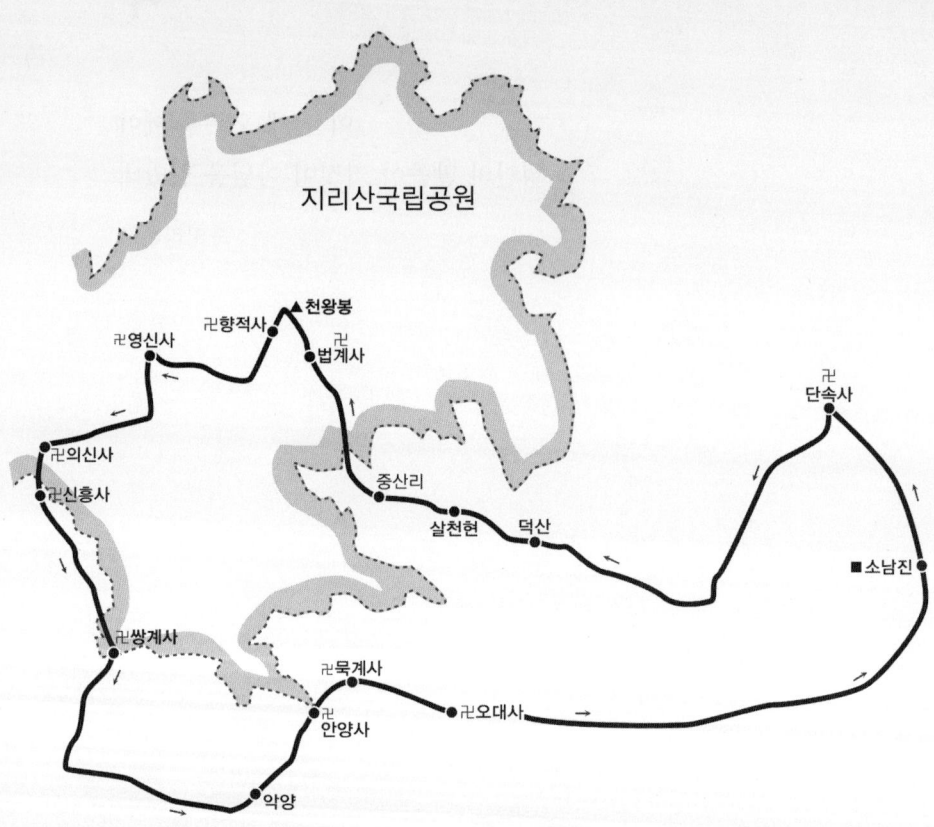

일 시 : 1463년(세조 9) 8월 ○일 - 8월 25일(7박8일)
동 행 : 없음
일 정 : •단속사→살천현→중산리→법계사→천왕봉(1박) •천왕봉→향적사→영신사(1박) •영신사
→ 의신사→신흥사(1박) •신흥사→쌍계사(1박) •쌍계사→불일암(1박) •쌍계사→악양→안
양사→묵계사(1박) •묵계사→오대사→소남진→단속사(1박)

이 산에 오른 뒤에야
성인의 말씀이 거짓이 아님을 알았네

유지리산록*

천왕봉(天王峯) : 사당에 천왕성모(天王聖母)[1]의 석상(石像)이 있는데, 정수리에 칼자국이 완연하다. 세상 사람들이 전하는 말에 "왜구들이 궁지에 몰리자 천왕성모가 자기들을 돕지 않는다고 여겨 그 분함을 참지 못하고서 정수리에 칼질을 하였다."고 한다. 천왕봉 위에 수십 보나 되는 평평하고 넓은 터가 있다. 이곳은 동쪽·남쪽·서쪽 세 방면으로 막힘없이 훤히 트여 조망하기에 좋다.

막 떠오르는 해는 마치 금쟁반이 눈 앞에서 솟아오르는 듯, 파도가 겹겹이 밀려오는 듯하였다. 그 밝은 빛이 먼저 천왕봉 정상을 비추는데,

---

* 이 자료의 번역은 한국문집총간 제13책에 실린 이륙의 『청파집(靑坡集)』「유지리산록(遊智異山錄)」을 저본으로 하였다. 이는 서울대학교 규장각에 소장된 판본(古 3428-462)을 영인한 것이다.

1) 천왕성모(天王聖母) : 천왕봉 서남쪽 조금 아래 공터가 있는데, 옛날에는 이곳에 판옥(板屋)이 있었고, 그 안에 성모석상이 안치되어 있었다. 이 성모상에 대해 석가모니불의 어머니 마야부인(摩耶婦人)이라는 설과 고려 태조의 비(妃)인 위숙왕후(威肅王后)라는 설과 선도성모(仙桃聖母)라는 설이 있다. 이 석상을 언제 누가 만들었는지는 자세치 않다. 이 석상은 일제시대까지 천왕봉 성모사(聖母祠)에 모셔져 있었는데, 지금은 산청군 시천면 중산리 천왕사(天王寺)에 봉안되어 있다.

천왕봉

산 뒤쪽은 여전히 어두컴컴하여 날이 그때까지 밝아지지 않는다. 사방
의 여러 산들은 모두 구릉처럼 보여, 특별히 높고 까마득한 봉우리는 없
다. 그 외 강과 호수의 물줄기는 털갈이한 가을 새의 터럭처럼 가늘어
겨우 바라볼 수 있지만, 어디가 어딘지 분명히 알 수 없다. 사면이 모두
깎아지른 절벽인지라, 군데군데 쇠고리를 바위와 나무 사이에 매달아
사람들이 잡고 오를 수 있게 해 놓았다. 호랑이·표범·곰 같은 짐승들
은 모두 지나갈 수 없고, 까마귀와 솔개도 오를 수 없다. 오직 송골매만
이 천고(天高)의 가을이 되면 이곳에 모여든다.

　서쪽으로 2~3리 정도 내려가면 지름길에 석굴2)이 있는데, 오가는
사람들이 그곳으로 지나다닌다. 산 인근의 사람들은 모두 천왕성모를
신령으로 여겨, 질병이 있으면 반드시 성모에게 기도한다. 산 속에 있는
여러 절에서도 사당을 세우고 성모에게 제사하지 않는 데가 없다. 산에

---

2) 석굴 : 지금의 통천문(通天門)을 가리킨다.

오르는 사람들도 서로 엄중히 경계하여, 육류(肉類) 음식을 싸 가지고 갈 수 없다. 모두 말하기를 "금기를 어기면 반드시 길가는 도중에 갑자기 깜깜해져서 길을 잃고 헤매게 되며, 또 예측할 수 없는 곤경에 빠지게 된다."고 한다.

통천문

반야봉(般若峯) : 전라도 경내에 있다. 그 높이는 천왕봉과 비슷하다. 세상을 피해 사는 사람들이 이곳에 많이 거주한다. 쌍계사(雙磎寺)에서 3일이면 이곳에 오를 수 있다고 산에 사는 승려가 말하곤 한다.

영신사(靈神寺)3) : 동쪽 단에 가섭(迦葉)4)의 석상이 있는데, 어깨죽지에 불에 탄 듯한 흔적이 있다. 세상 사람들이 전하는 말에 "불에 탄 흔적이 다 없어지면 인간세상이 바뀌어 곧 미륵불의 세상이 온다. 이 가섭상은 매우 영험이 있다."고 한다. 절 뒤쪽 봉우리에는 돛대처럼 생긴 깎아지른 기이한 바위가 있는데, 북쪽으로 만 길이나 솟아 있다. 다시 상(床)처럼 생긴 작은 바위를 머리에 이고 있는데, 반야봉(般若峯)을 향해 조금 기울어져 있다.5) 사람들 중에 부여잡고 그곳에 올라 사방을 향해 절하는 자가 있으면 근성(根性)이 있다고 한다. 그러나 능히 그렇

---

3) 영신사(靈神寺) : 현 세석산장 위쪽 능선 아래에 있었던 절. 지금은 절터만 남아 있다.
4) 가섭(迦葉) : 석가모니 부처의 수제자. 석가모니 부처가 설법을 하다가 꽃 한 송이를 들어 보였는데, 가섭만이 그 마음을 알고 미소로 답하였다. 이를 염화미소(拈花微笑)라 한다.
5) 기울어져 있다 : 원문의 '仾'는 低의 이체자이다.

게 하는 자는 1천 명이나 1백 명 가운데 겨우 한두 명이 있을 뿐이다. 뜰 아래 작은 샘이 있는데, 물의 성질이 변치 않고 물맛이 매우 좋아서 신천(神泉)이라 부른다. 이 샘이 아래로 흘러 화개천(花開川)이 된다. 동쪽에 부도(浮屠)처럼 생긴 바위 봉우리가 있는데, 이 절의 승려가 말하기를 "구사(龜社)6)의 주인 최문창(崔文昌)7)이 죽지 않고 이곳에 살아 있다."고 한다.

쌍계사(雙磎寺) : 신라시대 문사 고운(孤雲) 최치원(崔致遠)이 일찍이 이곳에서 책을 읽었다. 뜰에는 몇 백 아름이나 되는 늙은 느티나무가 있다. 그 뿌리가 북쪽으로 작은 시내를 가로질러 다리처럼 서려 있는데,

이 절의 승려들이 그 뿌리를 다리로 삼아 왕래한다. 세상 사람들이 전하는 말에는 고운이 손수 심은 나무라고 한다. 동네 어귀에 문처럼 서 있는 두 바위에는 '쌍계석문(雙磎石門)'이라는 네 글자가 큰 글씨로 쓰여 있다.

절 앞에는 오래된 비석8)이

쌍계석문-쌍계

6) 구사(龜社) : 경북 의성군 단촌면 구계리를 말함. 이곳에 있는 고운사(孤雲寺)에서 최치원이 수도하였다고 한다. 조선시대 문인 이중립(李中立) 등의 문집에 구사(龜社)라는 명칭이 나오는데, 모두 이곳을 가리킨다.

7) 최문창(崔文昌) : 신라 말기의 문인 학자인 최치원(崔致遠, 857-915)을 가리킴. 문창은 그의 시호(諡號)이고, 호는 고운(孤雲), 본관은 경주이다. 일찍이 당나라에 유학하여 문명을 날렸고, 귀국하여 함양군수 등을 지낸 뒤 가야산에 은거하였다.

8) 비석 : 최치원이 짓고 글씨를 쓴 '지리산쌍계사 진감선사 대공탑비(智異山雙磎寺眞鑑禪師大空塔碑)'를 가리킨다.

있는데, 모두 고운이 쓴 글씨다. 비문 (碑文)도 그가 지은 것이다. 이 절은 섬 진강(蟾津江)과 가까이 있다. 이 절 승 려의 말에, "절 서쪽에 옛날 최공이 독 서하던 누각이 있었는데, 그 곳에서는 섬진강 물이 훤히 내려다보입니다. 그 터가 아직 남아 있습니다."라고 하였다. 절 앞의 시내 골짜기는 매우 청량한 기 운이 감도니, 화식(火食)하지 않는 사 람들이 거처하는 곳답다.

쌍계석문-석문

불일암(佛日菴) : 서쪽으로 쌍계사와의 거리가 10여 리이다. 골짜기 의 절벽이 매우 높아서, 해와 달이 비추질 못한다. 또한 경유할 만한 다 른 지름길이 없어서 절벽의 허리를 뚫고 올라야 한다. 위아래의 높이가 모두 몇 백 길이나 되는데, 한 사람이 겨우 다닐 만한 길이 나 있다. 절 벽을 뚫고 오를 수 없는 곳에는 나무를 걸쳐 다리를 만들어 놓았다. 이 길을 오가는 사람치고 놀라 식은땀을 흘리고 머리끝이 쭈뼛쭈뼛 서지 않는 이가 없다. 또한 절벽 끝에 암자가 있는데, 그 밑은 백여 길이나 된다. 그곳에는 깊이를 헤아릴 수 없는 두 못이 있는데, 하나는 용추(龍 湫)라 하고, 다른 하나는 학연(鶴淵)이라 부른다. 세상 사람들이 전하는 말에 "최문창이 이곳에서 책을 읽으면 신령스런 용이 그때마다 나와 그 소리를 들었고, 학도 그 소리에 맞춰 공중을 날며 춤을 추었다. 어떤 때 는 최공이 허공에다 '한 일자[一]'를 그려 다리로 삼아서 왕래하기도 하 였다."고 한다. 또 절벽에 작은 구멍이 있는데, 구릿빛 물이 흘러나온다. 이 절 승려의 말에 "최공이 일찍이 이곳에 동필(銅筆)을 감추어 두었

단속사지

다."고 한다.

단속사(斷俗寺) : 천왕봉 동쪽으로 50~60리쯤 뻗어 내리다 우뚝 솟은 봉우리가 있는데, 이것이 이 절의 외산(外山)[9]이 된다. 동쪽으로 단성(丹城)[10]과의 거리가 10여 리이고, 북쪽으로 산음(山陰)[11]과의 거리가 15~16리이고, 정면으로 소남진(召南津)[12]과의 거리가 또 10여 리이다. 절은 봉우리 밑에 있다. 사옥이 모두 1백여 칸이나 되는데, 가운데 큰 법당이 보광전(普光殿)이다. 경태연간(景泰年間)[13]에 이 절을 중창하였다. 절 앞에 창판당(創板堂)이 있는데, 우리 조선조에 세운 것이다. 서쪽·남쪽·북쪽에 각각 오래된 비석이 있는데, 그것이 세워진 시기는 기억하지 못하겠다.

뜰 오른쪽에 누각 하나가 있는데, 신라시대에 창건한 것이다. 그 벽에 사천왕(四天王)의 화상(畵像)이 있는데, 금빛·푸른빛이 아직도 선명하다. 예로부터 전하기를 "신라 승려 김생(金生)[14]이 벽에다 유마상(維摩像)[15]을 그리고 또 노송(老松) 한 그루를 그렸는데, 때때로 산새가 날

---

9) 외산(外山) : 단속사 바깥쪽에 있는 봉우리로, 지금의 웅석봉(熊石峰)인 듯하다.
10) 단성(丹城) : 현 경상남도 산청군 단성면을 가리킨다.
11) 산음(山陰) : 현 경상남도 산청군 산청읍을 가리킨다.
12) 소남진(召南津) : 현 경상남도 산청군 단성면 소남리의 나루를 가리킨다.
13) 경태연간(景泰年間, 1450-1456) : 경태는 명나라 경제(景帝)의 연호이다.
14) 김생(金生, 711- ?) : 통일신라시대의 서예가.
15) 유마상(維摩像) : 유마힐(維摩詰)의 초상을 말함. 유마힐은 석가모니불의 제자로, 집에서 불도(佛道)를 닦아 보살(菩薩)의 경지에 이른 사람이다.

아들어 앉으려다가 떨어지곤 하였다. 뒤에 한 가지가 퇴색되자 이 절의 승려가 그려 넣었는데, 그 뒤로 산새가 다시는 오지 않았다.16)" 고 한다. 지금은 이 그림들이 모두 없어졌다.

법계사

그러나 사천왕의 화상은 매우 기이하고 예스럽다. 도자(道子)17)의 그림이 아니면, 바로 김생의 그림이리라. 고려의 명현(名賢) 김부식(金富軾)18) · 정습명(鄭襲明)19)이 일찍이 이곳에서 노닐었는데, 그들의 시가 벽에 걸려 있다. 동네 어귀 절벽에 '석문(石門)'이란 두 글자가 있다. 세상에 전하기를 이 또한 최고운이 쓴 것이라고 한다.

법계사(法戒寺) : 천왕봉과의 거리가 20여 리이다. 배 모양의 큰 바위가 있는데, 천왕강(天王舡)이라 부른다. 이 절에서 천왕봉쪽으로 3~4리 쯤 되는 곳에 또 집처럼 생긴 큰 바위가 있는데, 수십 명이 들어앉을

---

16) 노송(老松)······않았다 : 여기서는 김생이 그린 것으로 되어 있는데, 일설에는 황룡사(黃龍寺)의 노송도(老松圖)를 그린 솔거(率居)의 작품이라고 한다. 이 이야기는 솔거의 노송도에 얽힌 일화가 와전된 것인 듯하다.

17) 도자(道子) : 당나라 때 유명한 화가인 오도현(吳道玄)의 자. 그는 특히 불상(佛像)과 산수(山水)를 잘 그렸다고 한다.

18) 김부식(金富軾, 1075-1151) : 고려시대의 문장가이자 역사가. 자는 입지(立之), 호는 뇌천(雷川), 본관은 경주이다. 1096년 과거에 급제하여 문하시중에 이르렀다. 『삼국사기』를 편찬하였다.

19) 정습명(鄭襲明, ? -1151) : 고려시대의 문신. 호는 형양(滎陽), 본관은 영일(迎日)이다. 향공(鄕貢)으로 문과에 급제하여 한림학사 등을 지냈다.

수 있다. 이곳을 천불암(千佛菴)이라 부른다. 예로부터 세상을 피한 자들이 살던 곳으로, 부뚜막·굴뚝이 아직도 남아 있다.

오대사(五臺寺)20) : 살천(薩川)21)에서 남쪽으로 고개 하나를 넘으면 다섯 봉우리가 벌려 있는데, 그 모양이 대(臺)와 같다. 절이 그 가운데 있기 때문에 오대사라 부른다. 세상 사람들이 전하는 말에 "상고시대에 학이 이 봉우리 위에 깃들었다."고 한다. 절에는 고니[鵠]의 알 만한 큰 구슬이 있는데, 이를 여의주(如意珠)라 한다. 은실로 싸서 이 절의 승려들이 대대로 전해 오며 보물로 삼고 있다. 또한 전하는 말에 "물이 반쯤 담긴 그릇에 이 구슬을 넣으면 곧바로 물이 넘친다."고 한다.

안양사(安養寺)22) : 섬진강에서 동쪽으로 세 개의 큰 고개를 넘어 60여 리를 가면 이 절이 있다. 이 절은 오대사와 함께 경관이 빼어난 절로 알려져 있다. 그러나 이 절에는 기이한 전설을 지닌 유적이 없다. 마을에서 매우 가까운 거리에 있다. 이 절 서쪽 방의 벽에 근엄한 삼조(三祖)23)의 화상이 걸려 있을 뿐이다.

묵계사(默契寺)24) : 안양사 앞의 시냇물을 따라 서북쪽으로 매우 험한 계곡 40여 리를 가면, 물길이 다한 곳에 토질이 비옥한 꽤 넓은 땅이 있다. <이곳에 이 절이 있다.> 이 절은 지리산에서 가장 빼어난 곳에

---

20) 오대사(五臺寺) : 현 경상남도 하동군 청암면 궁항리에 있었던 절로, 수정사(水精寺)라고도 한다. 고려시대 진억(津億)이 이 절에서 수정결사(水晶結社)를 일으켰다.
21) 살천(薩川) : 현 경상남도 산청군 시천면 중산리에서 시천면 소재지로 흐르는 시냇물을 가리킨다.
22) 안양사(安養寺) : 현 경상남도 하동군 청암면 묵계리 원묵계에 있었던 절로, 지금은 터만 남아 있다.
23) 삼조(三祖) : 세 조사(祖師)를 가리키는 듯한데, 누구인지는 자세치 않다.
24) 묵계사(默契寺) : 현 경상남도 하동군 청암면 묵계리 원묵계 마을 뒤 안양사지(安養寺址) 앞 계곡에 있었던 절이다. 묵계사(默溪寺)라고도 한다.

위치하고 있다. 도를 깨
치려고 뜻을 세운 승려들
이 예전부터 이 절에 가
서 거주한 자가 많았다.

우산(牛山)[25] : 지리산
이 서남쪽으로 뻗어 내려
백곡촌(栢谷村)[26]에 이
르면 엎드린 소 모양의

묵계사

형세가 있는데, 이를 우산이라 부른다. 이 산에 유방사(有房寺)·모방
사(茅房寺) 두 절이 있는데, 고려시대 장군 강민첨(姜民瞻)[27]이 창건한
절이다. 모방사에는 강민첨의 화상이 걸려 있는데, 지금까지 제사를 지
내고 있다.

방어산(防禦山)[28] : 서쪽으로 지리산과의 거리가 거의 70여 리나 된
다. 이 산은 진주·함안·의령 사이에 있다. 물줄기가 산의 북쪽에서 흘
러내려 동쪽으로 굽이쳐 흐르는 지점에 정암진(鼎巖津)[29]이 있다. 산의
서쪽에는 청원사(淸源寺)[30]가 있는데, 물가 바위 옆에 있어 매우 청량
한 운치가 있다. 청원사에서 남쪽으로 20여 리를 굽이굽이 뻗어 내린

---

25) 우산(牛山) : 현 경상남도 하동군 옥종면 서북쪽에 있는 우방산을 가리킨다.

26) 백곡촌(栢谷村) : 현 경상남도 산청군 단성면 당산리 지역을 가리킨다.

27) 강민첨(姜民瞻, ?-1021) : 고려시대의 명장으로, 본관은 진주이다. 1018년 거란의 침입
    때 강감찬(姜邯贊)의 부장으로 출전하여 적을 대파하였다.

28) 방어산(防禦山) : 현 경상남도 진주시 지수면과 함안군 군북면 사이에 있는 산이다.

29) 정암진(鼎巖津) : 현 경상남도 함안군 군북면과 의령군 의령읍 사이의 남강을 건너는
    나루터를 말함. 임진왜란 때 의병장 곽재우(郭再祐)가 이곳에서 왜적을 크게 무찔렀다.

30) 청원사(淸源寺) : 현 경상남도 진주시 지수면 청원리 방어산 서쪽에 있었던 절로, 임진왜
    란 때 소실되었다.

곳에 법륜사(法輪寺)[31]가 있는데, 서쪽으로 진주와의 거리가 10여 리이다. 이 절 승려의 말에, 이곳에는 좋은 기운이 있어서 진주 출신으로 여기서 독서해 이름을 드러낸 사람이 연이어 나왔다고 한다.

의림사(義林寺)[32] : 이 절은 진해(鎭海) 서쪽에 있다. 뒤에는 대숲이 있고, 앞에는 바위틈에서 나오는 샘물이 있다. 문을 몇 걸음만 나서면 바다 입구가 훤히 보인다.

두춘도(杜椿島)[33] : 진해성(鎭海城) 남쪽 몇 리 지점에 있다. 작은 산이 북쪽에서 뻗어 내리다 바닷가에 이르러 그쳤는데, 그 위에 수백 명이 앉을 수 있다. 삼면이 모두 절벽으로 되어 있고, 그 모습이 마치 도랑을 파놓은 듯하다. 아가위나무와 참죽나무에 넝쿨이 엉켜 처마 모양을 하고 있는데, 수십 명이 비를 피할 만하다. 아래는 모두 푸른색의 돌로 되어 있다. 밀물 때에는 이 돌이 잠기지만, 썰물 때는 마당만한 평평한 바위가 드러나, 수십 또는 수백 명이 앉을 수 있다. 이곳에 올라 조망하면 사방이 확 트여 걸림이 없다.

금강사(金剛社)[34] : 김해성(金海城) 동쪽에 있다. 사당 앞에 불탑이 있는데, 어느 시대에 세운 것인지 모른다. 바위벽에 고려시대 정시중(鄭侍中)[35]의 기문(記文)이 있다.

---

31) 법륜사(法輪寺) : 현 경상남도 진주시 지수면 월아산 자락에 있었던 절로, 임진왜란 때 소실되었다. 이 절에 있던 고려시대의 13층석탑이 지금은 인근의 두방사(杜芳寺)에 옮겨져 있다.

32) 의림사(義林寺) : 현 경상남도 마산시 합포구 진북면 인곡리에 있었던 절로, 현재 통일신라시대의 전형적인 삼층석탑과 당간지주 및 3기의 부도탑이 남아 있다.

33) 두춘도(杜椿島) : 진해시 정남쪽에 있는 반도(半島)처럼 뻗은 산줄기를 말하는 듯하다.

34) 금강사(金剛社) : 금강결사를 하던 절이라는 의미로 사(社)를 쓴 듯하다.

35) 정시중(鄭侍中) : 고려 말기의 정몽주(鄭夢周, 1337-1392)를 가리킴. 시중은 문하시중(門下侍中)의 준말로, 고려시대 정사를 총괄하던 종1품직이다.

나는 천순(天順)36) 말에
남쪽으로 영남을 유람하다
가, 단속사(斷俗寺)에서 독
서하며 1년 동안 머물렀다.
그 해 가을 8월에 단속사에
서 서쪽으로 길을 떠나, 살
천현(薩川縣)37)에서 묵었
다. 드디어 천왕봉에 올랐

단속사지 당간지주

고, 영신사(靈神寺)·향적사(香積寺)38) 등 여러 절을 두루 둘러보았다.
반야봉(般若峯)으로 향하려다, 마침 식량이 떨어져 가질 못했다. 이에
굽이굽이 계곡을 따라 남쪽으로 내려가 섬진강에 이르렀다. 다시 동쪽
으로 세 개의 큰 고개를 넘어 소남진(召南津)으로 돌아왔다.

모두 2백여 리를 두루 돌아다녔다. 그러나 그 사이 발길이 미치지 못
한 곳과 눈으로 볼 수 없었던 것이 또한 얼마나 많을지 모르겠다. 그러
니 내가 기록한 바 또한 어찌 진면목과 흡사하겠는가? 그러나 산의 대강
은 거의 비슷할 것이다. 뒷날 지리산의 명승지에 대해 말하는 승려가 있
었는데, 그의 말이 내가 본 것과는 매우 달랐다. 모를 일이다. 내가 볼
수 없었던 것을 그는 능히 본 것인가? 내가 가 보지 못한 곳을 그는 능히
가 본 것인가? 산은 하나인데 사람마다 본 것이 다르니, 어찌된 일인가?

비유컨대 사슴처럼 생긴 큰 짐승을 보았다고 하자. 발자국을 본 사람

---

36) 천순(天順) : 명나라 영종(英宗)의 연호로, 1457년부터 1464년까지이다.
37) 살천현(薩川縣) : 현 경상남도 산청군 시천면 중산리 쪽에 있었던 진주목의 속현이다.
38) 향적사(香積寺) : 현 지리산 장터목 산장에서 천왕봉 쪽으로 오르다 보면 고사목 지대가
   나오는데, 그 남쪽 경사면 아래에 있었던 절이다.

은 말이라 하고, 꼬리를 본 사람은 소라 하고, 몸뚱이를 본 사람은 사슴이라 할 것이다. 이 세 사람이 본 것은 다르지만, 그런 짐승을 보지 않았다고 말할 수는 없을 것이다. 이는 반드시 이 산이 수백 리나 굽이굽이 뻗어 있어, 동쪽으로 유람한 자는 서쪽을 구경할 수 없고, 남쪽으로 유람한 자는 북쪽을 구경할 수 없으니, 한 방면을 유람하는 데 수십 일이나 걸리기 때문이다.

세상에서 이른바 청학동(靑鶴洞)이라고 하는 곳은, 반드시 그곳이 있는 것도 아니고 없는 것도 아니라고 나는 생각한다. 나의 소견으로 남의 말을 다 무시할 수는 없다. 그러나 내가 올랐던 곳은 천왕봉이다. 천왕봉에 올라 보면, 지혜로운 이나 어리석은 사람, 어진 이나 불초한 사람을 막론하고 보는 바가 같다. 그런데 저 승려의 견해는 유독 나와 다르니, 나는 의심하지 않을 수 없다.

유람을 떠나기 전날 저녁에, 절[39]에서 길 안내할 사람을 구하기 위해 의논하였다. 그 당시 절에 사는 승려가 무려 1백여 명이나 되었는데, 어느 한 사람도 이 산을 유람한 자가 없었다. 또 그들이 말하기를 "지금은 한창 곡식을 거둘 철이므로 한가로이 유람할 수 없습니다."라고 하였다. 나는 이 때문에 산에 사는 승려들의 생계를 걱정함이 세속인보다 더 심하다는 것을 알았다. 그러니 그들이 어찌 한 발자국이라도 헛되게 고생하며 지극히 험하고 높은 수백 리 산길을 가려 하겠는가? 그러므로 늙어 죽도록 산 밑에 살면서도 산 위에 올라 보지 않은 자가 있다. 그런데 모두 "나는 지리산에 산다"고 하거나 "나는 지리산을 보았다"고 말한다. 전에 만난 그 승려는 분명히 단정한 사람일 터이지만, 생계나 꾸리며 늙

---

39) 절 : 단속사를 가리킴.

어 죽도록 산 밑에서만 산 무리가 아닌 줄 어찌 알랴.

옛날 공자(孔子)께서는 동산(東山)에 올라 노(魯)나라를 작다고 하셨다.[40] 나는 처음에 이 말을 의심하였으나, 마침내 이 말을 믿게 되었다. 또한 공자께서 태산(泰山)에 올라 천하를 작다고 하셨는데,[41] 나는 이 말을 매우 괴이하게 여겼다. 그런데 이 산에 오른 뒤에야 성인의 말씀이 거짓이 아님을 알게 되었다. 뒷날 지팡이를 짚고 푸른 산봉우리에 올라 하늘에 의지해 길이 시를 읊조리며 옷자락을 풀고 바람을 쏘이는 사람이 있으면, 내 말이 사실임을 알게 되리라. 계림(雞林)[42] 이백승(李伯勝)[43]과 철성(鐵城)[44] 이방옹(李放翁)[45]과 밀성(密城)[46] 박정보(朴貞父)[47] 등이 두류산 단속사[48]에서 독서하였다.

가을 8월 그믐 닷새 전날 유람을 마쳤다.

---

40) 공자(孔子)께서는……하셨다 : 동산(東山)은 춘추시대 노(魯)나라 성 동쪽에 있던 높은 산임. 이 말은 높은 곳에 올라 아래를 바라보면 시야가 넓어진다는 뜻이다. 『맹자』「진심(盡心)」에 보인다.
41) 공자께서……하셨는데 : 태산은 중국의 5대 명산 가운데 하나이다. 이 말도 높은 곳에 올라 보면 시야가 더욱 넓어짐을 뜻한다. 역시 『맹자』「진심」에 보인다.
42) 계림(雞林) : 경주의 옛 이름. 여기서는 본관이 경주라는 의미로 쓰였다.
43) 이백승(李伯勝) : 백승은 자인데, 이름은 자세치 않다.
44) 철성(鐵城) : 현 경상남도 고성(固城)의 옛 이름. 여기서는 본관이 고성이라는 의미로 쓰였다.
45) 이방옹(李放翁) : 이 글의 작자인 이륙(李陸)을 가리킴. 방옹은 그의 자이다.
46) 밀성(密城) : 현 경상남도 밀양(密陽)의 옛 이름. 여기서는 본관이 밀양이라는 의미로 쓰였다.
47) 박정보(朴貞父) : 정보는 자인데, 이름은 자세치 않다.
48) 두류산 단속사 : 원문에는 '頭流西 斷俗寺'로 되어 있는데, 단속사는 두류산 동쪽에 있기 때문에 이 말은 맞지 않는다. 원문의 '西'는 '山東'의 오자인 듯하다.

청파 이륙

이륙(李陸, 1438-1488)의 자는 방옹(放翁), 호는 청파(靑坡), 본관은 고성(固城)이다. 청파는 1438년(세종 20) 4월 16일 서울 청파동(靑坡洞)에서 태어났다. 조부는 의정부 좌의정을 지낸 이원(李原)이며, 부친은 사간원 사간을 지낸 이지(李墀)다. 청파는 어려서부터 성품이 호방했으며, 남에게 굽히기를 싫어하였다.

그는 22세 때인 1459년(세조 5) 생원·진사시에 모두 합격하였다. 1462년 영남을 유람하고, 지리산 단속사로 들어갔다. 그는 단속사에서 경전·역사서 및 제자백가의 글을 두루 섭렵하고, 산수의 즐거움을 만끽하며 3년을 지냈다. 그 소문을 듣고 그를 따르던 사람들이 구름처럼 모여들었다고 한다. 이때 그는 진주 촉석루(矗石樓)에서 속난정회(續蘭亭會)를 열기도 하였다. 청파는 1463년 단속사에서 출발하여 법계사를 거쳐 천왕봉에 오른다. 그리고 영신사·신흥사·쌍계사·오대사를 거쳐 다시 단속사로 돌아왔다.

청파는 27세 되던 해인 1464년(세조 10) 세조가 충청도 온양(溫陽)에 행차하여 인재를 선발한다는 소문을 듣고 사람들에게 말하기를 "내가 이번 시험에 장원을 차지하지 못하면 맹세코 서울에 들어가지 않겠다."고 했다. 과연 그는 장담했던 대로 장원급제하여, 곧바로 성균관 직강에 임명되었다. 1466년 다시 발영시(拔英試)에서 2등으로 급제했고, 이듬해 안효례(安孝禮) 등과 도성의 지도를 작성하기도 하였다. 1468년 문과 중시에 을과로 합격하여 예문관 응교에 올랐다.

이후 사헌부 장령·성균관 대사성·예조 참판 등을 두루 역임하였다. 1490년 정조사(正朝使)의 부사로 명나라에 다녀왔고, 1494년 성종이 승하하자 다시 사신으로 명나라에 다녀왔다. 그 후『성종실록』을 편찬하는 데 참여하기도 하였다. 병조참판으로 재직하다가 1498년(연산군 4) 3월 17일 생을 마감하였다.

그의 저술로는『청파집(靑坡集)』이 있는데, 그 안에 수록되어 있는「청파극담(靑坡劇談)」은 널리 알려진 시화집이다. 현존하는『청파집』은 3종이 있는데, 모두 2권 1책이다. 그 이본(異本)을 살펴보면 다음과 같다.

판 본	간행년도	책 수	서 발	編輯	소 장 처
壬申本	중종 7(1512)	2권 1책	姜渾·李嶔	李嶔	계명대학교 도서관
光海朝本	광해년간	2권 1책	없음		서울대학교 규장각
癸丑本	철종 4(1853)	2권 1책	姜渾·李嶔 權大肯·河範運	李魯善	계명대학교 도서관

　우리 선인들 가운데 지리산을 유람하고 유람록을 남긴 것으로는 청파의 유람록이 가장 앞선다. 그의 「지리산기(智異山記)」는 지리산의 사찰·식생(植生)·기후 등을 기록한 인문지리에 관한 글이고, 「유지리산록(遊智異山錄)」은 그가 지리산을 유람하고 쓴 유람록이다. 이 유람록은 문학성이 부족하기는 하지만, 지리산 유람록의 효시라는 점에 그 의의가 크다고 하겠다.

　그의 지리산 유람록은, 광해조본에는 「지리산기」로 되어 있고, 계축본에는 「두류산록(頭流山錄)」으로 되어 있으며, 『속동문선(續東文選)』에는 「유지리산록」으로 되어 있다. 점필재 김종직의 「유두류록(遊頭流錄)」이 쓰여진 뒤로 지리산 유람록을 흔히 '유두류록(遊頭流錄)'이라 불렀는데, 청파의 경우도 광해조본 이후로 「유지리산록」으로 이름이 바뀐 듯하다.

남
효
온

심하구나,
지리산이 성인의 도와 같음이여!

유천왕봉기

남효온의 유람 일정

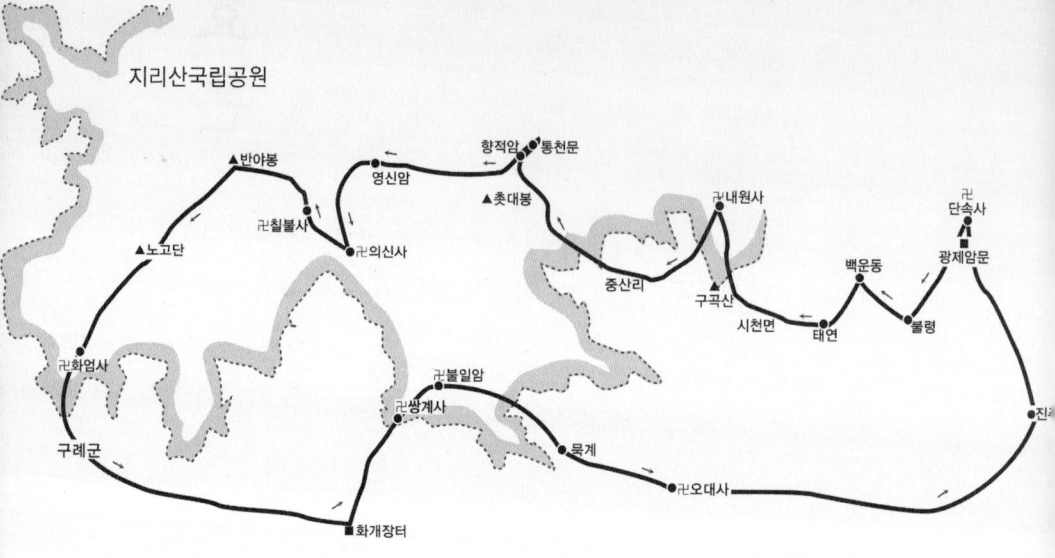

지리산국립공원

반야봉 ▲

영신암 ●

향적암 ● ●통천문

칠불사 卍

의신사 卍

▲촛대봉

내원사 卍

단속사 卍

광제암문

노고단 ▲

중산리

구곡산

백운동

시천면   태연   불령

화엄사 卍

불일암 卍

쌍계사 卍

묵계

구례군

오대사 卍

진

화개장터 ■

일 시 : 1487년 9월 27일 – 10월 13일(15박16일)

동 행 : 승려 의문·일경 등

일 정 : ●9/27일 : 진주 여사등촌→광제암문→단속사→조연→광제암문→불령→백운동→태연→양당→시천동→덕산사(1박)   ●28일 : 덕산사→용연→부연→금장암→해회령→석산암→백왕암→도솔암→내원암→회방령→보암(1박)   ●29일 : 보암→문수암→향적암(1박)   ●30일 : 향적암→통천문→천왕봉→향적암(1박)   ●10/1일 : 향적암→소년대→계족봉→빈발암(1박)   ●2일 : 빈발암→영신암→의신암→내당재→칠불사(1박)   ●3일 : 칠불사→금륜암→청굴→벌초막움막(1박)   ●4일 : 움막→반야봉→움막(1박)   ●5일 : 움막→연령→고모당→보월암→당굴암→극류암→봉천사(1박)   ●6일 : 봉천사(1박) – 비가 내려 머물다   ●7일 : 봉천사→황둔사(1박)   ●8일 : 황둔사→봉천사(1박)   ●9일 : 봉천사→구례 정정촌→화개동→쌍계석문→쌍계사(1박)   ●10일 : 쌍계사→불일암→보주암→불일암(1박)   ●11일 : 불일암→보주암→불지령→묵계동→오서연→광암연→용회연→비문령→사자암(1박)   ●12일 : 사자암→오대사→사자암(1박)   ●13일 : 사자암→오대사→하숙부의 집→여사등촌

※ 남효온은 34세 때 지리산을 유람하고 두 편의 유람록을 썼는데, 본 작품은 그 중 한 편이다. 다른 한 편인 「지리산일과(智異山日課)」는 『선인들의 지리산 유람록』(돌베개, 2000, 46~62쪽)에 번역되어 실려 있다. 이 일정은 「지리산일과」를 정리한 것이다.

심하구나, 지리산이 성인의 도와 같음이여!

유천왕봉기*

　지리산은 남쪽 바닷가에 있는데, 여러 산 중에서 가장 빼어나다. 그 중 가장 높은 꼭대기가 천왕봉이다. 봉우리의 형세가 북쪽으로 내달리다 멈춘 곳이 중봉(中峰)이고, 남쪽으로 이어지다 우뚝 솟은 봉우리가 빙발봉(氷鉢峰)[1]이다. 또한 서남쪽으로 큰 내처럼 뻗어내리다 솟은 것이 반야봉(般若峰)이고, 다시 남쪽으로 솟구친 봉우리는 화엄봉(華嚴峰)이고, 서쪽으로 형성된 큰 봉우리가 보문봉(普門峰)이다.

　성화(成化)[2] 23년 정미년(1487) 9월 그믐날, 나는 천왕봉에 올랐다. 푸른 바다는 하늘과 맞닿아 있고 즐비한 산악은 하나하나 헤아릴 수 있었다.

　지리산의 동북쪽은 경상도다. 상주(尙州)에 갑장산(甲長山), 김산(金山)[3]에 직지산(直旨山), 성주(星州)에 가야산(伽倻山), 현풍(玄風)에

---

* 본 자료의 번역은 한국문집총간 제16책에 실린 남효온의 『추강집(秋江集)』 「유천왕봉기」를 저본으로 하였다. 이는 1921년에 간행된 목판본으로 서울대학교 규장각(古3428-309)에도 소장되어 있다.
1) 빙발봉(氷鉢峰) : 현 세석평원에서 장터목 쪽으로 우뚝 솟아있는 촛대봉을 가리키는 듯하다. 봉우리가 떡을 찌는 시루 모양과 비슷하다 하여 증봉(甑峰)이라고도 한다.
2) 성화(成化) : 명나라 헌종(憲宗)의 연호로, 1465년부터 1487년까지이다.

비슬산(毗瑟山), 대구(大丘)에 공산(公山), 선산(善山)에 금오산(金烏山), 초계(艸溪)에 미륵산(彌勒山), 의령(宜寧)에 자굴산(闍崛山), 영산(靈山)에 영취산(靈鷲山), 창원(昌原)에 황산(黃山), 양산(梁山)에 원적산(元寂山), 김해(金海)에 신어산(神魚山), 사천(泗川)에 와룡산(臥龍山), 하동(河東)에 금오산(金鰲山), 남해(南海)에 금산(錦山)이 있다. 금산과 와룡산 사이로 저 멀리 바다 끝에 산이 있는데, 바로 거제도(巨濟島)이다.

지리산의 서남쪽은 전라도다. 흥양(興陽)4)에 팔전산(八巓山)이 있고, 그 서쪽은 진도(珍島)다. 강진(康津)에 대둔산(大屯山), 해남(海南)에 달마산(達磨山), 영암(靈巖)에 월출산(月出山), 광양(光陽)에 백운산(白雲山), 순천(順天)에 조계산(曹溪山), 광주(光州)에 무등산(無等山), 부안(扶安)에 변산(邊山), 정읍(井邑)에 내장산(內藏山), 전주(全州)에 모악산(母岳山), 고산(高山)5)에 화암산(花巖山), 장수(長水)에 덕유산(德裕山)이 있다.

지리산의 서북쪽은 충청도다. 공주(公州)에 계룡산(雞龍山), 보은(報恩)에 속리산(俗離山)이 있다.

여러 산들이 지리산 아래에 나열해 있고, 이름 없는 작은 산과 헤아릴 수 없는 수천만 개의 봉우리가 맑은 이내 속에 나타났다 사라지곤 하였다. 지리산 기슭을 빙 두르고 있는 고을은 아홉 개로, 함양(咸陽)·산음(山陰)6)·안음(安陰)7)·단성(丹城)·진주(晉州)·하동(河東)·

---

3) 김산(金山) : 현 경상북도 김천시(金泉市)를 가리킨다.
4) 흥양(興陽) : 현 전라남도 고흥(高興)을 가리킨다.
5) 고산(高山) : 현 전라북도 완주(完州)를 가리킨다.
6) 산음(山陰) : 현 경상남도 산청군 산청읍을 가리킨다.
7) 안음(安陰) : 현 경상남도 함양군 안의면(安義面)을 가리킨다.

구례(求禮)·남원(南原)·운봉(雲峰)[8]이다.

산에서 나는 감·밤·잣은 과일로 쓰고, 인삼·당귀는 약재로 쓰며, 곰·돼지·사슴·노루와 산나물·석이버섯은 반찬으로 이용한다. 호랑이·표범·여우·살쾡이·산양·날다람쥐는 그 가죽을 사용하며, 매는 사냥에 활용한다. 대나무는 대그릇을 만드는 데 쓰며, 나무는 집 짓는 재료로 사용하며, 소나무는 관(棺)을 만드는 데 쓰며, 냇물은 논에 물을 대는 데 이용하고, 도토리는 흉년이 들었을 때 활용한다. 대개 높고 큰 산은 움직이지 않고 그 자리에 있지만 인간에게 주는 이로움은 이처럼 풍부하다. 이는 마치 성인(聖人)이 의관을 정제하고 두 손을 잡은 채 앉아 제왕으로서의 정사를 행하지 않더라도, 재성보상(裁成輔相)의 도를 베풀어 백성을 도와주는 것[9]과 같은 이치이다. 심하구나, 지리산이 성인의 도와 같음이여!

점필재(佔畢齋) 김종직(金宗直) 선생은 두보(杜甫)가 '방장산은 바다 밖 삼한에 있고, 곤륜산은 만국의 서쪽에 솟아 있네[方丈三韓外 崑崙萬國西]'[10]라고 한 시구에 의거해 이 산을 방장산이라 하였다.[11] 중국 사람들은 모두 이 산에 불사초(不死草)가 있다고 생각했는데, 알 수 없는 일이다. 이는 아마도 산에서 나는 물산에 의지해 살아가는 산 아래 사람

---

8) 운봉(雲峰) : 현 전라남도 남원시 운봉읍을 가리킨다.

9) 성인이……것 : 이 말은 『주역』「태괘(泰卦)」의 상전(象傳)에 "天地交泰 後以 財成天地之道 輔相天地之宜 以左右民"이라 한 데서 연유한 것으로, 성인은 천지의 도를 재단해 완성하고 그 마땅함을 도와서 백성을 편안하게 해 준다는 뜻이다. 재(財)는 재(裁)와 같다.

10) 방장산은……있네 : 중국 당나라 때 시인 두보의 「봉증태상장경게이십운(奉贈太常張卿垍二十韻)」 첫 구에 보인다.

11) 점필재……하였다 : 김종직은 40세 때인 1470년 함양군수로 부임한 후 1472년에 지리산을 유람하고 「유두류록(遊頭流錄)」을 지었다. 이 구절은 그 말미에 보인다.

들이 "이 산에 의지해 살아간다."고 한 말이 중국에 잘못 전해져 실제로 '바다 밖 방장산에 정말 불사초가 있다'고 생각하게 되었고, 진시황(秦始皇)이나 한무제(漢武帝)처럼 죽지 않고 장수하려는 욕심을 가진 자들이 이 말을 듣고서 바다를 건너 와 구한 것이리라.

나는 천왕당(天王堂) 옆 돌 모서리에 앉아 주변을 둘러보며 시간을 보냈는데, 속세의 생각이 흩어지고 정신이 상쾌해졌다. 다만 생각해 보건대, 속세의 선비인 나는 명리(名利)의 굴레에 몸이 매여 부모를 섬기고 처자식을 부양하느라, 산을 오르고 물가에 임하는 날이 적었다. 함께 온 승려 일경(一冏)과 의문(義文)에게 직접 본 느낌을 물었다. 그들은 훗날 집에 돌아가 처자식이 굶주림에 울고 노비가 춥다고 소리치며, 온갖 근심이 마음을 어지럽히고 마음이 온통 타성에 젖었을 때, 이 광경을 떠올리면 오늘의 흥취가 있을 것이라고 하였다.

추강 남효온

남효온(南孝溫, 1454-1492)의 자는 백공(伯恭), 호는 추강(秋江)·행우(杏雨), 시호는 문청(文淸), 본관은 의령이다. 점필재 김종직의 문인으로 김굉필·정여창·김시습 등과 교유하였으며, 생육신(生六臣)의 한 사람으로 일컬어진다. 부친 남전(南恮)과 모친 이씨(李氏) 사이에서 태어났다.

13세 때 한양 사학(四學)의 하나인 남학(南學)에 입학하여 수학하였다. 25세 때 성종이 좋은 대책을 구할 적에 유학(幼學)으로서 단종의 어머니인 현덕왕후(顯德王后, 문종의 비)의 복위를 포함한 여덟 가지 일을 상소하였다. 당시 현덕왕후는 폐서인(廢庶人)이 되어 죽었는데, 모두 입을 다물고 말을 하지 않자 추강이 항론한 것이다. 그러나 세조를 옹립한 임사홍(任士洪)·정창손(鄭昌孫) 등의 반대로 받아들여지지 않았다. 당시 사람들이 추강을 광생(狂生)으로 지목하였다.

이후 그는 세상에 나아갈 뜻을 버리고 강호에 묻혀 농사를 지으며 살았다. 27세 때 모친의 명으로 진사시에 나아가 합격하였으나 현덕왕후가 복위되지 않자 문과시험에 응시하지 않았다. 때로는 무악산(毋岳山)에 올라 통곡하였고, 신영희(辛永禧)·홍유손(洪裕孫) 등과 교유하며 술과 시로써 울분을 토로하기도 하였다.

32세 때인 1485년 4월 금강산을 유람하고 「유금강산기(遊金剛山記)」를 지었으며, 9월에는 개성을 유람하고 「송도록(松都錄)」을 지었다. 34세 때 지리산을 유람하고 「유천왕봉기」와 「지리산일과(智異山日課)」를 지었다. 36세 때 관서(關西) 상원군(祥原郡)에 있는 가수굴(佳殊窟)을 유람하고 「유가수굴기(遊佳殊窟記)」를 지었다. 38세 때는 호남지역을 유람하였다.

39세인 1492년 유랑 도중 병으로 세상을 떠나, 경기도 고양군 대장리(大壯里)에 장사지냈다. 1504년 갑자사화 때 김종직의 당파로 지목되어 부관참시되고, 아들 남세충(南世忠)도 죽임을 당하였다. 1506년 현덕왕후가 복위되자 추강도 신원되어 승정원 좌승지에 추증되었다. 1577년 외증손 유홍(俞泓)이 경상도에서 문집을 간행하였다.

저술로는 『추강집』과 『추강냉화(秋江冷話)』·『육신전(六臣傳)』·『사우명행록(師友明行錄)』 등이 있다. 그의 사상을 엿볼 수 있는 작품으로는 「심론(心論)」·「성론(性論)」·「명론(命論)」·「귀신론(鬼神論)」 등이 있다. 『추강집』에는 각지를 유랑하며 쓴 기행시가 많으며, 김시습 등과 수창한 시도 상당 수 전한다. 유람을 하고 쓴 글 가운데 「유금강산기」가 수작으로 꼽힌다.

변사정

흰 구름 떠오는 경관은
한 폭의 그림 같은 절경이라

유두류록

변사정의 유람 일정

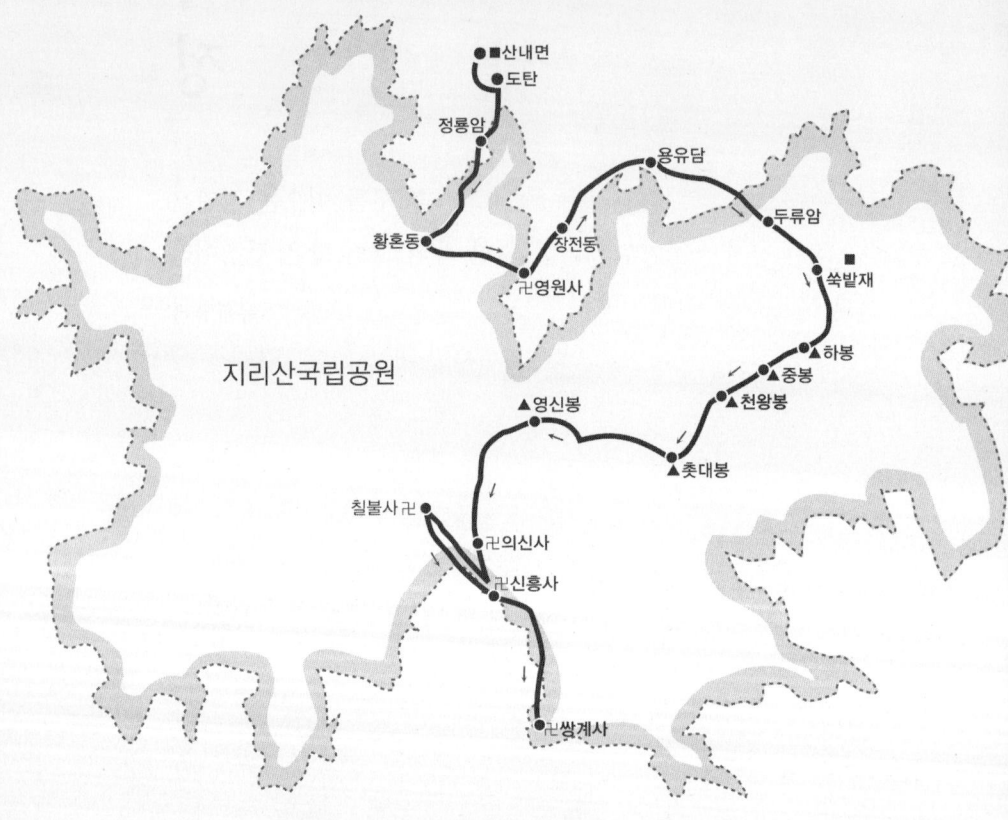

일 시 : 1580년(선조 13) 4월 5일 - 4월 11일(6박7일)
동 행 : 정염·김천일·양사형·하맹보 등
일 정 : ●4/5일 : 도탄 → 황계폭포 → 환희령 → 정룡암(1박) ●6일 : 정룡암 → 월락동 → 황혼동 → 옥련동 → 영원암 → 장전동(1박) ●7일 : 장전동 → 용유담 → 두류암(1박) ●8일 : 두류암 → 자진동 → 천왕봉 → 산중 여막(1박) ●9일 : 산중 여막 → 의신사 → 성사동 → 신흥사(1박) ●10일 : 신흥사 → 칠불암 → 쌍계사(1박) ●11일 : 쌍계사에서 해산

흰 구름 떠오는 경관은 한 폭의 그림 같은 절경이라

유두류록*

나는 일찍 아버지를 여의었고 타고난 자질이 노둔하며, 성정이 거칠고 배움이 보잘 것 없는지라, 세상과 부합하지 못하고 그저 농사짓고 독서하는 것으로 업을 삼았다.

가정(嘉靖)1) 을묘년(1555) 봄, 두류산 도탄(桃灘)2)에 초옥을 지어 아침엔 집을 나서 구름 속에서 밭을 갈고, 날이 저물면 집으로 돌아와 책을 읽었다. 피곤하거나 할 일이 없는 날이면 사슴과 노닐며 집안에서 한가로이 쉬었다. 이따금 이웃의 노인이 나물과 술을 가

도탄 부근

---

* 본 자료의 번역은 국립중앙도서관에 소장된 변사정의 『도탄선생집(桃灘先生集)』(청구기호 古3648-31-34) 「유두류록」을 저본으로 하였다. 이 문집은 1768년에 2권 3책으로 간행되었으며, 규장각(奎4749)에도 소장되어 있다.
1) 가정(嘉靖) : 명나라 세종의 연호로, 1522년부터 1566년까지이다.
2) 도탄(桃灘) : 현 전라남도 남원시 산내면 장항리 삼화마을에 있다.

지고 초가로 찾아와 대접하곤 하였다. 생활이 적막하긴 하나 홀로 즐기며 돌아갈 줄 몰랐고, 학업은 성글고 거칠어져 진취되기를 바랄 수 없었다. 이와 같은데도 이곳에서 홀로 즐기며 생활한 지가 수십 년이 되었다.

만력(萬曆)3) 8년(1580) 4월 초3일, 군회(君晦) 정염(丁熖)4)ㆍ사중(士重) 김천일(金千鎰)5)ㆍ계평(季平) 양사형(楊士衡)6)ㆍ대재(大哉) 하맹보(河孟寶)7) 등 여러 벗들이 백장사(百丈寺)로부터 찾아왔다. 나는 흔쾌히 맞아들여 회포를 풀었다. 그들은 이틀을 머물렀다. 군회가 말하기를 "두류산은 삼신산(三神山) 중 하나로, 앞 시대 선현들의 유람이 이미 시문이나 유기(遊記)에 드러나 있다. 그렇지만 우리가 한 번 유람하여 그 경관을 완상한다면 한유한(韓惟漢)8)과 정여창(鄭汝昌)9)에 관한

---

3) 만력(萬曆) : 명나라 신종(神宗)의 연호로, 1573년부터 1615년까지이다.

4) 정염(丁熖, 1524-1609) : 조선중기의 문신ㆍ학자. 자는 군회(君晦), 호는 만헌(晩軒)이며, 본관은 창원이다. 정황(丁熿)에게 수학하였으며, 광주목사 등을 역임하였다. 임진왜란이 일어나자 변사정ㆍ양사형 등과 의병을 모집해 왜적을 물리쳤다.

5) 김천일(金千鎰, 1537-1593) : 조선중기의 문신ㆍ의병장. 자는 사중(士重), 호는 건재(健齋)이며, 본관은 언양(彦陽)이다. 이항(李恒)의 문인으로, 김인후(金麟厚)ㆍ유희춘(柳希春) 등과 교유하였다. 임진왜란이 발발하자 의병을 소집해 많은 공적을 세웠다.

6) 양사형(楊士衡, 1547-1599) : 조선중기의 문신ㆍ학자. 자는 계평(季平), 호는 영하정(暎霞亭)ㆍ어은(漁隱)이며, 본관은 남원이다. 노진(盧禛)ㆍ유희춘(柳希春)의 문하에서 수학하였다. 임진왜란 때 변사정ㆍ정염 등과 의병으로 활동하여 공로가 많았다.

7) 하맹보(河孟寶, 1531-1573) : 조선중기의 문신. 자는 대재(大哉), 호는 우계(愚溪)이며, 본관은 진주이다.

8) 한유한(韓惟漢, ? - ?) : 고려 말기의 기인(奇人). 처음에는 벼슬하였으나 이자겸(李資謙)의 횡포가 날로 심해지자 화란이 장차 일어날 것을 예측하고, 가족을 데리고 악양(岳陽)에 숨어 살았다. 조정에서 그의 재주를 아껴 사방으로 물색하여 찾았으나 도망가 숨어버리고 세상에 나오지 않았다.

9) 정여창(鄭汝昌, 1450-1493) : 조선 초기의 학자. 자는 백욱(伯勗), 호는 일두(一蠹), 본관은 하동이다. 함양 출신으로 김종직의 문하에서 수학하였다. 무오사화에 연루되어 종성(鐘城)으로 귀양 가 세상을 떠났다. 1489년 김일손(金馹孫)과 함께 지리산을 유람하였다.

기록을 징험해 볼 수 있을 것이다. 더구나 기록을 보는 것은 직접 그 경관을 찾는 것만 못하니, 지금 그대들과 함께 두류산을 맘껏 유람하며 마음속의 묵은 빚을 갚고 싶네."라고 하였다. 이에 각자 죽장(竹杖)을 짚고 망혜(芒鞋)를 신고서 마침내 길을 떠났다.

산을 내려가 물을 건너서 구불구불 이어진 밭두둑을 따라 황계폭포(黃溪瀑布)를 지나고 환희령(歡喜嶺)을 넘었다. 쭉 이어진 20리 길은 온통 푸른 소나무와 초록빛 넝쿨이었다. 맑은 바람이 옷깃 속으로 스며들었다.

정룡암(頂龍庵)에 도착하였다. 바위 사이엔 저절로 난 꽃들이 피었다 지고, 골짜기엔 이름 모를 새들이 드나들었다. 눈으로 그 경관을 바라보고 귀로 그 소리를 들으니, 이곳이야말로 진정 신선이 사는 세계였다. 서로를 돌아보며 담소를 나누는 동안 날은 저물어 가고 있었다. 벗들과 함께 정룡암의 북쪽 법당에서 잤다.

초6일. 조반을 재촉해 먹고 큰 내를 건너 6~7리를 가니, 물소리가 졸졸졸 들리고 산은 우뚝 솟아 있었다. 월락동(月落洞)을 거쳐 황혼동(黃昏洞)을 지나 작은 내를 건너 걸어가는데, 한 어부가 다가와 절을 하였다. 찬찬히 살펴보니 일전에 면식이 있는 자였다. 그는 수십 마리나 되는 물고기로 우리를 위로하며 말하기를 "이런 물고기는 산중에서 귀한 것이니, 여러 어른들께 대접해 드리겠습니다."라고 하였다. 그리고는 길을 안내하여 자기 집으로 초대하였다. 군회가 말하기를 "물고기를 대접한 데서가 아니라 그의 말이 참으로 가상하다."라 하고는 그를 따라 몇 리를 가니, 계곡 안에 인가 두세 채가 있었다. 닭이 울고 개가 짖으며 푸른 나무 사이로 흰 구름이 떠오는 경관은 한 폭의 그림 같은 절경이었다.

오후엔 옥련동(玉蓮洞)에 올랐다가 영원암(靈源庵)에 이르렀다. 산이 깊어 세속과는 단절되었는데, 푸른 회나무와 초록 단풍이 비단을 펼

신흥사 터

친 듯 사람을 가로막고 있었다. 그곳에서 잠시 쉬었다가 길을 떠나, 저물녘에 장정동(長亭洞)에 사는 김 아지(金雅之)의 집에 이르러 묵었다.

초7일. 일찌감치 조반을 들고 출발하여, 용유담(龍遊潭)을 지나 두류암(頭流庵)에 도착하였다. 층층의 벼랑이 깎아지른 듯 솟아 있고, 만 길의 절벽이 우뚝 서 있었다. 온갖 꽃들이 다투듯 피어 꽃향기가 계곡을 온통 뒤덮었다. 종일 앉아서 완상하느라 날이 저무는 줄도 몰랐다. 마침내 선방(禪房)에 들어 함께 잤다.

초8일. 새벽에 조반을 재촉해 먹고 자진동(紫眞洞)을 지나 바위를 부여잡고 지팡이를 잡고서 천왕봉에 올랐다. 이 날은 날씨가 맑고 화창하여 시계(視界)가 막힘없고 정신이 씻은 듯 상쾌하였다. 고개를 돌려 벗들에게 이르기를 "오늘 우리의 이 유람이 참으로 장대하지 않은가?"라고 하였다. 뭇 산과 수많은 골짜기가 발 아래에 펼쳐져 있었는데, 마치 거대한 신령과 장대한 교룡(蛟龍)이 자기 집에 웅크리고 엎드려 있는 듯하였다. 한동안 머물며 서성이다가 내려와서는, 다 기울어 가는 집에서 묵었다.

초9일. 일찍이 아침밥을 먹고 출발하여 의신사(義神寺)에 이르러 한 차례 쉬었다. 겨우 양(羊) 어깻죽지를 삶을 정도의 짧은 시간에 성사동(聖獅洞)을 지나 신흥사(神興寺)에 도착하였다. 승려 몇몇이 절문 밖까지 나와 맞이하였다. 나는 절 뒤쪽 불전의 동쪽 방에서 밤새 승려와 이야기를 나누었는데, 모(某) 봉우리와 모(某) 계곡 등 기이한 절경에 대해서는 눈으로 보는 것보다 귀로 듣는 것이 훨씬 실감났다.

초10일. 느지막한 아침나절에 신흥사 승려와 함께 골짜기 입구로 나오니 기이한 바위가 하나 있었다. 그 위에는 수십 명이 앉을 만했다. 그 옆에는 큰 글씨 석 자[10]가 새겨져 있었는데, 푸른 이끼가 뒤덮여 자획이 분명하지 않았다. 승려에게 묻기를 "저것은 누구의 글씨인가?"라고 하니, "소승이 그 실상을 정확히 알 수는 없습니다만, 예부터 고운(孤雲) 최치원(崔致遠)의 글씨라 전해지고 있습니다."라고 답하였다. 그리고는 앞으로 나와 인사를 하고 절로 돌아갔다.

이어 칠불암(七佛庵)으로 가서 잠시 쉬었다가, 쌍계사(雙溪寺)에 도착했다. 노비 한 명이 서쪽에서 와 편지 한 통을 올리는데, 군회의 고향 집에서 보낸 급보였다.

11일. 벗들과 훗날을 기약하였다.

도탄거사(桃灘居士) 변사정이 씀.

도탄 변사정

변사정(邊士貞, 1529-1596)의 자는 중간(仲幹), 호는 도탄(桃灘), 본관은 장연(長淵)이다. 26세에 두류산 도탄(桃灘)에 정사를 지어 은거하였다. 27세에 이항(李恒)의 문하에 나아가 배웠으며, 이후 노진(盧禛)에게도 수학하였다. 당시 김천일(金千鎰)·기대승(奇大升)·박광옥(朴光玉)·정염(丁焰)·양대박(梁

---

10) 큰 글씨 석 자 : 신흥사 입구의 바위에 새겨진 '삼신동(三神洞)' 세 글자를 가리킨다.

大樸)·하맹보(河孟寶) 등과 강론하며 교유하였다. 33세인 1561년 파주(坡州)로 성묘 가는 길에 조헌(趙憲)·정철(鄭澈)과 만나 밤새 의리를 강론하였고, 38세에는 갈천(葛川) 임훈(林薰)을 찾아 성리학에 대해 질의하였다. 44세 때 김천일·양대박 등과 함께 병서(兵書)와 진법(陣法)을 강구하였다.

51세 때 스승인 이항과 노진이 세상을 뜨자, 사문(斯文)의 도를 자임하고서 도탄정사에 주돈이(周敦頤)·정호(程顥)·정이(程頤)의 화상을 걸어놓고『성리대전』·『근사록』 등의 성리서를 집중 연구하였다. 1583년 학행(學行)으로 천거되어 경기전참봉(慶基殿參奉)이 되었다.

1592년 임진왜란이 일어나자 남원에서 2천여 명의 의병을 모집, 정염·양사형(楊士衡) 등에 의해 의병장으로 추대되었다. 체찰사(體察使) 정철이 비장(裨將) 이잠(李潛)을 보내 그의 부장(副將)이 되게 하였다. 그때 순찰사 권율(權慄)이 수원 독산성(禿山城)에서 구원을 청하자 의병장 임희진(任希進)과 함께 이를 구원하였다. 이후 정철의 권유로 호남을 지키기 위해 옥천으로 내려와 선산(善山) 등지에 주둔하고, 창원·함안·성주·대구 등지에서 왜적을 크게 무찔렀다.

1593년 제2차 진주성 전투에서 재외운량장(在外運糧將)에 추대되어, 산음(山陰)에서 군량 수백 석을 구해 진주성에 운반하였다. 선조에게 중흥책(中興策)을 상소하였으며, 1595년에는 첨정(僉正)으로 승진되었으나 나아가지 않았다.

정유재란 때 남원성이 함락되자 정염이 "변사정이 있었다면 적이 어찌 여기까지 이르렀겠는가?"라고 하였다. 사헌부장령(司憲府掌令)에 추증되고, 선무원종공신(宣武原從功臣)에 녹훈(錄勳)되었다. 저술로 『도탄집』이 있다.

박
민

조물주가 난새와 봉황을 채찍질하여
맘껏 세상을 소요한 것이리라

두류산선유기

박민의 유람 일정

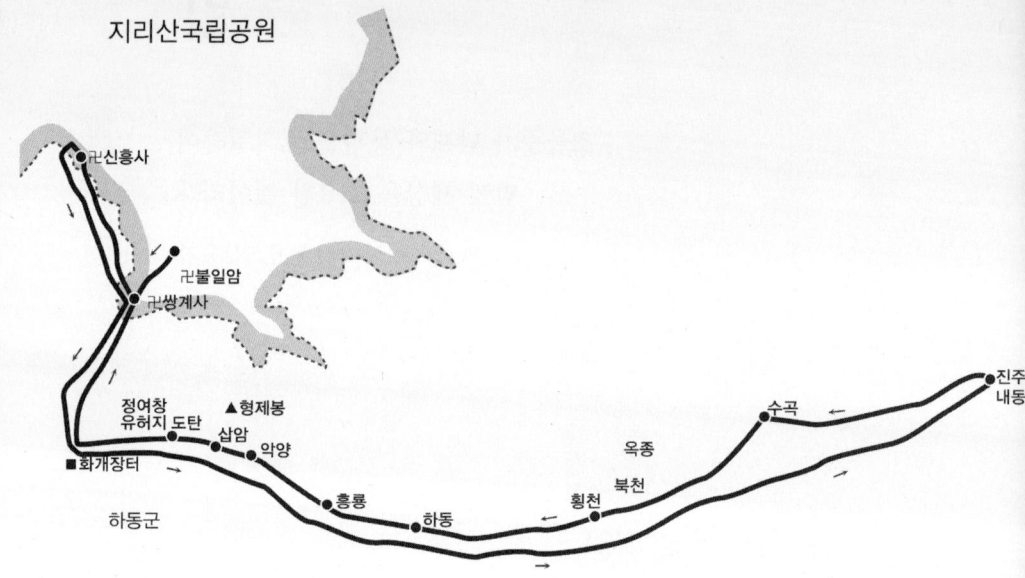

지리산국립공원

신흥사

불일암
쌍계사

정여창
유허지 도탄
삽암
악양
▲형제봉

■화개장터

하동군

흥룡

하동

옥종

북천
횡천

수곡

진주
내동

일 시 : 1616년(광해 8) 9월 24일 - 10월 8일(14박15일)

동 행 : 성여신·정대순·강민효·이중훈·문홍운·성박·성순·강이원·하응일·최비·정시특 및 종 등

일 정 : ●9/24일 : 부사정 → 검호 → 이천 → 정촌 → 관율 → 구암마을 → 하영견의 초정(1박) ●25일 : 초정 → 진현 → 박민의 낙천와(1박) ●26일 : 낙천와 → 수곡 강사순의 집 → 유경지의 모정(1박) ●27일 : 모정 → 봉계 → 맥동촌(1박) ●28일 : 맥동촌 → 황현 → 횡포 → 공돌원 → 계동 하홍의의 집(1박) ●29일 : 계동 → 하영견의 초정 → 손유경의 정사 → 흥룡촌 하응일의 집(1박) ●30일 : 흥룡촌 → 군산 → 삽암 → 도탄 → 가정 → 쌍계사(1박) ●10/1일 : 쌍계사 관람(1박) ●2일 : 쌍계사 → 불일암 → 향로봉 고령대 → 쌍계사(1박) ●3일 : 쌍계사 → 화개현 → 신응사(1박) ●4일 : 신응사 → 가정촌 → 도탄 → 삽암 → 평사역 촌가(1박) ●5일 : 평사역 촌가 → 흑룡촌 → 배를 타고 내려감 → 강변나루 → 강가 정자(1박) ●6일 : 정자 → 우현 → 하천 → 공돌원 → 횡포 → 황현 → 대야천 → 동곡 정희숙의 집(1박) ●7일 : 동곡 → 후방 → 원당 → 곤명 → 박민의 낙천와(1박) ●8일 : 낙천와 → 약동령 → 임천탄 → 황류탄 → 부사정

※ 박민은 50세인 1616년 부사(浮查) 성여신(成汝信) 등과 지리산을 유람하였다. 이 유람의 일정
은 성여신의 「방장산선유일기」에 상세히 나와 있어, 이를 기준으로 작성한 것이다. 『선인들의
지리산 유람록』(돌베개, 2000, 206쪽) 참조.

조물주가 난새와 봉황을 채찍질하여
맘껏 세상을 소요한 것이리라

두류산선유기*

　내가 일찍이 말하기를 "사람에게는 병이 될 만한 것인데도 병으로 여기지 않고, 즐길 만한 것인데도 즐거움으로 여기지 않는 경우가 있다." 라고 하였는데, 무엇을 말한 것인가? 부귀공명과 이해득실에 마음을 빼앗겨 괴로워하면서 평생을 보낸다면 내가 말한 병이 될 만한 것이 아니겠는가? 아름다운 산수와 청풍명월을 마음대로 찾아가 물외(物外)에서 실컷 즐긴다면 내가 말한 즐길 만한 것이 아니겠는가? 그러나 병을 병으로 여기고 즐거움을 즐거움으로 여기는 것을 누가 능히 그렇게 할 수 있겠는가?

　어느 날 부사(浮査) 소선(少仙)[1]이 나에게 청유(淸遊)의 뜻을 내비치기에 곧장 행장을 꾸렸다. 소선은 진정 그 즐거움을 즐기는 사람이다.

＊본 자료의 번역은 국립중앙도서관에 소장된 박민의 『능허집(凌虛集)』(청구기호 古3648-25-143-1-2) 「두류산선유기」를 저본으로 하였다. 『능허집』은 1799년에 2권 2책으로 간행되었다. 이 유람은 1616년 부사(浮査) 성여신(成汝信)의 주도로 이루어졌는데, 『부사집』에 전하는 「방장산선유일기(方丈山仙遊日記)」에 그 일정과 행적이 상세히 전한다.
1) 부사(浮査) 소선(少仙) : 성여신(成汝信, 1546-1632)을 가리킨다. 자는 공실(公實), 본관은 창녕이며, 부사는 그의 호이다. 부사는 스스로를 '소선'이라 일컬었다.

신응사 주변 풍경

이번 유람에는 그의 두 아들[2]이 모시고 갔고, 문여간(文汝幹)[3]이 함께 했으며, 강사순(姜士順)[4]이 뒤따랐다. 정희숙(鄭熙叔)[5]이 병을 떨치고 동행했으며, 나도 그 대열에 참여하였다. 악양(岳陽)에 이

르러 이근지(李謹之)[6]도 합류하였다.

여덟 신선[八仙][7]이 소매를 나란히 하여 때로는 천천히 때로는 빠르게 걷다가 산 위에 올라 조망할 적에는 나이를 잊고 먼저 올랐다. 무릇 눈으로 보기에 좋고 뜻에 흡족하며 마음으로 느껴지고 가슴으로 비통해할 만한 것을 모두 거둬들일 수 있었다. 그때 시를 지으려 웅얼거리거나, 시를 길게 읊조리거나, 광기어린 듯 노래를 부르거나, 일어나 춤을 추는 사람이 있었는데, 모두 마음이 내키는 대로 하였다.

---

2) 두 아들 : 부사의 맏아들인 성박(成鑮, 1571~1618)과 넷째 아들 성순(成錞, 1590~1659)을 가리킨다.

3) 문여간(汝幹) : 문홍운(文弘運, 1577~1610)을 가리킨다. 여간은 그의 자이며, 호는 매촌(梅村), 본관은 남평이다.

4) 강사순(姜士順) : 강민효(姜閔孝)를 일컫는데, 사순은 그의 자이다. 호는 봉학대(鳳鶴臺)이며, 본관은 진양이다.

5) 정희숙(鄭熙叔) : 정대순(鄭大淳, 1552~ ?)을 가리킨다. 희숙은 그의 자이며, 호는 옥봉(玉峰), 본관은 연일(延日)이다.

6) 이근지(李謹之) : 이중훈(李重訓, ? ~ ?)을 가리킨다. 근지는 그의 자이며, 호는 동정호(洞庭湖)이다.

7) 여덟 신선[八仙] : 부사는 이 유람에서 동행했던 이들을 모두 신선의 호를 붙여 불렀는데, 예컨대 성여신은 부사소선(浮查少仙), 정희숙은 옥봉취선(玉峰醉仙), 강사순은 봉대비선(鳳臺飛仙), 박민은 능허보선(凌虛步仙), 이근지는 동정적선(洞庭謫仙), 성박은 죽림주선(竹林酒仙), 문홍운은 매촌낭선(梅村浪仙), 성순은 적벽시선(赤壁詩仙) 등이다.

신선이 사는 신령스럽고 특이한 곳에서는 발을 내딛자마자 머리털이 쭈뼛쭈뼛 곤두섰다. 옥같이 고운 꽃과 나무는 그 이름을 분변하지 못했는데 낱낱이 살펴보고서야 견문이 넓어졌다. 우주의 심원함과 풍운의 변화 또한 정신을 확 트이게 하고 흉금을 소통시키기에 충분하니, 아마도 화식(火食)하는 인간의 기상은 아닌 듯하였다.

　내가 이에 더욱 느끼는 바가 있어, 부귀공명과 이해득실은 진실로 사람에게 병통이 됨을 알게 되었다. 예컨대 경치 좋은 시내와 바위를 찾을 적에 좋은 술과 맛난 음식을 내놓은 이는 산중의 벗이고, 범을 타고 용을 부리듯 죽장을 짚고 구름을 헤치고 온 자는 산중의 시승(詩僧)이다.

　두루 유람하고 내려와서는 넓은 호수에 배를 띄워 맑고 빼어난 야경을 만끽하고, 누대 위에서 생황을 불고 노래를 부르며 기쁜 감정을 실컷 맛보았다. 기상은 더욱 호방하고 생각은 더욱 기발해졌다. 이 느낌을 시로 표현하였는데, 어찌 주머니 속에만 넣어두랴. 마침내 시축(詩軸)을 완성하니, 아! 얻은 것 또한 많구나.

　무릇 장엄하고 수려한 산천은 땅이 자물쇠로 잠그고 하늘이 빗장을 쳐서 숨겨둔다. 옛 사람의 기이한 자취는 귀신이 막아주고 보호한다. 그리하여 사계절의 각기 다른 풍경과 만물의 다양한 모습은 예나 지금이나 마찬가지이다. 이는 선현들의 기록에 상세히 나타나 있는데, 내가 어찌 군더더기 말을 덧붙이랴.

　아! 남쪽 농지에서 부지런히 일하면 굶주림을 면할 수 있고, 잠실에서 부지런히 누에를 치면 추위를 막을 수 있다. 그러나 느긋하게 즐기고 유쾌하게 기뻐함을 얻는 경우가 인생에 몇 번이나 있겠는가? 이번 유람은 만물·만사와 다투지 않고 망연히 나를 잊어 내 즐거움이 절로 이르렀으니, 이는 모두 내가 원하는 바였다. 그러니 내 다시 무엇을 구하랴?

비록 그러하나 사람들은 우리 유람의 즐거운 점만 볼 뿐, 일흔이 넘은 소선이 날듯 산을 오르는데 마치 허공을 능멸하듯 초탈한 듯한 모습이 있었던 것은 모르리라. 이것은 아마도 조물주가 그로 하여금 난새와 봉황을 채찍질하여 맘껏 세상 밖을 소요하게 한 것이리라. 아! 소선은 진정 신선이로다.

아! 적벽(赤壁)의 강산이 소동파(蘇東坡)에 의해 사람들에게 회자되었던 것[8]은 전대(前代)의 일이고, 이번 유람이 사람들 입에 오르내리는 것은 분명 소선 때문일 것이다. 병진년(1616) 12월에 씀.

인물해제

능허 박민

박민(朴敏, 1566-1630)은 자가 행원(行遠), 호는 능허(凌虛), 본관은 태안이다. 그의 선대는 본래 개성에 살았는데, 고려 말 그의 6대조가 진주 정씨와 혼인하면서 진주에 정착하였다.

능허는 16세 때 향시에 장원하는 등 이후 10번의 향시에 합격하였다. 그러나 벼슬에는 뜻이 없었으며, 실제로 부사(浮査) 성여신(成汝信)과 함께 천거를 받았으나 나아가지 않았다.

20세 때 남명의 문인 수우당(守愚堂) 최영경(崔永慶)을 찾아 가르침을 받으면서 남명의 학문을 처음 접하였고, 이후 내암(來庵) 정인홍(鄭仁弘)과 한강(寒岡) 정구(鄭逑)에게도 수학하였다. 정구는 『대학』과 『중용』을 가르칠 때 그의 기량이 충후(忠厚)함을 인정하여 제자들에게 능허를 스승으로 삼을 것을

---

8) 적벽(赤壁)의……것 : 소동파는 송나라 시인 소식(蘇軾)을 가리킴. 소식이 적벽을 유람하며 「적벽부」를 지어 그곳이 세상에 널리 알려지게 되었다.

권하였다. 이를 계기로 남명의 여타 문인들과 두루 교유하고 학문을 강마하였는데, 21세 때 하항(河沆)·유종지(柳宗智) 등과 성리학을 강론하였고, 하수일(河受一)·이대기(李大期)·박제인(朴齊仁)·이정(李瀞) 등과도 교유하였다. 특히 정구의 문하에 출입하던 장현광(張顯光)·김우옹(金宇顒)·정온(鄭蘊) 등과는 매우 절친하였다. 49세 때는 침류정(枕流亭) 옛 터에 서실을 지어 낙천와(樂天窩)라 편액하고 교류의 장으로 삼았다. 이듬해에는 능허대(凌虛臺)를 낙성하여 일생 학문연마와 수신의 거처로 삼았다.

임진왜란이 발발하자 노모를 모시고 지리산에 피신하였다. 진주성이 함락되고 절도사 최경회(崔慶會) 등이 남강에 몸을 던져 죽자, 능허는 산에서 내려와 뱃사람과 함께 그의 시신을 찾아 장례를 치르고는 죽을 때까지 남강 물을 먹지 않았다. 정묘호란이 일어나자 주군(州郡)에서 창의하여 그를 강우의병장(江右義兵將)으로 추대하였다. 이에 의병을 거느리고 상주(尙州)에 이르렀으나 화의가 성립되었다는 소식을 듣고 되돌아왔다.

능허는 광해군이 인목대비를 유폐하고 영창대군을 죽이는 사건과 관련하여 내암의 문인 문홍도(文弘道)와 심한 언쟁을 벌린 일이 있었다. 그는 이 일로 인해 향후 10년 동안 과거 응시를 정지당하기도 하였다. 인조반정 이후 천거가 있었으나 등용되지는 못하였다.

세상을 떠난 뒤 좌승지에 추증되었고, 진주의 정강서원(鼎岡書院)과 정산(鼎山)의 향현사(鄕賢祠)에 제향되었다. 저술로 『능허집』이 있다.

조
위
한

강산의 아름다움도
알아주는 이를 만나야 하니

유두류산록

조위한의 유람 일정

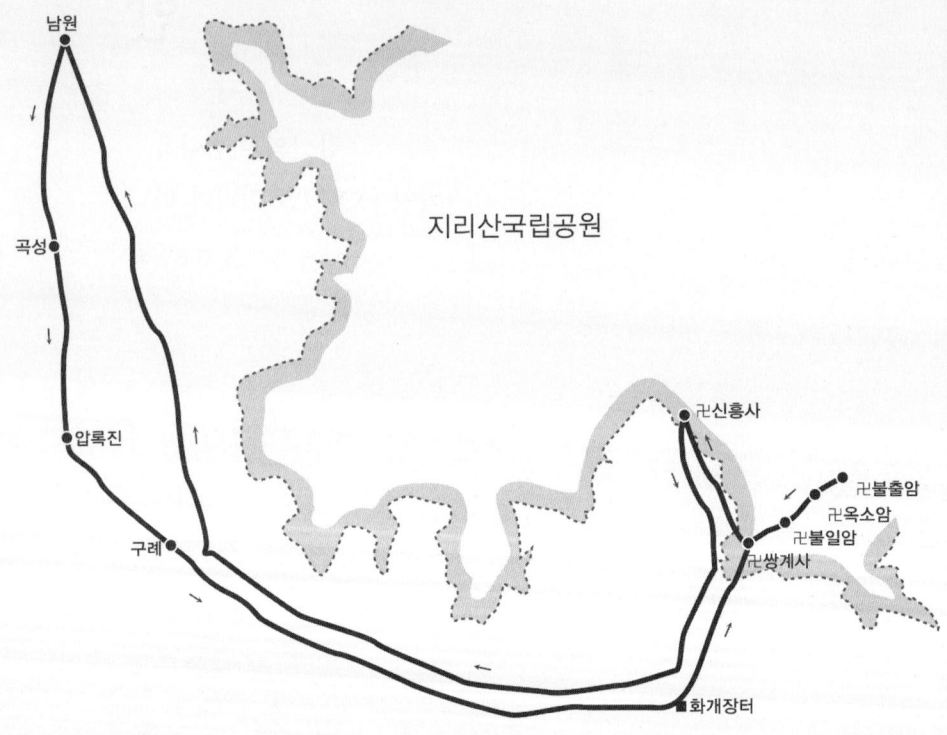

지리산국립공원

남원
곡성
압록진
구례
신흥사
불출암
옥소암
불일암
쌍계사
화개장터

일 시 : 1618년(광해군 9) 4월 11일 ~ 4월 17일(6박7일)
동 행 : 조찬한·방원량·양형우·심생·악공·관비·기생·종 등
일 정 : ●4/11일 : 남원부 성촌 → 순자강 → 수운정 → 곡성(1박) ●12일 : 곡성 → 압록진 → 잔수나루 → 구례
(1박) ●13일 : 구례 → 화개동 → 쌍계사(1박) ●14일 : 쌍계사 → 불일암 → 옥소암 → 영대암 → 불출
암 → 쌍계사(1박) ●15일 : 쌍계사 → 신흥사 → 화개동 → 용두정 → 구례(1박) ●16일 : 구례 → 중방
리 → 성원 → 둔산령 → 월파헌 (1박) ●17일 : 월파헌 → 남원부 성촌

강산의 아름다움도 알아주는 이를 만나야 하니

유두류산록*

무오년(1618) 2월, 나는 한양에서 가족을 데리고 남원(南原) 성촌(省村)으로 옮겨와 살았다. 아우 현주공(玄洲公)[1]도 토포사(討捕使)로서 삼도(三道)를 다스리기 위해 먼저 남쪽에 와 있었다. 멀리 떨어져 있다가 다행히 만나게 되었으니, 우애 있는 형제 간의 일대 기이한 일이다.

내가 현주에게 말하기를 "내가 대방(帶方)[2]에 왕래한 것이 몇 번인지 모르지만, 지금까지 한 번도 방장산(方丈山)을 유람하지 못했네. 일에 얽매였기 때문만은 아니고, 속세의 인연이 다 하지 못해 마귀들이 방해해서일 것이네. 진시황(秦始皇)·한무제(漢武帝) 등이 부지런히 수소문했지만, 오히려 이 산이 어느 곳에 있는지를 자세히 알 수 없었다네. 중국 사람들은 지금까지도 막연하고 황당한 이야기로 치부하여 삼신산

---

* 이 자료의 번역은 한국문집총간 제73책에 실린 조위한의 『현곡집(玄谷集)』「유두류산록(遊頭流山錄)」을 저본으로 하였다. 이는 연세대학교 중앙도서관에 소장된 판본(811.98-조위한-현)을 영인한 것이다.

1) 현주공(玄洲公) : 조위한의 아우 조찬한(趙纘韓, 1572-1631)이다. 조선 중기의 문신이며, 본관은 한양이다. 1606년 문과에 급제하여 형조참의·좌승지 등을 역임하였다. 문무의 재능을 겸비하였으며, 특히 시부(詩賦)에 뛰어났다. 권필(權韠)·이안눌(李安訥)·임숙영(任叔英) 등과 교유하였다. 저술로 『현주집(玄洲集)』 등이 있다.

2) 대방(帶方) : 대방주(帶方州)로, 현 전라북도 남원시를 가리킨다.

쌍계사 현판

(三神山)이 실제로 우리 나라에 있다는 사실을 알지 못하네. 이 어찌 여름벌레가 얼음을 말하지 못하고, 하루를 사는 버섯이 한 달을 알지 못하는 것이 아니겠는가? 우리들은 다행히 이 땅에서 태어났고, 이 고을에 살며 일상 속에서 매일 선산(仙山)을 바라보고 있네. 하지만 몇 발짝 걷기 싫어 올라 유람하지 못하였으니, 어떻게 흉금을 씻어내고 소원을 성취할 수 있겠는가? 그리고 한양으로 돌아가서도 세상 사람들에게 할 말이 없을 것일세. 자네도 공무가 한가하고 내 몸도 차도가 있으며, 때는 마침 4월인지라 꽃구경도 늦지 않았네. 이럴 때 틈을 내어 유람하지 않으면, 훗날 찾아가는 것을 어찌 기약할 수 있겠는가?"라고 하였더니, 현주가 말하길, "제 생각도 그러합니다. 마침 경상병사(慶尙兵使) 남이흥(南以興)[3]과 쌍계사(雙溪寺)에서 만나기로 약속하였으니, 일이 없는 것도 아닙니다."라고 하여, 마침내 쌍계사를 유람하기로 하였다.

4월 11일(경자). 맑음. 남원부에서 현주를 따라 말을 달려 순자강(鶉子江)에 이르니, 방원량(房元亮)이 먼저 중주원(中酒院)에 와서 기다리고 있었다. 동애(東崖) 양형우(梁亨遇)[4]는 뒤따라 왔다. 이 두 사람과

---

3) 남이흥(南以興, 1576-1627) : 조선중기의 무신이며, 자는 사호(士豪), 호는 성은(城隱), 본관은 의령이다. 1598년 노량해전에서 아버지가 전사한 데 충격을 받아 무술을 연마하여 1602년 무과에 급제하였다. 경상도병마절도사 · 안주목사 등을 역임하였다. 이괄(李适)의 난에 큰 공을 세웠으며, 정묘호란 때 후금의 군대와 맞서 싸우다 전사하였다.
4) 양형우(梁亨遇, 1570- ?) : 자는 자발(子發), 호는 동애(東崖), 본관은 남원이며, 양대박

는 이전에 모두 약속이 있었다. 드디어 배에 올라 나루를 건넜으며, 나란히 말을 타고 갔다. 7~8리쯤 가니 강 언덕에 우뚝 솟은 정자가 있었다. 고목은 푸른 등나무가 휘감고 수석은 매우 아름다웠는데, 바로 옛 참판 김계지(金啓之)의 수운정(水雲亭)이었다. 말에서 내려 올라가 둘러보았다.

곡성(谷城)으로 길을 돌렸는데, 수령 최호(崔皞)는 한양으로 올라가고 없었다. 적적한 빈 객관에서 한나절을 무료하게 보냈다. 현주가 먼저 절구(絶句)를 지었고, 나와 동애가 그 시에 차운하였다. 이 고을 사람 진사 김련(金鍊)이 아들과 조카 및 안건(安鍵)을 데리고 와서 만났다. 저물 무렵 담양부사 김홍원(金弘遠)도 부름에 응하여 왔다.

12일(신축). 맑음. 나와 방생(房生)은 먼저 김진사 집으로 갔으며, 현주는 담양부사를 송별하고 뒤따라 왔다. 술을 세 차례 돌려 마신 뒤 현주가 먼저 출발하였으며, 나와 방생도 뒤이어 갔다. 강을 따라 30리쯤 가니, 협곡의 좁은 길에 아슬아슬한 잔도가 매우 험난하였다. 빠른 물살과 가파른 협곡은 단양군(丹陽郡) 영춘(永春)[5]에 못지않았다. 그러나 세상 사람들은 사군(四郡)의 협곡[6]만 일컫고 이 협곡이 있는 줄은 모른다. 어째서일까? 모르긴 해도 강과 산의 빼어난 경관도 알아주는 사람을 만나느냐 만나지 못하느냐에 따라 그런가 보다.

압록진(鴨綠津)에 도착하자, 동애가 먼저 욕천(浴川)으로부터 곧장 강가에 이르러 악공에게 피리를 불게 하면서 기다렸다. 점심을 먹은 후,

---

(梁大樸)의 아들이다. 1611년 문과에 급제하였다. 부친을 따라 형 제호(霽湖) 양경우(梁慶遇, 1568- ?)와 함께 임진왜란 때 의병을 일으켰다.

5) 영춘(永春) : 현 충청북도 단양군 영춘면을 가리킨다.
6) 사군(四郡)의 협곡 : 우리나라 네 군(郡)에 있는 험한 협곡을 일컫는데, 각각 어느 곳인지 확실하지 않다.

배에 올라 술을 가져오게 하니, 곡성의 관비(官婢) 두 사람이 배에 올랐다. 그들에게 노래를 부르게 하였는데, 피리소리와 잘 어우러졌다. 강을 오르내리며 놀았는데, 흥겨움이 적지 않았다. 배 안에서 각자 율시 한 편씩을 지었다.

배에서 내려 길을 가다가, 다시 협곡을 따라 30리를 갔다. 잔수(潺水) 나루7)를 지나 구례현(求禮縣)으로 들어갔다. 시 두어 편을 짓고, 인하여 수령 민대륜(閔大倫)과 조촐한 술자리를 가진 뒤 밤이 깊어 파하였다. 이날 밤 보슬비가 잠시 내렸다.

13일(임인). 맑음. 아침에 관속(官屬) 요간(了簡)을 광양(光陽)의 심생(沈生)에게 보내어 두류산에서 만나기로 기약하였다. 현주가 먼저 출발하였다. 우리 세 사람은 협곡을 따라 30리를 갔는데, 돌기둥의 벼랑길을 지나고, 무너진 성첩과 보루에는 방어하던 진지가 있었다. 형세가 기이하고 웅장하니, 지형이 매우 험한 효산(崤山)과 함곡(函谷)8)이라도 이보다 낮지 않을 것이다.

돌기둥이 있는 협곡으로부터 20여 리를 가서 화개동(花開洞)에 들어갔는데, 대부분 협곡의 길이었다. 욕천에서부터 화개에 이르기까지 110리였는데, 강을 따라 벼랑길이 나 있기도 하고, 돌길은 매우 험하며, 맑은 강에는 백석이 여기저기 있어서 좋아할 만했다. 산속 외딴 마을은 무릉도원인 듯했으니, 집을 옮겨와 살 수 없음이 한스러웠다. 화개동 입구에서 악양(岳陽)으로 가는 큰길을 버리고, 곧장 작은 길을 따라 들어갔다.

---

7) 잔수(潺水)나루 : 현 전라남도 구례군 구례읍 신월리에 잔수역(潺水驛)이 있으므로, 이 지역에 있었던 나루터로 추정된다.
8) 효산(崤山)과 함곡(函谷) : 효산은 금음산(嶔崟山)·금잠산(嶔岑山)이라고도 불린다. 현재 하남성 낙녕현(洛寧縣) 북쪽에 있는데, 험난한 지형으로 인해 예로부터 군사의 요지이다. 함곡은 하남성 영보현(靈寶縣) 황하 유역에 있는 험준한 골짜기이다.

큰 시내가 소리를 내며 산에서 흘러내렸다. 그 시내를 따라 10리를 갔는데, 바위 가로 굽이진 골짜기였다. 비단 같은 바위, 옥 같은 꽃들이 굽이굽이마다 기이하고 빼어났다. 말이 가는 대로 몸을 맡겨둔

쌍계 입구

채 느긋하게 즐기면서 가니, 눈도 피로하고 마음도 나른해졌다.

무릉계(武陵溪)에 이르자, 거주하는 승려 10여 명이 나와서 맞으며 "토포사께서 이미 경상병사와 함께 쌍계석문에서 만나 기다리고 있습니다."라고 하였다. 즉시 남여를 타고 시내를 가로질러 건너 2~3리쯤 가자, 석문이 나왔다. 올려다보니 우뚝한 바위가 나란히 마주보고 있었는데, 오른쪽에는 '석문(石門)'이라 새겨져 있고, 왼쪽에는 '쌍계(雙磎)'[9]라고 새겨져 있었다. 네 개의 큰 글자가 장엄하여 용과 이무기가 뒤엉켜 승천하는 듯하고, 칼과 창을 비스듬히 잡고 서 있는 듯했는데, 바로 최고운(崔孤雲)의 필적이다.

경상병사와 만나 시냇가 바위 위에 앉아 술자리를 마련하였다. 예쁘게 단장한 진주(晉州) 기생 6~7명이 노래를 부르고 거문고를 타고 피리를 불었는데, 물소리와 뒤섞여 말소리를 들을 수 없었다.

신흥사(神興寺)의 승려가 앞뒤로 나열해 앉아 있었다. 그 가운데 승

---

9) 쌍계(雙磎) : 원문에는 '쌍계(雙溪)'로 되어 있다. 그러나 실제 쌍계사 앞 석문에는 '쌍계 (雙磎)'로 석각되어 있다. 조선시대 학자들의 지리산 유람록에는 두 용어를 혼용한 예가 빈번히 보이는데, 이후 번역에서도 이를 정정하여 '쌍계(雙磎)'로 표기하였다.

복이 무척 깨끗하고 눈빛이 형형한 이가 있었으니, 법명을 '각성(覺性)'이라 하였다. 그는 불경에 통달한 유식한 승려로 대승법(大乘法)에 밝아 제자 200명을 이끌고 신흥사에서 도를 강론하고 있었다. 우리들이 이곳으로 온다는 말을 듣고 마중 나와 기다리고 있었다. 경상병사가 먼저 쌍계사로 들어가고, 우리는 바위 위에 앉아 시를 짓고 뒤따라 들어갔다.

수천 그루의 고목은 신록의 그늘을 드리우고, 몇 그루의 춘백(春柏)은 붉은 꽃송이가 흐드러지게 피어 있었다. 절 앞에 오래된 비석이 있었다. 높이는 한 길 남짓 되고, 돌거북이 짊어지고 있었으며, 전액(篆額)에 '진감대사비명(眞鑑大師碑銘)'이라 쓰여 있었다. 당나라 광계(光啓) 3년(887)에 세웠는데, 글과 글씨 모두 고운이 남긴 것이다. 누각에 올라가 잔치를 열었는데, 노래와 북소리가 질탕하게 울려 퍼졌다. 곱게 화장한 기생들이 열을 지어 번갈아 노래하고 춤을 추었다. 달 밝은 야심한 시각에 대취하여 파하였다.

14일(계묘). 맑음. 경상병사는 진양(晉陽)으로, 각성은 신흥사로 돌아갔다. 정오에 남여를 준비해서 불일암(佛日菴)에 올라가려 하였다. 심생이 광양에서 푸른 노새를 타고 100리를 달려 왔는데, 예상된 날짜보다 일찍 도착하였으니, 어찌 그리 기이한가? 다섯 사람이 각자 남여를 타고 법당 뒤로 곧장 올라갔다. 정상이 매우 높아 부여잡고 오를 수 없을 만큼 가팔랐다. 남여를 짊어진 승려의 헐떡이는 숨소리는 쇠를 단련하는 듯 거칠었고, 등에는 진땀이 흥건하였다. 다섯 걸음 열 걸음마다 어깨를 바꾸고 위치를 옮겼다. 앞에서 당기고 뒤에서 밀며, 오른쪽으로 기울기도 하고 왼쪽으로 기우뚱거리기도 하였다. 남여를 타고 있는 괴로움도 남여를 맨 고통 못지않았다. 한 치 나아가고 한 자 물러나면서, 고생스럽게 올라갔다. 거의 8~9리쯤을 가자 낭떠러지가 있었는데, 나무를 베어 골짜기 사이를 연결해 놓았다. 내려다보니 밑이 보이지 않는 골짜기에, 걸어서 건널 수 없는 곳이 여러 군데 있었다. 남여에서 내려 짚신을 신고는 힘들게 기어가기도 하고 비탈을 안고 건너가기도 하였다.

불일암에 도착하니, 절은 오래 전부터 승려가 없어 단청 빛이 퇴락하고 빈 불단은 썰렁하였는데, 창가 벽에 햇살이 부서지고 있었다. 오른쪽으로 청학봉(靑鶴峯)을 대하니, 위로는 하늘에 닿아 있고 푸른 절벽은 깎아 세운 듯하였다. 승려가 "바위틈에 청학 한 쌍이 둥지를 틀고 새끼를 기르며 살았는데, 고운이 왕래할 적에 타고 다녔다고 합니다. 천년의 세월 동안 아무 탈이 없었는데, 불행하게도 이 산에 유람을 온 어떤 영남 유생이 돌을 던져 상처를 입히자, 날아가 버리고 돌아오지 않은 지가 10여 년이나 되었습니다."라고 하였다.

그 아래에 동네가 있는데, 청학동(靑鶴洞)이라고 부른다. 깊은 그늘이 만 길이나 되어 그 밑을 볼 수 없었다. 소나무·삼나무·노송나무·측백나무 등이 우거져 어두침침하여 단지 뿌연 운기만 보일 뿐이었다. 왼쪽에는 향로봉(香爐峯)이 있었는데, 청학봉과 마주보고 서서 높고 웅장함이 짝을 이루었다.

불일암에서 동남쪽 백 보 지점 향로봉 못 미친 곳에, 긴 폭포가 쏟아져 내리고 있었다. 공중에 거꾸로 매달려 세차게 떨어지며 물방울을 튕겨 숲 골짜기로 뿜어내고 있었다. 수없이 울리는 천둥처럼 우렁찬 소리가 동천(洞天) 안으로 쏟아지며 내리치니, 참으로 천하의 장관이었다. 송악산(松岳山)의 박연폭포(朴淵瀑布)와 자웅을 겨룰 만하였는데, 골짜기의 기이하고 웅장함은 박연폭포보다 더 나았다.

절 앞에 10여 명이 앉을 만한 대(臺)가 있었다. 바위에 '완폭대(翫瀑臺)' 세 글자가 새겨져 있었으니, 또한 고운이 직접 쓴 것이다. 다섯 사람이 대 위에 둘러앉아 술잔을 씻어 술을 따랐으며, 기생은 노래를 부르고 악공은 피리를 불게 하였다. 그 소리가 하늘까지 울려 퍼지고 골짜기는 화답하듯 메아리쳤다. 마음과 영혼이 상쾌해져 훌쩍 속세를 벗어난 듯한 생각이 들었으며, 암굴 사이에서 최고운의 음성이 황홀하게 들리는 것처럼 느껴졌다. 대 앞에 오래된 나무들이 나열해 있었는데, 이전에 유람한 사람들이 껍질을 벗기고 이름을 새긴 것이 매우 많았다. 30년 전에 남긴 자취인데도 뚜렷하게 남아있었다. 심생과 방생이 폭포가 떨어지는 곳까지 살펴보려고 절벽을 타고 내려갔는데, 방생은 중도에 돌아오고 심생은 그 밑에까지 내려가서 전체를 조망하고 왔다. 함께 시를 읊조리고 감상하느라 해가 지는 줄도 알지 못했다. 시 몇 편을 짓고 돌아올 적에는 다른 길을 택해 조도(鳥道)를 찾아 수풀을 뚫고 헤치며 곧장 아래로 2~3리를 내려와 옥소암(玉簫庵)에 도착했다.

암자는 깎아지른 절벽 위에 있으니, 벼랑을 뚫어 기둥을 세우고 난간을 둘러 허공에 세워져 있었다. 아득히 공중에 떠있는 모습이 날아가는 새의 날개와 같아 마치 그림 속 모습인 듯하니, 다른 승방(僧房)이나 불전과는 비교가 되지 않았다. 승려가 "이 암자는 담양의 선비 이성국(李聖國)이 이 산에 들어와 20년 동안 수도한 뒤에, 재산을 다 털어 대시주가 되어 지은 것입니다."라고 하였다. 의관을 벗고 잠시 누워 쉬다가 시를 한 수 짓고 돌아왔다.

남여를 타고 곧장 내려오는데, 구덩이에 떨어지고 우물에 빠지는 듯한 느낌이 들었다. 몇 백 보를 가 영대암(靈臺庵)을 지났고, 다시 수백 보를 가 불출암(佛出庵)을 지났다. 두 암자는 모두 깊은 계곡에 있어 한 점의 티끌도 없었으나, 옥소암에 비하면 '풍사하의(風斯下矣)'10)라 할 수 있다. 불출암에서 다시 1리쯤을 가서 쌍계사에 도착해 유숙하였다.

15일(갑진). 맑음. 이른 아침에 출발하여 무릉교(武陵橋)를 건너 신흥동(神興洞)으로 들어가려 하였다. 골짜기가 깊어 별천지 같았으니, 옥빛 땅과 금빛 모래는 걸음걸음 볼 만했고, 옥색 못과 비취빛 물은 곳곳이 명승이었다. 금강산(金剛山) 만폭동(萬瀑洞)과 닮았지만, 웅장하고 화려한 모습은 더 나았다. 말에서 내려 바위에 앉아 마음껏 감상하였다. 진양(晉陽)에서 온 젊은 하인들이 물에 들어가 멱을 감도록 허락하였는데, 이 또한 기이한 구경거리였다.

10여 리를 가서 신흥동에 이르렀다. 골짜기 입구 바위에 '삼신동(三神洞)'이라는 글자가 새겨져 있었다. 홍류교(紅流橋)를 건너자, 시냇가에 '세이암(洗耳嵒)'이라는 글자도 새겨져 있었다. 이 글자는 둘 다 고운(孤雲)의 글씨가 아니다. 시냇가에 능파대(凌波臺)의 옛터가 있었는데, 황폐하여 잡초가 뒤덮여 있었다. 각성(覺性)이 제자들을 이끌고 나와 맞이하여 남여를 타고 절에 들어갔다.

세이암 글씨

절 앞에 있는 높은 대에 앉았는데, 배를 띄울 만한 넓은 연못가에 임해 있었으며, 깎아 세운 듯한 봉우리들이 병풍처럼 빙 둘러싸고 있었다. 신령스러운 바람이 불어 상쾌한 기운이 느껴졌다. 신선이 사는 옥으로

---

10) 풍사하의(風斯下矣) : 『장자(莊子)』「소요유(逍遙遊)」의 "風之積也不厚 則其負大翼也無力 故九萬里則風斯在下矣 而後乃今培風"에 근거한 말로, 붕새가 9만 리나 올라가야 날개 밑에 충분한 바람이 쌓여 그 바람을 타고 남쪽으로 날아갈 수 있다고 하였다. 여기에서는 훨씬 아래에 있다는 뜻으로 쓰였다.

만든 누대와 달 속의 궁전에 있는 듯 황홀하여 나도 모르게 우화등선(羽化登仙)하는 듯했다.

각성이 차를 내온 뒤에 법당으로 맞이해 들였다. 법당은 금빛·비취빛으로 산뜻하여 용의 비늘처럼 찬란하게 빛났다. 승려 가운데 나이가 젊고 얼굴이 깨끗한 자가 수백 명에 달했는데, 나한(羅漢)처럼 둘러앉아 있었으니, 모두 각성의 제자들이다. 절의 승려가 서속밥과 나물반찬을 내어와 요기할 수 있었다. 진양에서 온 기생들을 먼저 돌려보내고, 각자 시를 지어 각성에게 주고는 신흥동을 나와 돌아왔다. 심생은 그곳에 남아 유숙하였다.

돌아오는 길에 골짜기를 흔드는 큰바람이 휘몰아쳐서 계곡이 온통 깜깜해졌다. 갓이 제쳐지고 옷이 흩날려 도무지 길을 갈 수가 없었다. 이 어찌 산과 계곡의 신령이 세속의 발자취가 선경을 더럽힌 것에 진노하여 용공(龍公)·풍백(風伯)[11]에게 속세의 티끌을 몰아내게 한 것이 아니겠는가?

강가에 말을 쉬게 하고, 점심을 먹은 뒤에 현주를 먼저 보냈다. 나와 방생은 말을 달려 용두정(龍頭亭)에 이르렀다. 말을 세우고 눈길 가는 대로 둘러보니, 지형이 장대하고 상쾌하여 헛되이 얻어진 이름이 아니었다. 날이 저물고 바람이 몰아쳐 곧바로 구례로 가서 묵었다.

16일(을사). 맑음. 이른 아침에 출발하여 중방리(中方里)를 지나 성원(星院)의 정랑 최유장(崔孺長)이 은거하는 곳에 들어갔다. 시냇가 바위에 앉았는데, 주인이 술과 음식을 차려 왔다. 둘러앉아 한참 동안 즐거운 시간을 보내고, 시를 지어 최유장에게 주었다. 현주가 먼저 남원으

---

11) 용공(龍公)·풍백(風伯) : 용공은 용왕(龍王)을 가리키며, 풍백은 바람을 관장하는 신이다.

로 가기 위해 숙성치(肅星峙)12)로 향했다. 자발(子發)13)은 율치(栗峙)를 경유하여 술산(述山)14)으로 돌아갔다. 나와 방생은 둔산령(屯山嶺)을 거쳐 황혼녘에 말을 달려 월파헌(月波軒)15)에 도착하여 유숙하였다.

17일(병오). 맑음. 나도 성촌(省村)으로 돌아왔고, 현주도 남원부에서 와 다시 만났다.

18일(정미). 비. 말을 보내 동애(東崖)16)를 맞이해 오게 했다. 오언고시(五言古詩)로 기행시 한 편씩을 지었다.

19일(무신). 맑음. 산 속에서 지은 초고를 점검하여, 칠언율시 10편, 오언율시 20편, 칠언절구 3편, 오언고시 1편을 얻었는데, 모두 합하니 102편이었다. 엮어서 한 권의 책으로 만들어 펼쳐 볼 수 있게 하였다. 그리고 현주에게 기(記)를 짓도록 하여 서문으로 삼았다.

20일(기유). 현주는 완산(完山)17)으로 출발하였고, 동애도 술산으로 돌아갔다. 나만 홀로 외진 마을에 머물며 우두커니 토우(土偶)처럼 되었다. 아, 천리 밖에 멀리 떨어져 있다가 골육을 만나게 되었으니, 참으로 세상에 드문 일이다. 그리고 함께 선산(仙山)을 유람하며 시우(詩友)가 되었으니, 천재일우의 기이한 만남이었다. 산에 올라 샅샅이 찾아다니지는 못했으니, 관청의 일에 일정이 있기 때문이었다. 이틀 동안 산 속에 머무는 것으로는 실컷 맛보기에 부족했는데, 하늘가에서 기쁘게

---

12) 숙성치(肅星峙) : 지리산에 있는 고개로서, 영제봉과 밤재 사이에 있다.

13) 자발(子發) : 양형우(梁亨遇)의 자이다.

14) 술산(述山) : 현 전라북도 군산시 임피면 술산리를 가리킨다.

15) 월파헌(月波軒) : 조선 선조 때 찰방(察訪)을 지낸 취수당(醉睡堂) 김성진(金聲振 1563-1644)이 지리산에서 우거하며 지은 것인데, 인조 초에 그가 삼계면에 내려와 정착하면서 현 전라북도 임실군 삼계면 학정리 정각골로 옮겨왔다.

16) 동애(東崖) : 양형우의 호이다.

17) 완산(完山) : 현 전라북도 전주시의 옛 이름이다.

만난 뒤에 갑자기 멀리 떠나보내니, 슬프구나. 아마도 그 사이에 정해진 운수가 있는 것이리라. 만나고 헤어짐은 기약이 없고 인생은 유한하니, 훗날 정겨운 만남을 쉽게 얻기 어려우리라. 유람의 전말을 기록하여 뒷날의 볼거리로 삼는다.

현곡 조위한

　　조위한(趙緯韓, 1567-1649)의 자는 지세(持世), 호는 현곡(玄谷)·소옹(素翁)·서만(西巒), 본관은 한양(漢陽)이다. 부친은 조양정(趙楊庭)이고, 모친은 청주(淸州) 한씨(韓氏)로 한응성(韓應星)의 딸이다. 4형제 중에서 셋째로서, 첫째는 조계한(趙繼韓), 둘째는 조유한(趙維韓), 그리고 막내는 조찬한(趙纘韓)이다. 특히 조찬한과 우애가 지극하였으며, 두 형제가 문장에 뛰어나 당시에 "육기(陸機)·육운(陸雲) 형제가 세상에 다시 나왔다"라고 칭송하였다.

　　임진왜란 때 그는 김덕령(金德齡)의 수하에서 의병활동을 하였다. 35세 때인 1601년 사마시에 합격하여 진사가 되었으며, 다음 해에 그의 재주를 아끼던 윤근수(尹根壽)의 추천으로 중림찰방(重林察訪)이 되었다. 1607년 봄에 가뭄으로 인한 선조(宣祖)의 구언(求言)에 응하여 상소하면서, 성혼(成渾)·정철(鄭澈)·황정욱(黃廷彧)의 억울함을 변호하는 내용을 말하였다. 1609년 증광시 문과에 합격하였으며, 1년 뒤에 사은사(謝恩使) 서장관(書狀官)으로 명나라에 다녀왔다. 1613년 국구(國舅) 김제남(金悌男)의 무옥(誣獄)에 연좌되어 구금되었다가 석방되었다.

　　52세 때인 1618년(광해군 10) 세상일을 잊기 위해 가족들을 이끌고 남원(南原)으로 내려갔는데, 「차귀거래사(次歸去來辭)」를 지어 자신이 은거하는 이유를 나타내었다. 그 무렵 당시 혼란한 정치상황과 백성들의 곤궁한 생활상을 표현한 「유민탄(流民歎)」을 짓기도 하였다.

인조반정으로 복직되어 성균관 사성(成均館司成)이 되었고, 사헌부 장령(司憲府掌令) 등을 지냈다. 1624년 이괄(李适)이 난을 일으키자 토벌에 참여하였으며, 정묘·병자호란 때에도 출전하였다. 이후로 직제학(直提學)·공조참판(工曹參判) 등을 역임하였다. 문장과 서예에 조예가 깊었으며, 해학에도 능하였다.

저술로『현곡집(玄谷集)』이 있는데, 초간본은 1658년 14권 3책으로 간행되었다. 이후 정확한 연대는 알 수 없지만, 초간본을 교정하여 일부 수정하는 작업을 거쳐 14권 4책으로 중간되었다. 초간본은 현재 연세대학교 중앙도서관(811.98-조위한-현) 등에 소장되어 있는데, 한국고전번역원에서 영인하였다. 중간본은 고려대학교 중앙도서관(D1-A2395) 등에 소장되어 있다.

양경우

무지개가 고개 숙여 물을 마시는 듯
비단 띠가 허공에 드리운 듯
역진연해군현 잉입두류 상쌍계신흥기행록

양경우의 유람 일정

지리산국립공원

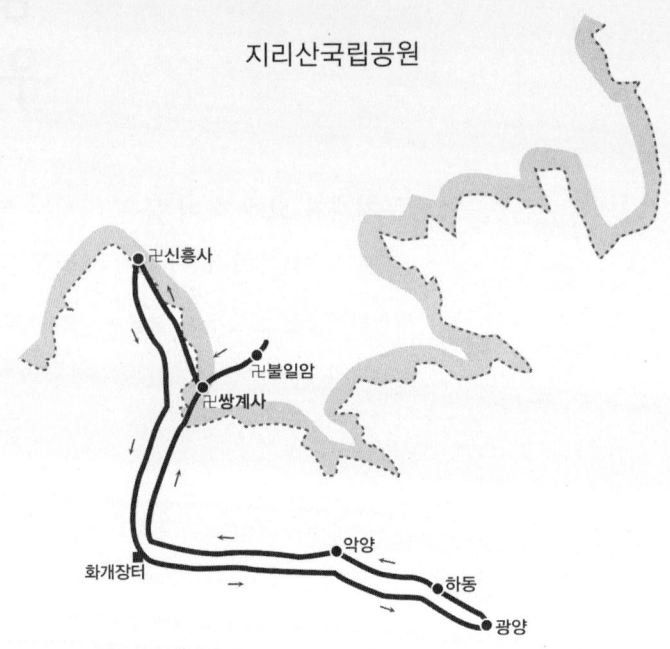

일 시 : 1618년 윤4월 15일-5월 18일(32박33일)

동 행 : 관아의 종자들

일 정 : • 윤사월 15일 : 오산현 → 남평현(1박) • 16일 : 남평현(1박) • 17일 : 남평현(1박) • 18일 : 남평현 → 영암군(1박) • 19일 : 영암군 → 도갑사(1박) • 20일 : 도갑사(1박) • 21일 : 도갑사(1박) • 22일 : 도갑사 → 백선명의 집(1박) • 23일 : 백선명의 집 → 백광훈의 별장 → 당악 → 윤희백의 집(1박) • 24일 : 윤희백의 집(1박) • 25일 : 윤희백의 집(1박) • 26일 : 윤희백의 집 → 벽파정 → 진도군(1박) • 27일 : 진도군 → 망덕봉 → 진도군(1박) • 28일 : 진도군 → 벽파정(1박) • 29일 : 벽파정 → 당악 → 윤희백의 집(1박) • 5/1일 : 윤희백의 집 → 강진현(1박) • 2일 : 강진현 → 장흥부(1박) • 3일 : 장흥부 → 보성군(1박) • 4일 : 보성군 → 해창 → 흥양현(1박) • 5일 : 흥양현(1박) • 6일 : 흥양현 → 낙안군(1박) • 7일 : 낙안군 → 순천부(1박) • 8일 : 순천부 → 환선정 → 광양현(1박) • 9일 : 광양현 → 두치 → 악양(1박) • 10일 : 악양 → 화개 → 쌍계사(1박) • 11일 : 쌍계사 → 불일암 → 완폭대 → 쌍계사(1박) • 12일 : 쌍계사 → 신흥동 → 하천촌사(1박) • 13일 : 하천촌사 → 두치 → 광양현(1박) • 14일 : 광양현 → 승평부 북촌 → 동복현 → 협선루(1박) • 15일 : 동복현 → 화순현(1박) • 16일 : 화순현 → 연주정 → 능양현(1박) • 17일 : 능양현 → 남평현(1박) • 18일 : 남평현 → 오산현

무지개가 고개 숙여 물을 마시는 듯
비단 띠가 허공에 드리운 듯

역진연해군현 잉입두류 상쌍계신흥기행록*

　　무오년(1618) 계춘(季春:음력 3월) 초 나는 오산현(鼇山縣)-장성(長城)의 별칭-수령으로 있었는데, 조현주(趙玄洲)[1]가 토포사(討捕使)로 영·호남의 여러 곳을 살피다가 창현(敞縣)[2]에 이르렀다. 이에 내가 창현으로 가서 상사(上舍) 김우급(金友伋)의 시냇가 정자를 찾았다. 꽃을 감상하고 시를 지으면서 남방의 빼어난 산수에 대해 함께 토론하였다.

　　현주가 말하기를 "용성(龍城)[3]은 내가 반평생 왕래하던 곳이며, 그대에게는 고향땅이지. 쌍계사와 청학동은 용성에서 이틀이면 가는데, 나는 아직 한 번도 가본 적이 없네. 몸이 점점 쇠약해지고 있으니, 어찌 우리 두 사람이 같이 탄식할 일이 아니겠는가? 지금 내가 마침 임금의 명을 받들고 남쪽으로 왔는데, 가형(家兄)인 정랑공(正郎公)[4]도 가솔

---

* 이 자료의 번역은 한국문집총간 제73책에 실린 양경우의 『제호집(霽湖集)』 「역진연해 군현 잉입두류 상쌍계신흥기행록(歷盡沿海郡縣 仍入頭流 賞雙溪神興紀行錄)」을 저본으로 하였다.

1) 조현주(趙玄洲) : 조위한의 아우 조찬한(趙纘韓, 1572-1631)이다.

2) 창현(敞縣) : 현 전라남도 고창군(高敞郡)인 듯함.

3) 용성(龍城) : 현 전라남도 남원시(南原市)의 옛 이름.

들을 데리고 성촌(省村)-남원(南源)5) 서면(西面)의 마을 이름-에 내려
와 있으며, 그대의 동생 자발(子發)6)도 별 일이 없이 집에 있으니, 그대
가 공무에 골몰해 있지만 어찌 이 절호의 기회를 놓치겠는가? 만약 산
속의 꽃이 지기 전에 선계를 찾아 시를 수창하며 명승지를 기행한다면
이는 평생 얻기 힘든 좋은 기회라네."라고 하였다. 이에 서로 쳐다보며
웃고 반대하는 사람이 없어 날짜를 정하고 헤어졌다.

그 뒤 방백(方伯)7)에게 휴가를 얻으려 했으나 허락을 받지 못하였다.
바라던 바를 못하게 되어 크게 실망했다. 얼마 뒤 정랑(正郎) 조소옹(趙
素翁)8)과 여러 사람들이 산중에서 주고받은 시 한 축을 보내와 펼쳐보
았다. 또한 작은 벼슬에 연연하여 유람할 겨를이 없음을 기롱하여 나는
더욱 유쾌하지 않았다.

며칠이 지난 뒤 방백이 연안 군현(郡縣)의 속안(續案)9) 임무를 나에
게 맡겼는데, 광양현(光陽縣)이 그 속에 포함되어 있었다. 내가 헤아려
보니, 광양에서 지리산까지는 아침에 출발하면 저녁에 도착할 수 있을
듯하였다. 하늘이 내 형편을 봐 준 것이 아니겠는가? 그래서 소옹에게
서찰을 보내 "나도 이곳에서 출발할 것이니 그대들과 함께 하지 못한
것은 겨우 한 달 정도라네. 산 속의 경물(景物)이야 그대로일 터이고,
나도 길을 가며 자네들 시에 화답을 하여 시축(詩軸) 속에 추가한다면

---

4) 정랑공(正郎公) : 조위한(趙緯韓, 1567-1649)을 말함.
5) 남원(南源) : 원(源)은 원(原)의 오자이다.
6) 자발(子發) : 양경우의 아우인 양형우(梁亨遇, 1570- ?)의 자이다.
7) 방백(方伯) : 관찰사(觀察使)를 말한다.
8) 조소옹(趙素翁) : 조위한(趙緯韓, 1567-1649)을 말한다. 소옹은 그의 호이다.
9) 속안(續案) : 조선시대 관아에 종사하는 천인(賤人)을 등록한 장부. 3년마다 한 번씩
  고쳐 작성하였다.

동시에 유람하며 감상한 것과 무엇이 다르겠는가?"라고 하였다.

드디어 여장을 챙겨 길에 오르니, 이때가 윤사월 15일 계유일이었다. 저녁에 남평현(南平縣)10)에 도착하여 묵었다.

도갑사

16일(갑술). 맑음. 남평현에 사는 사람 몇 명이 남계(南溪)에 배를 띄우자고 했다. 남계 서쪽에는 비취빛 절벽과 올망졸망한 봉우리들이 늘어서 있고, 그 사이로 행인의 모습이 보였다 사라지곤 했는데 바로 능성(綾城)11)으로 가는 길이었다. 남계 동쪽 어촌에는 대여섯 채의 집이 있는데, 숲 위로 하얀 초가지붕이 드러나 자못 소슬한 운취가 있었다. 시내의 중류를 오르내리며 놀다가 저물녘에 흥이 다하여 돌아왔다.

17일(을해). 맑음. 마침 작은 병이 생겨 그대로 머물러 쉬었다.

18일(병자). 맑음. 아침 일찍 출발하여 영암군(靈岩郡)에서 묵었다.

19일(정축). 맑음. 내가 월출산(月出山)으로 가려하자, 영암군수도 나와 함께 도갑사(道甲寺)에 가고자 하였다. 말에 안장을 얹고 막 출발하려는데 관아에 일이 생겨 그만 두었다. 그가 데리고 온 동자 둘이 있었는데 나이가 열대여섯 살이었다. 한 동자는 피리를 불고 한 동자는 비파(琵琶)를 타는 아이였는데, 모두 그의 종들이었다. 군수가 그들에게 나의 행렬을 따르라 명하였는데, 나의 명승 유람을 좀 호사스럽게 하려 한 것이다.

함께 걸어 절문 밖 7~8리 떨어진 동구에 이르자 맑은 시내에 비취빛

---

10) 남평현(南平縣) : 현 전라남도 나주군 남평면 지역을 말함.
11) 능성(綾城) : 현 전라남도 화순군 능주면을 말함.

협곡이 좌우에서 비쳤다. 두 동자에게 마상조(馬上調)12)를 우성(羽聲)13)에 맞춰 연주하라 명하고, 고삐를 늦추어 천천히 갔다. 절문 수백 보 앞에 이르자, 붉은 두 기둥이 나무 숲 위로 우뚝 솟아 있었다. 가보니 현판에 '내원당(內願堂)'이라는 세 자가 씌어 있었다. 고을의 가혹한 정치로 승려들이 견디지 못하고 이처럼 세력에 의탁하는 짓을 하여 사문(沙門)에 누를 끼침이 극에 달한 것이었다. 마침내 선당(禪堂)에 들어가 묵었다.

20일(무인). 맑음. 발에 물집이 생겨 산에 갈 수 없었다. 쓸쓸하게 우두커니 앉아 있자니 노승이 나를 찾아와 "절 뒤에 맑은 여울과 무성한 숲이 있는데, 더위를 씻을 수 있을 겁니다."라고 하였다. 그리하여 앞에서 인도하는 대로 북쪽 담장 밖을 나가 작은 반석 위에 앉았다. 녹음이 자리에 가득하고, 한 줄기로 흐르는 시내는 콸콸 소리를 내며 반석 밑으로 흘러내리다 벼랑을 만나 폭포가 되어 하얗게 부서져 내리는데 이층을 이루었다. 그 높이를 어림잡아 보니 4~5장(丈)은 되어 보였다. 그 폭포 아래 웅덩이는 깊은 못이 되었는데, 그 못 하나의 이름은 폭포연(瀑布淵)이고, 다른 하나는 북지당(北池塘)이었다.

곁에 있던 종이 나에게 말하기를 "이곳의 승려들은 물놀이를 잘하여, 노는 모습이 볼만합니다."라고 하였다. 내가 노승들에게 그리 한 번 해보라고 하자 미소년 승려 7~8명이 벌거벗고 못 위에 늘어섰다. 두 손으로 음부를 가린 채 발을 모으고 솟구치더니 못 안으로 뛰어 들었다. 그들은 깊이 잠수하는 것으로 능함을 삼았다. 처음에는 그들의 모습이 보이지 않더니 한참 후에 머리를 밖으로 드러내었다. 떠올랐다가 또 잠

---

12) 마상조(馬上調) : 악곡 이름인 듯하나, 연원(淵源)을 정확히 알 수 없다.
13) 우성(羽聲) : 오성(五聲)의 다섯 번째 소리.

수하기를 앞서거니 뒤서거니 서로 계속하며 쉬지 않았다. 그 가운데 출몰이 아주 날랜 한 승려가 못 위에 서있는데, 숲 속에서 큰 벌이 나와 그의 이마를 쏘았다. 그 승려는 그대로 땅에 쓰러져 울부짖었다. 잠깐 사이에 그의 눈썹과 눈은 분간할 수 없을 정도로 부었다. 흥이 깨져 자리를 파했다.

21일(기묘). 맑음. 발에 난 물집이 벌겋게 부어올라 아파서 하루 더 쉬었다.

22일(경진). 맑음. 발의 물집이 조금은 진정되었다. 등나무 뿌리와 대나무 줄기를 구해다 둘러 묶어서 작은 남여 모양으로 만들어 말 위에 얹고 거기에 타고서 출발했다. 출발하여 동구 밖으로 나오자 두 동자가 말 앞에서 인사를 올리고 떠나갔다. 저녁에 진사 백선명(白善鳴)14)의 집에 가서 묵었다.

23일(신사). 맑음. 선명이 나를 데리고 그의 선군(先君) 옥봉(玉峯)15)의 별장으로 갔다. 함께 시냇가 골짜기를 깊숙한 곳까지 둘러본 뒤 바위를 쓸고 앉았다. 이야기가 두 집안 선대의 종유했던 우호와 시와 술로 즐긴 정의(情誼)에 이르자, 나도 모르게 주르르 눈물이 흘렀다. 선명이 "옛날 우리 선군께서 어용전 참봉(御容殿參奉)으로 완산(完山)16)에 계실 때, 그대의 선친께서 한양으로 가시다 들러 작별을 고하며 시 한 편

---

14) 선명(善鳴) : 백진남(白振南, 1564-1618)의 자(字)이다. 호는 송호(松湖)이며, 1590년 진사가 되었다. 글씨를 잘 썼다.

15) 옥봉(玉峯) : 백광훈(白光勳, 1537-1582)의 호이다. 자는 창경(彰卿), 호는 옥봉(玉峯)·기봉(岐峰), 본관은 해미(海美)이다. 1572년 명나라 사신에게 시와 글을 지어주어 감탄케 하여 '백광선생(白光先生)'이라는 칭호를 얻었다. 최경창(崔慶昌)·이달(李達)과 함께 삼당파(三唐派) 시인으로 불린다.

16) 완산(完山) : 전주(全州)의 옛 이름.

씩을 읊었는데, 유고(遺稿) 속에 있다네. 우리들의 이 저녁 만남도 우연은 아니니, 어찌 그 시에 차운하여 이어가지 않겠는가?"라고 하였다.

드디어 종이와 붓을 가져오라 명하여 잠시 뒤 시가 완성되었다. 선명이 또 그의 선군의 절구(絶句) 두 수를 외워 함께 그 시에 차운하여 각각 한 통씩 써서 나눠 가졌다. 선명은 초서(草書)에 능했는데, 은구(銀鉤)17)와 옥삭(玉索)18)이 볼만했다.

계곡을 따라 덩굴을 잡고 몇 계단의 벼랑을 올랐다. 벼랑 위에는 정사(精舍)가 있었는데 선명이 새로 만든 것이었다. 어린 여자 종에게 불을 지펴 음식을 하라고 하여 요기를 했다. 어둑어둑 해가 져서 작별하고 곧장 당악(棠岳)-해남(海南)의 별호-으로 향했다. 동쪽 성문 밖 진사 윤희백(尹熙伯)-이름은 적(績)이며, 나의 이종동생이다-의 집에 도착하여 이모를 뵙고 머물렀다.

24일(임오). 맑음. 정랑(正郎) 윤귤옥(尹橘屋)-이름은 광계(光啓)며, 희백과 같은 고을에 산다-이 아침 일찍 찾아왔다. 문안인사를 마친 뒤 소매 속에서 사고(私稿)를 꺼내 놓으며 말하기를 "제가 약관 때부터 문장 짓는 것을 배워 글짓기만을 전문으로 하다 올해로 예순을 넘겼습니다. 근래에 시험 삼아 궤짝 안에 넣어 두었던 초고를 꺼내 마음에 들지 않는 것은 버리고, 시문 약간 편을 얻었습니다. 그것을 정리해 3권으로 만들어 안목이 있는 분을 찾아 질정을 받으려 하였습니다. 때마침 공이와 만나게 되었으니, 천행(天幸)입니다. 공께서 저를 위하여 숨김없이 품평해 주시길 바랍니다."라고 하였다.

내가 사양하다가 어쩔 수 없어서 그 책을 펼쳐 읽기 시작하였다. 저

---

17) 은구(銀鉤) : 썩 아름답게 쓴 글씨. 특히 초서(草書)를 형용함.
18) 옥삭(玉索) : 옥처럼 아주 아름다운 글씨를 지칭하는 말.

녘이 되도록 다 읽지 못하여 귤옥은 자기 집으로 돌아갔다.

25일(계미). 맑음. 새벽에 일어나 귤옥의 사고(私稿)를 읽기 시작하여 늦은 오후에 3권의 시문을 다 읽었다. 문(文)은 퇴지(退之)[19]를 본받고 시는 두보(杜甫)[20]를 본받았는데, 나의 소견으로는 시보다 문이 나은 듯했다. '요즘 세상에서 흔히 구해볼 수 없는 글이었다.' 이런 몇 마디 말을 적어 그에게 돌려주었다. 이 날 술과 안주를 소략하게 갖추어 이모에게 술잔을 올리며 놀다가 한밤중이 되어서 파했다.

26일(갑신). 맑음. 진도군(珍島郡)을 향해 출발하여 나루터 입구에 이르렀다. 벽파정(碧波亭)이 검푸른 바다 건너에 있는데 눈을 크게 뜨고 보니 가물가물 보였다. 하늘은 맑고 바람도 없어서 무사히 바다를 건넜다. 뭍에 이르러 정자에 올라 사방을 둘러보았다. 수면이 잔잔하게 펼쳐져 사방이 거울 같았다. 두 개의 작은 섬이 파도 속에 솟아 있는데 기이한 밤경치가 비할 데 없었다. 다만 태평할 때 지

벽파정 현판

은 웅장한 누각은 병화로 소실되었고, 전란 후에 새로 지은 것인데 규모가 초라했다. 소제하는 사람도 없어 새똥이 정자 안에 가득했다.

말을 재촉하여 10여 리를 달려 진도군에 도착했다. 읍치가 나무와 갈대 사이에 위치하고 있어 매우 쓸쓸하였다.

27일(을유). 맑음. 진도군 수령이 나에게 "읍치 뒤에 망덕봉(望德峯)

---

19) 퇴지(退之) : 중국 당나라의 문학가 겸 사상가였던 한유(韓愈, 768-824)의 자이다.
20) 두보(杜甫, 712-770) : 자는 자미(子美), 호는 소릉(少陵)이며, 중국 최고의 시인으로서 시성(詩聖)이라 불리었다. 이백(李白)과 함께 '이두(李杜)'라 일컫기도 한다.

이라는 봉우리가 있는데, 매우 높아서 거기에 오르면 남해를 굽어볼 수
있습니다. 가서 보지 않으시렵니까?"라고 말했다. 그리하여 나는 수령
과 함께 북을 치고 피리를 부는 악공을 데리고 산에 올랐다. 서남쪽으로
큰 바다가 발아래로 펼쳐있고, 고래 같은 파도가 아득히 밀려오고, 끝이
없는 수평선이 하늘과 맞닿아 장관을 이루었다. 곁에 있던 늙은 아전이
바다의 섬 이름을 모두 알고서 하나하나 가리키며 알려 주었다. 그리고
한라산을 가리켰는데, 하늘 끝에서 보일락 말락 가물가물 하였고, 그 크
기는 마치 어머니 빗만 하였다.

낙조를 돌아보니 점점 서쪽 바다 속으로 들어가고 있었으며 붉은 파
도가 구름을 물들였다. 만 리 밖이 한눈에 들어왔다. 조금 뒤 장풍(長
風)이 갑자기 일어나 바다가 출렁이고, 파도가 거세게 일어 온 산이 움
직이려 하고 온 바다가 한꺼번에 울부짖었다. 일기가 험악해 오래 머물
수 없어서 마침내 파하고 돌아왔다.

28일(병술). 맑음. 나는 돌아오는 길에 벽파정의 야경을 구경하고 싶
어 저녁을 먹은 후 말을 달려 홀로 정자에 올랐다. 2경쯤 되니 고기잡이
배는 일을 마치고 돌아오고, 새들은 둥지로 돌아갔고, 총총한 별들이 물
에 비쳐 하늘과 바다가 찬란하게 빛났다. 조용히 홀로 앉아 옷깃을 움켜
잡고 있자니 문득 어둠 속에서 심상찮은 파도 소리가 들려왔다. 그 소리
가 오래도록 그치지 않으니 고래와 붕새가 장난치고 있는 것일까? 밤이
어두워 분간할 수 없었지만 얼핏 자맥질하는 고래와 붕새의 깃과 갈퀴
가 보이는 듯했다.

벽 위에는 유천(柳川) 한준겸(韓浚謙)[21]과 서경(西坰) 유근(柳根)[22]

---

21) 한준겸(韓浚謙, 1557-1627) : 자는 익지(益之), 호는 유천(柳川), 본관은 청주(淸州)다.
1586년 문과에 급제하여 호조판서 등을 지냈다. 임진왜란 때 중국 명나라 도독을 도와

등 대가들의 십운의 배율(十韻排律)이 걸려 있었다. 관아에 딸린 사람들에게 불을 비춰 베끼게 하고, 그 운자를 취해 시를 지었다. 시를 짓고 나니 동쪽이 밝아오고 있었다.

29일(정해). 맑음. 날이 밝기 전에 배를 불러 바다를 건넜다. 안개 낀 바다를 건너고 나니 선계(仙界)와 속계(俗界)가 현격히 갈린 듯하여 서글픈 생각이 들었다. 다시 당악(棠岳)으로 향해 저녁 때 윤희백(尹熙伯)의 집에서 묵었다.

5월 초1일(무자). 맑음. 강진현(康津縣)에서 묵었다.

초2일(기축). 맑음. 장흥부(長興府)를 향해 출발하여 6~7리를 가니 이 고을에 살고 있는 이의신(李懿信)이 길옆의 숲 속 정자에서 나를 기다리고 있었다. 서로 회포를 풀다 보니 시간가는 줄도 모르고, 길 떠나는 것도 잊어버렸다. 윤희백이 당악에서부터 나와 함께 왔는데, 여기에 이르러 작별을 고하고 돌아갔다. 저녁에 장흥부에서 묵었다.

초3일(경인). 맑음. 보성군(寶城郡)에서 묵었다.

초4일(신묘). 맑음. 아침 일찍 출발하려는데 고을 수령 정홍량(鄭弘亮)이 나를 전송하기 위해 해창(海倉)[23]으로 왔다. 그가 나에게 말하기를 "여기에서 홍양(興陽)[24]까지 거리가 육로로는 거의 70여 리나 되지만 배로 바다를 건너면 수로로는 겨우 40리 밖에 안 됩니다. 둘러 가는 것과 질러가는 것이 이렇게 차이가 납니다. 다만 배를 타는 것은 위험하

군량 보급에 힘썼다.

22) 유근(柳根, 1549-1627) : 자는 회부(晦夫), 호는 서경(西坰)·고산(孤山), 본관은 진주(晉州)다. 이황(李滉)의 문인으로, 1572년 별시문과에 장원하였다. 임진왜란 때 선조를 호종하여 이조참판에 오르고 예조판서 등을 지냈다.

23) 해창(海倉) : 현 전라남도 보성군 보성읍 득량면 해평리 조양(朝陽) 마을의 옛 이름.

24) 홍양(興陽) : 현 전라남도 고흥군(高興郡)을 가리킴.

고 육로로 가는 것은 안전하니 공께서 선택하십시오."라고 하여, 내가 말하기를 "바다에 떠서 장대하게 유람하는 것이 나의 소원이네."라고 하였다. 그리하여 세 척의 배에 돛과 노를 갖추어, 두 척에는 말과 짐을 싣고 한 척에는 나와 종자 5~6명, 뱃사공 1명이 탔다. 출발하려는데 정홍량이 나에게 경계하기를 "풍파가 바뀌어 배가 요동치더라도 두려워마십시오."라고 하였다. 서로 몇 마디 나누며 웃다가 헤어졌다.

20여 리쯤 가는 데는 순풍에 돛을 달고 배가 아주 빨리 나갔다. 갑자기 뱃사공이 뒷전에서 일어나 큰 소리로 알리기를 "세찬 바람이 불어오고 있습니다."라고 하였다. 내가 일어나서 바라보니, 설산(雪山) 같은 하얀 파도 더미가 동남쪽에서 밀려오고 있었는데 형세가 이미 가까워져 있었다. 내가 뱃사공에게 "이럴 때는 어떻게 해야 하는가?"라고 물으니, 뱃사공이 아뢰기를 "앞으로 가야 할 길이 아직 20여 리는 남았으니, 이번 길은 참으로 힘들겠습니다. 그러나 돛을 내리고 뱃사람들로 하여금 모두 노를 잡고 힘껏 젓게 하면 비록 넘어지는 위험은 면하지 못하더라도 무사할 수는 있을 것이니 너무 염려하지 마십시오."라고 하였다. 마침 배 안에 술이 있어 한 사발씩 나누어 마셔 놀란 마음을 진정시키고 더 열심히 노를 젓도록 독려하였다.

잠시 후 파도가 몰려와 높은 물결이 용솟음쳤다. 외로운 배는 힘이 약해져 뒤집힐 듯 뒤집힐 듯하기를 몇 번이나 했는지 알 수 없다. 풍랑에 휩쓸려 하늘을 우러르고 천길 바다 속을 굽어보았다. 배 안에 있는 사람들의 안색이 노래졌다. 나는 이때 현주(玄洲)가 압록협(鴨綠峽)에서 지은 절구의 운을 써서 억지로 시 한 수를 지었다. 스스로 조금 안정되었다 생각했는데, 뱃사공이 몇 번이나 "놀라지 마십시오. 놀라지 마십시오."라고 소리쳤다. 문득 나의 안색이 평온하지 않다는 것을 알아차리고서 껄껄 웃었다. 해안에 배를 대니 때는 겨우 정오 무렵이었다. 저녁에 흥양현(興陽縣)에서 묵었다.

초5일(임진). 맑음. 아침 일찍 밥을 먹고 출발하려 하였다. 고을 수령 박유건(朴惟健)은 무인(武人)이지만 글을 알아 나와는 친분이 있었다. 그가 찾아와 나를 붙잡으며 "오늘이 5월 5일 명절입니다. 저희 읍이 비록 넉넉하지는 않더라도 어찌 공께 하루 대접하는 것을 근심할 정도이겠습니까?"라고 하였다. 나는 이에 가려던 길을 멈추었다.

문 밖에 많은 사람들이 웃고 떠드는 소리가 들려 태수가 문을 열게 하니, 읍민 100여 명이 뜰 아래로 들어왔다. 태수가 "이 읍에는 억센 사람들이 많아 단옷날 각저희(角觝戲)[25]를 하는데 그 내력이 오래 되었습니다. 손님들에게

각저희

한바탕 웃음을 주고자 모여 오게 하였습니다."라고 하였다. 말을 마치기도 전에 각저희를 시작하여 승부를 가리며 차례대로 나와 시합을 하였다. 그 중에 큰 키에다 그을린 얼굴빛에 다리는 마치 견고한 기둥 같은 건장한 한 사람이 연달아 7~8명을 이겨버리자 씨름판에 나서는 사람이 없었다. 섬돌 아래에 엎드려 "씨름판이 끝났습니다."라고 하였다. 태수가 하나의 큰 사발에 술을 떠서 상으로 주라고 명하였다.

이때 유생처럼 얼굴이 하얗고 마르고 키도 작은 한 소년이 앞으로 나

---

25) 각저희(角觝戲) : 씨름을 말한다. 이 밖에 각저(角抵) · 각저(角觝) · 각력(角力) · 각희(角戲) · 상박(相撲) 등의 별칭이 있다.

와서 "저 사람과 겨루어 보고 싶습니다."라고 청하였다. 수령이 놀라 괴이하게 생각하며 손을 휘저어 나가라고 하였다. 그 소년은 굳이 청하였다. 이미 건장한 사람과 샅바를 잡고 있었는데, 그 모양이 마치 개미가 큰 나무를 흔들려는 것 같았다. 뜰에 있던 100여 명의 사람들이 서로 눈웃음을 쳤다.

작은 소년이 갑자기 기합소리를 내자 건장한 큰 사람이 그에 응수하였다. 한참동안 씨름판을 빙빙 돌다 두 사람이 함께 넘어졌다. 먼지와 모래가 자욱하게 일어났는데, 자세히 살펴보니 작은 사람이 큰 사람의 위에 있었다. 나와 태수는 큰 소리로 껄껄 웃고, 그를 불러 앞으로 나오게 한 뒤 나이를 물었더니 스물한 살이라고 하였다. 태수가 말하기를 "이 사람은 서울의 저잣거리에 있던 소년인데 장사하러 이곳에 왔나 봅니다. 저도 이렇게까지 기상이 꿋꿋하고 건장한지 몰랐습니다."라고 하였다. 곧 쌀과 베를 상으로 내렸다.

각저희가 끝나고 사람들이 나가자, 몽접(夢蝶)이라는 관내의 기생이 들어와 절을 올렸다. 이 기생은 젊었을 때 노래를 잘 하였는데, 난리를 만나 떠돌다가 용성(龍城)까지 이르러 내가 살던 집에 삼 년 동안 우거하였다. 그 뒤 20년 동안 그녀가 살았는지 죽었는지도 몰랐다. 지금 생각지도 못했는데 만나게 되니, 또한 살다 보면 이런 우연이라는 것도 있나 보다. 서로 옛날 일을 이야기하다 노래를 하게 하였더니, 아직도 간드러지게 노래하는 목소리가 옛날과 같았다. 태수가 나를 위해 술자리를 베풀어 환담을 나누다 밤이 깊어 파하였다.

초6일(계사). 맑음. 아침을 재촉하여 먹고 일찍 출발하여 낙안군(樂安郡)에 도착하니, 이경(二更:21~23시)이었다.

초7일(갑오). 맑음. 오후에 출발하여 순천부(順天府)에 도착하였다.

부사 지봉(芝峯)26)이 내가 왔다는 소식을 듣고 객관(客館)으로 마중을 나와서 "궁벽한 곳에 오랫동안 살다 보니 늘그막에 즐거운 일이 없었는데, 오늘 공을 보니 어찌 뛸 듯이 기쁘지 않겠습니까?"라고 하였다. 함께 시문을 논하면서 시간가는 줄도 몰랐다. 밤이 되어서야 파했다.

초8일(을미). 맑음. 내가 일찍 관아로 가서 부사에게 작별인사를 하였다. 때는 5월이라 나무마다 석류꽃이 만발하여 사방을 환하게 비추었는데, 마치 비단 폭을 걷고 있는 듯하였다. 지봉이 돌아보고 가리키며 "내가 한양에 있을 때 어떤 사람 집에서 화분에 심어진 이 꽃을 보고 요염하면서 쓸쓸하다고 생각했는데, 이렇게까지 번화한 줄은 생각지도 못했습니다."라고 하였다.

이윽고 함께 동성(東城) 밖으로 나와 환선정(喚仙亭) 위에 앉았다. 맑은 내 한 줄기가 난간 밖으로 비스듬히 흘러가고, 넓은 들은 산봉우리와 맞닿았으며, 어느 곳을 바라보아도 아득히 멀고 넓어 소강남(小江南)의 맑고 깨끗한 경치라 할 만했다. 부사가 나에게 며칠 더 머무르며 벽에 걸린 시에 두루 화답하며 놀다 가라고 하였다. 내가 말하기를 "날씨가 점점 더워지고 초목이 무성해져 두류산 유람을 늦출 수가 없습니다. 여기에서 작별을 해야 할 것 같습니다. 돌아올 때 여러 날 머물며 실컷 즐겨도 늦지 않을 것입니다."라고 하자, 부사가 허락하였다.

순천부를 출발하여 저녁이 되기 전에 광양현(光陽縣)에 도착하였다. 바닷가는 염분이 많아 곡식이 안 되고, 인가(人家)는 쓸쓸하였으며 국자처럼 작은 성이었다. 성가퀴[雉堞] 반은 무너졌고, 성문 안에는 오직

---

26) 지봉(芝峯) : 이수광(李睟光, 1563~1628)의 호이다. 자는 윤경(潤卿)이고 본관은 전주(全州)다. 1585년 별시문과에 급제하여 이조판서 등을 지냈다. 주청사로 연경에 내왕, 『천주실의』 등을 들여와 한국 최초로 서학을 도입했다. 이조판서 등을 지냈다.

악양 전경

늙은 느티나무만이 줄을 지어 서 있었다. 사방을 둘러보아도 적막하기만 할 뿐 사람들의 말소리는 들리지 않았다. 객관 밖에 이르자 백발의 한 늙은 아전이 문에서 우리를 맞이하며, 수령은 조정의 명으로 먼 곳으로 출타했다고 하였다. 이른바 동상방(東上房)[27]에서 묵었는데, 두 칸의 천정이 낮은 방이었다. 허리띠도 풀지 못하고 베개에 기대어 밤을 보냈다.

초9일(병신). 맑음. 새벽에 두치(頭峙)를 향해 출발했다. 깊은 산 겹겹의 봉우리들 속에 구불구불 길이 이어져 있어 행로가 매우 험난했다. 정오 무렵에 강을 건너 악양(岳陽)을 지났다. 화개(花開)에 7~8리 정도 못 미친 길가의 인가에서 묵었다. 이곳은 지형이 빼어나 영·호남 중에 최고였다. 큰 강이 북에서 남으로 흐르고 물결이 골에 가득하여, 강 양쪽 가의 소와 말을 겨우 분간할 정도였다. 겹겹의 봉우리와 충충의 산이 강을 끼고 대치하고 있는데, 동쪽은 지리산(智異山)이며 서쪽은 백운산(白雲山)이었다. 어부들의 집과 물가의 농가가 줄을 지어 마을을 이루었는데, 띠풀 지붕과 가시나무 울타리가 대숲 사이로 언뜻언뜻 보였다. 이른바 악양점사(岳陽店舍)라는 것이 조금씩 늘어나는 것이 실감 났다.

---

27) 동상방(東上房) : 남향의 대청 왼편에 딸린 방을 말함.

10일(정유). 맑음. 일찍 쌍계(雙溪)를 향해 출발하여 강을 따라 북쪽
으로 가는데 발길 닿는 곳마다 그림 같은 풍경이었다. 화개에 이르자 골
짜기의 입구가 서쪽으로 향해 있었고, 골이 매우 웅장하고 깊었다. 큰
시내가 산 속에서 흘러 내려 바위를 치며 우레 소리를 냈는데, 큰 강으
로 흘러 들어가는 곳이 바로 화개의 하류였다. 여기서부터 강을 따라가
는 길을 버리고 시내를 따라 10여 리를 가니 쌍계의 어귀가 나타났다.
한 줄기 물이 쌍계석문에서 흘러내리고, 한 줄기 물은 신흥사(神興寺)
로부터 내려와 이곳에서 하나로 합해져서 흘러가니, 이곳이 바로 화개
의 상류인 무릉계(武陵溪)였다.

쌍계사 입구

　시내를 건너 오른쪽으로 돌
아 수백 보쯤 가니 두 개의 바
위가 길 옆에 문처럼 서 있었
다. 쌍계사(雙溪寺)를 출입하
는 자들이 이곳을 경유한다.
바위 높이는 5~6장 쯤 되는
데, '쌍계석문(雙磎石門)'이라
는 네 개의 큰 글자가 바위에
새겨져 있었다. 바위 하나에 각각 두 글자씩 새겨져 있었는데 필획이 정
돈되어 있고 서체가 엄격하며 칼과 창이 교차한 듯하니 참으로 고운(孤
雲) 최치원(崔致遠)의 친필이다. 찡하니 가슴이 뭉클하여 말에서 내려
우두커니 바라보았다. 대체로 당대(唐代)의 명필로 모두 저수량(楮遂
良)28) · 안진경(顔眞卿)29)을 말하면서 최학사(崔學士)만은 일컫는 말

28) 저수량(楮遂良, 596-658) : 중국 당나라의 서예가. 우세남(虞世南) · 구양순(歐陽詢)과
　　아울러 초당(初唐) 3대가로 불린다. 아름답고 화려한 가운데에도 용필(用筆)에 힘찬

을 듣지 못했으니, 외국 사람이기 때문이 아니었을까? 저수량은 논하지 않더라도, 안진경의 마애비각본(磨崖碑刻本)을 본 적이 있는데, 결코 여기에 미치지 못했다.

작은 고개 하나를 지나니 쌍계사(雙溪寺)가 나왔다. 절의 승려가 나와서 맞이하여 우리를 학사대(學士臺)로 인도하였다. 어떤 승려가 말하기를 "옛날 학사대 위에 불전(佛殿)이 있었는데, 신라시대에 창건한 것이었습니다. 난리를 겪으면서 없어져 버렸는데, 아직 중건하지 못하였습니다. 단지 오래된 비석만 우뚝하니 홀로 남아 있습니다."라고 하였다. 실로 진감태사비명(眞鑑太師碑銘)인데 고운이 직접 짓고 쓴 것이다. 문자의 전형이 군데군데 옛 모습대로 남아 있었지만 반쯤은 떨어져 나가 거의 읽을 수도 없었다. 선당(禪堂)에 들어가 묵었다.

11일(무술). 아침에 맑았다가 저녁에 흐림. 새벽에 일어나 산에 오를 준비를 하였다. 늙은 승려와 젊은 승려 8~9명과 함께 절 뒤의 높은 절벽을 따라 개미처럼 붙어서 위로 올라갔다. 승려들이 나무로 만든 남여를 가지고 뒤따라 왔다. 내가 말하기를 "나는 젊었을 때부터 다리는 튼튼하였다. 지금 늙기는 하였지만 어찌 너희들에게 노고를 끼치겠느냐? 그것을 그냥 두고 오너라."라고 하였다. 몇 리쯤 가자 꽤나 힘이 들었다. 그래서 젊은 승려들로 하여금 등 뒤에서 밀라고 하였다. 가면 갈수록 더욱 지치게 되어 바위에 기대 잠시 쉬었다. 법명이 떠오르지 않는 한 늙은 승려가 지식이 있어서 서로 이야기가 통했다. 그가 내 뒤를 따라왔

기세와 변화를 간직하였다.

29) 안진경(顔眞卿, 709~785) : 중국 당나라의 서예가. 왕희지(王羲之)의 전아(典雅)한 서체에 대한 반동으로 나타나 남성적이면서도 균제미(均齊美)를 충분히 발휘한 글씨로, 당대(唐代) 이후의 중국 서도(書道)를 지배했다. 해서·행서·초서의 각 서체에 모두 능했다.

다. 내가 불러 말하기를 "심하구나 나의 노쇠함이여! 남에게 밀어달라며 산행을 하는 처지가 되었으니 남여를 타지는 않았지만 오히려 기대는 바가 있게 되었다. 어찌 이런 몸으로 스스로 건강하다 하겠는가?"라고 하면서 그와 더불어 한바탕 웃었다.

여기서부터 여러 승려들이 나를 남여에 태워 둘러메었다. 오르고 올라 점점 멀리 갈수록 길은 더 험하고 승려들은 더 지쳐갔다. 굽어보니 남여를 멘 승려들은 소처럼 숨을 몰아쉬며 구슬 같은 땀을 줄줄 흘렸다. 노승이 뒤따르며 지친 승려들에게 채근하기를 "길이 얼마 남지 않았으니 게을리 말아라, 게을리 말아라. 작년에 하동(河東) 수령은 몸집이 비대해서 산처럼 무거웠는데도 너희들이 감당해냈다. 그런데 이번 산행을 어찌 고생스럽다 하겠느냐."라고 하였다. 그러자 남여를 멘 사람이 승려들이 말하기를 "왜 하필이면 하동수령을 말합니까. 얼마 전 토포사영감이 오셨을 때도 어지간히 복이 없었습니다."라고 하여 나도 모르게 입을 가리고 몰래 웃었다.

잠시 후 승려들이 길이 끝났다고 고하며 나에게 남여에서 내려 걸어가야 한다고 하였다. 걸어가다가 잔도(棧道)를 만났다. 잔도는 세 개의 긴 나무를 엮어 나무의 양 끝을 바위 벼랑의 틈에 걸어 둔 것이다. 허공에 걸쳐진 것이 허술하여 사람이 건너자 삐거덕 삐거덕 소리를 냈다. 아래는 땅이 보이지 않는 허공이었다. 이 같은 곳이 세 군데였는데 대략 수십 보를 가야 지날 수 있었다. 만약 정신이 왕성하여 백혼무인(伯昏無人)[30] 같은 사람이 아니라면 모두 엉금엉금 기어서 건너며 두려워하지 않을 자가 없었다.

---

30) 백혼무인(伯昏無人) : 초(楚)나라 은자로, 정(鄭)나라 자산(子産)의 스승이다. '백혼무인(伯昏瞀人)'이라고도 한다.

쌍계사 전경

잔도가 끝나자 불일암(佛日庵)이 보였는데, 아득히 구름 끝에 매달린 풍경 같았다. 암자에서 10여 보 정도 떨어진 곳에 석대(石臺)가 있었는데, 20~30명은 앉을 수 있었으며, 그 높이는 몇 천 길이나 되는지 알 수 없었다. 향로봉(香爐峰)이 왼쪽에 있고, 청학봉(靑鶴峰)이 오른쪽에 있었다. 모두 우뚝하게 솟아 위로 푸른 하늘에 닿아 있어 웅대함이 비교할 것이 없었다. 그 아래 어두침침하게 구름과 나무가 서로 빽빽이 들어서 있는 곳이 바로 청학동이었다.

승려가 말하기를 "옛날에 한 쌍의 푸른 학이 푸른 절벽 사이에 둥지를 틀고, 봄과 여름이 되면 새끼를 기르다가 돌아가곤 하였습니다. 그리하여 이 골짜기의 이름을 얻게 된 것입니다. 그 후로 오랫동안 청학이 계속해서 왕래하였는데, 자취가 끊어져 보이지 않게 된 지가 지금 10여 년이나 되었습니다."라고 하였다. 나와 늙은 승려는 한참 동안 탄식하였다.

폭포가 향로봉 오른쪽 중턱에서 쏟아져 내려 석대 아래에 이르러 웅덩이를 이루었다. 마치 긴 무지개가 고개를 숙이고 물을 마시는 듯, 비단 띠가 허공에 드리운 듯하였다. 폭포가 벼랑으로 쏟아져 골짜기로 흐르는 소리가 요란하여 마치 천둥소리를 내며 싸우는 것 같았으니, 참으로 빼어난 구경거리였다.

석대에서 조금 왼쪽으로 5~6보를 가니 또 석대가 있었다. 석대 위에는 '완폭대(翫瀑臺)'라는 세 글자가 새겨져 있었다. 쌍계사 승려는 이 글자와 쌍계석문의 큰 글자가 모두 최치원의 필적이라 알고 있었다. 선인과 범인의 필획은 거리가 멀어 같지 않다. 세상에는 남다른 감식안으로 그 진가(眞假)를 분별할 사람이 없으니, 애석하도다!!

주위를 둘러보는 사이 석대 밑 계곡에서 먹구름이 일더니 가랑비를 뿌렸다. 부슬부슬 내리는 비가 옷을 적셔서 결국 불일암에 들어가 잠시 쉬었다. 천봉만학(千峰萬壑)의 괴이한 나무와 기이한 바위가 구름과 노을이 일었다 걷히는 사이에서 숨었다가 드러나곤 했다. 정신이 서늘해지고 등골이 오싹해졌다. 고요하고 적막한 가운데 홀연히 신옹(神翁)과 우객(羽客)[31]을 만난 것 같았으니, 참으로 신선의 세계였다.

다만 암자에는 거처하는 승려가 없어서 향불 또한 끊어진 지 오래였다. 집은 오래되어 비가 새고 붉고 푸른 단청은 빛이 바래 희미했다. 산중 제일가는 사찰의 이름난 암자가 거의 무너지게 되었는데도 손을 써서 새로 중건하려는 자가 없으니, 선가의 쇠락함을 또한 알 수가 있겠다.

잠시 후 비가 그쳐 날듯이 빨리 걸어서 산을 내려왔다. 해거름에 쌍계사로 돌아와 묵었다.

12일(기해). 흐렸다가 갬. 일찍 출발하여 신흥동(神興洞)으로 길을 떠나려 하자, 늙은 승려가 석문까지 따라와 작별을 고하였다. 석문을 나온 뒤 다시 무릉계(武陵溪)를 건너 신흥동에 들어갔다. 신흥동천은 골짜기는 넓었으며, 흰 돌이 여기저기 널려 있었다. 맑은 여울이 쏟아져 내리고, 기이한 봉우리와 푸른 절벽이 우뚝 서서 둘러싸고 있었다. 봉우리들은 군사들이 칼을 허공에 치켜든 듯 하늘을 찌르고, 옥색의 죽순이 뾰족뾰족 솟아난 듯하였다. 눈이 환해지고, 정신은 맑아지며 흥이 일어 가슴이 벅찼다.

---

31) 신옹(神翁)과 우객(羽客) : 신옹은 신선세계에 사는 신선을 말하고, 우객은 전설에 나오는 날개가 있는 신선을 말한다.

삼신동 석각 글씨

시내의 북쪽에는 깊은 숲이 우거진 산이 솟아 있었는데, 나무는 대부분 소나무·단풍나무·종가시나무·상수리나무였으며, 그 밖의 나무는 모두 이름을 알 수 없었다. 무성한 가지와 굵은 넝쿨이 층층의 벼랑과 무너진 돌무더기에 얽혀 있는데, 덩굴이 얽히고 덮인 속에 희미한 길이 그 안으로 나 있었다. 쳐다보아도 하늘이 보이지 않았다. 정오였는데도 땅으로 비치는 한줄기 빛도 보이지 않았다. 이 또한 장관이었다.

10여 리를 가서 신흥동 입구에 도달하니 커다란 바위가 서 있는데, '삼신동(三神洞)'이라 새겨져 있었다. 시승(詩僧) 각성(覺性)이 나와 나의 행차를 기다리고 있었다. 검은 두건에 납의(衲衣)를 입고 물가에 서 있다가 내가 오는 것을 보고 합장을 하며 한 번 웃었는데, 친구처럼 노고를 위로했다.

골짜기 물은 삼신동으로부터 흘러 나와 신흥동의 물과 합류한다. 시내 위에 외나무를 걸친 다리가 있었는데 각성이 그 다리를 가리키며 홍류교(紅流橋)라 하였다. 내가 각성에게 묻기를 "내가 홍류교에 대해 들은 지는 오래되었네. 지금 다리가 없는데도 다리라고 하는 것은 어째서인가?"라고 하자, 각성이 자랑삼아 말하기를 "옛날 시내에 5칸의 뜬 누각이 걸쳐 있었습니다. 금빛·푸른빛 단청이 휘황찬란하고, 좌우난간이 있어서, 그림자가 물결 속에 잠겨 있었습니다. 유람객과 승려들이 빈번히 왕래하였으니 참으로 기이한 명승지였습니다. 불행하게도 병화에 타 버린 뒤 아직까지 중건하지 못하고 있습니다."라고 하였다. 내가 말하기를 "그렇다면 지금의 이른바 홍류교는 그 이름을 함부로 칭한 것이 철로보(鐵鑪步)[32]보다 심하구나?"라고 한 뒤 그와 더불어 한바탕 웃었다.

마침내 함께 1리쯤 가서 절에 도착하였다. 이 절 또한 난리를 겪은 뒤에 새로 지은 것이었다. 승려가 말하기를 "동량(棟樑)의 제도로는 전에 비하여 더욱 화려합니다. 유독 능파당(凌波堂)은 아직 새로 짓지 못하였습니다."라고 하였다. 금빛 찬란한 도량의 아름다운 구조물이 영롱하게 빛나 사람으로 하여금 발을 들어 조심조심 걷게 하고, 감히 방자한 생각이 일어나지 못하게 하였다.

절 앞에 누각이 있어 각성과 함께 올랐다. 산속 온갖 시내가 합해 한 줄기 물이 되어 누대 아래에 이르러 못이 되었는데, 깊은 곳은 검푸르고 얕은 곳은 맑고 투명했다. 물 건너 봉우리들이 모두 이 누대를 향하여 공손히 읍을 하고 있는 듯하였다.

이날은 새벽에 비가 잠깐 오다가 저물녘에 개었는데, 내가 홍류교에 이르렀을 때에는 가랑비가 또 내렸다. 누대에 올랐을 때는 반쯤 흐리고 반쯤 맑아 구름과 노을이 짙었다 옅었다 하며 온갖 형상으로 변했다 사라지곤 하였다. 갑자기 큰 물고기가 물을 차고 뛰어 오르는 것이 보였는데, 멀어서 어떤 물고기인지 분별할 수 없었지만 그 크기는 한 자는 되었다.

산 속에는 온갖 진귀한 새들이 지저귀고, 물속에서는 물고기들이 또 다시 뛰어올랐다. 만물은 정(情)이 없으나 나를 위해 앞서거니 뒤서거니 맞아주는 것 같았다. 젊은 승려들은 고결한 풍채와 깨끗한 피부를 지

---

32) 철로보(鐵鑪步) : 강가에 배를 묶어 두고 오르내리는 것을 보(步)라 함. 영주(永州) 북곽(北郭)에 있는 지명으로 본래 쇠를 단련하는 자들이 거처하며 왕래하여 철로보라는 이름이 생겼다. 철로보(鐵路步) 또는 철로보(鐵爐步)라고도 한다.

니고, 눈썹과 눈은 그린 듯하였다. 수십 명의 승려가 각성을 호위하고 있었으며, 그 나머지는 법당 밑 뜰에서 수십 수백으로 무리를 이루고 있었는데, 모두 그의 문도들이었다. 서로 밀치면서 내가 앉은 자리 앞으로 다투어 나와 각자 경전을 들고 제목을 써 줄 것을 청했다. 내가 다 쓸 수 없다고 사양하고 단지 몇 권에만 써 주었다.

각성이 말하기를 "빈도는 공의 존함을 들었는데 지금 만나 뵙게 되었습니다. 시를 한 수 지어주신다면 훗날 징표로 삼겠습니다."라고 하였다. 그러면서 소옹(素翁)과 여러 공들이 지어준 시를 꺼내어 나에게 화답해주기를 청하였다. 나는 사양할 수가 없어서 붓 가는 대로 써서 그의 청을 들어 주었다. 나는 각성과 하룻밤을 같이 지내면서 불법을 묻고 도를 논하고 싶었는데, 관아를 떠난 지가 오래되고 맡은 일이 밀려 있으며 종자들의 식량이 다 떨어져 가기 때문에 차를 한 잔 마시고 식사 후 절문을 나왔다. 두보의 시에 '세 걸음 가서 돌아보고, 다섯 걸음 가서 주저앉는다[步回頭 五步坐者]'[33]라고 하였으니 옛사람이 먼저 나의 이런 마음을 알았구나! 홍류교에 이르러 각성과 작별하였다. 저녁에 하천 촌집-화개동 바깥의 마을 이름-에서 묵었다.

13일(경자). 맑음. 날이 저물녘에 강을 건너 두치(頭峙)의 강나루를 건넜다. 오산현(鰲山縣)의 관인이 현의 급한 문서를 가지고 와 말 앞에서 바쳤다. 그 공문을 받아 보니 다음과 같은 내용이었다. 늙은 도적(老賊)이 요양(遼陽)[34]을 침범하여 삼진보(三鎭堡)를 공격해 함락시켰고, 중국 조정에서는 병사들을 동원하여 토벌하려 하는데, 우리 조정에서는

---

33) 세 걸음……앉는다 : 두보(杜甫)의 시 「억석행(憶昔行)」에 보인다.
34) 요양(遼陽) : 중국 요녕성(遼寧省) 심양(瀋陽)의 남서쪽에 있는 상공업 도시. 한나라 때부터 만주 지방의 중요한 도시였으며, 청나라 태조(太祖)가 도읍으로 삼았던 곳이다.

중국의 명령을 받들어 군현에서 병사를 모집해 정해진 기일까지 가야하기에 병사를 모으라는 전령이 매일같이 답지하고 있다는 것이었다. 그러므로 아전들이 와서 급보를 전한 것이다. 저녁에 광양현에서 묵었다.

14일(신축). 맑음. 일찍 일어나 편지를 써서 지봉(芝峯)에게 보냈다. 군무(軍務)로 너무 바빠 먼 길을 달려가 약속을 지키지 못하게 된 사유를 알리고, 아울러 환선정(喚仙亭)의 현판에 있는 운자를 써서 율시 두 수를 지어 인사를 올렸다.

곧장 승평부(昇平府) 북촌(北村) 부유창(富有倉)-창고 이름-의 길을 따라 산골짜기를 지나며 굽이굽이 돌아 날이 어두워져서야 겨우 마을이 있는 조금 평평한 곳에 도착하였으니, 바로 동복현(同福縣)이었다. 현에는 협선루(挾仙樓)가 있었는데, 황량한 숲 너머로 보일락 말락 했다. 채찍질을 더하여 현에 도착해 협선루 누대에 올라 살펴보니 건물이 정교하고도 아름다웠다. 이 누각은 평화로울 때 지은 것으로 난리를 겪었는데도 온전했다. 누각 아래에는 두 개의 연못이 있었는데, 푸른 연줄기가 우뚝우뚝 솟아 있었다. 큰 대나무 수천 그루가 남쪽 담장 밑에서 솟아나 있었다. 서석산(瑞石山) 한 쪽 봉우리들이 모두 앉은 자리에서 보였다. 깊은 산중인데 이처럼 아름다운 경치가 있을 줄은 생각지도 못하였다. 홍문관 정자(弘文館正字)인 동생이 몇 년 전 이 누각을 보고 돌아와 나에게 매우 자랑하며, "절세가인이 빈 골짜기에 있는 것과 흡사합니다."라고 하였으니, 이 말이 참으로 좋은 비유이다.

15일(임인). 흐림. 길을 떠나 화순현(和順縣)으로 향하였다. 중도에 소나기를 만나 일행이 모두 비에 젖었다.

16일(계묘). 흐림. 비가 밤이 되도록 그치지 않았다. 본 고을로 돌아가는 것이 급하여 도롱이를 입고 길을 나섰다. 능양현(綾陽縣)에 이르기 전에 지름길로 연주정(聯珠亭)에 가서 정자에 올라 한참동안 감상하였다. 시내가 불어나 수위가 높아져 모래톱은 모두 잠기고, 먹구름이 뭉게뭉게 일어 강 위의 열 두 봉우리가 소라껍질처럼 반은 보이지 않았지만 경치가 매우 아름다웠다.

저물녘에 능양현 관아에 들어가니 고을 수령은 체직되어 떠나고, 새로 제수 받은 자는 아직 오지 않아서 객관은 매우 적막했다. 오래 전부터 알고 있던 관기 몇 사람이 찾아와서 술잔을 몇 번 돌리고 파하였다.

17일(갑진). 맑음. 남평현에서 묵었다.

18일(을사). 맑음. 해양(海陽)[35] 서촌(西村)의 길을 따라 횃불을 들고 오산현에 들어갔다. 다음날 출발할 때 종이 가지고 있던 시편을 점검해 보니 5언과 7언 율시가 모두 21수이며 절구는 5수, 배율은 1수로 모두 27수였다. 백선명(白善鳴)의 집에서 지은 절구, 환선정의 배율, 윤희백에게 준 율시, 벽파정의 시에 차운한 배율 이외에 나머지는 모두 소옹과 여러 공들이 지리산에 들어가 지은 운에 차운한 것이었다. 대체로 이것은 내가 전날 말한 것을 실천한 것이었다. 옥소암(玉簫庵)의 단율(短律) 세 수는 내가 불일암으로부터 비를 맞으며 쌍계사로 돌아오느라 가보지 못하고 지은 것이므로 빼 놓았다.

금대암 입구

신묘년(1591년), 내 나이 아직 젊었을 때 아버지를 모시고 두류산의 북쪽 방면을 유람하였다. 백장사(百丈寺)에서 묵고, 금대암(金臺庵)에 들렀다. 용유담(龍遊潭)을 구경하고

---

35) 해양(海陽) : 현 광주광역시의 옛 이름.

군자사(君子寺)를 거쳐 천왕봉에 올랐다. 이어 실상사(實相寺)의 옛 터를 가로질러 변산인(邊山人)-변산인은 이름이 사정(士貞)으로, 이 산속에 은거하였다. 조정에서 참봉에 임명하였으나 나아가지 않았다. 또 다시 부르자 부임하였는데 한 달이 채 되지 않아 벼슬을 버리고 이 산으로 돌아왔다. 나이 70세에 별세하였다-이 은거한 곳을 찾았다.

10일 동안 유람하며 마음대로 구경하였다. 그 다음해 두류산 남쪽 방면을 유람하려 하였는데, 난리가 일어나 떠나지 못하였다. 중년에는 미관말직으로 벼슬살이 하다 보니 바빠서 한가로운 시간이 없었다. 백발의 나이에 비로소 숙원을 풀어 산에 발을 들여놓게 되었으니, 아마도 남은 운수가 있었나 보다.

아쉬운 것은 내가 두치(頭峙)의 나루를 건너 악양과 화개를 지나 쌍계사에 들어갔을 때 그곳에 사는 주민들이 왕왕 산기슭을 가리키며 옛날 아무개 아무개가 은거하던 곳이라고 알려주어 나로 하여금 아련히 탄식하게 하였는데, 그들이 바위 골짜기에 집을 짓고 살던 당시에는 그들 마음에 이 산의 아름다운 경치를 사랑하지 않음은 없었겠지만, 그들의 생애를 살펴보면 마음과 자취가 같지 않으니, 올해는 산림에서 살다가 다음해 성시(城市)에 살지 않은 자가 드문 점이다.

벼슬길에 나아가고 물러나는 것과 자신을 드러내고 감추는 것이 비록 한 시대에 따라 경중이 있기는 하지만 모두 산수자연에 부끄러움을 면치 못할 것이다. 하물며 우리들처럼 공무의 여가에 산의 지름길을 타고 채 삼일도 안 되는 기간에 두류산에 다녀온 자들이 또한 어찌 할 말이 있겠는가? 돌아가면 벼슬을 버리고 일에서 물러나 백운이 서린 산수에서 노년을 보내며, 나막신과 죽장으로 이 산의 봉우리와 골짜기를 두루 찾아다니면서 내 소원을 풀어야겠다. 이런 말로 소옹과 여러 공에게 말하고, 붓을 들어 그 사실을 기록한다. 모년 모월 모일 제호주인(霽湖 主人)이 쓰다.

제호 양경우

양경우(梁慶遇, 1568-1629)의 자는 자점(子漸), 호는 제호(霽湖)·점역재 (點易齋)·요정(蓼汀)·태암(泰巖)이며, 본관은 남원(南原)이다. 1592년 부친 양대박(梁大樸)을 따라 아우 양형우(梁亨遇)와 함께 의병을 일으켰으며, 부친 의 명으로 고경명(高敬命)의 막하(幕下)에 나아가서 서기가 되었다.

1595년 명군(明軍)의 군량을 위해 격문(檄文)을 지어 도내에 곡식을 모집하 였는데, 10일 만에 7천여 석을 모아 명장(明將) 양원(楊元)을 탄복시켰다.

1597년 30세의 나이에 참봉으로 별시문과에 급제하여, 죽산(竹山)·연산(連 山)의 현감을 거쳐 판관(判官)이 되었다. 1609년 차천로(車天輅) 등과 함께 제 술관(製述官)이 되어 의주(義州)에 갔으나 폐단을 일으켰다는 이유로 사헌부 의 탄핵을 받았다. 1613년 박응서(朴應犀)의 고변으로 조희일(趙希逸), 최기남 (崔起南), 조찬한(趙纘韓) 등과 함께 조사를 받고 풀려났다. 49세 때인 1616년 중시(重試)에 뽑혀 홍문관 교리(弘文館校理)를 거쳐 봉상시 첨정(奉常寺僉正) 에 이르렀다.

51세 때인 1618년 남해안의 읍과 두류산을 유람하고 기행문을 썼다. 인목대 비 폐서인(廢庶人) 문제로 아우 양형우(梁亨遇)가 유배되자, 관직을 버리고 고 향으로 돌아와 은거하였다. 이 해 가을 명나라가 후금(後金)의 침략으로 원군 을 요청해 오자 북방을 위한 공어방략(攻禦方略) 20책을 조목별로 적어 관서지 방 병사[關西兵使]에게 올렸으나 채용되지 못하였다.

1623년 김류(金瑬)가 반정에 참가할 것을 권유했으나 거절하였다. 사후에 '부자충의지문(父子忠義之門)'이란 정려(旌閭)가 내렸다. 저술로『제호집(霽湖 集)』과『제호시화(霽湖詩話)』가 있다.

하
수
일

지리산 천왕봉만이 허공에 높이 솟아 있을 뿐

유청암서 악기

하수일의 유람 일정

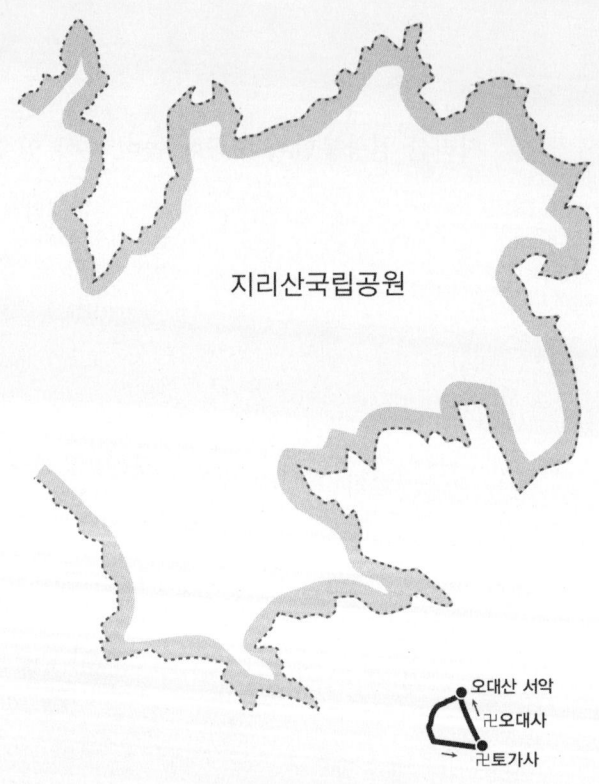

지리산국립공원

오대산 서악

권오대사

권토가사

일 시 : 1578년(선조 11) 4월 ○일 (당일)
동 행 : 하천일·하경휘·정안성·하문현·손문병·양성해·손성·양산해·양종해
일 정 : 토가사 → 서일암 → 서악 정상 → 남쪽방면으로 하산 → 토가사

지리산 천왕봉만이 허공에 높이 솟아 있을 뿐

유청암서악기*

    청암(靑巖)[1] 서쪽에 있는 토가사(土佳寺)[2]는 절의 좌우가 모두 산이다. 한 언덕 너머 우뚝하게 높이 솟아 앞을 가로막고 동천(洞天)의 문이 된 것이 동악(東岳)이고, 층층의 산봉우리가 여러 번 솟구쳤다 낮아졌다 하며 뻗어 내리다 우뚝하게 맺혀 주산(主山)이 된 것이 북악(北岳)이다. 작은 봉우리가 나즈막히 솟아 남쪽에 일어선 것이 남악(南岳)이고, 남쪽에서부터 점점 높아지다 천 길 절벽처럼 우뚝하니 솟은 것이 서악(西岳)이다.

    올해 여름 4월에 나는 두 아우와 함께 이곳에서 글을 읽었다. 얼마 뒤 나에게 배우려고 찾아온 자들이 많이 모였다. 제군들이 말하길, "사악(四岳) 가운데 서악의 산세가 가장 기이하고 험준합니다. 그곳에 한 번 올라 유람하시지요."라고 하였다. 이에 작은 왕대나무를 지팡이로 삼

---

  * 이 자료의 번역은 한국문집총간 제61책에 실린 하수일의 『송정집(松亭集)』 「유청암서악기(遊靑巖西岳記)」를 저본으로 하였다. 이는 국립중앙도서관에 소장된 판본(古3648-文88-8)을 영인한 것이다.

 1) 청암(靑巖) : 현 경상남도 하동군 청암면을 가리킨다.

 2) 토가사(土佳寺) : 현재 어디인지는 자세치 않지만, 「송정연보(松亭年譜)」의 '청암사에서 독서했다'는 기록으로 보아 그 근처의 절인 듯하다.

고, 승려 한 사람은 앞에서 인도하고, 한 사람은 뒤에서 호위하게 하며, 한 사람은 물을 가지고 뒤따르게 하였다.

서쪽 문을 나와 작은 시내를 건넜다. 시냇가부터는 돌길이 점점 험하고 가팔랐다. 수십 보를 가니 작은 암자가 있었다. 돌담장과 돌층계, 붉은 용마루 기와지붕이 푸른 숲 사이로 반쯤 드러나 보였다. 이름을 서일암(西日菴)이라 했다. 이 암자는 바로 목수이면서 승려였던 지관(智觀)이 지은 것이다. 지난 해 겨울 나는 이 암자에 와서 다음의 한시 한 수를 지었다.

> 산뜻한 새 암자는 속세와 멀어 청정하고,　　　翠微新闢逈塵淸
> 잎사귀 진 텅 빈산엔 돌길이 훤히 드러나네.　　木落山空石路明
> 바위의 달밤이 되자 창밖에서 떠오르고,　　　巖月夜從牕外湧
> 골짜기 구름 새벽녘에 베갯머리서 피어나네.　洞雲晨傍枕前生

암자 왼쪽으로 수십 보를 가니, 아름다운 꽃과 기이한 나무가 짙푸른 그늘을 드리웠다. 구부리고 녹음이 무성한 숲 속으로 들어가자, 상쾌하고 시원한 기운이 감돌았다. 제군들이 바위에서 쉬며 이야기를 나누고 있었는데, 뒤에서 호위하던 승려가 갑자기 합장하며 내게 다가와 이율곡(李栗谷)이 절에서 공부하던 일[3]을 꽤 상세히 말하였다. 내가 괴이하게 여겨 그 까닭을 물었더니, 그 승려가 말하길, "저는 금강산(金剛山)에서 온 중입니다. 그러므로 그 사실을 잘 압니다."라고 하였다. 담소를

---

3) 이율곡(李栗谷)……일 : 율곡(栗谷) 이이(李珥, 1536-1584)를 말함. 자는 숙헌(叔獻), 호는 율곡(栗谷)·석담(石潭)·우재(愚齋)이며, 본관은 덕수(德水)이다. 「율곡연보(栗谷年譜)」에 의하면, 율곡이 19세 때 선가(禪家)의 돈오법(頓悟法)에 뜻을 두고 금강산에 들어갔다고 되어 있다.

마치고 다시 일어나 정상으로 오르기 위해 다시 길을 떠났다.

그 서북쪽은 숱한 봉우리가 사방을 에워싸고 있어 아무것도 보이지 않았다. 단지 지리산(智異山) 천왕봉(天王峯)만이 허공에 높이 솟아 있을 뿐이었다. 이에 우뚝하게 높이 솟은 것은 우러러 볼수록 더욱 더 높게 보인다는 뜻4)을 깨달았다. 그 동남쪽은 목도(鶩島)5)와 섬진강(蟾津江)이 한눈에 들어왔고, 금산(錦山)6)과 와룡산(臥龍山)7)도 내 발밑에 있었다. 그 밖에 수많은 언덕과 작은 물길들이 언덕 같기도 하고 띠 같기도 해서 한눈에 다 들어오질 않았다.

내가 제군들에게 말하기를, "작은 산에만 올라 봐도 보는 것이 이와 같거늘, 태산(泰山)에 올라 천하를 구경함에 있었으랴! 이런 상황에서 시 한 수가 없어서야 되겠는가?"라고 하였다. 마침내 '봉(峯)' 자(字)를 운자로 해서 제군들이 각각 시 한 수씩 지었다. 시를 읊고 돌아가려는데, 승려가 왔던 길로 인도하려고 하였다. 제군들이 말하길, "그러지 마십시오. 무릇 사람이 옛 습성에 젖어 새로운 길로 나아가지 못하는 것은 고인(古人)들도 경계한 일입니다. 새로운 길로 안내를 하시지요."라고 하였다.

드디어 산 정상에서 점점 내려와 남쪽으로 향하니, 몸이 내려가면 갈수록 시야는 더욱 낮아졌다. 내가 말하길, "선비는 처신을 가려서 해야

---

4) 우뚝하게……뜻 : 이 말은 원래 『논어(論語)』 「자한(子罕)」에 나오는 "仰之彌高 鑽之彌堅 瞻之在前 忽焉在後"라는 구절을 인용하여 비유한 말이다.

5) 목도(鶩島) : 『신증동국여지승람(新增東國輿地勝覽)』에는 '목도(牧島)'라고 되어 있는데, 하동군(河東郡) 읍치(邑治)에서 서쪽으로 10리 지점에 있다고 한다.

6) 금산(錦山) : 현 경상남도 남해군 상주면에 있는 산으로 해발 681m이다. 이성계(李成桂)가 비단으로 덮었다고 하여 금산으로 불렸다고 전한다.

7) 와룡산(臥龍山) : 경상남도 사천시 사천읍과 사남면에 걸쳐 있는 산으로 해발 799m이다.

하니, 낮은 곳에 처하면 보는 것이 낮고, 높은 곳에 처하면 보는 것이 높게 된다. 가려서 높은 곳에 처하지 않으면 어찌 지혜롭다 하겠는가? 옛날 정자(程子)께서 등산을 학문에 비유하였으니, 어찌 취하여 본받지 않겠는가?"라고 하였다. 어느덧 산속의 날이 점점 저물었다. 외지에서 찾아온 두 손님이 있다고 하여 하산을 재촉했다. 절에 당도해 보니 이여실(李汝實)[8] 형제가 기다리고 있었다.

이날 산행에 동행한 자는 열 사람이었으니, 우리 형제 세 명과 정안성(鄭安性)·하문현(河文顯)·손문병(孫文炳)·양성해(梁成海)·손성(孫誠) 및 동자로서 따라 갔던 자는 양산해(梁山海)·양종해(梁宗海)였다.

송정 하수일

하수일(河受一, 1553-1612)의 자는 태이(太易), 호는 송정(松亭)이며, 본관은 진주(晉州)이다. 거란으로 사신 갔다 순절한 하공신(河拱辰, ?-1011)의 후예이자, 하륜(河崙, 1347-1416)의 방손(傍孫)이다. 조부는 남명(南冥) 조식(曺植, 1501-1572)과 친교가 두터웠던 하희서(河希瑞, ?-1570)이고, 아버지는 하면(河沔, 1537-1580)이며, 어머니는 함안 조씨(咸安趙氏)이다.

어릴 때는 조모인 한양조씨(漢陽趙氏)에게서 글을 배웠고, 7세 때부터 남명

---

8) 이여실(李汝實) : 이유함(李惟諴, 1557-1609)을 말한다. 여실(汝實)은 그의 자이다. 호는 오월당(吾月堂)이며, 단성(丹城)에 거주하였다. 수우당(守愚堂) 최영경(崔永慶, 1529-1590)과 각재(覺齋) 하항(河沆, 1538-1590)의 문인이며, 저술로『삼오실기(三梧實紀)』가 있다.

의 문인이자 종숙(從叔)이었던 각재(覺齋) 하항(河沆, 1538-1590)에게 수학하였다.

37세 때인 1589년 생원에 합격한 뒤, 39세 때인 1591년 식년문과에 병과로 급제하였으나 임진왜란이 일어나 벼슬길에 나아가지 못했다. 48세 때인 1600년 비로소 성균관 전적(成均館典籍)을 거쳐 영산현감(靈山縣監)을 지냈다.

55세 때 형조좌랑·형조정랑을 거쳐 이듬해 이조정랑이 되었다. 그 해 경상도 도사(都事)가 되어 이듬해 6월까지 재직하였다. 그 후로는 벼슬을 버리고 고향으로 돌아와 수곡정사(水谷精舍)에서 강학하며 생을 마쳤다.

저술로 『송정집(松亭集)』이 있는데, 초간본은 7권 3책의 목판본으로 6세손 하달중(河達中) 등의 주선으로 1785년(정조 9)에 판각, 간행된 것으로 보인다. 중간본은 원집 5권과 속집 3권 등 모두 4책으로 된 석판본이다. 초·중간본 모두 1788년 쓴 번암(樊巖) 채제공(蔡濟恭, 1720-1799)의 서문이 앞에 있고, 이어서 지은 연대를 알 수 없는 유재(游齋) 이현석(李玄錫, 1647-1703)이 쓴 서문이 있다. 원집의 후미에는 초·중간본 둘 다 감곡(鑑谷) 이여빈(李汝馪, 1556-1631)이 1598년 『송정세과(松亭歲課)』의 발문으로 쓴 「서송정세과후(書松亭歲課後)」가 있다.

허
목

천왕봉 꼭대기에서는
동쪽으로 해 뜨는 곳까지 보이네
지리산기

남방의 산 중에
지리산만이 가장 깊숙하고 그윽하여라
지리산청학동기

허목의 유람 일정

지리산국립공원

● 용유담
군자사
● 백무동
천왕봉 ▲
제석봉 ▲

일 시 : 1640년(인조 18) 9월 ○일
동 행 : 미상
일 정 : 군자사 → 용유담 → 백무동 → 제석봉 → 천왕봉

천왕봉 꼭대기에서는 동쪽으로 해 뜨는 곳까지 보이네

지리산기*

백장암(百丈菴)[1] 남쪽의 군자사(君子寺)[2]는 지리산(智異山) 북쪽 기슭에 있는 오래된 절이다. 그 아래 용유담(龍游潭)[3]은 홍수나 가뭄 때 기우제 지내는 곳이다. 용유담의 물은 반야봉(般若峯)[4] 아래에서 발원하여 동쪽으로 흘러 임계(臨溪)[5]가 되고, 또다시 동쪽으로 흘러

백장암3층석탑

---

* 이 자료의 번역은 한국문집총간 제98책에 실린 허목의 『기언(記言)』「지리산기(智異山記)」를 저본으로 하였다. 이는 고려대학교 중앙도서관에 소장된 판본(癯庵D1-A371)을 영인한 것이다.

1) 백장암(百丈菴) : 현 전라북도 남원시 산내면 대정리에 있다. 실상사(實相寺)의 부속암자로 본래 이름은 백장사(百丈寺)이다. 백장암은 실상사와 같은 시기에 창건되었으나, 1679년(숙종 5)에 화재로 인해 모두 소실되었다. 통일신라 말기에 세워진 백장암 3층석탑은 국보 제10호로 지정되어 있다.

2) 군자사(君子寺) : 현 경상남도 함양군 마천면 군자동에 있었던 절이다. 신라 진평왕(眞平王)이 이곳에서 아들을 낳았기 때문에 군자사로 이름을 붙였다고 전한다.

3) 용유담(龍游潭) : 현 경상남도 함양군 마천면과 휴천면의 경계 지점에 있는 못이다.

4) 반야봉(般若峯) : 현 전라북도 남원시 산내면과 전라남도 구례군 산동면의 경계에 있는 봉우리로, 지리산의 제2봉으로 불린다.

엄천

용유담이 된다.

깊은 골짜기와 너럭바위가 있고, 양쪽 깎아지른 절벽 사이로 물이 흐른다. 너럭바위 위에는 돌 구덩이[石坎], 돌 구멍[石竇], 돌 웅덩이[石坑]가 있어 마치 교룡(蛟龍)이 꿈틀거리는 듯, 규룡(虯龍)이 서려 있는 듯하여 온갖 형상의 바위들은 기이하다. 물은 깊어 검게 보이는데, 용솟음치거나 소용돌이치기도 하고, 빙빙 돌거나 하얀 물거품을 뿜어내기도 한다. 깊은 물길이 1리나 뻗어 있다. 그 아래는 긴 여울이 또 1리쯤 펼쳐졌는데, 수잔뢰(水潺瀨)라 한다. 이 물이 동쪽으로 흘러 마천(馬川)6)의 엄뢰(嚴瀨)7)가 된다.

---

5) 임계(臨溪) : 현 경상남도 함양군 마천면에 있는 임천(瀶川)을 가리키는 듯하다.
6) 마천(馬川) : 현 경상남도 함양군 마천면을 가리킨다.
7) 엄뢰(嚴瀨) : 용유담 하류에 있는 엄천(嚴川)을 말한다.

군자사 터

　군자사의 남쪽 절벽을 따라 백무동(白毋洞)[8]을 거쳐 제석봉(帝釋峯)에 올랐다. 그 위가 천왕봉(天王峯)인데, 정상의 높이는 1만 4천 장(丈)이다. 산을 오르면서 너무 춥고 힘들었다. 산의 나무들은 길게 자라지 못하고, 음력 8월에도 세 번이나 눈이 내렸다고 한다. 천왕봉 꼭대기에서 둘러보니, 동쪽으로는 해 뜨는 곳까지 보였다. 근해에는 검매도(黔魅島)와 욕지도(蓐芝島)의 절경이 보이고, 그 바깥은 대마도(對馬島)인데 왜구들이 사는 곳이다. 그 서쪽으로는 연(燕)나라와 제(齊)나라의 동해 바다인데, 천리 너머가 중원 대륙이다. 남쪽 끝은 탐탁라(耽乇羅)[9]이다. 그 밖은 더 이상 보이지 않았다.

---

8) 백무동(白毋洞) : 현 경상남도 함양군 마천면 백무동을 가리키는 듯하다. 기록에 따라 백무동(百巫洞)으로 표기하기도 한다.

9) 탐탁라(耽乇羅) : 탐탁라는 탐라(耽羅)로, 지금의 제주도(濟州道)를 가리킨다.

허목의 유람 일정

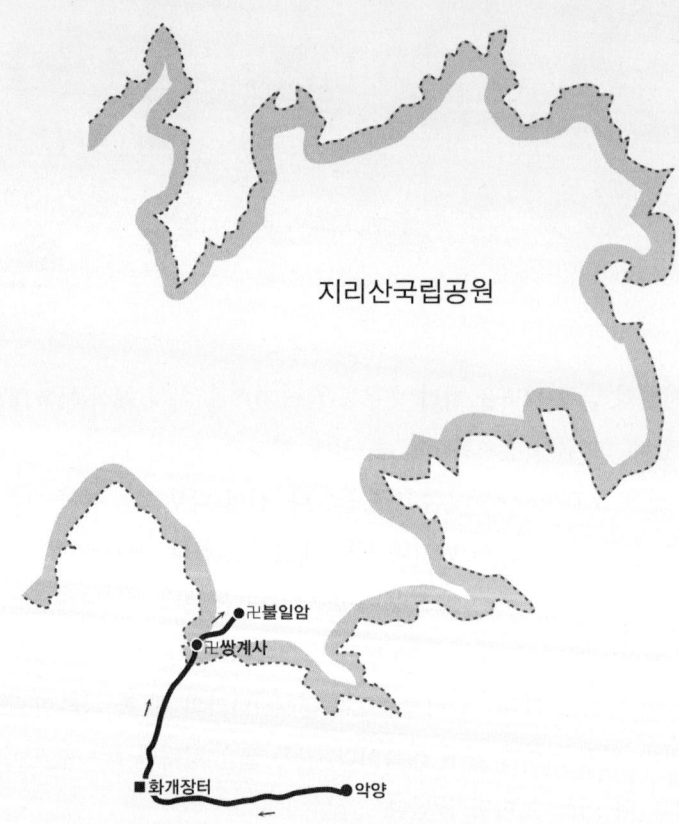

지리산국립공원

●권불일암

●권쌍계사

■화개장터　　　●악양

일 시 : 1640년(인조 18) 9월 3일
동 행 : 미상
일 정 : 악양→ 섬진강→ 삼신동→ 쌍계석문→ 쌍계사→ 불일암→ 청학동→ 완폭대

남방의 산 중에 지리산만이 가장 깊숙하고 그윽하여라

지리산청학동기*

　남방의 산 중에서 지리산만이 가장 깊숙하고 그윽하여 신산(神山)이
라 불린다. 그윽한 바위와 뛰어난 경치는 하나하나 다 기록할 수 없을
것이다. 그 중에서도 유독 청학동(靑鶴洞)이 제일 기이하다고 일컬어지
는데, 예로부터 이에 관한 기록이 있다. 청학동은 쌍계석문(雙磎石門)
위쪽에 있는데, 옥소암(玉簫菴) 동쪽 골짜기를 지나야 한다. 그곳은 모
두 물이 깊고, 큰 바위가 많아 사람이 다닐 수 없다. 쌍계 북쪽 절벽에서
산굽이를 따라 암벽을 부여잡
고 오르면 불일암(佛日菴) 앞의
우뚝한 석벽에 이른다. 거기에
서 남쪽을 향해 서면, 바로 청학
동이 굽어보인다. 바위 골짜기
에 우뚝 솟은 바위가 있다. 그
바위 위에는 소나무·대나무·

불일암 현판

---

* 이 자료의 번역은 한국문집총간 제98책에 실린 허목의 『기언(記言)』 「지리산청학동기
(智異山靑鶴洞記)」를 저본으로 하였다. 이는 고려대학교 중앙도서관에 소장된 판본(凝
庵D1-A371)을 영인한 것이다.

단풍나무가 많다.

서남쪽의 석봉(石峯)에는 옛날 학의 둥지가 있었다고 한다. 이 산에 사는 노인들이 전하는 말에, "학의 날개는 검고 머리는 붉으며 다리는 자줏빛이지만, 햇빛에 비친 날개를 보면 모두 푸른색이며, 아침에는 빙 빙 돌며 날아올라 하늘 높이 사라졌다가 저녁이면 둥지로 돌아오곤 했 답니다. 그러나 지금 돌아오지 않은 지가 거의 백 년이 되었습니다."라 고 하였다. 그 때문에 봉우리를 청학봉(靑鶴峯), 골짜기를 청학동이라 한다.

남쪽으로는 향로봉(香爐峯)을 마주 하고 있으며, 그 동쪽은 세 개의 석봉이 늘어서 있다. 그 동쪽의 골짜기는 모두가 층층의 기암절벽이다. 어제 저녁 큰비로 폭포수가 골짜기에 가득했다. 그 대(臺) 위의 돌에는 '완폭대(玩瀑臺)'라 새겨져 있고, 그 아래는 못이다.

숭정 13년(1640, 인조18) 9월 3일에 나는 악양(岳陽)에서 섬진강(蟾 津江)을 거슬러 올라가 삼신동(三神洞)[1]을 지났다. 아침나절에 쌍계석 문을 보았고, 또 쌍계사(雙溪寺)에 있는 최학사(崔學士)의 진감선사비 (眞鑑禪師碑)를 관람하였다. 1천여 년이 지난 지금까지도 이끼 사이로 보이는 문자를 읽을 수 있었다. 이어서 불일암 앞의 석벽에 올라 청학동 기(靑鶴洞記)를 지었다.

---

1) 삼신동(三神洞) : 삼신동은 본래 쌍계사 위쪽 신흥사가 있던 지역을 말하는데, 여기서는 일정으로 보아 그곳을 말하는 것은 아닌 듯하다. 화개동(花開洞)을 가리키는 것으로 보인다.

미수 허목

허목(許穆, 1595-1682)의 자는 화보(和甫)·문보(文父), 호는 미수(眉叟)·대령노인(臺嶺老人)이며, 본관은 양천(陽川)이다. 아버지는 현감을 지낸 허교(許喬, 1567-1632)이며, 어머니는 백호(白湖) 임제(林悌, 1549-1587)의 딸이다.

1617년 거창현감(居昌縣監)으로 부임하는 아버지를 따라 임소로 가서 인근에 있던 한강(寒岡) 정구(鄭逑, 1543-1620)에게 배웠다. 그리고 여헌(旅軒) 장현광(張顯光, 1554-1637)에게도 수학하였다.

1624년 경기도 광주(廣州)의 우천(牛川)에 살면서 자봉산(紫峯山)에 들어가 학문에 전념했다. 1636년 병자호란으로 피난하여 이후 각지를 전전하다가 1646년 고향인 경기도 연천으로 돌아왔다. 1650년 정릉참봉에 천거되었으나 1개월 만에 사임했고, 이듬해 공조좌랑을 거쳐 용궁현감에 임명되었으나 나아가지 않았다.

1660년 인조의 계비인 조대비(趙大妃)의 복상문제로 제1차 예송이 일어나자 당시 집권세력인 우암(尤庵) 송시열(宋時烈, 1607-1689) 등 서인이 주장한 기년복(朞年服)에 반대하면서 자최삼년(齊衰三年)을 주장했다. 결국 서인의 주장이 채택되어 남인은 큰 타격을 받았으며, 삼척부사로 좌천되었다. 삼척에 있는 동안 향약을 만들어 교화에 힘쓰는 한편, 「정체전중설(正體傳重說)」을 지어 삼년설을 이론적으로 뒷받침했다.

1674년 효종비 인선왕후(仁宣王后)가 죽자 조대비의 복상문제가 다시 제기되었다. 서인의 주장에 따라 정해진 만 9개월 동안 입는 대공복(大功服)의 모순이 지적되어 앞서 그의 설이 옳았다고 인정됨에 따라 대공복은 기년복으로 고쳐졌다. 이로써 서인은 실각하고 남인이 집권하게 되자 대사헌에 특진되고, 이어 이조판서를 거쳐 우의정에 올랐다.

1675년 덕원에 유배 중이던 송시열의 처벌문제를 놓고 강경론을 주장하여 온건론을 편 탁남(濁南)과 대립, 청남(淸南)의 영수가 되었다. 1678년 판중추부사에 임명되었으나 곧 사직하고 고향으로 돌아갔다.

1679년 강화도에서 투서(投書)의 역변(逆變)이 일어나자, 상경하여 영의정 허적(許積, 1610-1680)의 전횡을 맹렬히 비난하는 소를 올리고 귀향했다. 이듬해 남인이 실각하고 서인이 집권하자 관작을 삭탈당하고 이후 고향에서 저술과 후진교육에 힘썼다.

저술로 『미수기언(眉叟記言)』·『경례유찬(經禮類纂)』·『방국왕조례(邦國王朝禮)』 등이 있다. 허목은 생전에 자신의 저술을 손수 편차하여 『기언(記言)』이라 이름 하였다. 그 뜻은 언행에 따라 군자의 영욕이 갈리므로 삼가야 한다는 것을 늘 염두에 두어야 하고, 말을 하면 반드시 기록하여 날마다 반성하는 데에 힘쓰는 것이라고 「서문(序文)」에서 밝히고 있다.

허목이 직접 쓴 자편본(自編本)에는 원집(原集)과 속집(續集)이 있었는데, 원집은 상·중·하·잡·내·외편으로 나누어 1674년(현종 15) 이전에 지은 저술을 모아 놓았고, 속집은 속집(續集)·산고(散稿)·서술(敍述) 등으로 나누어 1675년(숙종 1) 이후에 지은 저술을 모아 놓고, 대체로 원집에 빠진 것을 습유(拾遺)라 하여 뒤에 붙였다.

『기언』의 간행은 1689년(숙종 15) 기사환국(己巳換局)으로 승지의 자리에 오른 청남(淸南) 계열의 이봉징(李鳳徵, 1640-1705)이 경연에서 아뢰어 유문(遺文)을 간행하라는 왕명이 내려졌다.

본집은 전라감사 이봉징에 의해 1692년경 원집(原集) 67권, 별집(別集) 26권의 목판본으로 간행되었다. 현재 고려대학교 중앙도서관(癡庵D1-A371), 규장각(古0270-8), 성균관대학교 중앙도서관(D3B-155a), 연세대학교 중앙도서관 등에 소장되어 있다.

박
장
원

석양빛에
온 세상이 가물가물 보이는구나

유두류산기

박장원의 유람 일정

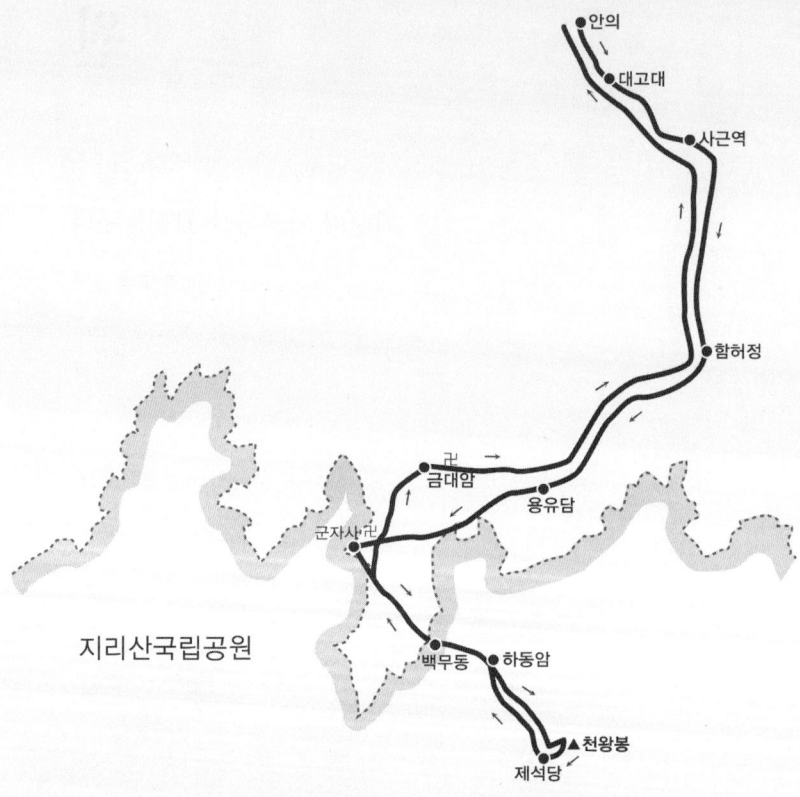

일 시 : 1643년 8월 20일 - 8월 26일(6박7일)

동 행 : 이초로·양원·신찬연 및 악공

일 정 : ●8/20일 : 안음현 → 대고대 → 사근역(1박) ●21일 : 사근역 → 함허정(1박) ●22일 : 함허정 → 용유담 → 엄천창 → 방호성(박호성) → 군자사(1박) ●23일 : 군자사 → 백무당 → 하동암 → 옛 제석당터 → 제석당 → 주암 → 문암 → 신사 → 천왕봉(1박) ●24일 : 천왕봉 → 제석당 → 백무당 → 안국사(1박) ●25일 : 안국사 → 금대암 → 함허정 → 사근역(1박) ●26일 : 사근역 → 운고정 → 안음현

석양빛에 온 세상이 가물가물 보이는구나

유두류산기*

내가 일찍이 듣건대, 남쪽 지방 산 중에 우뚝하게 높고 큰 것이 헤아릴 수 없지만 유독 지리산을 으뜸으로 삼는다고 한다. 대개 우리나라의 산은 백두산을 제일로 여기는데, 백두산이 흘러내려 지리산이 되었다. 그래서 그 이름을 두류산이라고 하니, 이 산이 우리나라의 명산이 되는 것은 확실하다. 산의 주위에는 호남과 영남의 아홉 개 군1)이 빙 둘러 있다. 이 산의 맑고 깨끗한 기운과 영묘하고 기이한 자취와 형세의 웅장함과 볼거리의 풍부함은 비록 셈에 뛰어난 교력(巧歷)2)이라도 손가락으로 헤아려 셀 수 없을 것이다. 한번 지리산에 들어가 그 정상에 올라 내 평생의 안목(眼目)으로 마음껏 내려다보고, 내 가슴속의 쌓인 회포를 다 씻어버리고 싶었다. 그러나 조정의 관직에 얽매여 이 산에 오를

---

* 이 자료의 번역은 한국문집총간 제121책에 실린 박장원의 『구당집(久堂集)』「유두류산기(遊頭流山記)」를 저본으로 하였다. 이는 서울대학교 규장각에 소장된 판본(奎古4241)을 영인한 것이다.

1) 아홉 개 군 : 조선시대의 함양(咸陽)·산음(山陰)·안음(安陰)·단성(丹城)·진주(晉州)·하동(河東)·구례(求禮)·남원(南原)·운봉(雲峰)이다. 현재는 함양군(咸陽郡)·산청군(山淸郡)·남원시(南原市)·하동군(河東郡)·구례군(求禮郡)에 해당한다.

2) 교력(巧歷) : 역법(曆法)과 산수(算數)에 밝은 사람을 말하는데, 교력(巧曆)이라고도 한다. 『장자(莊子)』「제물론(齊物論)」에 나온다.

인연이 없음을 한스럽게 여긴 지가 오래되었다.

이 해 봄(1643년 인조21), 내가 옥당(玉堂)으로부터 부모를 봉양하기 위해 외직을 구하여 안음현감(安陰縣監)으로 왔다. 안음현(安陰縣)3)은 덕유산 자락에 있는데 산수와 천석(泉石)이 우리나라에서 가장 뛰어난 곳이라 불린다. 산으로 둘러싸인 저주(滁州)4)와 나부산(羅浮山)5)의 세 골짜기라도 이보다 낫지 않을 것이다. 하물며 지리산과의 거리가 겨우 몇 십 리밖에 되지 않으니, 주자(朱子)가 여부(廬阜)6) 밑에서 벼슬할 적에 여산을 유람7)했던 행운을 변변치 않은 나로서도 천년 뒤 우러러 따르고 싶은 생각이 없을 수 없었다. 다만 금년에 가뭄과 기근으로 인해 백성들이 뿔뿔이 흩어져 죽어도 조문을 할 수 없었다. 봄이 가고 여름이 지나도록 음식을 대하여도 먹을 마음이 없었다. 내 비록 두보(杜甫)의 "청려장을 짚고 맑은 가을 하늘을 바라보다, 흥이 나 여산과 곽산(霍山)8)에 들어갔네[杖藜望淸秋 有興入廬霍]"9)라는 시구를 읊조릴지라도 반맹양(潘孟陽)10)이 술 마시며 산에서 노닌 혐의가 없지 아니하다

---

3) 안음현(安陰縣) : 현 경상남도 함양군 안의면이다.
4) 저주(滁州) : 지금의 중국 안휘성(安徽省) 저주현(滁州縣)이다. 당송팔대가(唐宋八大家)의 한 사람인 송(宋)나라 구양수(歐陽脩)의 「취옹정기(醉翁亭記)」 첫 구절에 '環滁皆山'이란 구절이 보인다.
5) 나부산(羅浮山) : 중국 광동성(廣東省)에 있는 산으로, 시내가 백여 리를 길게 뻗어 있고 4백여 개의 봉우리가 솟아 경치가 수려하여 월(粤) 지방의 명산으로 불린다. 진(晉)나라 갈홍(葛洪)이 그곳에서 선술(仙術)을 얻었다 하여 흔히 선산(仙山)으로 일컬어진다.
6) 여부(廬阜) : 여산(廬山)을 말한다. 여산은 중국 강서성(江西省) 구강현(九江縣) 남쪽에 있는 산이다.
7) 주자(朱子)가……유람 : 1178년 주희는 여산이 있는 지남강군(知南康軍)에 임명되어 1181년 여산을 유람하였다.
8) 곽산(霍山) : 형산(衡山)의 다른 이름으로, 호남성(湖南省) 형양(衡陽)에 있다.
9) 청려장을……들어갔네 : 두보의 「석유(昔遊)」 시에 보인다.
10) 반맹양(潘孟陽) : 당(唐)나라 사람으로, 헌종(憲宗) 때 강회(江淮)의 재정과 세금을 시찰

면 다만 내 마음속으로 유람하기를 바랄 뿐이다. 가을이 되자 크게 풍년이 들어 백성의 기색이 조금 나아졌다. 비로소 사씨(謝氏)의 나막신11)을 준비했으나, 소자(蘇子)의 객12)이 없음을 탄식하였다. 사근역(沙斤驛)13) 찰방(察訪) 이초로(李楚老)14)는 나와 세교(世交)가 두터운 사람이었는데, 타향에서 서로 오가며 더욱 친숙해졌다. 하루는 그가 급히 서찰을 보내 나를 불렀다. 그때 우리들은 지리산을 유람하기로 약속하였다. 또 산행을 함께 하기로 한 사람으로 예안현감을 지낸 양원(梁榞)15)과 상사(上舍) 신찬연(申纘延)16)이 있었는데, 신찬연은 한양 사람이다. 세 사람이 동행하는 것도 오히려 계획하기가 어려운데, 하물며 네 사람이 함께 동행함에 있었으랴. 이 또한 매우 다행한 일이다.

8월 20일(신사). 드디어 산행을 떠났다. 신찬연은 우거하고 있는 고현

하면서 뇌물을 받고 매번 술을 마시고 유람을 즐겨 명성을 잃었다.

11) 사씨(謝氏)의 나막신 : 사씨는 사령운(謝靈運)을 가리킨다. 사령운은 나막신을 신고 산에 올랐는데, 오를 땐 앞굽을 빼고, 내려올 때엔 뒷굽을 뺀 이야기가 전해지고 있다. 여기서는 유람 준비를 했다는 말이다.

12) 소자(蘇子)의 객 : 소자는 당송팔대가의 한 사람인 소식(蘇軾)을 가리킨다. 그의 객이란 「적벽부(赤壁賦)」에서 소식과 함께 배를 띄우고 놀았던 객을 가리킨다. 여기서는 함께 지리산을 유람할 동지를 가리킨다.

13) 사근역(沙斤驛) : 지금의 경상남도 함양군 수동면 화산리이다. 이곳은 조선시대 경상도 지방 14개의 역길을 총괄하던 중심역이었다.

14) 이초로(李楚老, 1603-?) : 자는 도경(道卿), 본관은 함평(咸平)이며, 한양에 거주하였다. 1627년 진사가 되었다.

15) 양원(梁榞, 1590-1650) : 자는 군실(君實), 호는 순수(順受)·임천(任天), 본관은 남원(南原)이다. 함양 출신으로 대북의 영수였던 정인홍(鄭仁弘)의 처질(妻姪)이다. 김장생(金長生)의 문인으로 아버지가 정인홍으로부터 배척당하자 서인편에 서게 되었고, 1612년 김직재(金直哉)의 무옥에 연루되어 한때 도피하자 어머니와 아내가 대신 구금되었다가 그가 옥에 갇히자 석방되었다. 1623년 인조반정으로 서인이 집권하자 효릉참봉에 등용되고 호조좌랑을 거쳐, 예안현감·의령현감 등을 지냈다.

16) 신찬연(申纘延) : 자는 영숙(永叔)이며, 한양 출신이다. 성균관에 유학한 뒤, 당시 안음(安陰)에 우거하고 있었다.

대고대

(古縣)에서 와 나와 함께 말머리를 나란히 하고, 앞서거니 뒤서거니 하면서 시내를 따라 내려가다가 고개에서 잠시 쉬었다. 허리띠처럼 대고대(大孤臺)[17]를 빙 둘러싸고 있는 것이 남계(灆溪)이다. 남계 가 몇 리쯤 떨어진 평평한 언덕 위에 우뚝하게 선 건물이 일두(一蠹)[18]를 모신 남계서원(灆溪書院)[19]이다. 남계의 동서로 누렇게 익은 가을 벼가 구름이 모여든 듯 펼쳐져 있으니, 실로 좋은 시절이다. 공무에서 벗어나자마자 절로 훌쩍 속세를 떠난 듯한 마음이 생겼다. 이런 상상을 하다 곧장 날아가고 싶은 생각이 들었는데 날개가 없으니 어찌하리오. 저녁 무렵에 사근역(沙斤驛)에 있는 정자에 도착하니, 주인이 신을 거꾸로 신고 나와 기쁘게 맞이하며 "어찌 이리 늦었소. 양장(梁丈, 梁榞)은 이미 와 계십니다."라고 하였는데, 대개 양원이 사는 곳이 사근역에서 가까운 거리였기 때문이다. 네

---

17) 대고대(大孤臺) : 대고대(大高臺)라고도 한다. 지금의 함양군 수동면 화산리에 있다. 남강의 상류인 남계천을 따라 북쪽으로 달려가면 넓은 들판이 펼쳐지게 되는데, 그 들판을 가로질러 흐르는 남계천의 건너편 강변에 울창한 나무들로 둘러싸인 바위섬이 우뚝 솟아 있다. 이곳이 대고대이다.

18) 일두(一蠹) : 정여창(鄭汝昌, 1450-1504)의 호이다. 자는 백욱(伯勗), 시호는 문헌(文獻), 본관은 하동(河東)이며, 함양(咸陽) 출생이다. 김종직(金宗直)의 문인으로, 1498년 무오사화로 종성(鍾城)에 유배되었다가 1504년 갑자사화에 연루되어 부관참시(剖棺斬屍)되었다. 후세에 도학군자(道學君子)로 일컬어졌다.

19) 남계서원(灆溪書院) : 현 경상남도 함양군 수동면 원평리에 있다. 1552년 정여창(鄭汝昌)을 모시기 위해 세워졌으며, 1566년 사액(賜額)을 받았다. 소수서원(紹修書院)에 이어 두 번째로 세워진 서원이다.

사람이 앉아 저녁을 먹고 또 술을 마셨다. 술 마시면서 환담을 나누다가 밤이 깊어서야 파하였다. 이날 밤 나는 다음과 같은 시를 읊었다.

남계서원

산간의 역 한밤중 나그네,	山驛夜留客
삼경의 시내엔 달도 밝구나.	三更溪月明
술잔을 채웠다 다시 기울이니,	酒杯深復淺
타향의 나그네 심정 알만하네.	斟酌異鄉情

8월 21일(임오). 맑음. 우리 네 사람은 길을 떠나 역참(驛站) 앞의 개울을 건너고 몇 개의 고개를 넘어 20여 리쯤 갔다. 큰 시냇가에 정자가 하나 있는데, 그 이름을 함허정(涵虛亭)[20]이라 했다. 정유년(1597년) 진주성이 함락될 적에 전사한 의병장 최변(崔忭)이 그 정자의 주인이라 하였다. 옛날 노래하고 춤추던 정자였는데, 지금은 시든 잡초에 황량한 터만 남아 있었다. 그러나 형세가 굽이굽이 이어지고, 산수가 부드럽게 어우러지고, 촌락이 모여 있고, 감

함양 함허정

___
20) 함허정(涵虛亭) : 현 경상남도 함양군 유림면 손곡리에 있었던 정자다.

과 밤은 익어 가지가 늘어져 있었다. 완연히 한 폭의 그림 속 같았다.
나는 아래와 같은 시를 지었다.

정자는 어느 해에 무너졌는가?	亭子何年廢
노니는 사람이 곧 주인일세.	遊人是主人
산은 방장산 자락에 닿아있고,	山連方丈麓
물은 섬계 나루에 접해 있네.	水接剡溪津
피리소리에 물고기 뛰어오르고,	聽笛魚時出
자리에 앉으니 달은 절로 새롭네.	臨筵月自新
우리들 오늘 밤 실컷 취하리,	吾曹須盡醉
모두 나그네의 몸이 되었으니.	俱是旅遊身

　정자의 이웃에 서얼 출신의 한 노인이 사는데, 그 이름이 조팽수(曺彭壽)이다. 집안이 매우 넉넉하고 또한 인색하지 않은 사람이었다. 우리를 위해 정자 위에 자리를 펴고 술과 안주를 내어 대접했다. 술에 취해 환담을 나누다 보니 날이 저무는 줄도 몰랐다. 마침내 초당에 들어가 묵었다. 초당의 들보와 서까래는 우산 모양 같았고, 흰 띠풀로 지붕을 덮었으며, 흰 흙으로 벽을 발랐는데 창과 벽이 매우 정결하였다.
　8월 22일(계미). 맑음. 늦게 출발하였다. 시내를 따라 곧장 위로 올라가니 이곳이 곧 용유담(龍遊潭)21) 하류이다. 이곳은 용유담에서 20여 리쯤 되는데, 그 사이 왕왕 몇 채의 촌가가 보였다. 촌락에는 반드시 논[水田]이 있었는데, 모두 비옥하고 넉넉하여 살 만한 곳이었다. 물은 비

---

21) 용유담(龍遊潭) : 현 경상남도 함양군 마천면 임천강 상류에 있는 못의 이름이다. 바위 협곡에 움푹 패인 못으로 깊이가 수십 길이나 된다.

록 근원지이지만 물고기가 살아 작살질 할 수 있었다. 그러니 참으로 두보의 시에서 이른바 "무릉도원 사람들은 제도가 바뀌었고, 귤주의 논은 그래도 기름지네[桃園人家易制度 橘洲田土仍膏腴]"[22]라고 한 것과 "땅이 궁벽하여 그물이 없고, 맑은 물엔 도리어 고기가 많구나[地僻無網罟 水清反多魚]"[23]라고 한 것과 같다. 내 비록 무릉도원을 알지 못하지만 사람 사는 생리가 또한 이와 같지 아니하겠는가. 이것이 곧 천하의 여러 산들이 이 산에 미치지 못하는 점이다. 나는 아래와 같이 시를 읊었다.

동국의 남악 그 이름 방장산,	南岳名方丈
다른 산 모두 이 산만 못하네.	他山摠不如
험준함은 대지 위에 웅장하며,	崚嶒雄地理
기색은 상제 사는 곳에 가깝네.	氣色近天居
논은 모두 벼농사에 마땅하고,	田土皆宜稻
물의 근원에도 물고기 사네.	泉源亦有魚
어찌 벼슬을 사양하지 않으랴,	何當謝簪紱
여기서 띠풀 짓고 살리.	於此結茅廬

오후에 용유담에 도착하여 말안장을 풀고 쉬었다. 용유담은 헤아릴 수 없을 정도로 깊었고, 그 주변은 모두 흰 바위들이 널려 있었다. 흰 바위는 빛나고 반질반질 하였는데, 큰 것도 있고 작은 것도 있었다. 수백 명이 앉을 만한 반석이 있어 우리 네 사람은 반석 위에 앉아 술 몇

---

22) 무릉도원……기름지네 : 두보(杜甫)의 「악록산도림이사행(岳麓山道林二寺行)」이란 시 구절이다.
23) 땅이……많구나 : 두보(杜甫)의 「오반(五盤)」이란 시 구절이다.

잔을 주고받았다. 악사로 하여금 피리를 불게 하였는데, 그 소리가 돌을 쪼개고 구름을 뚫는 듯하였다. 그러자 깊은 물속의 용이 신음하는 듯한 소리가 들리는 것 같았다. 한참 지나 출발하였다. 길옆에 엄천창(嚴泉倉)이 있었다. 또 어느 마을 안에는 폐허가 된 성이 있었다. 노인들의 전하는 말에 '방호성(防胡城)' 혹은 '박호성(朴虎城)'이라 부른다고 했다. 대개 초기에는 오랑캐를 방어하기 위해 이 성을 쌓았는데, 뒤에 박호(朴虎)가 장수가 되어 다시 축성하였다고 한다. 이 때문에 성 이름이 두 가지로 일컬어진다고 했다.

저녁 때 군자사(君子寺)[24]에 이르렀다. 이 절의 본래 이름은 영정사(靈井寺)였었는데, 신라 진평왕(眞平王)이 이곳에서 아들을 낳았기 때문에 지금의 이름으로 고쳤다고 한다. 절의 법당과 건물들이 모두 웅장하고 화려하였다. 절의 서쪽 구석에 화려한 단청 칠을 한 새로 지은 별전이 있는데, 삼영당(三影堂)이라고 했다. 삼영당 안에는 청허(淸虛)[25] · 사명(四溟) · 청매(靑梅)[26] 세 대사의 초상화가 있었다. 촛불을 들고 비춰 보니 부드러운 음성이 들리는 듯하였다. 세 대사의 초상화 중 사명대사는 수염을 깎지 않았다. 수염이 길고 아름다웠으니 참으로 잘 생긴 장부였다. 이날 밤 우리 네 사람은 서로 마주하여 술을 맘껏 마시고 즐거움을 다한 뒤 파하였다.

---

24) 군자사(君子寺) : 현 경상남도 함양군 마천면 군자리에 있었던 절이다.

25) 청허(淸虛, 1520-1604) : 자는 현응(玄應), 호는 청허(淸虛) · 서산(西山), 법명은 휴정(休靜)으로, 조선 중기의 고승(高僧)이다. 임진왜란 당시 승병을 일으켜서 크게 전공을 세웠다. 저서로 『청허당집(淸虛堂集)』이 있다.

26) 청매(靑梅, 1548-1623) : 자는 묵계(默契), 호는 청매(靑梅)이며, 휴정(休靜)의 제자이다. 1592년 임진왜란 때 의승장(義僧將)으로 공을 세웠다. 왜적이 물러가자 부안(扶安) 요차봉(了嵯峯)의 마천대(摩天臺) 기슭에 월명암(月明庵)을 짓고 살다가, 지리산 연곡사(燕谷寺)로 옮겨 살았다. 저서로 『청매집(靑梅集)』이 있다.

백무동

8월 23일(갑신). 맑음. 조반으로 죽을 먹었다. 며칠째 날씨가 갰지만 연일 비가 올 것만 같았다. 날씨는 매우 따뜻하였으나 안개가 걷히지 않았다. 이날 천왕봉에 오르려 하자, 노승들이 모두 "저희들은 천왕봉을 유람하는 많은 사람들을 보아왔습니다. 비록 쾌청한 날일지라도 중봉에 닿기도 전에 갑자기 구름이 일고 비가 쏟아져서 장애에 부딪쳐 진퇴양난의 근심을 면치 못하였습니다. 하물며 오늘처럼 이 절을 떠나기도 전에 구름과 안개가 이미 사방에서 모여들고 있는 상황에서는 더욱 그렇습니다. 원컨대 공들께서 헛걸음을 하지 마십시오."라고 하였다. 우리 네 사람은 의견을 모으고 말하길 "이번 산행을 결코 중지하기 어렵네. 우리들이 신선과의 연분이 있고 없고는 오늘 결정될 뿐이네."라고 하고서 이에 말을 몰아 10리를 가 백무당(百巫堂)27)에 이르렀다. 이 당은 음사(陰祠)28)로 무당들이 모이는 곳이다. 당직(堂直)이란 자는 의례 유람 온 사람들의 시중을 들었다. 용유당(龍游堂)29) 당직도 그렇게 했다. 당 안에서 잠시 쉬었다.

말을 두고 남여를 타고서 하동암(河東巖)에 도착하였다. 길을 안내하

---

27) 백무당(百巫堂) : 백문당(白門堂)이라고도 한다. 지금의 백무동 계곡에 있던 무당들의 사당이다.
28) 음사(淫祠) : 내력이 올바르지 않은 사신(邪神)을 섬기고 제사지내는 집.
29) 용유당(龍游堂) : 용유담(龍游潭)에 있는 무녀들의 사당을 가리킨다.

하동바위

던 승려가 말하길 "옛날 하동 군수가 이곳에 이르러 비를 만나 길을 잃고 헤맸기 때문에 이 바위를 그렇게 부르는 것입니다."라고 하였다. 이곳부터는 산이 더욱 가파르고 길은 더욱 험했다. 그래서 우리 네 사람은 물고기를 꼬챙이에 꿴 것처럼 한 줄로 늘어서서 올라갔다. 옛 제석당(帝錫堂) 터에 도착하니 비로소 좌우가 탁 트였다. 수많은 골짜기와 봉우리는 붉은 단풍으로 불타오르는 것 같고, 그 사이사이로 푸르고 누런 소나무와 삼나무가 섞여 있었다. 만학천봉(萬壑千峰)이 운무(雲霧)를 뿜어내며 순식간에 천변만화(千變萬化)하니, 비록 귀신들이 몰래 와서 도와준다고 할지라도 괜찮을 것이다. 제석당에 이르렀다. 제석당과 천왕봉의 거리는 겨우 10리이니, 그 높이를 알 만하다. 잠시 남여를 쉬게 하였다. 승려들이 백반을 올렸는데, 모두 제석당 당직이 제공한 것이었다. 천왕봉에 이르렀을 때도 그리하였다. 제석당에 도착하였을 때 운무가 모두 걷혔다. 하늘은 높고 넓었으나, 바람의 기운이 매우 세차 거의 몸을 가눌 수 없었다. 승려가 말하길 "이곳에서 바람을 겁내시면 천왕봉에 올라가기 어렵습니다."라고 하였다.

일몰을 보기 위하여 급히 재촉하여 남여를 타고 길을 떠났다. 한 걸음 한 걸음 제석당 뒤쪽으로 올라가니, 시야에 이미 남해 바다가 들어왔다. 영호남 연해의 군현(郡縣)과 진보(鎭堡)가 줄지어 있는 것을 헤아릴 수 있었다. 길을 떠나 주암(舟巖)을 지날 때, 승려가 "이 산이 바다였을 적에 배를 정박하던 곳입니다."라고 하였다. 문암(門巖)으로 들어갔다. 그

통천문 석각

바위에는 석문(石門)[30]이 있고, 문에는 긴 나무가 가로 놓여 있었다. 천왕봉을 오르내리는 사람들은 모두 이 문으로 들어가 이 사다리를 건넌 뒤에야 위로 천왕봉의 정상에 오를 수 있다. 그래서 문암이라 한다. 바위를 잡고·기어올라 곧장 천왕봉에 올랐다. 봉우리 위에는 또 신사(神祠)[31]가 있는데, 이곳 외에는 달리 몸을 보호할 만한 곳이 없었다.

천왕봉에서는 위로는 별을 딸 수 있고, 아래로는 드넓은 천하를 굽어볼 수 있었다. 하늘과 바다가 서로 맞닿아 있는데, 단지 한 기운이 하늘과 땅 사이에 횡으로 뻗쳐 있어 마치 흰 비단을 펼쳐놓은 것 같았다. 아래로 보이는 산과 강은 흙덩이니 실처럼 작게 보여, 눈 밝은 이루(離婁)[32]로 하여금 분변하게 하고 솜씨 좋은 용면(龍眠)[33]으로 하여금 그리게 하여도 다 그려내지 못할 것이다. 그러니 언어와 문자로서는 그 만분의 일도 형용할 수 없는 점이 있다. 잠시 후 둥근 해가 바다 속으로 지는 것을 보니, 괴이한 기운과 붉은 노을에 삼라만상(森羅萬象)이 어스름한 사이에서 그 모습을 드러내었다. 사람들이 모두 박수치고 놀라며

---

30) 석문(石門) : 지금의 통천문(通天門)이다.
31) 신사(神祠) : 천왕봉에 있었던 성모사(聖母祠)를 가리킨다.
32) 이루(離婁) : 중국 황제(黃帝) 때 사람으로, 눈이 매우 밝았다고 한다.
33) 용면(龍眠) : 송(宋)나라 이공린(李公麟, ? -1049)을 말한다. 시와 그림에 능했다. 그가 그린 산장도(山莊圖)는 세상의 보물로 일컬어졌으며, 특히 인물의 묘사에 뛰어나 고개지(顧愷之)와 장승요(張僧繇)에 버금간다는 평가를 받았다. 이공린이 늙어서 용면산(龍眠山) 산장에 거처하며 날마다 용면산을 그렸다고 한다.

천왕봉 일월대

"저것은 무슨 경관인가. 어찌하여 우리들로 하여금 저 장관을 구경하게 한단 말인가."라고 하였다.

석양 노을을 본 뒤 신사로 들어가 서로를 베개 삼아 누웠다. 바람이 노한 듯이 휘몰아쳐 판잣집을 날려 버릴 것만 같았다. 신사의 당직(堂直)이 "두려워하지 마십시오. 오늘 바람은 바람이라 할 수 없습니다. 저는 익숙해져 두렵지 않습니다."라고 하였다. 한밤중에 바람은 진정되고 달이 뜨자 별빛은 쓸쓸히 빛났다. 달빛과 별빛이 서로 비춰 온통 은색의 세상으로 변했다. 피리 부는 악공이 사당 뒤편 일월대(日月臺)에 앉아 보허사(步虛詞)34) 한 곡을 경쾌하게 불자, 뼈 속이 서늘해지고 혼이 맑아지면서 두 어깨가 들썩이는 듯하였다. 당나라 명황(明皇)이 월궁(月宮)을 노닌 것35)도 이에 비하면 진실로 아이의 장난일 뿐이고, 여동빈(呂洞賓)이 악양루(岳陽樓)에서 노닌 것36)도 풍격이 이보다 낮을 것이다.

---

34) 보허사(步虛詞) : 국악의 아악곡(雅樂曲)으로, 황하청(黃河淸)이라고도 한다. 중국 송(宋) 나라로부터 고려 때 들어온 송의 사악(詞樂)으로, 원래의 이름은 보허자(步虛子)이다.

35) 당나라……노닌 것 : 명황(明皇)은 현종(玄宗)을 가리킨다. 당(唐)나라 도사(道士) 나공원(羅公遠)이 개원연간(開元年間, 719~741) 어느 해 추석날 밤에 현종(玄宗)을 모시고 궁중에서 달구경 하다가, 계수나무 지팡이를 공중에 던지니 은빛다리로 변하였다. 현종을 모시고 함께 그 다리를 건너 월궁(月宮)에 가서 선녀(仙女)들의 예상우의곡(霓裳羽衣曲)을 관람하고 돌아왔다.

36) 여동빈(呂洞賓)……노닌 것 : 여동빈은 8선(仙)의 하나로 불리는 당(唐)나라 여암(呂嚴)을 가리킨다. 여동빈(呂洞賓)은 신선이 되어서 바람을 타고 세상을 마음대로 돌아다녔다 한다. 그의 시에 "세 번 악양루에 올라도 사람이 알지 못한다, 낭랑하게 시를 읊으며 동정호를 날아 지났네.[三上岳陽樓人不識 朗吟飛過洞庭湖]"라는 시구가 있다.

그대로 앉아서 새벽을 맞이하니, 새벽빛이 점점 밝아왔다. 붉은 해가 떠오르니 세상이 비로소 환해졌다. 남여를 메는 승려들이 무려 70여 명이나 되었는데, 모두 해돋이를 보고 감탄하며 말하길 "우리들이 지금까지 어깨에 남여를 메고 이 봉우리에 오른 것이 헤아릴 수 없이 많습니다. 그러나 해가 지고 달이 뜨고 해가 떠오르는 것, 이 세 가지를 모두 본 것은 거의 한두 번도 없습니다. 우리 공들께서 신선술을 터득한 것이 아니겠습니까. 우리 공들께서 신선술을 터득한 것이 아니겠습니까."라고 하였다. 우리 넷은 각자 시 한 수씩을 지어 읊었다.

천왕봉 꼭대기는 하늘에 닿아 있고,	天王峯頂接天門
머리 위의 별들은 손에 잡힐 듯하네.	頭上星辰手可捫
두 눈 들어 보아도 막힐 것이 없으니,	兩眼力窮無所碍
곤륜산이 어디인지 나는 알지 못하겠네.	不知何處是崑崙

천왕봉엔 태초 바람 길이길이 불어오고,	峯上長吹太始風
괴이하다 호흡할 때 하늘과 통하는 듯.	怪來呼吸與天通
술잔 들고 평생 구경 마음껏 다하노니,	持杯放盡平生目
석양빛에 온 세상 가물가물 보이구나.	九點秋烟夕照中

천왕봉 위에 올라 일몰을 보고 나서	天王峯上觀日沒
월출, 일출 세 가지를 모두 봤네.	月生日出三者兼
중들은 칭찬하네, 전에 없던 일이라고	僧言奇事曾無有
하늘이 준 이번 유람 참으로 좋구나.	天餉玆游固不廉

하룻밤 군자사에서 묵고,	一宿君子寺
멀리 천왕봉에 올랐네.	遠上天王峯

밝은 달 아래서 옥피리를 부니,　　　　　　月明吹玉笛
창해의 용들이 너울너울 춤추네.　　　　　滄海舞群龍

　8월 24일(을유). 갑자기 흐림. 아침 일찍 하산 길에 올랐다. 제석당과
백무당에 잠시 머물렀다. 저녁에 안국사(安國寺)[37]에 도착하여 묵었다.
이날 천왕봉에서 하산할 적에 싸락눈이 조금 날렸다.

금대암

　　　　　　　　　　　　　　　8월 25일(병술). 맑음. 죽을
　　　　　　　　　　　　　　먹고 늦게 출발하였다. 남여를
　　　　　　　　　　　　　　타고 금대암(金臺菴)[38]에 들
　　　　　　　　　　　　　　렀다. 안국사에서 5리 정도 떨
　　　　　　　　　　　　　　어져 있다. 지세가 외딴 곳에
　　　　　　　　　　　　　　있는데, 산의 한 면은 조금도
　　　　　　　　　　　　　　가려진 곳이 없어 마치 금강
　　　　　　　　　　　　　　산 정양사(正陽寺)[39]의 남루
　　　　　　　　　　　　　　(南樓)[40]와 같았다. 하룻밤 묵
었던 천왕봉을 멀리서 바라보니 하늘에 기둥 하나 꽂혀있고, 구름은 모
였다 흩어졌다 하였다. 참으로 옛사람이 "내일이면 인간 세상의 일 해
를 따라 갈 터이니, 황홀히 하루 저녁 신선 세계 객이 되리[明朝人事隨
日出 怳然一夢瑤臺客]"[41]라고 한 것과 같았다. 그래서 다음과 같이 시

---

37) 안국사(安國寺) : 현 경상남도 함양군 마천면 가흥리에 있는 절이다.
38) 금대암(金臺菴) : 현 경상남도 함양군 마천면 가흥리에 있는 암자이다.
39) 정양사(正陽寺) : 현 강원도 회양군 내금강면 장연리 금강산에 있는 사찰이다.
40) 남루(南樓) : 헐성루(歇惺樓)를 가리킨다. 정양사 경내의 오른쪽에 있는 자그마한 누각
　　으로, 금강산 일만이천봉을 한꺼번에 구경할 수 있다고 하며, 금강산에서 가장 유명한
　　누각이다.
41) 내일이면……되리 : 소식(蘇軾)의 「화자유중추견월(和子由中秋見月)」이란 시에 보인다.

를 지어 읊었다.

푸른 신 동여매고 만 겹 산 돌아본 뒤,	青鞋踏破萬重山
다시 천 년 고찰 금대암 찾아왔네.	更向金臺古寺還
어젯밤 묵었던 지리산 제일봉,	第一峯頭昨宿處
흰 구름 푸른 놀 사이에서 보일락 말락.	白雲青靄有無間

　오후에 함허정에 이르러 정자 뒤의 고대(高臺)에 오르니, 지난 번 풍경 그대로였다. 그곳에서 잠시 쉬었다가 다시 길을 떠났다. 저녁에 사근역 정자에서 묵었다.

　8월 26일(정해). 맑음. 이초로(李楚老)와 작별하고 일찍 출발하였다. 양원·신찬연과 함께 말머리를 나란히 하고 가서 운고정(雲皐亭)에 올랐다. 그곳에서 한참동안 술에 취해 대화를 나누었다. 다음과 같이 시를 지어 읊었다.

사근역에서 취한 채 말에 올랐는데,	醉上沙斤馬
시냇가에 이르자 가눌 수 없었네.	臨流不用扶
평생의 소원을 풀었으니,	平生得意處
어찌 집금오42)를 부러워하리.	肯羨執金吾

　시를 지은 뒤, 자리를 파하고 관사로 돌아오니 바로 예전의 내 모습이었다. 근심스레 공문을 대하자니 속세의 일이 이미 가슴에 가득하였다. 아, 무릇 산을 유람할 적에는 사람들이 모두 마음을 모으더라도 번잡함이 없기가 어렵고, 일이 모두 뜻대로 되더라도 흠이 없기가 더욱 어

---

42) 집금오(執金吾) : 의금부(義禁府) 관원의 별칭이다. '금오(金吾)'라고도 한다.

렵다. 유람을 같이 한 우리들은 모두 남쪽에 와 살며 고향을 그리워하는 사람들이다. 나이는 비록 다르지만 서로 만나 매우 기뻐하는 사이였다. 함께 유람하는 7일 동안 마음을 털어놓고 구속되는 것은 모두 버렸다. 마음껏 웃고 즐기기를 밤낮으로 쉴 새 없이 하였다. 이는 실로 세상에서 두 번 다시 할 수 없는 좋은 만남이었다. 이 두류산을 유람할 적에 조물주의 짓궂은 장난을 받지 않기가 어려운데, 우리들이 가자 그윽하고 기이한 볼거리를 다 보여주기 위해 한유(韓愈)가 형산(衡山)을 유람할 때처럼 구름을 다 걷어내 주었다.[43] 또 천왕봉의 월출을 보게 했고, 마음속으로 하고 싶었던 것들을 모두 구경할 수 있게 하였으니 이 어찌 처음부터 바랐던 것이었겠는가. 간재(簡齋)[44] 노인이 "올해 나그네가 되지 않았다면 어찌 이 기이한 구경을 하였겠는가[不作今年客 爭成此段奇]"[45]라고 하였으니 실로 내 마음과 같다. 여러 공들이 모두 한 마디 말로 기이한 구경거리를 기록하지 아니할 수 없다고 말하고, 나로 하여금 유람기를 짓게 하였다. 유람기는 나처럼 문장이 변변치 못한 사람이 지을 것이 아니다. 다만 여러 사람들이 주고받은 시를 주워 모아 먼 훗날 와유(臥遊)의 도구로 삼고자 할 따름이다. 1643년 8월 30일에 고령(高靈) 박장원(朴長遠)이 기록하다.

---

43) 한유(韓愈)가……주었다 : 소철(蘇轍)의 「조주한문공묘비(潮州韓文公廟碑)」에 이와 같은 말이 있다.

44) 간재(簡齋) : 남송(南宋) 때 시인 진여의(陳與義)의 호이다.

45) 올해……하였겠는가 : 『간재집』 「유팔관사후지상(遊八關寺後池上)」에는 "不有今年謫 爭成此段奇"로 되어 있다.

구당 박장원

박장원(朴長遠, 1612-1671)의 자는 중구(仲久), 호는 구당(久堂)·습천(隰川)이다. 시호는 문효(文孝), 본관은 고령이며, 직장(直長)을 지낸 박훤(朴烜)의 아들이다.

1627년 생원이 되고, 1636년 별시문과에 급제하였으나, 그해에 일어난 병자호란으로 외할아버지인 심현(沈誢)을 따라 강화도에 피난하였다. 1639년 검열(檢閱)이 되고, 1640년 정언으로 춘추관기사관이 되어 『선조수정실록』의 편찬에 참여하였다. 1643년 안음현감을 지냈다.

1653년 승지로 있을 때에 남인의 탄핵으로 홍해(興海)에 유배되었다가 이듬해 풀려났다. 1658년 상주목사에 이어 강원도관찰사, 1664년 이조판서 등을 지냈다. 저서로는 『구당집』이 있다.

오
두
인

푸른 학이 그곳에 깃들어

두류산기

오두인의 유람 일정

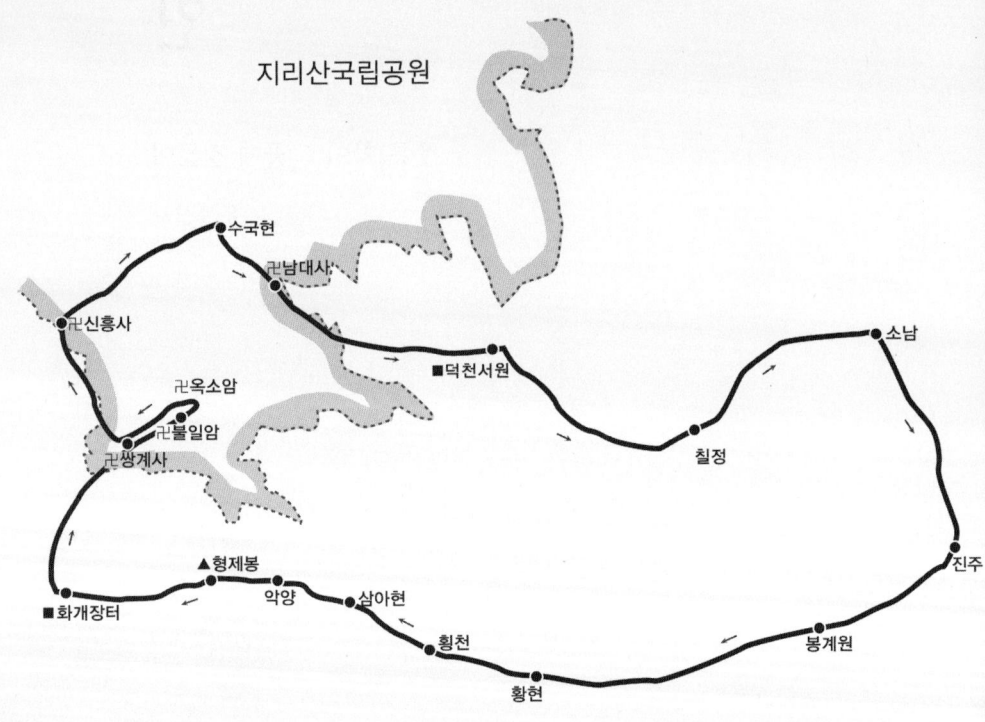

지리산국립공원

일 시 : 1651년(효종 2) 11월 1일 – 11월 6일(5박6일)
동 행 : 김정·이상일·이진필·김집
일 정 : ●11/1일 : 진주→봉계원→황현→옥계사(1박) ●2일 : 옥계사→삼아현→악양→화개협→쌍계
사(1박) ●3일 : 쌍계사→불일암→옥소암→쌍계사(1박) ●4일 : 쌍계사→신흥사→능인사→
은정대(1박) ●5일 : 은정대→수국현→남대사→신계촌(1박) ●6일 : 신계촌→덕산서원→소남
→용산→진주

푸른 학이 그곳에 깃들어

두류산기*

  나는 남쪽으로 내려온 이후 쌍계사(雙溪寺)를 한 번 찾아가 평생 가보고 싶었던 소원을 풀고 싶었으나 그렇게 하질 못하였다. 마침 재상(災傷)을 살피기 위해 경상우도(慶尙右道)를 돌아보게 되었다. 진양(晉陽)¹⁾의 전정(田政)²⁾이 끝났기에 진주목사 이상일(李尙逸)³⁾에게 "이번 순행에 40여 개 군(郡)을 드나들며 영남의 산천을 모두 둘러보았고, 때론 전함을 타고서 남해(南海)와 거제(巨濟) 사이를 돌아보았으니, 산과 바다의 큰 구경거리를 모두 보았다고 말할 만합니다. 다만 발걸음을 두류산에 들이지 못한 것이 한스러울 따름입니다. 이번에 우리가 가보는 것이 어떻겠습니까?"라고 하자, 목사가 말하길 "그것은 저도 바라던 바입니다. 이제 다행히 동지가 생겼으니, 이때를 놓쳐서는 안 되겠지요."

---

  * 이 자료의 번역은 국립중앙도서관에 소장된 오두인의 『양곡집(陽谷集)』(청구기호 한古朝 46-가243)』「두류산기(頭流山記)」를 저본으로 하였다. 이 문집은 1762년 4권 2책으로 간행되었다.

  1) 진양(晉陽) : 현 경상남도 진주시의 옛 이름.

  2) 전정(田政) : 토지에 세를 부과하여 수취하는 일련의 제도 및 그와 관련한 행정을 말한다.

  3) 이상일(李尙逸, 1600-1674) : 자는 여휴(汝休), 호는 용암(龍巖), 본관은 벽진(碧珍)이다. 김장생(金長生)의 문인이다.

라고 하였다.

11월 1일(을해). 마침내 목사와 쌍계사로 떠날 채비를 하고, 소촌역(召村驛)⁴⁾ 찰방(察訪) 김정(金釘)과 함께 출발하였다. 진주 읍치(邑治)에서 서쪽으로 40리를 가서 봉계원(鳳溪院)⁵⁾을 지나 외가의 선영(先塋)에 이르러 소제하고 참배하였다. 이어 산 아래에서 말을 먹이고 저녁 무렵에 출발하였다. 황현(黃峴)⁶⁾을 넘어 30리를 가서 옥계사(玉溪寺)에서 묵었다. 하동 태수인 이진필(李震泌) 또한 그곳으로 와 합류하였는데, 그곳의 수령이었다. 곤양(昆陽) 소모장(召募將) 김집(金緝)이란 사람도 뒤좇아 왔으니, 모두 예전에 남해를 함께 유람했던 이들이었다.

2일(병자). 진주목사 이상일, 하동태수 이진필, 찰방 김정과 함께 옥계사에서 아침 일찍 출발했다. 삼아현(三牙峴)⁷⁾을 넘어 40리를 가서 악양(岳陽)⁸⁾에서 아침밥을 먹었다. 악양은 진주의 속현(屬縣)이다. 탁 트인 하늘 아래 넓은 들녘에는 촌락이 깨끗하였고, 큰 산줄기의 서쪽 봉우리가 긴 강에 뻗어 있었다. 이 강은 구례로부터 나와 쌍계 아래를 지나는데, 이것이 섬진강의 상류로서 호남과 영남의 경계가 된다. 강을 따라 올라가니 보기 좋은 푸른 대나무가 강 언덕을 끼고 숲을 이루었다. 맑은 빛깔과 빼어난 모양이 10리나 서로 비추니, 기욱(淇澳)⁹⁾의 흥취를 멈출

---

4) 소촌역(召村驛) : 당시 진주(晉州) 읍치에서 동쪽 24리에 있던 역으로, 현 진주시 문산읍 소문리에 있었다.

5) 봉계원(鳳溪院) : 곤양군(昆陽郡) 북쪽에 있던 역. 현 경상남도 사천시 곤명면 봉계리에 있었다.

6) 황현(黃峴) : 현 경상남도 하동군 횡천면 여의리 황토재를 가리킨다.

7) 삼아현(三牙峴) : 지리산 구재봉(鳩在峰) 능선의 삼화실재를 가리킨다.

8) 악양(岳陽) : 현 경상남도 하동군 악양면을 가리킨다.

9) 기욱(淇澳) : 『시경(詩經)』 위풍(衛風) 「기욱(淇奧)」을 말하는 것으로, 그 내용은 아름답고 무성한 대나무를 통해 덕이 있는 이를 찬미한 것이다.

수 없었다.

굽이굽이 10리쯤 가면 큰 냇물이 산골짜기에서 나와 섬진강으로 흘러드는 곳이 있으니, 이곳이 화개협(花開峽)이다. 화개협에서 법화탄(法華灘)을 지나 거석교(擧石橋)를 건너니, 동천(洞天)이 매우 깊숙하고 맑아 산을 절반도 채 오르지 않았지만, 나도 모르게 가슴이 상쾌해졌다. 7리를 올라가 절 입구에 이르니, 우뚝한 바위 두 개가 길의 좌우에 나란히 서 있었다. 모두 커다란 글씨가 새겨져 있었는데, 오른쪽은 '쌍계(雙溪)', 왼쪽은 '석문(石門)'이었다. 세상에 전해지는 말로는 최고운(崔孤雲)[10]의 글씨라고 하는데, 글자의 획이 매우 기이하고 예스러웠다.

승려 수십 명이 이곳으로 나와 우리를 맞이하였다. 이에 말에서 내려 자리에 앉아서 시내와 산을 둘러보았다. 이 시내는 두 곳의 근원이 있는데, 신흥사(神興寺)·응신동(凝神洞)에서 나온 것이 오른쪽 시내이고, 불일암(佛日菴)·청학동(靑鶴洞)에서 나온 것이 왼쪽 시내이다. 두 물줄기가 이곳에서 합쳐지고, 절이 그 사이에 있다. '쌍계(雙溪)'라고 이름한 것은 이 때문이다. 말을 매어두고 남여를 타고서 올라가 쌍계사(雙溪寺)에 도착하니, 높이가 10여 척이나 되는 오래된 비석이 법당 앞에 서 있었다. 법승(法僧)인 진감국사(眞鑑國師)[11]를 위해 새긴 것으로, 이 또한 고운(孤雲)이 쓴 것이다. 그래서 세상 사람들은 학사비(學士碑)라 일컫는다. 용과 뱀이 얽힌 듯한 필적이 지금까지도 뚜렷하니, 가히

---

10) 최고운(崔孤雲) : 신라 말기의 학자이자 문장가인 최치원(崔致遠, 857-?)을 가리킨다. 고운(孤雲)은 그의 자이다.

11) 진감국사(眞鑑國師, 774-850) : 신라 후기의 선승으로 법명은 혜소(慧昭)이고, 자는 영을(永乙), 자호는 무의자(無衣者)이다. 당나라에 가서 범패(梵唄)를 배워 우리나라에 도입한 불교음악의 선구자이자, 중국으로부터 차나무를 들여와 보급한 차 문화의 비조로도 꼽힌다.

쌍계사 적묵당

쌍계사 팔영루

불후(不朽)라 할 만하다. 이날 저녁은 적묵당(寂默堂)에서 묵었다. 이곳은 경내 오른편의 건물로 앞에는 팔영루(八詠樓)가 있고 동쪽에는 학사당(學士堂)이 있는데, 모두 고운의 자취가 있는 곳이다.

3일(정축). 일찍 아침밥을 먹은 후 함께 유람하는 여러 군자들과 같이 모두 남여를 타고 북쪽으로 수십 보를 가니 한 오래된 절이 있었는데, 금당(金堂)이라는 편액이 걸려있었다. 서쪽에는 방장각(方丈閣), 동쪽에는 영주각(瀛洲閣)이 있었다. 이곳에서 동쪽으로 곧장 청학동(靑鶴洞)을 향하였다. 피리 부는 사람 1명, 퉁소 부는 사람 1명, 비파 타는 사람 1명, 노래하는 기생 1명이 따라갔다. 앞에서 노래하면 뒤에서 화답하며 줄줄이 꿴 물고기처럼 올라갔다. 멀리서 그 노랫소리를 들으니 황홀한 것이 상운악(上雲樂)12) 같았다. 6~7리를 가니 큰 돌이 길가에 서있는데, 앞면에 '이언경홍연기묘추(李彦憬洪淵己卯秋)' 여덟 자가 새겨져 있었다.

험준한 고개 하나를 오르니 벼랑 사이에 암자 하나가 붙어있는 것이

---

12) 상운악(上雲樂) : 악부 청상곡(淸商曲)의 이름. 남조 양(梁) 무제(武帝)가 지었다. 일곱 곡이 있는데, 대개 신선이 되어 날아오른다는 내용이다.

보였으며, 아래로는 가늠할 수 없는 골짜기였으니, 이른바 청학동(靑鶴洞)과 불일암(佛日菴)이었다. 벼랑을 부여잡고 나아가 암자 앞에 이르니, 붉은 벼랑과 푸른 병풍 같은 산이 천 길 절벽처럼 서 있고, 두 개의 봉우리가 빼어나게 솟아 좌우로 마주보고 있었다. 동쪽에 있는 것이 향로봉(香爐峰)이고, 서쪽에 있는 것이 청학봉(靑鶴峰)이다. 봉우리의 허리에는 층층의 바위들이 매우 기이하였다. 세상에 전하는 이야기로는 푸른 학이 늘 그곳에 깃들어 있었다고 하니, 그러한 이름을 얻은 데에는 까닭이 있었던 것이다. 향로봉의 북쪽에는 높이가 수십 길이나 되는 폭포가 있었다. 단지 층층의 얼음이 얼어붙어 있는 것이 보였는데, 물소리는 뚜렷하게 골짜기에 울려 퍼졌다. 마치 옥룡(玉龍)이 하늘로 오를 적에 천둥소리가 온 산에 울리는 듯했으니, 참으로 기이한 볼거리였다. 불일암 한 켠에는 석대(石臺)가 있었는데, '완폭대(翫瀑臺)' 세 글자가 새겨져 있었다. 만약 햇살이 비치고 안개가 피어날 때 이곳에 앉아 완상한다면 적선(謫仙) 이백(李白)[13]의 「망여산폭포수(望廬山瀑布水)」[14] 같은 시를 몇 번이고 노래할 수 있을 것 같았다. 폭포에서 흘러내려 두 봉우리 남쪽에서 학연(鶴淵)이 되니, 이것이 쌍계 중 왼쪽 시내의 근원이다. 다시 청학봉을 넘어서 봉우리의 남쪽 기슭에 이르니, 두세 개의 작은 암자가 있었다. 어느 것은 남아있고 어느 것은 무너져버렸다. 남아

---

13) 이백(李白, 701-762) : 자는 태백(太白), 호는 청련거사(靑蓮居士)이다. 두보(杜甫)와 함께 '이두(李杜)'로 병칭되는 중국 최고의 시인이며, 시선(詩仙)이라 불린다.

14) 망여산폭포수(望廬山瀑布水) : 중국 강서성(江西省)에 있는 여산(廬山)의 폭포를 노래한 것으로, 내용은 다음과 같다.

햇빛 나는 향로봉엔 붉은 안개 어리고,	日照香爐生紫烟
멀리 보이는 폭포는 시내를 매달아 놓은 듯.	遙看瀑布掛前川
날아 흘러 곧장 삼천 척을 떨어지니,	飛流直下三千尺
하늘에서 은하수가 쏟아지는 것인가.	疑是銀河落九天

불일암에서 바라본 전경

있는 것은 옥소암(玉簫庵)·영대암(靈臺庵)이고, 성불암(成佛庵)·심원암(深院庵)은 터만 남아 있었다. 불일암에는 한 명의 승려가, 옥소암에는 세 명의 승려가 거처하고 있었는데, 모두 곡기(穀氣)를 끊은 자들이었다.

그곳을 내려와 청학동 하류에 이르니, 시내와 돌이 모두 기이하여 더욱 정신이 상쾌해졌다. 시내 주변을 배회하다 문득 바위 사이에서 시 하나를 보았는데, 그 내용은 이러했다.

청학봉 앞길을 가는데, 　　　靑鶴峰前路
맑은 못에 푸른 삼나무 비치네. 　　　澄潭影翠杉
우선이 명승 찾던 곳, 　　　羽仙探勝處
나는 장원암이라 부르리. 　　　仍號狀元巖

이 시는 나의 계부(季父)[15]께서 직접 쓰신 것으로, '우선(羽仙)'이란 내 선친(先親)[16]을 말한 것이다. 선친께선 일찍이 숭정(崇禎) 신미년(1631)에 남도의 관찰사가 되어 이곳을 유람하신 적이 있다. 계부 또한

---

15) 계부(季父) : 오핵(吳翮, 1615-1653)을 가리킨다. 자는 일소(逸少), 호는 백천당(百千堂)으로, 장유(張維)의 문인이다.

16) 선친(先親) : 양부(養父)인 오숙(吳翻, 1592-1634)을 가리킨다. 자는 숙우(肅羽), 호는 천파(天坡)로, 광해군 때 병조좌랑 등을 지냈으며 인조반정 후에는 정언·교리 등을 역임하였다.

병술년(1646)에 문과에 장원
급제한 뒤 이곳을 둘러보고
가셨다. 그러므로 시의 내용
이 이와 같았던 것이다. 지
금 나도 다행히 장원급제를
하여 다시 이곳을 지나게 되
었으니, 숙연(宿緣)이 있다

칠불사 대웅전

고 하겠다. 마침내 이 시에 화답하여 함께 유람하는 이들에게 보여주었
다. 종일토록 돌아갈 일을 잊고 있다가 저녁 무렵에야 돌아왔다. 이날
밤도 그대로 적묵당에서 묵었다.

4일(무인). 새벽에 쌍계석문(雙溪石門)을 나섰다. 다시 거석교를 건
너서 시내를 거슬러 올라갔는데, 이것이 신흥동(神興洞)에서 흘러오는
쌍계의 오른쪽 물줄기이다. 산길은 이리저리 구불구불하고 아래로는 맑
은 시내가 흘렀다. 혹 물이 모여 못이 되기도 하고, 빠르게 흘러 폭포가
되기도 하였다. 이곳은 화개동(花開洞)보다 10배나 맑고 기이하였다.
15리쯤 가서 홍류교(紅流橋)에 이르렀다. 다리 주변 바위에 '삼신동(三
神洞)'이라 새겨져 있었다. 신흥사(神興寺)·의신사(義神寺)·영신사
(靈神寺) 이 세 절이 모두 이 시내의 상류에 있다고 한다. 시내 한 줄기
는 서쪽 골짜기에서, 다른 한 줄기는 동쪽 골짜기에서 나오니, 서쪽은
칠불암(七佛菴)이 있는 골짜기 입구이며, 동쪽은 신흥사가 있는 곳이다.
다리를 건너 1리쯤 가니 큰 절터가 있었는데, 섬돌만이 황량하게 남아
있고 오래된 나무들이 숲을 이루고 있었다. 한 승려가 '이곳은 신흥사
터인데 갑자년(1624)에 무너졌다'고 하였다. 선친의 유집에 「신흥사 노
승 태능에게 주다[神興寺贈太能老師]」라는 오언시 한 수가 있는데,[17]

그 내용은 이러하다.

진감선사가 의발을 전한 곳,　　　　　　眞鑑傳衣地
고운 떠난 지 몇 번의 봄이런가.　　　　孤雲去幾春
나그네의 감회 물색으로 더해지니,　　　客懷添物色
시 구절이 새 의경(意境)을 얻는다.　　詩句得精神
수석은 모두 그대로인데,　　　　　　　水石渾依舊
숲과 꽃들은 절로 새롭네.　　　　　　　林花自在新
가장 중요한 뜻 깊이 알았으니,　　　　深知第一義
단정히 앉아 세속의 때를 씻는다.　　　端坐洗根塵

이 해가 무오년(1618)이니 지금으로부터 30여 년 전이다. 예전의 장엄하고 화려하였던 곳이 모두 여우나 토끼의 굴이 되었으니, 진실로 30년 마다 세상이 크게 변한다고 할 만하다. 이리저리 둘러보는 사이에 서글픈 마음이 가시질 않았다. 절 앞의 시내와 바위의 경관은 이 산 속에서도 으뜸으로 치는데, 누각은 능파각(凌波閣)이라고 하고, 누대를 세이대(洗耳臺)라고 한다. 절의 섬돌 왼쪽에는 청동 불상 한 구가 가시덤불 속에 서 있었다. 그 왼쪽에 똑같은 불상이 하나 더 있었는데, 옛날에는 절의 좌우에 나란히 서 있었던 것인 듯하다.

왼쪽으로 돌아서 뒤편 언덕으로 올라갔는데, 길이 갈수록 험해지고 산세도 갈수록 기이해졌다. 사자곡(獅子谷)을 지나 10리쯤 가니 큰 골짜기에서 물이 뿜어져 내려 깊은 연못이 되었는데, 기담(妓潭)이라고 하였다. 바위 위를 쓸고 앉은 뒤 데리고 온 기생에게 노래를 시키니, 함

---

17) 선친의……있는데 : 오숙(吳翻)의 문집인 『천파집(天坡集)』 권1에는 「신흥사시태능노선(神興寺示太能老禪)」으로 되어있다.

께 유람하는 이들이 뒤이어 도착하였다. 서로 한바탕 숨을 고른 뒤 다시 10리를 올라갔다.

능인사(能仁寺)[18]에서 점심을 먹었다. 이 절에는 승려가 수십 명쯤 있었는데, 그 중 성천(性天)이라는 승려는 속승(俗僧)들과는 매우 달랐다. 이야기를 주고받던 중에 그는 여러 군자들이 산을 유람하며 지은 시를 줄줄 외웠고, 또 예전 임신년(1632)에 선친께서 이 산을 유람하실 때 운 좋게도 자기가 모시고 다녔다는 이야기를 꺼냈다. 정해년(1647)에 계부께서 이 산에 오셨을 때도 자신이 길안내를 하였다고 했다. 그는 아직 내가 한 집안 사람이라는 것을 몰랐다. 내가 말하길 "계부의 유람이 선친의 유람과 16년 차이가 나고, 나의 유람이 계부의 유람과 5년 차이가 난다네. 그대는 뜬 구름 같은 승려로서 모두 우리의 주인 노릇을 하였으니, 어찌 그 속에 특별한 인연이 있지 않다고 하겠는가."라고 하였다. 그 또한 놀라서 감탄하며 계속해서 이야기를 했는데, 모두 옛 일에 대한 감회였다.

저녁 무렵에 작별하고 다시 10리를 가서 작은 암자에 이르렀는데 은정대(隱井臺)[19]라고 하였다. 이 암자는 산 정상에 있어 속세와 멀찌감치 떨어져 있는 곳이었다. 학승(學僧) 담희(淡熙)가 그곳에 거처하고 있었는데, 그를 따라 공부하는 자가 10여 명이라고 하였다. 암자 뒤쪽에 바위가 있는데, 바위 아래에서 샘이 솟았다. 이른바 은정(隱井)이라는 것이 바로 이 샘일 터이다. 마침내 그 바위에 함께 유람 온 이들의 성명을 김정(金釘)·이상일(李尙逸)·이진필(李震馝)·오두인(吳斗寅)·

---

18) 능인사(能仁寺) : 현 경상남도 하동군 화개면 대성리 의신마을 입구에 있던 절이다.
19) 은정대(隱井臺) : 현 경상남도 하동군 화개면 대성리 의신마을에서 세석산장으로 오르는 길목의 대성동 근처에 있는 듯하다.

김집(金緝)의 순으로 적었다. 맨 처음이 찰방 김정, 그 다음이 진주목사 이상일, 그 다음이 하동태수 이진필이었다. 내가 네 번째였는데 나이순으로 정한 것이다. 그대로 바위에 새기게 하여 훗날의 표지로 삼았다. 이날은 은정대에서 묵었다.

5일(기묘). 아침에 은정대에서 출발하여 다시 동쪽으로 올라가 수국현(水國峴)[20]을 넘어가려고 했다. 돌길이 험하고 시냇물이 겹겹으로 얼어 있어 열 걸음 가면서 아홉 번은 쉬었다. 가시덤불을 헤치고 벼랑을 부여잡으며 나아갔다. 가다가 길가에 허물어져 있는 세 곳의 암자 터를 보았다. 승려들에게 물으니, 상수국사(上水國寺)·중수국사(中水國寺)·하수국사(下水國寺)라고 하였다. 그곳에서 곧장 동쪽 고개로 올라갔는데, 여기가 바로 수국현이다. 수국현에 올라 북쪽을 바라보니, 아름다운 봉우리 하나가 하늘 가운데 우뚝 솟아 준엄한 기상으로 여러 골짜기들을 굽어보고 있었다. 그것이 바로 천왕봉(天王峰)으로, 두류산(頭流山)에서 가장 높은 봉우리이다. 나는 올해 중양절(重陽節)에 산음현(山陰縣)에서부터 군자사(君子寺)[21]를 지나 곧장 천왕봉으로 올라갔었다. 정상에서 하룻밤 묵으면서 동해에서 해가 솟아오르는 것을 보았다. 지금 구름 속에 보이는 천왕봉을 바라보니 도리어 꿈속의 일이었던 듯하다. 수국현에서 배회하며 사방 끝까지 살펴보니 강과 바다가 구불구불 얽혀있고, 여러 산들은 점을 찍은 듯 보였는데, 모두 기록할 수가 없다.

고개를 넘어 내려왔다. 험한 돌길과 산천의 기이한 경치는 산의 안쪽

---

20) 수국현(水國峴) : 현 경상남도 하동군 화개면 대성동마을에서 산청군 시천면 내대리 거림마을로 넘어가는 재를 가리킨다.
21) 군자사(君子寺) : 현 경상남도 함양군 마천면 군자리에 있었던 절이다. 본래 이름은 영정사(靈井寺)로, 신라 진평왕(眞平王)이 여기에서 아들을 낳았기 때문에 군자사로 개명하였다고 한다.

내원사 대웅전(덕산사)   남대마을

과 다를 바가 없었다. 여행의 고단함은 더욱 심해졌지만, 명승을 찾아다
니는 즐거움은 오히려 줄어들지 않았다. 덕산사(德山寺)[22]의 승려 수십
명이 임무를 교대하여 우리를 맞이하러 왔다. 아직 반도 못 내려갔는데
송낙[松蘿][23]을 머리에 쓴 자가 다가와 시냇가에서 인사를 했다. 그가
거처하는 곳을 물어보니 남대사(南臺寺)[24]라고 하였다. 시내를 건너 서
쪽으로 가 남대사에 도착했다. 점심을 먹은 뒤 7~8리 내려오니 큰 시
내[25]가 있었는데 천왕봉 아래에서 흘러 내려오는 것이었다. 시내와 마
을을 모두 신계(新溪)라 불렀다. 5리쯤 내려오니 신계촌(新溪村)[26]이
있었다. 날이 이미 저물어 그곳에서 묵었다. 나흘간의 유람에 처음으로

---

22) 덕산사(德山寺) : 현 경상남도 산청군 삼장면에 있는 절이다. 신라 태종무열왕 때에
   무염국사(無染國師 801~888)가 창건하였다. 창건 당시는 덕산사라고 하였는데, 현재는
   내원사(內院寺)로 개명되었다.
23) 송낙[松蘿] : 예전에 여승이 주로 쓰던 송라(松蘿)를 우산 모양으로 엮어 만든 모자로
   송라립(松蘿笠)이라 한다.
24) 남대사(南臺寺) : 현 경상남도 산청군 시천면 내대리 남대마을 근처에 있었던 절인 듯
   하다.
25) 큰 시내 : 현 경상남도 산청군 시천면 신천리 곡점마을 앞의 합수 지점을 가리키는
   듯하다.
26) 신계촌(新溪村) : 현 경상남도 산청군 시천면 신천리 신천마을을 가리키는 듯하다.

덕천서원

덕천서원 시정문

촌가에서 묵은 것이다. 하루 사이에 선계(仙界)에서 속세(俗世)로 바뀌어버렸다. 구름 덮인 산을 바라보니 쓸쓸한 마음을 지울 수 없었다. 참으로 세상사도 이와 다르지 않을 것이다.

6일(경진). 아침에 신계촌에서 출발하여 15리를 가니, 큰 산 아래에 깊은 골짜기는 굽이굽이 뻗어 내리고 시냇물은 평평하게 흘러내려, 바로 신선이 사는 별천지 같았다. 멀리서 바라보니 시냇가에 사우(祠宇)가 희미하게 보였다. 그곳은 바로 남명(南冥) 조식(曺植) 선생을 모신 곳으로 덕산서원(德山書院)이라 하는데, 실로 지리산의 남쪽 기슭에 자리하고 있다. 서원 문 앞쪽에는 한 칸짜리 초가집이 맑은 시냇가에 있으니, 세심정(洗心亭)이다. 세심정의 옆에는 또 화려한 누각이 시냇가에 있는데, 취성정(醉醒亭)이다. 말에서 내려 취성정에 앉아 있으니, 서원의 유생 10여 명이 보였다. 아침밥을 먹고 시정문(時靜門)으로 들어가 경의당(敬義堂)에 올랐다. 의관을 갖추고서 사당에 나아가 참배하고 물러나왔다. 세심정에 앉아 있으니, 서원의 유생들이 조촐한 술자리를 마련하였다.

자리가 파한 후 서원에서 동쪽으로 가다가 한 마을을 지나가는데, 소나무와 잣나무가 울창하였다. 이곳은 남명 선생께서 살던 마을이다. 마을 뒤편의 언덕에 선생의 묘소가 있다. 마을을 지날 때 예를 표했다. 그곳에서 6~7리를 가니 길가에 석대(石臺)가 있었다. 석대의 동쪽 면을 갈아 입덕문(入德門)

소남나루

이란 세 글자의 석각이 있었는데, 이것이 서원이 있는 마을의 입구가 된다. 다시 30여 리를 가서 소남(召南) 마을 앞의 강가에 도착하니, 진주 관아 사람들이 와서 기다리고 있었다. 점심을 먹은 후 배를 타고 강을 건너가 용산(龍山)[27]에 이르러 횃불을 들고 돌아왔다. 진주의 관아에 도착하니 밤이 깊어 벌써 2경(二更: 9~11시)이나 되었다.

함께 유람했던 승려 덕준(德俊)과 함께 그동안의 일정을 헤아려보니 모두 6일이 걸렸다. 진주에서 봉계원까지 40리, 봉계원에서 옥계사까지 30리, 옥계사에서 악양현까지 30리, 악양현에서 화개협까지 30리, 화개협에서 쌍계사까지 10리, 쌍계사에서 청학동까지 10리, 다시 쌍계사에서 신흥사까지 15리, 신흥사에서 능인사까지 15리, 능인사에서 은정대까지 10리, 은정대에서 수국현까지 10리, 수국현에서 남대사까지 20리, 남대사에서 신계리까지 15리, 신계리에서 덕산서원까지 15리, 덕산서원에서 소남까지 30리, 소남에서 진주까지 40리였다. 총 320여 리였다.

---

27) 용산(龍山) : 현 경상남도 진주시 명석면 용산리이다.

양곡 오두인

오두인(吳斗寅, 1624-1689)의 자는 원징(元徵), 호는 양곡(陽谷), 본관은 해주(海州)이다. 생부는 사복시 주부를 지낸 오상(吳翔)이고, 백부인 오숙(吳翿)에게 입양되었다. 1648년(인조 26)에 진사시에 합격하고, 이듬해 별시문과에 장원으로 급제하였다. 1650년(효종 1) 사헌부 지평을 거쳐 1656년 장령, 1661년(현종 2) 헌납·사간이 되었다. 이듬해 정조사(正朝使)의 서장관으로 청나라에 다녀왔고, 1667년 홍문관 부교리 등을 역임하였다. 1679년(숙종 5) 사은사의 부사가 되어 청나라에 다녀왔다.

1689년 기사환국(己巳換局)으로 서인이 실각하자 삭직 당하였다. 이해 5월에 인현왕후(仁顯王后)가 폐위되자 이세화(李世華)·박태보(朴泰輔)와 함께 반대하는 소를 올려 국문을 받고 의주로 유배 도중 파주에서 별세하였다. 저서로는 『양곡집』이 있다.

김
지
백

하루살이 같은 인간사,
하루나절 진선되어 노닐다

유두류산기

김지백의 유람 일정

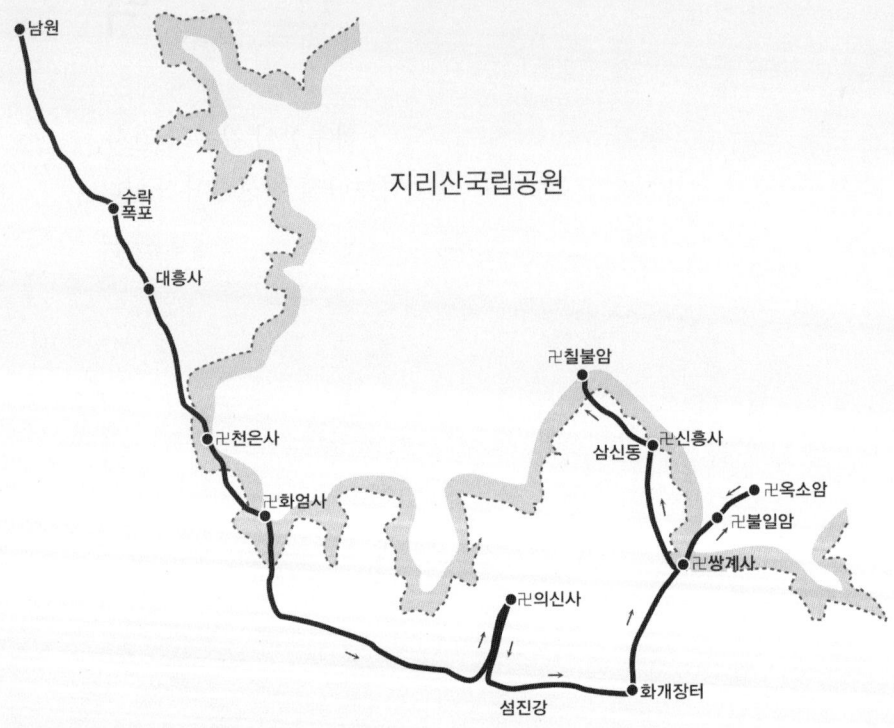

지리산국립공원

남원

수락
폭포

대흥사

권천은사

권화엄사

칠불암권

삼신동

신흥사권

옥소암권

불일암권

쌍계사권

의신사권

섬진강

화개장터

일 시 : 1655년(효종 6) 10월 8일 - 11일(3박4일)

동 행 : 서국익·이자원·한여근·노운경·서대숙(서국익의 아우)

일 정 : ●10/8일 : 용추 → 대흥사 → 화엄사 → 연곡사(1박) ●9일 : 연곡사 → 화개동 → 쌍계사(1박) ●10일
: 쌍계사 → 불일암 → 완폭대 → 청학봉 → 옥소암 → 쌍계사(1박) ●11일 : 쌍계사 → 무릉교 → 능파
대 → 세이암 → 삼신동 → 칠불암 → 옥부대

하루살이 같은 인간사, 하루나절 진선되어 노닐다

유두류산기*

영·호남이 교차하는 지점에 웅거하여 동남쪽으로 우뚝 솟은 것이 두류산이 아닌가! 두류산은 일명 방장산(方丈山)으로도 불리니 삼신산 가운데 하나임은 분명하다. 그 크기는 열두 고을에 걸쳐 있어 빼어난 경치를 한두 군데로 꼽을 수 없다. 남으로는 바다와 가까워 더욱 맑은 기운이 쌓여 흩어지지 않아 그 기운이 서려있고 빙빙 돌며 충만하니, 신선이 사는 곳이라 믿을 만하다. 학사 최고운도 일찍이 이곳에서 머물며 지냈는데, 그의 기이한 종적이 뚜렷이 남아 있는 것은 쌍계사에서 가장 두드러진다. 쌍계사로부터 10리쯤에 청학동이라 부르는 곳이 있는데, 예전엔 머리가 붉고 깃이 푸른 학이 날아와 노닐었으나, 지금은 찾아오지 않은 지 이미 여러 해가 되었다. 벼랑의 움푹한 곳에 단지 빈 둥지만 남아있다.

완폭대(翫瀑臺)·삼신동(三神洞)·세이암(洗耳巖)·무릉교(武陵橋)·홍류동(紅流洞)은 또한 모두 최학사가 노닐었던 곳이다. 대개 기이한 골짜기와 빼어난 수석을 보기 위해 나보다 먼저 왕래하며 유람했

---

* 이 자료의 번역은 국립중앙도서관에 소장된 김지백의 『담허재집(澹虛齋集)(청구기호 한古朝46-가466)』 「유두류산기(遊頭流山記)」를 저본으로 하였다.

던 사람들이 한 둘이 아니다. 그 사람들은 유람록을 지었는데, 세상에 유행한 것이 참으로 많으니 내가 다시 군더더기 말을 할 필요는 없을 것이다. 그러나 나의 집이 용성(龍城)1)에 있고, 용성이 이 산의 10분의 1쯤을 차지한다 할 수 있다. 옛사람들이 여러 해 동안 바다를 건너고 시간을 보내며 찾으려고 했던 이 산이, 버젓이 내가 사는 인근에 자리하고 있으니, 이 또한 나에게는 과분한 복이로다. 다만 세속의 발자취에 구애됨이 많기 때문에 아직도 여러 명승을 두루 찾지 못했다. 지난번에 올라 간 곳은 겨우 반야봉(般若峯) 한 방면이었을 뿐이니, 여태껏 내 마음에 차지 않았다.

지금 서국익(徐國益)2)이 경성(京城)에서 근친(覲親)하기 위해 이 고을로 왔다가 나에게 쌍계사를 함께 유람하자고 청했다. 이 유람은 평소 마음에 두고 있던 터라, 분연히 떨치고 일어나서 고을 동쪽 원천원(元川院)에서 만나기로 약속했으니 이 날이 을미년(1665) 10월 무오일(8일)이다. 이자원(李子遠)·한여근(韓汝謹)도 약속이라도 한 듯이 일제히 찾아왔다. 함께 왔다가 중도에서 송별한 사람으로는 또 노운경(盧雲卿)이 있다. 이 네 명의 벗들은 모두 나와 같은 해에 급제한 사람들로 연이어 찾아와 만나 한차례 급제자 모임을 했으니, 참으로 기이한 일이다. 국익에게 동생이 있는데 대숙(大叔)이라고 한다. 그 또한 국익과 함께 와서 나의 행차가 더욱 외롭지 않게 되었다.

이에 용추폭포(龍湫瀑布)3)를 거쳐 대흥사(大興寺)로 들어가 떨어지

---

1) 용성(龍城) : 현 전라남도 남원시의 옛 이름이다.
2) 서국익(徐國益) : 서문상(徐文尙, 1630-？)을 말함. 국익은 그의 자이며, 호는 송파(松坡)·나산(羅山), 본관은 달성이다.
3) 용추폭포(龍湫瀑布) : 현 전라남도 구례군 산동면 수기리에 있는 수락폭포를 가리키는 듯하다.

감로사(천은사)

연곡사 대적광전

는 폭포의 세찬 물줄기를 완상하고, 감로사(甘露寺)⁴⁾를 거쳐 화암사(華
巖寺)⁵⁾에 이르러 절의 웅장함을 구경했다. 또 구불구불한 강기슭을 따
라 남쪽으로 갔다. 쌍계사까지의 거리가 멀지 않음을 알았지만, 굽이
굽이 산기슭을 돌며 시냇물을 건너 골짜기로 들어가 저녁 무렵에야 연
곡사(燕谷寺)에 도착해 묵었다. 각왕노사(覺往老師)를 벽암당(碧巖堂)
에서 만나 불교의 공(空)에 대해 얘기를 나누다 한밤중에 이르렀는데,
그에게 세속을 초탈한 기상이 있어 경계할 만했다.

　다음날, 그 법이 천기(天氣)에 부합된다고 하여 천기(天機)라고 호를
쓰는 승려를 데리고 길을 떠나 쌍계사까지 안내를 하게 하였다. 천기라
는 승려는 시상(詩想)이 비범하고, 자못 총명하여 총애할 만한 점이 있
었다. 이날 저녁 마침내 화개동(花開洞)에 도착했다. 화개동 조금 남쪽
에 선현이 살던 옛터가 있는데, 곧 일두(一蠹) 정여창(鄭汝昌)⁶⁾ 선생이
살던 곳이다. 주위를 배회하며 탄식하다 보니 훌쩍 떠나갈 수가 없었다.

---

4) 감로사(甘露寺) : 현 전라남도 구례군 광의면 방광리 70번지에 위치한 천은사(泉隱寺)를
　가리킴. 828년에 창건하여 감로사라 하였다가 임진왜란 이후 천은사로 이름을 바꾸었다.
5) 화암사(華巖寺) : 구례 화엄사(華嚴寺)를 말함. 암(巖)은 엄(嚴)의 오기인 듯함.
6) 정여창(鄭汝昌, 1450-1504) : 자는 백욱(伯勗), 호는 일두(一蠹), 본관은 하동이다. 조선
　전기 사림파의 대표적인 학자이다.

진감선사비

화개동을 지나 위쪽으로 올라가 두 물줄기가 합쳐지는 곳에 이르렀는데, 곧 이른바 쌍계(雙溪)다. 과연 석문이 있는데 큰 네 자 석각이 동구 입구의 두 바위 전면에 새겨져 있었다. 굳센 필획이 마모되지 않아 마치 어제 쓴 듯하였다. 최선(崔仙 : 崔致遠)의 진면목을 상상할 수 있었다. 드디어 절에 들어가 그곳 승려를 따라 유적을 두루 관람하고, 진감선사비(眞鑑禪師碑)를 어루만져보았다. 비석의 글과 글씨 모두 최고운이 직접 짓고 쓴 것이다. 오랫동안 흥망성쇠 겪으며 인간사가 무수히 변하였는데, 남겨진 자취 가운데 확인할 수 있는 것으로는 오직 이 하나의 비석뿐이니, 또한 옛 자취에 대한 감회를 일으킬 만하다.

다음날 비가 내려 절에 머물렀다. 날이 개어 남여를 타고 출발하였는데, 타기도 하고 걷기도 하면서 불일암(佛日庵)에 거의 이르렀다. 바위 벼랑은 입을 벌린 듯 가운데가 벌어져 있어 나무를 매달아 잔도(棧道)를 만들어 겨우 사람이 지날 수 있었는데, 그 아래는 깊이가 만 길이나 될 듯하였다. 몸을 기울이고 발에 의지하니 혼이 나가고 머리털이 곤두섰다. 부여잡고 기어올라 암자에 도착했다. 암자 밖에 작은 석대가 있는데 완폭대(翫瀑臺)라 이름하는 곳이다. 폭포를 바라보니 높이가 수백 길이나 되었다. 향로봉(香爐峰) 옆에서 매달린 듯 흘러내리는데 그 기세가 마치 무지개가 뜬 듯, 번개가 치는 듯했다. 여산폭포(廬山瀑布)[7]

---

7) 여산폭포(廬山瀑布) : 중국 강서성(江西省) 구강시(九江市) 남쪽에 있는 여산의 유명한 폭포이다.

나 박연폭포(朴淵瀑布)[8]와 서로 견줄 만했고, 전날 본 용추폭포는 이보다 훨씬 못하였다. 떨어지는 물줄기는 한기를 일으키고, 그늘진 계곡은 기분을 상쾌하게 했지만 추워서 오래 머물 수 없었다. 산 막걸리 몇 잔을 데워 가져오게 하여 마시며 길에서 쉬었다. 지팡이를 짚고 청학봉에 올라 학의 둥지를 살펴보고 내려왔다. 옥소암(玉簫菴)에 이름을 적어 기념으로 남기고 다시 쌍계사로 돌아와 묵었다.

다음날 출발하여 무릉교(武陵橋)를 건너 신흥사(新興寺)의 옛터를 찾아가 능파대(凌波臺) 주위를 둘러보았다. 물살을 건너 너럭바위에 이르렀다. 너럭바위 위에는 과연 '세이암(洗耳巖)' 세 글자가 새겨져 있었다. 글씨체가 최치원 선생의 필적과 닮았는데 확실하진 않았다. 다시 삼신동(三神洞)으로 내려가 칠불암(七佛菴)에 올랐다. 두류산에는 사찰이 370개나 되는데 기이하고 아름답기로 이곳이 가장 뛰어나다. 금빛·푸른빛·붉은 빛의 단청이 현란하여 사람들의 눈을 끌었다. 누각 오른쪽 길을 따라 걸어서 옥부대(王釜臺)에 오르니, 여러 봉우리를 압도할 만큼 높은 반야봉(般若峰)이 지척에 보였다. 종자로 하여금 퉁소 한 곡을 불게 했다. 벼랑을 따라 내려와 홍류동(紅流洞) 입구에서 낭랑히 시를 읊조리니, 바람을 타고 신선이라도 된 듯 상쾌한 기분이 들었다. 비록 천하의 빼어난 경관을 구경했다고 하는 사람이 있을지라도 나는 그에게 뒤지지 않을 것이다.

아! 사람이 이 세상에 태어남은 하찮은 한 마리 하루살이와 같을 뿐, 티끌 같은 세상을 벗어나 항아리 속의 초파리가 되지 않을 자 몇이나 되겠는가? 산수를 찾아다닐 적에 빼어난 시내나 봉우리를 만나면 문득

---

8) 박연폭포(朴淵瀑布) : 북한 개성직할시 산성리에 있는 폭포. 원문에는 박연(博淵)으로 되어 있으나 일반적으로 박연(朴淵)으로 표기한다.

중국 태산

명승 구경을 많이 하였다고 자부했었는데, 이곳에 와서 삼십 년 동안의 내 신세가 허망함을 비로소 깨달았다. 아! 이 유람이 참으로 즐거웠지만, 한 달을 채우지 못했다. 백 년에 비하면 한 순간에 불과한 유람이었지만, 오히려 스스로 고상하게 여겨 하찮은 인간 세상을 슬퍼하는 마음이 생겼었는데, 물외에서 정신적으로 노닐며 사해를 아침저녁으로 보는 진선(眞仙)은 어떠하겠는가. 나는 이즈음에 더욱 유감이 있다. 다만 절기가 너무 늦어 산속의 눈이 길을 막아서 제일 높은 천왕봉 정상에 올라 부상(扶桑)과 약수(弱水)의 바깥을 감상하면서 안력(眼力)이 미치는 바를 다할 수 없었다. 그리고 공자가 태산에 올라 "천하가 작다"고 여기신 기상을 생각해 보니, 실로 크게 부족한 일이었다.

그러나 내년 봄 온갖 꽃들이 나무에 만개하기를 기다려 다시 산에 오를 행장을 꾸려 날을 잡아 약속을 하고서 팔만 봉우리를 답사할 그 날이 또한 멀지 않으니, 어찌 끝내 아쉬워만 하랴! 며칠 동안 감흥이 일 때마다 시를 주고받은 것이 무려 일백여 편이나 된다. 그때그때 기록한 것이 한 권의 시집이 되었다. 모두 기문을 짓지 않을 수 없다고 하며 나보고 지으라고 하였다. 나는 문장에 뛰어나지 못한 사람이라 감당할 수 없음을 잘 안다. 그러나 서로 미루며 사양하기만 한다면 아름다웠던 일들이 전해지지 못할 것이다. 또한 생각건대 제현들의 시 뒤에 내 글이 들어간다면 나에게는 영광된 일이다. 이에 사양하지 않고 글을 지었다. 영원히 세상에 전해지길 구하는 것이라고 한다면 이는 나를 아는 사람이 아니다.

을미년(1655) 10월 상순, 낭주(浪洲)9)에서 김지백이 쓰다.

인물
해제

담허재 김지백

김지백(金之白, 1623-1670)의 자는 자성(子成), 호는 담허재(澹虛齋)이며, 본관은 부안이다. 조부는 충청도사(忠淸都事)를 지낸 김익복(金益福)이며, 그로부터 남원에 옮겨와 살았다. 부친은 진사 김연(金沇)이며, 모친은 여산송씨(礪山宋氏)로 현감을 지낸 송처중(宋處中)의 딸이다. 김지백은 신독재(愼獨齋) 김집(金集, 1574-1656)의 문인이며, 오이정(吳以井, 1619-1655)·송시열(宋時烈, 1607-1689)·송준길(宋浚吉, 1606-1672) 등과 교유하였다. 1648년 사마시에 합격하였으나, 전시(殿試)에 낙방하였다. 1658년 유현(儒賢)으로 천거되었으나, 나아가지 않고 평생 학문에만 정진하였다. 남원 요계서원(蓼溪書院)에 배향되었다.

---

9) 낭주(浪洲) : 현 전라북도 부안군의 옛 이름이다.

송
광
연

최고운은 죽지 않고
아직도 청학동에 살아 있다

두류록

송광연의 유람 일정

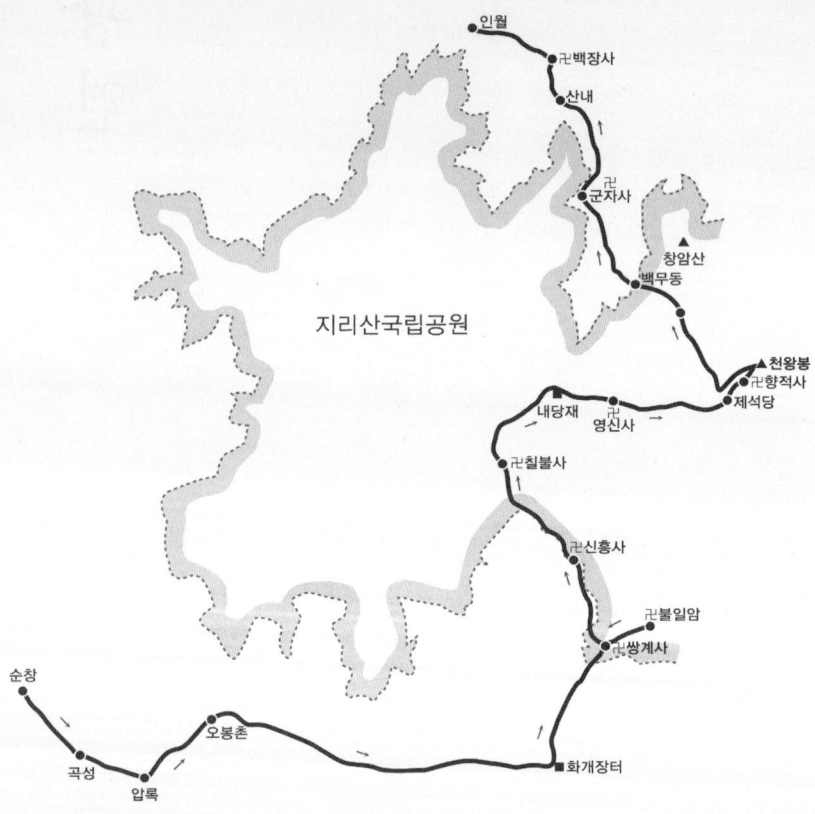

인월
卍백장사
산내
卍군자사
창암산 ▲
백무동
천왕봉 ▲
卍향적사
제석당
내당재
卍영신사
卍칠불사
지리산국립공원
卍신흥사
卍불일암
卍쌍계사
순창
오봉촌
곡성
압록
화개장터

일 시 : 1680년(숙종 6) 윤8월 20일 ~ 27일(7박8일)

동 행 : 이익태(순천부사)·이만징(곡성현감)

일 정 : ●8/20일 : 순창(옥천) 관아 → 순자강 → 곡성(욕천) 관아(1박) ●21일 : 곡성 관아 → 압록진 → 구례(1박) ●22일 : 구례 → 오봉촌 → 화개현 → 쌍계사(1박) ●23일 : 쌍계사 → 청학동 → 불일암 → 완폭대 → 보문암 → 내원암 → 쌍계사(1박) ●24일 : 쌍계사 → 삼신동 → 홍류교 → 신흥사 터 → 세이암 → 기담 → 삼신동 → 미라·보리 마을 → 목통촌 → 칠불사 → 금륜암 → 칠불사(1박) ●25일 : 칠불사 → 내당재 → 외당재 → 냉정 → 영신당(영신사 터) → 제석당 → 향적사 터 → 석문 → 천왕봉(1박) ●26일 : 천왕봉 → 석문 → 제석당 → 백모당(백무동) → 군자사(영정사) → 부담 → 백장사 → 인월역(1박) ●27일 : 인월역 → 황산 → 운봉현 → 운월치 → 목가촌 → 남원부 → 적성 → 순창

최고운은 죽지 않고 아직도 청학동에 살아 있다

두류록*

우리 성상께서 즉위하신 지 6년째 되는 해[1] 나는 옥천군수(玉川郡守)[2]에 제수되었다. 그 다음해 경신년(1680) 승평부사(昇平府使)[3] 이익태(李益泰)[4]와 옥천현감(浴川縣監)[5] 이만징(李萬徵)[6]이 편지를 보내 "두류산은 옛날 삼신산(三神山)의 하나로 일컬어지던 산이니, 두보(杜甫)의 '방장산(方丈山)은 바다 밖 삼한에 있네[方丈三韓外]'라는 시구[7]를 보면, 알 수 있습니다. 우리들이 다행히 한 지역에서 함께 수령을

---

* 이 자료의 번역은 서울대 규장각에 소장된 송광연의 『범허정집(泛虛亭集)』(청구기호 奎4105) 「두류록(頭流錄)」을 저본으로 하였다. 이 문집은 7권 3책의 목활자본인데, 언제 누가 간행했는지는 자세치 않다. 권1~권3의 제1책은 결본으로, 지금은 권4 이후의 2책만 남아 있다. 「두류록」은 권7에 수록되어 있다.

1) 우리……해 : '우리 성상'은 조선조 제19대 임금 숙종(肅宗)을 가리킴. 숙종이 즉위한 지 6년째 되는 해는 1679년이다.

2) 옥천군수(玉川郡守) : 옥천은 전라도 순창(淳昌)의 고호이다.

3) 승평부사(昇平府使) : 승평은 전라도 순천(順天)의 고호이다.

4) 이익태(李益泰, 1633-1704) : 자는 대유(大裕), 호는 야계(冶溪), 본관은 연안이다. 1668년 문과에 급제하였다.

5) 옥천현감(浴川縣監) : 옥천은 전라도 곡성(谷城)의 고호이다.

6) 이만징(李萬徵) : 자는 귀경(龜卿)으로, 그 외의 인적사항은 자세치 않다.

7) 두보(杜甫)의……시구 : 두보는 당나라 때 시인으로, 후대 시성(詩聖)으로 일컬어진다. 이 시구는 두보의 「봉증태상장경계이십운(奉贈太常張卿垍二十韻)」이란 시의 첫 구이다.

하게 되었고, 이곳에서 지리산까지는 하룻밤 찧은 적은 식량으로도 갈 수 있는 거리이니, 공무를 보는 여가에 유람하는 일을 어찌 하지 않겠습니까?"라고 하여, 내가 답하기를 "그것은 내가 바라던 바입니다. 어찌 감히 그 명을 따르지 않겠습니까?"라고 하였다.

그 해 윤8월 20일(병오)에 밀랍을 바른 나막신을 준비해 순자강(鶉子江)8)을 건너 40여 리를 가서 옥천현(沃川縣) 동각(東閣)9)에 들어가니, 현감 이만징도 산을 유람할 준비를 다 끝내고 있었다.

21일(정미). 이만징과 채찍을 나란히 하고 30리를 가 압록진(鴨綠津)10)에서 점심을 해 먹었다. 비를 맞고 다시 30리를 가서 구례현(求禮縣) 아랫마을에 이르렀다. 구례현감 최국성(崔國成)이 찾아와 승평부사 이익태가 어제 먼저 길을 떠나 지금 오봉촌(五峯村)11)에 머물러 있다고 알려주었다. 이 날은 비가 내려 더 이상 길을 갈 수가 없었다.

22일(무신). 10리쯤 가서 오봉촌에 도착했다. 그곳은 압록강(鴨綠江)12) 하류로 다섯 개의 봉우리가 나열해 있는데, 마치 작은 정자가 날개를 펴고 강가에 임해 있는 듯한 하나의 빼어난 경관이었다. 세 사람이 만나 각자 비를 맞고 온 고충과 사람을 기다리는 지루함을 토로하였다.

---

8) 순자강(鶉子江) : 섬진강의 상류로, 전라북도 순창군에서 전라남도 곡성군으로 흐르는 지역의 강을 말함. 전라남도 보성군 주암호에서 흘러내리는 보성강과 전라북도 순창군에서 내려오는 순자강이 압록에서 만나 섬진강으로 들어가는데, 대체로 합류 지점 북쪽의 물줄기를 순자강이라 부른다.
9) 동각(東閣) : 동헌(東軒)을 말함. 동헌은 지방 수령들이 행정업무를 보던 곳이다.
10) 압록진(鴨綠津) : 전라남도 곡성군 오곡면 압록리의 합수 지점에 있던 나루터를 말함. 이곳은 남쪽에서 흘러오는 보성강과 북쪽에서 흘러오는 순자강이 만나는 지점이다.
11) 오봉촌(五峯村) : 현 전라남도 구례군 문척면 오봉산 밑의 섬진강변에 있던 마을인 듯하다.
12) 압록강(鴨綠江) : 섬진강의 다른 이름이다.

정주(亭主)13) 장두욱(張斗煜)은 병진년(1676) 무과에 급제한 사람이다. 그가 술상을 내오고 악기를 타며 노래를 부르게 하여, 우리들의 고달픈 여정을 위로하였다.

점심 식사 후, 우리 세 사람은 나이순으로 길에 올라 20여 리를 가서 지리산 동구에 이르렀다. 다시 10리쯤 가서 화개현(花開縣)14)에 이르렀다. 시냇물이 섬진강과 만나는 마을 앞쪽은 바로 진주(晉州) 땅이다. 경치가 매우 빼어나 말에서 내려 셋이 둘러앉아 한잔 술로 아름다운 강산을 찬양했다. 잠시 후 쌍계사의 승려들이 남여를 가지고 우리를 맞이하러 왔다.

시내를 따라 동네로 들어가는데 한 줄기 비가 물결에 더해져 수석(水石)이 한층 더 청신하고 기이해 보였다. 1리쯤 가자, 두 줄기 시냇물이 합류하는 지점이 나왔다. 두 개의 바위가 문처럼 마주보고 서 있는데, 오른쪽 바위15)에는 '쌍계(雙溪)'16)라 새겨져 있고, 왼쪽 바위에는 '석문(石門)'이라고

광제암문

새겨져 있었다. 필력이 서까래처럼 곧고 힘차다. 세상에 전해오는 말에, 최고운(崔孤雲)의 친필이라고 한다. 그런데 탁영(濯纓)17)은 글자를 익

---

13) 정주(亭主) : 역참(驛站)의 장이라는 뜻으로, 조선시대 찰방(察訪)을 가리킨다.

14) 화개현(花開縣) : 현 경상남도 하동군 화개면 화개장터 인근을 가리킨다.

15) 오른쪽 바위 : 쌍계사에서 볼 적에 오른쪽 바위임. 들어가는 사람이 볼 적에는 왼쪽 바위에 해당함.

16) 쌍계(雙溪) : 바위에는 '쌍계(雙磎)'라 새겨져 있다.

17) 탁영(濯纓) : 조선전기 학자인 김일손(金馹孫, 1464-1498)의 호임.

히는 아이들의 글씨에 비유하였다.[18] 무슨 소견으로 그렇게 말했는지 모르겠다.

다시 1리를 가 쌍계사에 들어갔다. 안쪽 마당에 오래된 비석이 하나 있었는데, 귀부(龜趺)・이수(螭首)・전액(篆額)이 아직도 완연하여 갓 새긴 듯하였다. 그 전액에 '쌍계사고진감선사비(雙溪寺故眞鑑禪師碑)'라고 쓰여 있고[19], 비석 아래에는 '전 서국 도순궁 승무랑 시어사 내공봉 사자금어대 신 최치원 봉교찬 병서전액(前西國都巡宮承務郎侍御史內供奉賜紫金魚袋臣崔致遠奉敎撰幷書篆額)'이라고 쓰여 있었다. 이 비는 광계(光啓) 3년(887)에 세운 것이니, 광계는 곧 당희종(唐僖宗)의 연호다. 손가락을 꼽아가며 헤아려 보니 이미 8백여 년이 지났다. 종이와 묵을 내어오게 하여 승려들로 하여금 탁본을 뜨게 하였다.

영주각(瀛洲閣)・방장실(方丈室)은 바로 최고운이 머물던 곳이다. 청학루(靑鶴樓)는 이 절에서 가장 빼어난 곳이다. 또 학사당(學士堂)이 있는데, 역시 최고운이 머물던 곳이라 한다. 법당 앞에 유자나무 한 그루가 있는데, 수십 개의 열매가 달려 노란 빛깔의 유자향이 사람의 코를 자극했다. 이 또한 내가 남쪽 지방으로 내려와 처음 보는 것이다.

이른바 영자당(影子堂)에는 최고운의 초상이 있었는데, 신비로운 채색이 아직도 사람의 마음을 움직였다. 고운의 인물과 재주를 가지고서 중국에서도 알아주는 임금을 만나지 못하고, 우리나라에서도 받아들여

---

18) 탁영(濯纓)은……비유하였다 : 김일손의 「두류기행록」에 "'광제암문'이란 글자와 비교하건대, 크기는 훨씬 더 커서 말[斗]만 하지만, 글씨체는 그보다 못하여 아동이 습자(習字)한 것과 같았다."라고 하였다. 최석기 외 옮김, 『선인들의 지리산유람록』(돌베개, 2000) 93쪽 참조.

19) 전액에……있고 : 진감선사비의 전액에는 '당해동고진감선사비(唐海東故眞鑑禪師碑)'라 쓰여 있다.

지지 못해, 선가(仙家)·불가(佛家)의 도에 자취를 감추고서 산수에 묻혀 배회하다가 생을 마감했다. 때를 만나기 어려움이 이와 같구나! 두 태수와 함께 승려들이 거처하는 방에서 묵었다. 이익태가 밤에 피리를 들고 한 곡조를 불었다.

23일(기유). 쌍계사에서 서쪽으로 5리쯤 가자, 길이 다하고 돌길이 가팔랐다. 바위에 사다리를 갈고리로 매어놓아 남여를 메기 어려웠고, 다른 사람이 부축할 수도 없었다. 각자 벼랑을 안고 넝쿨을 부여잡으며 엉금엉금 기어서 앞으로 나아갔다. 한참 만에 한 동네가 나왔는데, 이른바 청학동(靑鶴洞)이라는 곳이다. 신령스런 경계가 그윽하고 깊으며, 나무꾼들이 다니는 길이 희미하게 나 있었다. 대고리짝을 싣고 소 몇 마리만 끌고 들어와서는 생업을 일으키기 어려울 듯하니, 물외(物外)의 전원을 이미수(李眉叟)[20]가 끝내 찾을 수 없었던 것은 괴이할 것이 없다.[21]

세상에 전하기를 '최고운은 죽지 않고 아직도 이 청학동에 살아 있다'고 한다. 손을 들어 멀리 바라보았다. 오랜 세월 주인 잃은 빈산만 남아 있었던 것을 상상하노라니, 말로 표현할 수 없는 감회가 밀려왔다. 청학봉(靑鶴峯)·향로봉(香爐峯)·연일봉(延日峯) 세 봉우리가 세 방면에 대치해 있다. 불일암(佛日庵)은 절벽[22] 위에 있고, 그 아래가 완폭대(玩瀑臺)이다. 천 길 쏟아져 내리는 폭포가 떨어져 학추(鶴湫)로 들어가니,

---

20) 이미수(李眉叟) : 고려시대 문인 이인로(李仁老, 1152-1220)를 가리킴. 미수는 그의 자이고, 호는 쌍명재(雙明齋)이며, 본관은 인천이다.

21) 대고리짝을……없다 : 이인로의 『파한집(破閑集)』 권1 제14조에 실린 지리산 청학동을 찾아 나섰던 기록에 "將以竹籠盛牛犢兩三以入 則可以與世俗不相聞矣"라고 한 것에 근거해서 한 말이다. 최석기 외 옮김, 『선인들의 지리산유람록』(돌베개, 2000) 340-342쪽 참조.

22) 절벽 : 원문에는 '絶璧'으로 되어 있는데, 이는 '絶壁'의 오자이다.

또한 쉽게 만날 수 없는 아름다운 경계이다.

불일폭포 뒷산을 넘어 보문암(普門庵)을 지나 몇 리를 가서 내원암(內院庵)에 이르렀다. 문루(門樓)를 새로 지었는데, 동천(洞天)도 기이하고 빼어났다. 잠시 쉰 뒤, 곧장 시내를 따라 내려갔다. 곳곳에 앉을 만한 바위가 있었다. 저물녘에 쌍계사로 돌아왔다. 이익태가 해산물을 차려 내왔는데 노란 유자 한 가지가 더해지니, 산 속의 별미였다.

24일(경술). 쌍계사에서 10리쯤 가서 삼신동(三神洞)에 도착했다. 영신사(靈神寺)·의신사(義神寺)·신흥사(新興寺)의 물이 이곳에서 합류해 한 동천을 이룬다. 시냇가에 바위 하나가 절벽처럼 서 있는데, 그 바위에 '삼신동(三神洞)'이라는 세 자가 큰 글씨로 새겨져 있었다. 누구의 글씨인지 모르겠다. 승려들은 이것도 최고운의 친필이라고 한다. 이는 필시 일 꾸미기를 좋아하는 자들이 삼신산(三神山)의 뜻을 취해 여기에 세 글자를 새겨 넣은 것이리라. 어우당(於于堂)이 이른바 '세속에서 귀신 숭상함을 이로 인해 미루어 알 수 있다[其俗之尙鬼 因此可推]'고 한 말[23]이 또한 무슨 뜻이겠는가?

홍류교(紅流橋)를 건너 능파교(凌波橋)가 있던 옛터를 구경하였다. 이른바 '홍류(紅流)'란 아마도 사영운(謝靈運)[24]의 시 '돌층계에서 붉은 샘물 쏟아지네[石磴瀉紅泉]'[25]에서 취한 듯하다. 그런데 이 '홍류'를 풀

---

23) 어우당(於于堂)이……말 : 어우당은 조선중기 문신 유몽인(柳夢寅, 1559-1623)을 가리킴. 이 문구는 그의 「유두류산록(遊頭流山錄)」에 보인다. 최석기 외 옮김, 『선인들의 지리산유람록』(돌베개, 2000) 193쪽 참조.

24) 사영운(謝靈運) : 중국 남조 송나라 때 시인으로 안연지(顔延之)와 함께 강좌(江左)의 제일 문장가로 일컬어졌다. 강락공(康樂公)에 봉해져 세상 사람들이 사강락(謝康樂)이라고 불렀다. 성품이 산수를 좋아하였는데, 뜻을 얻지 못하였을 때는 마음껏 산수를 유람하며 가는 곳마다 시를 지어 심경을 토로하였다.

25) 돌층계서……쏟아지네 : 이 시구는 「입화자강시마원제삼곡(入華子岡是麻源第三谷)」에

이하는 자들이 '붉은 샘이 단사혈(丹砂穴)에서 나온다'는 뜻으로, '홍류'라는 이름은 선가(仙家)의 서적에서 나온 것이라고 한다. 지금 같은 가을철에는 온 산에 단풍이 들어 시냇물에 붉은 단풍잎이 떠내려가니, 또한 '홍류'라는 이름에 걸맞다.

신흥사 옛터에 이르렀다. 맑은 못과 너럭바위는 실로 이 골짜기에서 처음 만난 빼어난 경관이었다. 너럭바위에 '세이암(洗耳巖)'이란 세 글자가 새겨져 있었다. 탁영(濯纓)이 이른바 '이 절은 시냇가에 세워져 있어 여러 사찰 중에서 경치가 가장 빼어나다. 그래서 유람 온 사람들로 하여금 돌아가기를 잊게 한다[臨澗而搆 最勝於諸刹 遊人足以忘歸]'고 한 말26)은, 참으로 바꿀 수 없는 의론이다. 그런데 그 아름답던 절이 다 무너지고 단지 붉은 단풍잎과 노란 꽃만 남아 있다. 불교가 쇠퇴하는 것은 탄식할 만한 일이 못되지만, 빼어난 경관이 이처럼 사라졌으니, 또한 애석해 할 만하다.

지팡이를 짚고 시내를 따라 걷기도 하고 앉아 쉬기도 하였다. 단풍을 눈이 시리도록 보고 노을을 실컷 마시며, 술잔을 들기도 하고 피리 연주를 듣기도 하였다. 다시 5리쯤 가서 마침내 기담(妓潭)에 이르렀다. 기담이라고 이름을 붙인 것이 어디에 근거한 것인지 모르겠다. 경치는 또한 매우 빼어났다. 그 위에 사자정(獅子頂)이 있다. 또 그 위에 의신사(義神寺) 옛터가 있다. 우리는 칠불사(七佛寺)를 경유하려 했기 때문에 시내를 따라 끝까지 올라가지 못하고 다시 삼신동으로 돌아왔다.

삼신동에서 10리쯤 가자, 평평하고 넓은 동네가 나왔다. 촌락이 오밀

보인다.

26) 탁영(濯纓)이……말 : 이 문구는 김일손의 「두류기행록」에서 인용한 것이다. 최석기 외 옮김, 『선인들의 지리산유람록』(돌베개, 2000) 91쪽에 보인다.

목통교

목통마을

조밀 붙어 있는데, 동쪽 마을을 미라(彌羅)라 하고, 서쪽 마을을 보리(菩提)라 하였다. 협곡 안의 전원은 하나의 무릉도원이나 다를 바 없었다. 다시 5리쯤 가니, 목통촌(木通村)이 나왔다. 산은 굽이굽이 돌고 길은 다했으니, 이곳은 결코 평범한 사람들이 사는 마을은 아닐 것이다. 예컨대 신선들이 사는 곳이 아니면, 필시 도망쳐 온 백성들이 사는 곳이리라. 어느 집 뒤의 나무 밑에서 잠시 쉬었다가, 다시 갈 길을 찾아 떠났다.

여기서부터는 남여가 거꾸로 매달린 듯하여 몸을 비스듬히 하고서 올라갔다. 푸른 하늘에 오르는 것보다 어렵다고 하겠다. 6~7리를 가서 칠불사에 도착했다. 가을 이슬에 나뭇잎이 하나 둘씩 떨어지고, 비단 같은 단풍은 한창 물들어 있었다. 이른바 칠불(七佛)이란 김부대왕(金富大王)[27]의 일곱 아들로, 이곳에서 수도해 성불했다. 옛날에는 상원암(上院菴)이라 불렀는데, 후에 지금의 칠불사로 개명하였다. 칠불사 좌

---

27) 김부대왕(金富大王) : 가락국의 시조 수로왕(首露王, ? -199)을 가리키는 듯함. 칠불사의 칠불과 관련된 전설에는, 신라 신문왕(제31대)의 일곱 아들이 옥부선인의 피리소리를 듣고 입산하여 도를 깨닫고 창건하였다는 설과 가락국 김수로왕의 일곱 왕자가 입산수도하여 성불했다는 두 가지 설이 있다. 여기서는 내용상 미루어 보아 후자를 가리키는 듯하다.

우에는 범왕촌(梵王村)·대비동(大妃洞)이 있다. 이는 곧 김부(金溥)[28] 부부가 일곱 아들을 따라 와서 머물던 곳이다. 이러한 말은 실로 상고할 길이 없으니, 또한 기이한 일을 기록해 놓은 글에

칠불사 일주문

불과하다. 저녁 무렵 걸어서 칠불사 문을 나와 금륜암(金輪菴)을 구경했는데, 새로 지은 작은 암자가 매우 깨끗하고 고요했다.

25일(신해). 내당재(內堂峴)와 외당재(外堂峴)를 넘는데, 높은 곳은 겹겹의 하늘 밖으로 벗어나는 듯했고, 낮은 곳은 땅 속으로 들어가는 듯하였다. 남여를 멘 승려들이 열 걸음도 메고 갈 수 없었다. 그들이 지극히 불쌍하고 가엽게 느껴졌다. 그러나 남여가 아니면 한 걸음도 몸을 두기가 어려웠다. 몸을 승려 어깨 위에 의탁하고 그들이 가는 대로 맡기다보니, 또한 지극히 구차했다. 승평(昇平)과 욕천(浴川)의 두 수령은 몸이 나보다 조금 가벼웠다. 그들은 앞을 다투어 산에 올랐고, 나의 행차가 맨 뒤에 처졌다. 두 고개를 넘어서니, 그 다음은 모두 산등성이었다. 흰 구름과 붉은 단풍나무가 어우러져 곳곳이 감탄을 자아내게 하였다.

30리를 가서 냉정(冷井)에 도착했다. 두 수령은 먼저 도착해 잠시 쉬

---

28) 김부(金溥) : 가락국의 김수로왕을 가리키는 듯함. 저자가 수로왕의 이름을 김부(金富) 또는 김부(金溥)로 잘못 알고 쓴 듯하다. 김부대왕(金傅大王)은 신라 마지막 왕인 경순왕을 가리킨다. 김부(金富) 또는 김부(金溥)라고 쓴 것은 저자가 마의태자 아버지인 김부대왕을 수로왕으로 오인한 데서 기인한 듯하다. 수로왕 부부는 일곱 아들이 성불하였다는 소식을 듣고 기뻐하여 직접 찾아왔으나 만나지 못하고 절 밑의 영지(影池)에 비친 그림자만 보고 돌아갔다고 한다.

고 있었다. 또 10리쯤 가서 영신당(靈神堂)에 도착했다. 이곳은 이른바 아홉 굽이를 돌며 올라야 한다는 비탈길로, 지리산에서 가장 험한 곳이다. 영신당은 바로 영신사(靈神寺)의 옛터이다. 앞에는 창불대(唱佛臺)가 있고, 뒤에는 좌고대(坐高臺)가 있으며, 동쪽에는 영계(靈溪)가 있고, 서쪽에는 옥청수(玉淸水)가 있다. 승려의 말에 매[鷹]가 마시는 물이라 하였다.

앞뒤 산 정상의 조금 평평하고 넓은 곳에 매사냥꾼들이 매 잡는 그물을 설치해 놓고서, 소나무·노송나무의 가지와 잎으로 항아리 모양의 움집을 만들어 놓고 그 안에 몸을 숨기고 있다. 이들은 사방에 그물을 설치해 놓고 바람과 눈을 맞으며 굶주림과 추위를 참고서 밤낮으로 천 길 산봉우리 위에 엎드려 산다. 대개 관아의 관원들이 급하게 매를 공납하라고 하기 때문에 감히 안일하게 지내지 못하니, 그 또한 애처로울 따름이다.

다시 20리쯤 가서 제석당(帝釋堂)[29]에 이르렀다. 형세가 영신당과 흡사했는데, 시계(視界)가 훤히 뚫린 것이 한결 나았다. 좌우의 산등성이에 다른 나무는 없고 단지 철쭉나무만 있었는데, 바람과 운무에 시달려 가지와 줄기가 모두 왼쪽으로 비스듬히 굽어져 있었다. 그래서 마치 치렁치렁한 머리카락이 바람에 흩날리는 듯하였다.

향적사(香積寺) 옛터를 지나 그 앞의 석대(石臺)에서 잠시 쉬었다. 2~3리를 가자 석문(石門)이 나왔는데, 얹힌 바위가 문이 되었고, 그 곁에는 운제(雲梯)[30]가 있었다. 석문으로 들어가 운제를 타고 올라 천왕봉

---

29) 제석당(帝釋堂) : 제석봉 인근에 있던 집. 옛날 백무동 계곡을 통해 지리산에 오르던 사람들이 산등성에 오르면 제석당이 있다고 하였다. 지금의 장터목산장 근처에 있었을 것으로 추정된다.

30) 운제(雲梯) : 전설 속의 신선이 하늘로 오르는 길을 뜻하거나, 높은 산 위의 돌계단 또는 잔도(棧道)를 가리킨다. 여기서는 잔도(棧道)를 말한다.

(天王峯)에 올랐다. 천왕봉 위에는 돌무더기가 있었는데, 그 옆에 세 칸의 판옥(板屋)이 있었다. 판옥 아래에 돌로 된 부인의 상이 있는데, 이른바 천왕(天王)이다. 옛날에는 마야부인(摩耶夫人)이라 칭했으니, 곧 석가모니의 어머니이다. 점필재(佔畢齋)[31]는 이승휴(李承休)의 『제왕운기(帝王韻記)』[32]에 있는

지리산 성모상

말을 취해, 고려 태조의 어머니 위숙왕후(威肅王后)라고 단정했다.[33] 오늘날 영·호남 사람들 중에 복을 비는 자들은 이 석상을 떠받들어 음사(淫祠)[34]로 삼는다. 그래서 분주히 밤낮으로 쉬지 않고 이 산을 오르내리며 하늘과 거의 맞닿은 땅을 사통팔달의 큰 길이 되게 만들었다. 심하구나! 민속이 귀신을 숭상함이여.

이익태·이만징과 함께 돌무더기 위에 앉아 천지 산천의 대세(大勢)를 만끽했다. 백두산 남쪽 지역은 이 산의 조종자손(祖宗子孫)[35] 아닌 것이 없다. 모든 우리 동국의 명산(名山)·대천(大川) 가운데 어느 산인

---

31) 점필재(佔畢齋) : 조선전기 문신 김종직(金宗直, 1431-1492)의 호임.

32) 제왕운기(帝王韻記) : 고려시대 문신 이승휴(李承休, 1224-1300)가 저술한 책으로, 중국과 우리나라의 역사를 소재로 쓴 장편 서사시이다.

33) 점필재(佔畢齋)는……단정했다 : 김종직의 「유두류록」에, "내가 일찍이 이승휴의 『제왕운기』를 읽어보니 '성모가 선사에게 명하였다[聖母命詵師]'라는 구절의 주(註)에 '지금의 지리산 천왕봉이다'라고 하였으니, 바로 고려 태조의 어머니 위숙왕후를 가리킨다." 라고 하였다. 최석기 외 옮김, 『선인들의 지리산유람록』(돌베개, 2000) 31쪽 참조.

34) 음사(淫祠) : 미신으로 숭배하는 사당을 말함.

35) 조종자손(祖宗子孫) : 조종(祖宗)은 제왕적 선조를 일컫는 말로, 여기서는 지리산이 제왕 같은 산이라는 의미다. 곧 '제왕 같은 이 산의 자손'이라는 뜻이다.

들 이 산의 지엽(枝葉)이 아닌 것이 없으며, 모든 팔로(八路)의 주부(州府)·군현(郡縣) 가운데 어느 곳인들 이 산의 진망(鎭望)[36] 아닌 곳이 없다. 다만 이 산 주위에 빙 둘러 있는 영·호남의 여러 읍으로 말하자면, 진주목(晉州牧)·남원도호부(南原都護府)·함양군(咸陽郡)·곤양군(昆陽郡)·구례현(求禮縣)·운봉현(雲峯縣)·광양현(光陽縣)·단성현(丹城縣)·하동현(河東縣)·산음현(山陰縣)이 혹 산의 반쪽에 웅거하기도 하고, 산의 한 모퉁이를 점거하기도 하고, 산의 앞에 거처하기도 하고, 산의 뒤에 위치하기도 한다. 살천현(薩川縣)·적량현(赤良縣)·화개현(花開縣)·악양현(岳陽縣)은 부용현(附庸縣)[37]으로 그 품 안에 있다. 넓고 크게 뻗어 나간 것으로는 이 산보다 더한 것이 없다.

시계(視界)가 미치는 바로 거론해 보면, 산의 삼면은 큰 바다로 둘러져 있으니, 그 형세가 마치 바다를 건너야 이를 수 있는 곳인 듯하다. 대지의 여러 산들은 작은 언덕이나 개미집처럼 조그마한 데 불과할 따름이다. 바다에 점점이 흩어져 있는 섬들은, 가까이는 남해도(南海島)·거제도(巨濟島)와 멀리는 대마도(對馬島)·탐라도(耽羅島)가 종횡으로 흩어져 바다 속에서 출몰한다. 벌레가 꿈틀거리듯이 울퉁불퉁 솟아 있는 산세는, 북쪽으로는 계룡산(鷄龍山)·덕유산(德裕山)과 동쪽으로는 팔공산(八公山)·가야산(伽倻山)·운문산(雲門山)·비슬산(琵瑟山)과 서쪽으로는 황산(荒山)·무등산(無等山)·금성산(錦城山)·월출산(月出山)이 여러 산들 가운데 조금 불쑥 솟아 있다. 신라와 백제의 옛터를 바라보며 흥망의 운수를 논하고, 노량(露梁) 앞 바다의 전쟁

---

36) 진망(鎭望) : 진(鎭)·망(望) 모두 행정구역의 단위를 뜻하는 말이다.
37) 부용현(附庸縣) : 독립적인 행정기구가 아니라, 다른 주군(州郡)에 소속된 속현(屬縣)이라는 말이다.

터를 가리키며 절의(節義)를 위해 죽은 영혼들을 조문하였다. 술잔을 들고 서로 부딪히니, 감개한 마음이 이어졌다. 얼마 뒤 해가 우연(虞淵)38)으로 들어가, 매곡(昧谷)으로 지는 해를 공경히 전송했다.39) 내 일찍이 영동(嶺東) 지방을 유람한 적이 있는데, 곳곳에서 일출을 구경하였다. 그러나 낙조(落照)는 오늘 처음 보았으니, 또한 평생 바라던 소원을 성취할 수 있었다.

내일 날씨가 맑고 밝으면 동쪽 바다 속에서 떠오르는 해를 볼 수 있을 것이다. 한 자리에서 해가 떠오르는 것을 맞이하고 지는 것을 전송하는 일은 희화씨(羲和氏)40)도 능히 할 수 있는 바가 아니었다. 이런 관점으로 본다면, 이 지리산은 우리나라 제일의 산일 뿐만이 아니다. 비록 이 세상의 그 어떤 큰 산이라 할지라도 이 산과 대등할 만한 산은 없을 것이다. 공자(孔子)께서 이 산에 오르셨다면 천하41)도 크다고 여기기에 부족했을 것이다. 얼마 후 한 점 운기(雲氣)가 돌무더기 아래에서 생겨나더니, 순식간에 온 골짜기에 가득해지고, 온 산을 덮어 버렸다. 비유컨대, 저녁 조수(潮水)가 바야흐로 밀려오자, 안개가 자욱하게 끼어 포구와 백사장이 차례로 그 속에 잠기는 것과 같았다. 몸이 태초의 혼돈

---

38) 우연(虞淵) : 『회남자(淮南子)』에 보이는 말로, 전설 속의 해가 지는 곳을 가리킨다.

39) 매곡(昧谷)으로……전송했다 : 매곡은 해가 지는 곳을 말한다. 이는 『서경』 「요전(堯典)」 에 보이는 말로, 요임금이 화중(和仲)에게 명해 서쪽으로 지는 해를 공경히 전송하게 했다고 한다.

40) 희화씨(羲和氏) : 『서경』 「요전」에 보이는 말로, 옛날 요(堯)임금이 희중(羲仲)·희숙(羲叔) 형제와 화중(和仲)·화숙(和叔) 형제에게 사방을 맡겨 천체를 관측해 역법을 만들도록 하였다고 한다.

41) 천하 : 『맹자』 「진심 상(盡心上)」에 "공자께서는 동산에 올라 노나라를 작게 여기셨고, 태산에 올라 천하를 작게 여기셨다.[孔子登東山而小魯 登太山而小天下]"고 한 '천하'는 당시 주나라 영역을 지칭하는 것이라 볼 수 있다. 그러나 이 글에서의 천하는 그보다 더 넓고 큰 세상을 가리키는 말로 쓰였다.

칠불사 전경

속에 들어있을 뿐만이 아니고, 눈으로도 음양이 세차게 요동치며 분개(分開)하는 것을 볼 수 없으니, 또한 인간이 아직 태어나지 아니한 태초의 세계인 듯했다.

밤에 우리 세 사람은 판옥 안에 나란히 누웠다. 한기가 뼈 속까지 스며들어 견디기 힘들었다. 따뜻한 술과 겹겹의 솜옷으로 추위를 막았다. 처음 화개동 입구로 들어섰을 때는 아직 가을빛으로 물들지 않았었다. 그러나 칠불사에 이르니 단풍잎이 비로소 붉게 물들기 시작했고, 이 천왕봉 정상에 이르러 보니 눈이 내리고 얼음이 언 지 이미 10여 일이나 되었다. 그러니 산의 높고 낮음과 계곡의 얕고 깊음을 이를 통해 알 수 있다. 군자사(君子寺)의 승려가 남여를 가지고 왔다.

26일(임자). 새벽에 일찍 일어나 문을 열어보니, 밤새 운무가 걷히지 않아 온 천지가 구름 속에 있었다. 양곡(暘谷)42)에서 뜨는 해를 공경히 맞이할 수 없었다. 그래서 하산하기로 하였다. 석문을 빠져나와 제석당에 이르러, 나무 등걸을 주워다가 조반을 지어 먹었다. 산의 북쪽 길을 경유해 거꾸로 매달려서 내려왔다. 지나는 곳마다 정공등(丁公藤)43)이 많았는데, 바로 점필재(佔畢齋)가 마가목(馬架木)44)이라고 한 것이다.

---

42) 양곡(暘谷) : 『서경』 「요전」에 보이는 말로, 해가 뜨는 곳이다.

43) 정공등(丁公藤) : 통초(通草)의 별명으로, 정옹(丁翁) 또는 정공기(丁公寄)라고도 한다. 풍병을 다스리는 데 효험이 있다고 한다.

44) 마가목(馬架木) : 점필재 김종직의 「유두류록(遊頭流錄)」에는 '마가목(馬價木)'으로 표기되어 있다.

종자들로 하여금 몇 줄기를 꺾어
다가 지팡이를 만들게 하였다.

마가목 열매

20리를 가서 백모당(白母堂)45)
을 지나 다시 강청촌(江淸村)을 지
났는데, 곧 함양 땅이다. 촌가에서
닭이 울고 개가 짖는 것을 듣고서
비로소 인간세상으로 내려온 것을 알았다. 좌우의 촌락에는 감나무가 온
산에 가득했다. 잎은 떨어지고 붉은 감이 주렁주렁 열렸는데, 또한 하나
의 기이한 구경거리였다. 다시 20리를 가서 군자사에 이르렀다. 함양군
수 윤천(尹薦)이 두 명의 악공 및 안주와 술을 보내왔다. 절 앞에는 옛날
신령스런 우물[靈井]이 있어 영정사(靈井寺)라 불렸는데, 뒤에 군자사로
개칭하였다. 무엇에 근거해 군자사로 이름을 바꾸었는지 모르겠다. 멀리
반야봉(般若峯)과 천왕봉(天王峯)이 대치하고 있는 것을 보았다.

우리들은 각자 수령으로서의 걱정거리가 있으니, 한가히 마음 내키는
대로 살며 세상사에 구애됨이 없는 사람과는 다른 점이 있다. 그러니 이
제부터는 다시 임소(任所)로 가는 길을 찾지 않을 수 없다. 고개를 돌려
구름 낀 산을 바라보니, 연하(煙霞)와 원학(猿鶴)을 하직하는 감회를
금할 수 없었다.

애초의 계획으로는 용유담(龍游潭)에 가 볼 생각이었으나, 동구 밖을
나서자 해가 이미 석양으로 기울었다. 군자사의 승려가 말하기를 "엄천
(嚴川) 상류에 부담(釜潭)이 있는데 시내와 수석이 용유담보다 못하지
않습니다."라고 하였다. 그리하여 부담 위로 자리를 옮겼다. 함양군에서

---

45) 백모당(白母堂) : 현 경상남도 함양군 마천면 백무동을 가리킨다.

황산사적지

황산-대첩비각

온 악공으로 하여금 두서너 곡을 연주하게 하였다. 동네를 빠져나와 백장사(百丈寺)46)에 이르렀다. 이곳은 운봉(雲峯) 땅이다. 절을 새로 창건하고 있는데 아직 완공되지 않았다. 잠시 쉬었다가 바로 출발하였다. 저물녘에 인월역(引月驛)에 도착하였다.

27일(계축). 날이 새기 전에 출발하여 황산(荒山)47)에 이르렀다. 이곳은 바로 우리 성조(聖祖)께서 왕업을 연 왕의 발자취가 서린 곳이다.48) 지금도 그 당시 싸울 때 흘린 핏자국[血痕]이 아직 바위틈 사이에 얼룩져 있다고 한다. 만력(萬曆) 6년(1578년) 운봉현감 박광옥(朴光玉)이 첩보(牒報)를 올려 대첩비(大捷碑)를 세우고, 승장(僧將)을 두어 이곳을 지키게 하였다. 승장이 나와 "먼저 사배례(四拜禮)를 행한 뒤에야 봉심(奉審)할 수 있습니다."라고 하여, 우리 세 사람은 사배례를 행한 뒤에 전각(殿閣)으로 들어가 봉심하였다. 황산대첩비(荒山大捷碑)는

---

46) 백장사(百丈寺) : 현 전라북도 남원시 산내면에 있는 백장암(百丈庵)을 가리킨다.

47) 황산(荒山) : 현 전라북도 남원시 운봉읍 화수리(花水里)에 있다.

48) 성조(聖祖)께서……곳이다 : 성조(聖祖)는 조선왕조를 건국한 태조 이성계(李成桂)를 말함. 태조는 1380년(우왕 6) 운봉 황산에서 왜적을 크게 물리쳐 조선 왕조를 개국하는 기반을 만들었다. 당시 16세의 왜장(倭將) 아기발도(阿其拔都)가 진주·함양을 점령한 뒤, 파죽지세로 남원·전주를 공략하려 할 적에, 태조가 황산전투에서 그들을 대파했다. 태조는 빼어난 활솜씨로 아무도 감당할 수 없었던 왜장을 단숨에 제압함으로써 민중의 신망을 한 몸에 받는 영웅으로 떠올랐다.

김귀영(金貴榮)49)이 짓고, 송인(宋寅)50)이 글씨를 쓰고, 남응운(南應雲)51)이 전액(篆額)을 썼는데, 성조의 위대하고 성대한 공렬을 만분의 일도 다 그려내지 못하였다.

곧바로 출발하여 운봉현에 이르렀다. 인월역부터 운봉현까지는 15리쯤 된다. 운봉현감 정무(鄭堥)는 한양에서 막 내려온 길이었다. 나와서 우리를 맞이하여 잠시 대화를 나누었다. 곧 출발하여 운월치(雲月峙)를 넘었다. 목가촌(木街村)52)에서 조반을 먹었는데, 이곳은 남원(南原) 땅으로, 운봉현에서 20리 지점이다. 이곳에서 승평부사와 작별하였다. 다시 20리를 가서 남원부를 지나 육천현감과 작별하였다. 또 60여 리를 가서 적성(赤城)53)을 지나 순창(淳昌) 관아로 돌아왔다.

범허정 송광연

송광연(宋光淵, 1638-1695)의 자는 도심(道深), 호는 범허정(泛虛亭), 본관은 여산(礪山)이다. 범허정은 좌승지를 지낸 송시철(宋時喆)의 아들로, 한양 출신이다. 1654년(효종 5) 진사가 되었고, 1666년(현종 7) 별시문과에 병과로

---

49) 김귀영(金貴榮, 1520-1593) : 자는 현경(顯卿), 호는 동원(東園), 본관은 상주이다. 1547년 문과에 급제해 대제학을 거쳐 좌의정에 이르렀다.

50) 송인(宋寅, 1517-1584) : 자는 명중(明仲), 호는 이암(頤庵), 본관은 여산(礪山)이다. 중종의 딸 정순옹주(貞順翁主)와 결혼해 여성위(礪城尉)에 봉해졌다. 시문에 능하고 글씨를 잘 썼다.

51) 남응운(南應雲, 1509-1587) : 자는 치원(致遠), 호는 국창(菊窓), 본관은 의령이다. 1535년 문과에 급제하여 공조참판에 이르렀다. 전서(篆書)를 잘 썼다.

52) 목가촌(木街村) : 현 전라북도 남원시 이백면 양가리 목가마을을 가리키는 듯하다.

53) 적성(赤城) : 현 전라남도 순창군 적성면을 가리킴.

급제하여 승문원 부정자, 사간원 정언 등을 역임하였다. 1671년 이원정(李元禎)·이담명(李聃命)·박천영(朴千榮) 등의 죄를 청하다가 정승의 미움을 사 경성판관(鏡城判官)으로 좌천되었는데, 부임하지 않아서 파직되었다.

이후 강릉 학담(鶴潭)에 은거하여 여러 차례 벼슬을 사양하다가, 병을 치료하기 위해 상경하여 고양(高陽) 행호(杏湖)에 정착했다. 그곳에 정자를 짓고 이름을 범허정이라 하였다. 1679년(숙종 5) 순창군수(淳昌郡守)로 나갔다가, 1681년(숙종 7) 홍문관 교리가 되어 조정으로 들어갔다. 그때 그는 전국의 유생들을 이끌고 이이(李珥)와 성혼(成渾)의 문묘종사를 상소했다. 이후 사헌부 집의, 홍문관 응교 등의 요직을 역임하였다. 당시 병조판서 이사명(李師命)이 호포제(戶布制)를 시행하려 하여, 관서(關西) 지방에 이를 시험해 보자고 청하자, 이를 적극 반대하여 시행을 철회시켰다.

승정원 승지와 병조 참지를 거쳐 안동부사에 제수되었는데, 부임하지 않아 파직되었다. 그 후 다시 복직되어 예조 참의와 황해도 관찰사를 역임하였다. 그 뒤 진주목사(晉州牧使)·이조 참판 등을 지냈다.

범허정은 성품이 강개하고 벼슬을 좋아하지 않으며 오로지 학문을 좋아했다는 평을 받았다. 저술로 『범허정집(泛虛亭集)』이 있다.

신명구

두류산을 유람하고 묵은 빛을 갚듯 글을 지었네

방장만록

난새를 타고 날아간다면 닿을 수 있으려나

유두류일록

푸른 시내를 굽어보니
속세의 번뇌를 말끔히 씻어주네

유두류속록

두류산을 유람하고 묵은 빚을 갚듯 글을 지었네

방장만록*

　정유년(1717)에 나는 목성(木城)¹⁾에서 방장산 기슭으로 옮겨 와 살았다. 고요하고 적막하게 살아 의당 저술하고 읊조리는 글이 있어야 하는데, 그 문사(文辭)가 거칠고 졸렬하고 비루하여 고인(古人)의 경지라곤 엿볼 수가 없었다. 시율(詩律)에 있어서는 더욱 우매하여 그 체제나 격조·성운(聲韻)이 어떠해야 하는지를 전혀 알지 못하였다. 이때 간혹 감흥을 어쩔 수 없어 시가(詩歌)나 글을 짓기도 했지만, 끝내 만족하지 못하고 장독이나 덮는 데 사용할 뿐이었다. 그러니 어찌 그 기록들을 다시 수습해 남의 이목을 끌려고 했겠는가? 다만 최근 6~7년 동안 두류산을 실컷 유람하고 방랑하면서 평소 묵은 빚을 갚기라도 하듯 글을 지었으니, 진실로 우연이 아니다. 이에 그 중 한두 편을 수록해 훗날 잊지 않을 자료로 갖추어 둔다. 갑진년(1724) 4월 16일, 방장산 기슭에서 취은(醉隱)이 쓰다.

＊ 본 자료의 번역은 신명구(1666-1742)의 『남계집(南溪集)』 권3에 실린 「방장만록」을 저본으로 하였다. 이 책은 4권 2책의 목활자본으로, 현재 국립중앙도서관(古3648-40-81-1~2)에 소장되어 있다.

1) 목성(木城) : 경북 칠곡의 옛 지명인 약목(若木)을 가리킨다. 칠곡의 원래 명칭은 대목현(大木縣)이었는데, 후에 약목으로 불리었다.

신명구의 유람 일정

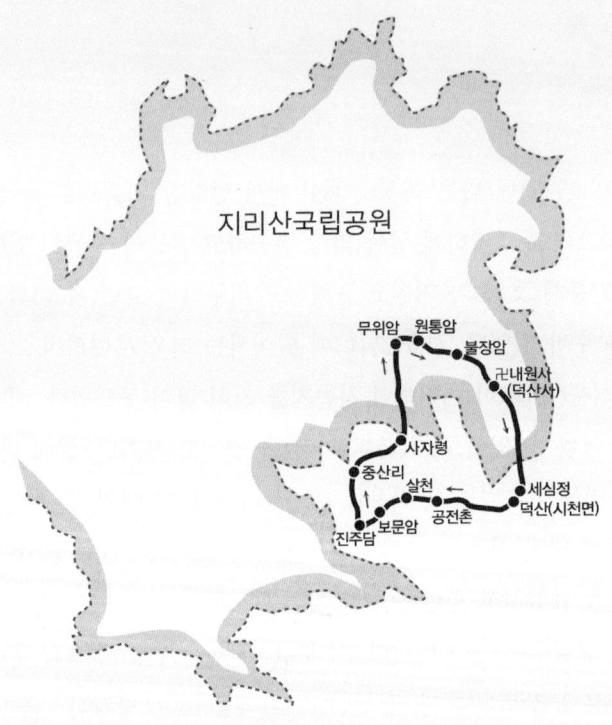

지리산국립공원

무위암　원통암
불장암
⚭내원사
(덕산사)
사자령
중산리　삽천
진주담　보문암　공전촌
세심정
덕산(시천면)

일 시 : 1719년 5월 16일 − 5월 21일(5박6일)

동 행 : 손익룡·손경룡·이한응·이방형, 승려 모청·청언

일 정 : ●5/16일 : 덕산 → 공전촌 → 삽천 → 보문암(1박)　 ●17일 : 보문암 → 기당 → 진주담 → 대차리 → 사자령 → 남대암(1박)　 ●18일 : 남대암 → 사자령 → 고령봉 → 무위암(1박)　 ●19일 : 비가 와서 무위암에서 머묾(1박)　 ●20일 : 무위암 → 골항치 → 동당곡 → 원통암 → 천장암 → 불장암(1박)　 ●21일 : 불장암 → 덕산사 → 냉천정 → 세심정

난새를 타고 날아간다면 닿을 수 있으려나

유두류일록*

세상에선 늘 말하기를 "삼신산(三神山)은 우리 동방에 있는데, 풍악산(楓岳山)은 봉래산(蓬萊山)이고, 한라산(漢挐山)은 영주산(瀛洲山)이며, 두류산(頭流山)은 방장산(方丈山)이다."라고 한다. 지금까지도 그렇게 전해지고 있다. 게다가 두보(杜甫)의 시에는 "방장산은 바다 건너 삼한에 있네[方丈三韓外]"[1]라고 하였는데, 그 주석에 "방장산은 조선 대방국(帶方國)[2]의 남쪽에 있다."라고 되어 있다. 대개 한(漢)·당(唐) 시대 이래로 이러한 설이 있었다. 천하에 삼신산이 없다면 그만이지만, 있다면 이곳이 아니겠는가. 분명 삼신산이 우리 동방에 있음은 의심의 여지가 없다.

한라산(漢拿山)은 만 리나 떨어진 먼 바다 건너에 있다. 그 신령스럽고 기이한 경관은 신선·진인(眞人)이 모여 사는 곳인 듯하다. 조정의

---

* 본 자료의 번역은 신명구의 『남계집(南溪集)』 권3에 실린 「유두류일록」을 저본으로 하였다. 이 책은 4권2책의 목활자본으로, 현재 국립중앙도서관(도서번호 古3648-40-81-1~2)에 소장되어 있다.

1) 방장산은……있네 : 두보의 「봉증태상장경게이십운(奉贈太常張卿垍二十韻)」의 첫 구에 보인다.

2) 대방국(帶方國) : 현 전라남도 남원시를 가리킨다.

명을 받아 탐라(耽羅)에서 벼슬살이 하는 자가 아니면 항해하여 그곳을 유람했다는 사람을 세상에서 본 적이 없다. 풍악산의 빼어난 경관은 우리 동방에서 으뜸이다. 중국 사람들도 그 땅에서 태어나 꼭 한 번 보고 싶어 하는 곳인데, 진경(眞景)을 찾고 기이한 경관을 좋아하는 선비 중 누군들 망고대(望高臺)에 올라 만폭동(萬瀑洞)의 폭포를 완상하며, 청명한 기운을 맛보며 속세의 때를 씻으려 하지 않으랴. 다만 산맥이 길게 막혀 있어서 금강산 일만이천 봉우리 아래로 한번이라도 찾아 가서 내 마음과 눈을 상쾌하게 할 인연이 없었다. 그저 원화동천(元化洞天)[3]을 꿈에서만 상상하고 정신적으로 그려 볼 뿐이었다.

두류산은 내가 사는 영남에 가까이 있고, 내 고향과는 3백 리나 떨어져 있다. 한번 유람하고자 생각했으나, 세상사에 떠밀려 다니느라 여태껏 마음먹고 가서 유람하지 못하였다.

정유년(1717) 봄, 나는 진양(晉陽)의 덕천동(德川洞)에 와 우거하고 있었는데, 바로 남명(南冥) 조식(曺植) 선생이 만년을 보낸 곳이다. 지금은 이곳에 서원[4]이 있고, 서원 앞에는 세심정(洗心亭)[5]과 취성정(醉醒亭)[6]

덕산 산천재

---

3) 원화동천(元化洞天) : 조선시대 서예가 양사언(楊士彦)이 금강산 만폭동 벽에 '봉래풍악 원화동천(蓬萊楓岳元化洞天)' 여덟 글자를 새겨놓았는데, 봉래와 풍악은 금강산을 말하고 원화는 만폭동의 별칭이라 한다.

4) 서원 : 현 경상남도 산청군 시천면에 있는 덕천서원(德川書院)을 말함. 남명 사후 4년 뒤인 1576년 이 지역의 유림에 의해 세워졌다.

5) 세심정(洗心亭) : 1582년에 건립되었다. 남명의 문인 수우당(守愚堂) 최영경(崔永慶)이 바람을 쏘이며 노닐던 곳으로, 정자의 이름은 각재(覺齋) 하항(河沆)이 지었다.

6) 취성정(醉醒亭) : 1582년에 완성된 세심정을 이후 최영경이 다시 취성정으로 바꾸어

입덕문

이 있다. 두류산의 물은, 한 지류는 북쪽에서 대원동(大源洞)·삼장동(三壯洞)으로 흘러내리고, 다른 한 지류는 남쪽에서 남대(南臺)와 살천(薩川)으로 흘러간다. 이 두 물줄기가 합해져 서원 아래로 10여 리를 흘러, 입덕문(入德門)을 경유해 동쪽으로 70리를 가서 남강이 된다. 이른바 "천왕봉이 궤안(几案) 위에 있는 듯 가까워, 아침밥을 지어 먹고 갔다 와도 아직 배가 부르다"[7]고 한 것이 빈 말이 아니다. 두류산 동남쪽 천지간에 웅장하게 서리고 우뚝하게 솟아있으며, 호남과 영남이 교차하는 곳에 구불구불 뻗어 거대하게 웅거한 모습을 보면, 그것이 몇 천 몇 만 겹이나 되는지 알 수가 없다.

이제부터 마음껏 끝까지 찾아가 오랜 염원을 한 번 풀고자 한다. 그러나 천왕봉은 허공에 꽂힌 듯 높이 솟아있고, 사람의 발길을 허용치 않는 층층의 바위와 가파른 절벽이 너무 많다. 벼랑을 따라 넝쿨을 부여잡고 오르기에도 매우 어렵다. 결코 나 같은 늙은이의 다리로는 오를 만한 곳이 아니므로, 이르지 못할 곳을 올려다보며 한탄만 할 뿐이었다.

불렀다. 이후 임진왜란으로 덕천서원이 불타 복원하였는데, 이전의 목재로 취성정 옆에 정자를 새로 세우고 세심정이라 이름하였다. 그리하여 세심정과 취성정 두 개의 정자가 있게 되었는데, 이는 19세기까지 지속되었다.

7) 천왕봉이……부르다 : 누구의 말인지 자세치 않다. '아침밥을……부르다'라는 말은 『장자』「소요유(逍遙遊)」에 "들판으로 일하러 나가는 사람은 세 끼 식사만 하고 돌아와도 배가 아직 부르다(適莽蒼者 三湌而反 腹猶果然)"라고 한 데서 유래한 듯하다.

천왕봉과 덕산

덕산에 들어온 이후로 오대사(五臺寺)를 방문하고, 삼장동(三藏洞)8)을 찾고, 장항동(獐項洞)을 거쳐 대원동(大源洞)을 거슬러 올라 간 것이 겨우 한 두 번 뿐이었다. 올 여름은 장마가 열흘이나 지속되었다. 산 중엔 이내가 뿌옇게 끼였고, 덥고 습하고 마음까지 울적하여 즐겁지 않았다. 문득 방외로의 청유(淸遊)를 하고 싶었다.

5월 16일. 아침밥을 먹은 후 비로소 덕산의 거처를 출발하였다. 이때 장마가 갓 그치고 무더위가 누그러져 시원했으며, 날씨는 청명하고 골짜기는 맑고 아름다웠다. 나와 어린 하인은 행색이 단출했으나, 마음만은 훨훨 날아 이미 방장산 제일봉에 가 있었다.

같은 동네 사람 중에는 함께 유람할 자가 없었다. 정유기(鄭有禥)가 함께 가기로 약속했었지만 오지 않아 더욱 아쉬웠다. 10여 리를 가서 공전촌(公田村)을 지났다. 마을은 넓고 평평했으며, 시내의 못과 암석이 빼어나 살 만하였다. 수재(秀才) 손익룡(孫翼龍)이 이 마을에 사는데, 한양으로 유람을 가서 돌아오지 않았다. 그의 막내 동생 손경룡(孫慶龍)이 함께 유람하기로 약속하여, 그를 찾아 갔다.

원계(元溪)를 벗어나니 공전촌 위로 온통 연꽃 모양의 검푸른 빛을 띤 산이 보였는데, 오대산(五臺山)이라 하였다. 그 산 속에는 절9)이 있

---

8) 삼장동(三藏洞) : 삼장동(三壯洞)이라 혼용하기도 한다.
9) 절 : 오대사를 말함.

고, 절에는 황화각(皇華閣)
과 오래 된 은행나무 그리
고 옛 유적이 있다. 지난해
한 번 유람했는데, 이번에
는 다시 찾을 겨를이 없다.
2~3리를 가서 살천(薩川)
으로 들어갔다. 산은 더욱

살천

높고 물은 더욱 맑았으며, 바위는 더욱 기이하고 장엄하였다. 동네 골짜
기는 겹겹이 산으로 막혀 있는데, 그 형세가 아주 포위하여 감싼 듯하였
다. 그 속에 한 마을이 있는데, 대략 20여 호가 살고 있었다. 온 산이
대나무 숲이고 대나무 울타리는 소슬하여 마치 무릉도원 같았다.

바위 위에는 앉을 만한 곳이 있었다. 나무 그늘이 맑고 그윽하여 말에
서 내려 잠시 쉬었다. 그 마을에 사는 이시응(李始膺)·이방형(李邦馨)
등이 와서 인사하고는 술과 죽순을 내놓았다. 남쪽으로 구름 낀 산을 바
라보니 절벽이 사방으로 빙 둘러져 있었다. 그 속에 녹사(錄事)10) 한유
한(韓惟漢)11)이 은거했던 유적지가 있는데, 지금은 고은동(孤隱洞)이라
부른다고 한다. 돌길이 음침하고 험하며 골짜기가 후미지고 깊어, 더 이
상 찾아갈 수 없었다. 아득히 한유한의 고풍을 회고하니 절로 슬퍼졌다.

보문암(普門庵)의 승려 6~7인이 남여를 가져 와 기다리고 있었다.
나는 비로소 말에서 내려 남여를 탔다. 계곡을 따라 이어진 돌길 잔도
(棧道)는 오르락내리락 나 있었다. 산 속에는 두세 채의 민가가 대숲과

---

10) 녹사(錄事) : 고려와 조선 초기에 중앙의 여러 관서에 설치된 하위관직.
11) 한유한(韓惟漢) : 고려시대 무신집권기에 벼슬을 버리고 지리산에 들어가 지조를 지킨
    인물이다.

바위 계곡 사이에 흩어져 있는데, 모두 산에 사는 그윽한 멋이 있었다.

세상에 전하기를, 살천에는 옛날 속현의 관아 터와 향교 터가 있었는데, 지금은 그 이름만 남아있다고 한다. 신라와 고려 때에는 한 구역의 궁벽한 골짜기까지 오이를 나누고 콩을 가르듯 하였는데, 어찌 관아 모습까지 두었으랴. 이 시기에는 백성의 삶이 구속 없고 풍속이 평화로웠으니, 깊은 산속에 사는 사람들이지만 어찌 오늘날 도회지 사람들처럼 경박함과 교활함이 있었겠는가?

서쪽으로 두류산을 바라보니 그 진면목이 드러나 있었다. 새털구름마저 모두 걷히고 푸르디푸른 하늘이 허공에 떠 있었다. 이는 마치 명당(明堂)이 활짝 열리고 온 나라 군주가 회동할 때 천자가 단정하고 엄숙하게 면류관을 쓰고 목청(穆淸)[12] 위에서 두 손을 공손히 마주잡고 있는 듯, 또 군대가 대열을 이루고 검과 창이 삼엄하게 도열해 있는데 호걸스런 장수가 단상에 올라 우레같이 사납게 호령하는 듯하였다. 귀신이 다듬어 만든 듯 그윽하고 괴이한 비경을 간직하고 있으니, 삼라만상의 온갖 모습을 다 묘사할 수 없었다. 난새를 타고 날아가거나 참마 딸린 수레를 탄다면 닿을 수 있겠지만, 구름 낀 천왕봉을 바라보고도 훌쩍 날아오를 수 없었다. 아득히 바라보기만 하고 가보지 못하니, 응당 평생 제일가는 한스러움이 될 것이다.

오후에 보문암(普門庵)에서 묵었다. 이 암자는 허중산(虛中山) 허리쯤에 있다. 중수한 지 얼마 되지 않아 요사채와 누각이 매우 정결하였다. 난간에 올라보니 마치 속세를 벗어난 듯한 느낌이었다. 사방의 산들

---

12) 목청(穆淸) : 『시경』 주송(周頌) 「청묘(淸廟)」에 나오는 말로, 임금이 정사를 돌보는 엄숙하고 청명한 묘당을 일컫는다. 곧 임금의 덕으로 인해 세상이 잘 다스려지고 화평함을 비유하기도 한다.

은 하늘에 꽂힌 듯 우뚝 솟
아 멀리까지 조망할 수 없
고, 묵계(墨溪) 뒤쪽의 한
줄기 산만이 남쪽 구름 사
이에서 보일 듯 말 듯할 뿐
이었다.

발전소와 마을 전경(진주담)

저녁에 일 노사(逸老師)
의 작은 요사채에 가서 묵었다. 한밤중에 문득 깨어나 창을 열고 바라보
니, 온 세상이 쾌청하고 달빛이 훤히 빛나 만학천봉(萬壑千峰)이 대낮
처럼 밝았다. 문득 마음속에 한 점 티끌도 없는 듯한 느낌이었다. 영혼
이 맑아서 밤새도록 잠들 수 없었다. 혼자 웅얼거리기를 "어제 음울한
기운이 뚫린 것은 마치 형산(衡山)에 구름이 걷힌 것과 같고,13) 오늘밤
구름 한 점 없는 하늘에 오른 듯한 기분은 천주(天柱)가 달을 희롱하는
것과 다름없다. 혹 하늘이 나에게 맑은 경치를 빌려주어 10년 묵은 속
세의 때를 다 씻어주려는 뜻인가."라고 하였다. 인하여 노승과 함께 산
을 유람하며 느끼는 명승의 운치에 대해 이야기를 나누었다. 4운시 1수
를 지었다.

17일. 일찍 일어나 조반을 먹고 남대(南臺)로 향하려는데, 수재 손익
룡이 뒤좇아 왔다. 이한응(李漢膺)·이방형과 보문암 승려 모청(慕淸)
도 따라왔다. 마침내 보문동(普門洞) 입구로 내려가 기당(岐堂)에서 잠
시 쉬고 시내를 건너 진주담(眞珠潭)14)을 지났다. 내 벗 김대집(金大

---

13) 어제……같고 : 소철(蘇轍)의 「조주한문공공묘비(潮州韓文公墓碑)」에 보인다. 한유(韓愈)
가 형산을 유람할 때 구름과 안개가 끼었는데, 정성스런 마음으로 기도하자 맑게 개었다
고 한다.

集)이 그 근처에 살았는데, 자못 수석의 빼어남이 있었다. 두서너 해 전에 대인천(大仁川)15)으로 나가고 지금은 그 집이 비어 폐허가 되었는데, 주막의 일꾼이 지키고 있다고 한다.

여기서부터 좁은 샛길로 산 속 시내를 돌아 구불구불 올라갔다. 7~8리를 가니 산촌이 있는데, 대차리(大次里)라 불렀다. 나무가 울창하고 민가는 숲속에서 보일 듯 말 듯하였다. 석담(石潭)이 잔잔하고 맑고 푸르러, 훌쩍 지나칠 수 없을 정도로 시선을 끌었다. 시냇가 나무 아래에서 쉬었다. 마을 사람들이 나와 절을 하고는 꿀차와 점심을 내왔다.

오후에 남대(南臺)16) 앞 시내에 도착했다. 거북 모양의 큰 바위에 빠르고 세찬 물줄기가 격렬하게 부딪혀 요란한 소리를 내며 흐르는데, 그 소리가 산골짜기를 진동시켜 온몸이 오싹해졌다. 겨우 무사히 시내를 건너자 길이 사자령(獅子嶺)으로 나 있었는데, 가파르고 험준하여 쉬이 오를 수 없었다. 남여를 맨 자들이 힘을 다해 앞으로 나아갔지만 걸음걸음이 매우 힘들었다. 사자령 위에 올라 남대를 바라보니 이미 해가 지고 있었다. 벼랑을 따라 한 가닥 잔도가 허공에 매달려 있고, 푸른 등나무와 고목이 빽빽하게 둘러져 있어 틈새가 보이지 않았다. 그 사이를 위아래로 훑어보았지만 산의 깊이와 높이를 알 수 없었다.

남대암(南臺庵)에 들어가 주위를 둘러보았다. 천왕봉의 한 지류가 남쪽으로 우뚝하니 솟았다가 수십여 리를 치달려 증봉(甑峰)이 되고, 또

---

14) 진주담(眞珠潭) : 현 경상남도 산청군 시천면 신천리 양수발전소 하부댐 자리에 있었다. 당시 진주담은 근처의 마을과 함께 양수발전소 하부댐 속에 수몰되었고, 현재 마을 주민들은 댐 위쪽의 예치마을에 옮겨 살고 있다.
15) 대인천(大仁川) : 현 경상남도 하동군에 속해 있다.
16) 남대(南臺) : 현 경상남도 산청군 시천면 내대리 양수발전소 하부댐 위쪽의 남대마을을 가리킨다.

솟구쳤다 낮아졌다 하며 구불구불 뻗어내려 남대 상봉(上峰)이 되었다. 암자 뒤쪽의 후미진 기슭은 북쪽으로는 움푹 꺼졌고 남쪽으로는 확 트였는데, 겨우 작은 암자 하나가 앉을 만한 공간이었다. 마치 사람이 탁자 위에 앉아 있고 사면이 고립된 것과 같은 형상이었다. 암자가 언제 지어졌는지는 알 수 없으나, 세상에서는 신라 때 창건되었다고 한다. 여러 차례 병화를 겪었으나 의연히 오래 보전되었다. 그 사이의 흥망 또한 몇 번이나 겪었는지 알지 못하지만, 지금도 중수하여 금빛·푸른빛의 단청이 선명하고 화려하였다.

암자에는 작은 누각 두 채가 있는데, 확 트이고 맑고 그윽하였다. 동남쪽의 여러 봉우리가 아득하니 빙 둘러 있어, 두류산의 빼어난 경관이 한눈에 들어왔다. 난간에 기대 한껏 바라보니 나도 모르게 정신이 상쾌해졌다. 읊조리다 시구 한 수를 얻어 서문을 보태 벽 위에 썼다.

승려 승민(勝敏)이 산 중의 고사(故事)를 제법 알고 있었다. 봉우리 위에는 옛 성터가 있고, 바위틈에서는 간혹 투구와 창 같은 무기를 발견한다고 하였다. 아마도 삼국이 대치하던 시기에 전쟁이 연이어져 변경을 지키던 자들이 후미지고 험한 곳으로 깊숙이 들어와 자기 백성과 나라를 보전하려 했기 때문이리라.

남쪽으로 큰 봉우리 하나를 넘으면 악양(岳陽)과 화개(花開) 등의 땅이다. 그곳에는 '쌍계석문(雙磎石門)'이란 글씨와 청학동(靑鶴洞)·삼신동(三神洞) 등 여러 명승지가 있으나 멀리까지 찾을 겨를이 없다. 올 가을에 틈을 내 한번 유람하고자 하나, 사람의 일을 어찌 기약할 수 있겠는가?해가 저물려 하여 암자 앞의 난간에 앉았다. 잠시 후 비가 부슬부슬 내리더니 이내 그쳤다. 석양이 비껴 비취빛 산에 붉은 노을이 물들었다. 마치 이 몸이 적성(赤城)[17]의 연하(煙霞) 세계로 훌쩍 날아가 적송자(赤松

子)・안기(安期)18)의 무리와 나란히 유람하며 시를 주고받는 듯 황홀하였다. 읊조리다 율시 1수를 지었는데 그 중에 "삼신산은 진시황이 꿈속에서 그리던 곳, 남대암은 혁거세 때 지어진 고찰이네[神山曾入秦皇夢 古殿猶經赫世春]"란 구절이 있다. 밤에 암자의 뒤쪽 작은 요사채에서 묵었다. 암자의 승려가 범패를 부르며 종과 북을 쳐서, 밤새 잠을 이룰 수 없었다.

18일. 일찍 일어나 암자 뒤쪽으로 올라갔다. 사방을 둘러보니 그윽하고 깊고 세상과 단절된 듯하여 청량세계라 할 만하였다. 이에 누각 위에 이름을 쓰고 유람 온 날짜를 기록하였다. 다시 사자령을 내려가 앞 시내를 건너고, 북쪽 벼랑을 따라 고령봉(高嶺峰)을 넘어 무위암(無爲庵)을 찾았다. 무위암은 지리산 속 가장 높고 깊숙한 곳에 있었다. 바위들은 울퉁불퉁하고 시냇물은 내달리 듯 흘렀다. 구름과 숲이 해를 가려 길은 매우 어두컴컴했다. 10여 리를 가서 암자에 들어갔다.

암자 터는 제법 넓고 한산하였다. 험준하고 괴이하고 입을 쩍 벌린 듯한 바위와 골짜기는 모두 나무 그늘 속에 있고, 그 한가운데에 남대(南臺)가 있었다. 북쪽으로 맞은편을 바라보았다. 이곳에 앉아 위아래를 굽어보니 얼마나 높은지 알 수 있었다. 무위암은 옮겨 세운 지 겨우 7~8년 정도여서, 요사채나 문정(門庭) 모두 정갈하였다. 승려 태휘(太輝)는 불가의 묘결(妙訣)을 깊이 체득하였고, 게다가 총명하고 문자를 알아 이야기를 나눌 만하였다. 밤에 승려 태휘의 방장암(方丈菴)에서 묵었다. 무위암에는 승려 20여 명이 있고, 모두 가사(袈裟)를 입고 있었다. 새벽과 저녁에 예불을 올리고 염불하며 1년을 하루같이 정진한다고

---

17) 적성(赤城) : 전설 속의 신선 세계를 말함.
18) 적송자(赤松子)・안기(安期) : 중국 고대의 신선 이름.

했다. 이러한 각고의 노력과 독실한 공부를 우리 유가(儒家)에서도 한다면 그 진덕(進德) 수업을 어찌 헤아릴 수 있으랴.

19일. 큰 비가 종일 그치지 않아 그대로 무위암에 머물렀다. 승려 태휘가 방장석에 앉아 불경을 강의하였는데, 그 해설이 제법 능숙하고 깊이가 있어 들을 만했다. 오후에 수재 손익룡이 비를 무릅쓰고 내려갔다. 비로 인해 산 속에 갇히니 무료하였다. 사운(四韻)의 절구를 지어 승려 태휘에게 주고, 암자 벽에도 써서 남겼다.

20일. 바람이 갑자기 불어 짙은 안개가 모두 걷혔다. 아침 해가 허공에 떠오르고, 맑게 갠 경치가 아름답게 드러났다. 숲의 이슬은 푸른빛으로 방울지고, 골짜기 안개는 붉은 빛으로 흘렀다. 비온 뒤의 맑은 절경은 배나 아름다웠다.

아침을 먹은 후 승려 태휘와 작별하고 산문을 나섰다. 동북쪽 벼랑을 따라 작은 고개 하나를 넘고 한 골짜기 입구를 지나, 중산(中山)의 골항치(骨項峙)에 올랐다. 골항치 안팎은 남대나 사자령에 비해 3분의 2나 더 가파르고 험준하였다. 멀리 두류산 상봉을 바라보니 지척에 있어 손을 뻗어 만질 수 있을 듯하였다. 운무가 반쯤 걷히자 봉우리의 빛깔이 층층이 드러났다. 만약 내 다리의 힘이 젊었을 때와 같다면 지팡이 짚고 오늘 반나절이면 오를 수 있을 것이다. 그래서 일월대(日月臺)에 서서 산과 바다의 경관을 실컷 보고 스스로 가슴 속을 장대하게 했을 텐데, 이 늘그막의 쇠한 기운으로는 만 길 층층의 구름 위로 한 걸음도 옮겨놓을 수 없다. 멀리서 바라보기만 하는 서글픈 마음을 스스로 감당할 수 없었다.

상봉 아래 계곡물은 내린 비로 더욱 성난 듯 요동치며 세차게 흘렀다. 계곡에 다다랐으나 건널 수가 없었다. 동당곡(東堂谷) 안의 산촌 백성들을 불러 어렵사리 건넜다. 계곡을 따라 오르내리며 구경했는데, 암석이 빼어났다. 계곡물이 모여 깊은 못이 되었고, 그 못은 맑고 푸르고 깊었다.

정오에 동당곡으로 들어갔다. 마을은 산 속의 가장 깊은 곳에 있었다. 일전에 지나 온 대차리·살천 마을과 비교해 보면 이곳은 별천지이다. 마치 무리를 떠나 세상을 피해 숨은 자들이 고반(考槃)[19]을 노래하고 물고기 잡고 땔나무 하는 것을 즐기며 사는 곳인 듯하였다. 집집마다 대나무가 천 그루나 둘러있고, 감나무가 숲을 이루었는데 몇 백 그루나 되는지 알 수 없었다. 민가는 40~50호 정도였다. 마을이 풍요롭고 집들이 깔끔하였다. 이 골짜기에서 처음 보는 광경이었다. 손익룡과 이시웅이 술을 가져 와 대접하고는 곧바로 작별하고 갔다. 이방형과 무위암의 승려 청언(淸彥)이 동행하였다.

오후에 원통암(圓通庵)으로 들어갔다. 이 암자는 계곡 속에 있고, 사방이 산으로 둘러싸여 있어 보이는 게 없었다. 게다가 천석(泉石)의 절경도 없었다. 잠시 누각에 올랐다가 내려 와, 원통암을 떠나 천장암(天藏庵)으로 향했다. 천장암은 매우 높은 곳에 위치하고 있어, 상봉과의 거리가 그다지 멀지 않다. 고요하고 정갈하고 외진 곳이어서 시끄러운 세상과는 멀리 떨어져 있었다. 그러나 앞의 산봉우리가 내리누를 듯 가까이 있어 멀리까지 조망할 수 없었다. 동쪽 누각은 깊고 그윽하나 또한 난간에 기대 완상하는 흥취가 없으니, 이것이 흠이었다. 원통암의 승려가 붙잡기에 잠시 쉬었다.

해가 저물려 하자 곧바로 원통암을 출발해 불장암(佛藏庵)으로 향했다. 북쪽으로 작은 고개 하나를 넘어서 동쪽 벼랑을 돌아 내려가는데, 마치 하늘에서 내려오는 듯한 느낌이었다. 내원점(內院店)이 그 한가운

---

19) 고반(考槃) : 『시경』 위풍(衛風) 「고반」에 나오는 말로, 산수 간에 은둔하여 자연을 즐기며 사는 일 또는 그런 사람을 일컫는다.

데 있었다. 산의 나무는 온통 붉은 빛이었다. 저
녁에 불장암에 들었다. 가파른 절벽과 겹겹의
산봉우리가 병풍처럼 주위를 둘러싸고 있었다.
절벽의 골짜기엔 깊고 그윽한 숲이 우거져 있
고, 오래 된 탑은 홀로 우뚝하니 서 있었다. 뜰
에는 법당이 있었는데, 그윽하고 빼어난 경치는
참으로 남대(南臺)에 버금갔다. 승려 광밀(廣
密)이 말하기를 "옛 유적에 대한 허탄한 말은

내원사(덕산사) 삼층석탑

믿을 수 없지만, 아마도 이것은 나묵선사(懶嘿禪師)의 유적인 듯합니
다."라고 하였다. 오래 전에 무너진 암자를 한창 중수하고 있었는데, 공사
를 마치기가 쉽지 않을 듯하였다. 이날 산행은 거의 40여 리를 걸었다.

　21일. 아침에 절구 1수를 써서 승려 광밀에게 주었다. 불장암 골짜기
를 출발해 2리쯤 가니 덕산사(德山寺)가 있었다. 절터와 계담(溪潭)·
암석이 매우 볼만하였으나, 피곤하여 쉬면서 두루 찾아가 보지는 않았
다. 여기서부터 아래로는 수석이 그윽하고 빼어나, 연못이나 폭포에서
물고기 잡으며 노닐거나 깃들어 살 만한 곳이었다. 잠시 대(臺) 아래의
냉천정(冷泉亭)에서 쉬었다. 정유기(鄭有祺)가 술과 생선을 가져와 함
께 유람하지 못한 것을 사죄하였다.

　정오에 덕천으로 돌아와 세심정(洗心亭)에 앉았다. 주위를 둘러보니
만 겹의 운산(雲山)이 골짜기 입구를 겹겹이 막고 있었다. 묵묵히 유람
하며 거쳐 온 명승지를 헤아려 보니 꿈을 꾸듯 황홀하였고, 아련히 떠오
르는 생각은 정인(情人)과 이별하는 듯하였다.

　기해년(己亥年, 1719) 5월 소서(小暑)가 지난 이틀 뒤 방장우객(方丈
寓客)이 신미헌(信美軒)에서 쓰다.

신명구의 유람 일정

지리산국립공원

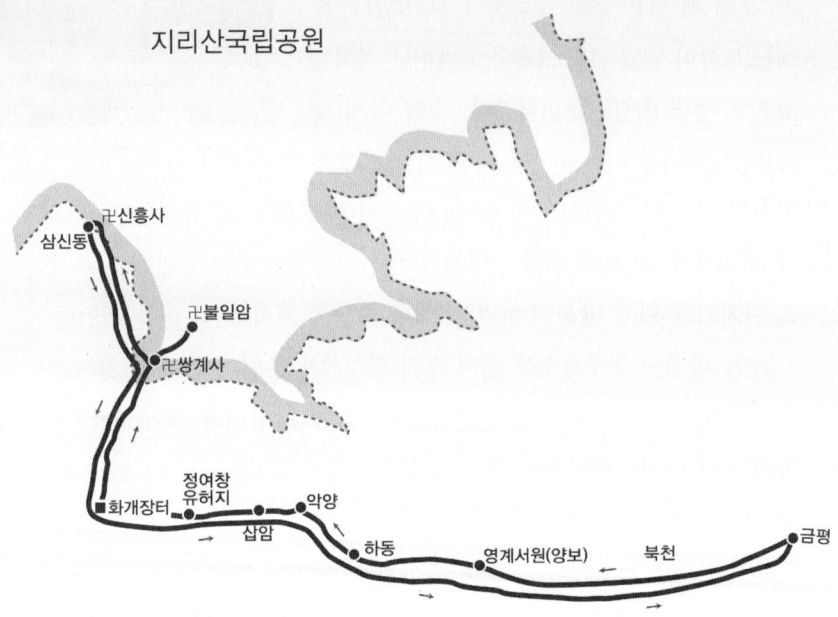

일 시 : 1720년(숙종 46) 4월 6일 - 4월 14일(8박9일)
동 행 : 윤백이·조영하·황재헌·하성일·권이경
일 정 : ● 4/6일 : 금평 권이경의 집→소도동 김대집의 집(1박) ● 7일 : 소도동 김대집의 집→횡보→영계
서원→둔곡→ 하동부→하동부 객사(1박) ● 8일 : 하동부 객사→하동의 새로운 읍치→ 삽암
→ 취적대→일두선생의 서재 터→화개 시냇가 주점→회강동→악양 강태로의 집→쌍계사 승
방(1박) ● 9일 : 쌍계사 승방→청학동→완폭대→불일암→쌍계사→삼신동 →홍류교·능파각
옛터→신흥사→세진각→세이암→신흥사(1박) ● 10일 : 비가 와서 신흥사 주변 연하동천만 구
경하고 신흥사에 머묾(1박) ● 11일 : 신흥사→삼신동 동구→ 화개천→평사리 강태로의 집(1박)
● 12일 : 강태로의 집→ 하동 읍치→하동부 객사(1박) ● 13일 : 하동부 객사→오룡정 터→진양손
씨 별장→둔곡→시탄 이덕항의 집(1박) ● 14일 : 시탄 이덕항의 집→금평→덕교

푸른 시내를 굽어보니 속세의 번뇌를 말끔히 씻어주네

유두류속록*

지난 해(1719) 여름 5월, 나는 살천(薩川)1)으로부터 보문암(普門庵)·남대암(南臺庵)·무위암(無爲庵)·원통암(圓通庵)·천장암(天藏庵)·불장암(佛藏庵) 등 여러 암자들을 두루 찾아다녔다. 산수의 빼어난 경치를 다 구경했고, 유람의 흥겨움을 지극히 누렸다. 하지만 여태껏 두류산(頭流山) 이남지역을 돌아보지 못한 점이 아쉬웠다.

올해(1720) 4월 6일. 아침 일찍 출발하여 지나는 길에 금평(金坪)에 사는 친구 권이경(權伊卿)의 집에 들러 다음 날 하동(河東)으로 뒤따라와 만나자고 약속하였다. 저녁에 소도동(昭道洞)에 사는 친구 김대집(金大集)의 집에 투숙하였다. 김대집은 타고 갈 말이 없어 따라갈 수 없다고 사양하였다.

7일. 아침 일찍 출발하여 횡보(橫甫)2)를 지났다. 이곳은 곧 하동(河

---

* 이 자료의 번역은 신명구(申命耉, 1666-1742)의 『남계집(南溪集)』 권3에 실린 「유두류속록(遊頭流續錄)」을 저본으로 하였다. 이 책은 4권 2책의 목활자본으로, 현재 국립중앙도서관(古3648-40-81-1~2)에 소장되어 있다.

1) 살천(薩川) : 현 경상남도 산청군 시천면(矢川面) 중산리에서 시천면 소재지로 흐르는 시냇물을 가리킨다.

2) 횡보(橫甫) : 현 경상남도 하동군 횡천면 횡보마을을 가리킨다.

東) 땅으로, 향교와 서원이 있다. 서원은 바로 일두(一蠹) 정선생(鄭先生)3)의 위패를 모신 곳으로 영계서원(永溪書院)4)이라고 한다. 그 시내는 청암(靑巖)에서 흘러내려 서원 앞을 지나는데, 거기에서 남쪽으로 40여 리를 흘러 바다로 들어간다. 높은 곳에 올라 좋은 경치를 즐기는 멋은 없었지만, 그 시내에는 물고기가 매우 많았다.

정오 무렵 둔곡(遯谷)에 이르렀는데, 이광거(李光居)가 점심을 보내 정성껏 대접했다. 친구 윤백이(尹白而)와 유생 조영하(曺永河)도 찾아왔다. 저물녘에 하동부(河東府)로 들어갔다. 고을의 좌수(座首)인 박동표(朴東標)가 사람을 보내 유숙할 객사(客舍)를 정하고 음식도 제공해 주었다.

8일. 동이 틀 무렵 출발하여 길을 떠났다. 윤백이와 조영하는 뒤에 남아 고을 수령을 만날 계획이었다. 하동의 새로운 읍치(邑治)는 섬진강(蟾津江) 가의 통제영(統制營) 자리에 있었다. 또한 진(鎭)5)을 설치하였는데, 광양(光陽)과의 경계에 있었고, 두치진(豆恥津)6) 부근에도 있었다. 읍치에서 저 멀리 바라보니, 진의 망루는 우뚝하게 높이 솟아 있고, 군함들이 빼곡하게 모여 있었다. 그야말로 영·호남 제일의 요새지라 할 만했다.

강가에 나 있는 한 길을 따라 곧장 악양(岳陽)으로 달렸는데, 황혼녘

---

3) 일두(一蠹) 정선생(鄭先生) : 정여창(鄭汝昌, 1450-1493)을 가리킨다. 일두는 그의 호이다. 조선 초기의 학자로, 자는 백욱(伯勖)이며 본관은 하동이다. 함양 출신으로 김종직(金宗直)의 문하에서 수학하였다. 무오사화에 연루되어 종성(鐘城)으로 귀양을 가 세상을 떠났다.

4) 영계서원(永溪書院) : 현 경상남도 하동군 양보면 감당리 영계마을에 있었던 서원이다.

5) 진(鎭) : 군사상 중요한 지역에 설치한 지방 행정 구역을 말함.

6) 두치진(豆恥津) : 현 경상남도 하동군 하동읍 두곡리 일대에 있었던 나루터를 가리킴.

에 강태로(姜太老)의 집에
이르렀다. 웅장한 봉우리는
우뚝하게 솟아 있고, 불꽃 모
양 바위는 뾰족하게 서 있었
다. 들녘은 평평하고 넓었으
며, 그 둘레는 몇 십 리나 되
었다. 그 가운데에는 동정호

악양루

(洞庭湖)7) · 군산(君山)8) · 평사(平沙) · 소상(瀟湘)9) · 악양루(岳陽
樓)10)의 터가 있었다. 멀리 갯벌로 눈길을 돌리니, 때마침 여기저기 내
려앉는 기러기 떼가 보였고, 대나무에는 아직도 피로 얼룩진 흔적이 남
아 있었다.11) 악저(鄂渚)12)나 원상(沅湘)13)과 같은 빼어난 경관을 두루

---

7) 동정호(洞庭湖) : 중국 호남성(湖南省) 북부에 있는 중국 제2의 담수호를 말함. 여기서는
하동에 있는 호수를 가리킴. 나당연합군의 소정방(蘇定方)이 이 호수를 보고 중국의
동정호와 많이 닮았다고 하여 붙인 이름이라 전함. 이후로 하동에는 중국의 동정호와
연관된 명칭이나 전설이 많다.

8) 군산(君山) : 동정호 안에 있는 섬으로 된 산으로, 경치가 빼어남.

9) 소상(瀟湘) : 소수(瀟水)와 상수(湘水)를 가리키는데, 중국 호남성의 동정호 남쪽에 있는
강이다. 일대의 경치가 빼어나 평사낙안(平沙落雁)을 비롯한 소상팔경(瀟湘八景)으로
유명한 곳임.

10) 악양루(岳陽樓) : 중국 동정호의 동쪽 언덕에 있는 악주부(岳州府)의 서문(西門) 누각으
로 동정호를 굽어보고 있으며 경치가 매우 아름다움.

11) 대나무에는……있었다 : 요(堯)임금은 두 딸 아황(娥皇) · 여영(女英)을 순(舜)과 결혼시
켰다. 뒷날 소상강(瀟湘江)에서 순임금의 죽음을 전해들은 두 왕비는 피눈물을 흘리다
소상강에 투신하였는데, 그 때의 피눈물이 대나무에 묻어 반죽(斑竹)이 되었다는 전설
이 있다.

12) 악저(鄂渚) : 호북성(湖北省) 무창(武昌) 황학산(黃鶴山) 주변의 양자강 일대를 말하는
데, 수(隋)나라 때 악주(鄂州)를 두었기 때문에 이와 같이 일컬어졌다.

13) 원상(沅湘) : 중국 호남성(湖南省)의 원수(沅水)와 상수(湘水)를 말함. 초나라 굴원(屈
原)이 쫓겨난 뒤 이 일대를 유랑한 곳으로 알려져 있으며, 경관이 수려한 것으로 유명
하다.

모한대 석각

악양정

두루 돌면서 몸소 유람하였다. 동정호는 궁중에서 점유하여 무논[水田]을 만들었는데 땅이 낮고 습하였으며, 홍수를 만나기라도 하면 바로 큰 호수가 되었다고 한다. 고려조에는 악양군(岳陽郡)을 두었는데, 인재가 매우 많이 배출되었다. 그 뒤에는 진양(晉陽)의 속현이 되었고, 지금은 또다시 하동부(河東府)로 예속되었다.

황재헌(黃再憲)·하성일(河聖一)이 따라 나섰다. 아침 조반을 먹은 뒤에 삽암(鈒巖)에 들렀다. 바위는 큰 강가에 자리했는데, 그 위에 취적대(取適臺)가 있었다. 바로 고려 때 녹사(錄事) 한유한(韓惟漢)이 은거하며 낚시하던 곳이다. 그는 임금의 부름을 받자, 이 골짜기로 들어왔다. 그 때 그는 "비로소 이름 석 자 세상에 알려진 줄 알았네[始知名字落人間]"라는 시구를 읊조리고서 담을 넘어 도망쳤는데, 고은동(高隱洞)으로 들어가 일생을 마쳤다고 한다. 취적대 위에서 잠시 쉬면서 술 한 잔을 들었다. 그의 고상한 풍모를 아련히 생각하니, 서성거리며 떠날 수가 없었다.

화개(花開)를 향해 10여 리쯤 가자, 일두 선생이 공부하던 서재 터가 있었다. 선생께서는 일찍이 이곳에 들어와 우거한 적이 있다. 선생은 다음과 같은 시를 지었다.

냇버들은 바람에 하늘하늘 흔들리고,　　　　　風蒲泛泛弄輕柔14)
4월의 화개 땅엔 보리 벌써 가실일세.　　　　四月花開麥已秋
두류산 천만 겹을 모두 다 구경하고,　　　　看盡頭流千萬疊
외로운 배를 타고 큰 강물을 내려가네.　　　　孤舟又下大江流

　그 당시를 떠올려보니, 속세를 떠나 물외(物外)에서 사는 즐거움은
바로 후생들이 우러러보는 마음을 불러일으킴이 있다. 서원을 여기에다
세우지 않고 저기15)에다 세운 것은 어찌 오늘날 개탄할 만한 일이 아니
겠는가? 남쪽으로 여러 산봉우리들을 바라보았는데, 푸른빛을 띠며 공
중에 떠 있는 것이 희양(曦陽)16)의 백운산(白雲山)17)이었다. 바닷물이
이곳까지 드나들었고, 고기잡이배와 상선이 끊임없이 오가고 있었다.
살기 좋은 곳이 여기보다 더 좋은 데는 없을 것이라 생각되었다.
　정오 무렵 화개 시냇가 주점에 들렀다. 친구 윤백이(尹白而)와 유생
조영하(曺永河)가 뒤따라 왔다. 말고삐를 나란히 하고, 쌍계사(雙磎寺)
로 향했다. 주점에서 쌍계사까지는 10여 리였는데, 산수의 빼어난 경관
은 진정 세상 밖의 별천지 같았다. 시냇가 한 모퉁이에 갔는데, 회강동
(會講洞)이라 이름하였다. 바위와 골짜기가 매우 기이하고도 깊었다.
회강재(會講齋)의 남은 터가 아직 있다고 했다.
　땅거미가 질 무렵 쌍계사로 들어갔다. 동구(洞口)의 양쪽 바위는 문
처럼 마주 대하고 서 있었다. 왼쪽 바위에는 '쌍계(雙磎)',18) 오른쪽 바

---

14) 범범(泛泛) : 『일두집(一蠹集)』에는 '獵獵'으로 되어 있다.
15) 저기 : 영계(永溪)를 말함.
16) 희양(曦陽) : 현 전라남도 광양의 옛 이름이다.
17) 백운산(白雲山) : 현 전라남도 광양시에 있는 산으로, 섬진강을 사이에 두고 지리산과
　　마주하고 있다.
18) 쌍계(雙磎) : 원문에는 '雙溪'로 잘못되어 있다.

위에는 '석문(石門)'이라 새겨져 있었다. 글자의 획이 힘차고 굳세며 기이하고 고풍스러웠다. 나도 모르게 한동안 손으로 더듬어 보았는데, 바로 고운(孤雲)의 필적이다. 석문으로 들어가니 오래된 나무와 푸른 등나무가 무성하게 얽혀 해를 가렸다. 한 굽이의 맑은 시내가 구름 속에서 쏟아져 내렸다. 숲속에 있는 붉은 누각과 푸른 난간은 산으로 둘러싸인 시냇물에 비치었다. 이른바 "밝은 달은 쌍계 계곡에 비추고, 봄바람은 팔영루로 불어오네[明月雙磎水 春風八詠樓]"19)라고 읊은 것이 이런 경지가 아니겠는가?

불전(佛殿)과 요사채는 지리산에 있는 절 가운데 으뜸이었다. 이 절은 신라 때 진감선사(眞鑑禪師)가 창건하였다. 오래된 비석이 법당 앞에 서 있는데, 비문은 최고운(崔孤雲)이 교지(敎旨)를 받들어 짓고, 아울러 전서(篆書)로 쓴 것이다. 떨어져나가 조금 결락된 곳이 있지만 문장이 기이하고 빼어나며, 필법도 정밀하고 오묘하였다. 실로 영남의 기이한 구경거리이다. 불전 서편 한 작은 누각에는 문창후(文昌侯)의 화상(畫像)을 봉안하고 있었다. 공손하게 손을 모으고 머리를 숙여 배알했는데, 마치 천 년 전 신선의 풍채와 도인의 궤범을 보는 것 같았다. 저녁에 승방(僧房)에 묵었다. 밤은 고요하고 산은 텅 비었으며, 밝은 달빛은 뜰에 가득하였다. 오직 두견새 울음소리만이 밤새도록 귓가에 들릴 뿐이었다. 정신이 맑고 시원하여 잠을 이룰 수 없었다.

9일. 아침 일찍 일어났다. 불일암(佛日庵)으로 향하려 했는데, 권이경(權伊卿)이 뒤좇아 왔다. 이에 권이경 및 조영하(曹永河)·황재헌(黃再憲)·하성일(河聖一) 세 사람과 함께 절 뒤편으로 올라갔다. 주변을 두

---

19) 밝은……불어오네 : 고운 최치원의 시로 알려져 있음.

루 구경하며 점점 높은 데로 올라가니, 한 걸음씩 떼놓을 때마다 허공에 매달리는 듯했다. 겹겹의 높은 봉우리들 속으로 겨우 사람의 발자취가 지나갈 수 있었다. 10여 리를 가서 청학동(靑鶴洞)으로 들어갔다. 낭떠러지를 따라 가자 길이 끊어졌는데, 그곳에 나무를 묶어 바위에다 걸쳐서 다리를 만들어 놓았다. 그 위에서 내려다보니 밑이 보이지 않았다. 혹 돌 비탈길을 잡기도 하고, 암벽을 붙잡기도 하면서 겨우 발을 디디고 지나갔다. 마음과 몸이 모두 오싹해졌다. 천명을 아는 자는 갈 데가 아닌 듯했다.

잠시 뒤에 완폭대(翫瀑臺)로 가서 앉았는데, '완폭대'라는 세 글자는 고운(孤雲)이 쓴 글씨이다. 청학동의 두 봉우리가 좌우로 벽처럼 서 있었는데, 왼쪽은 향로봉(香爐峯)이었고, 오른쪽은 비로봉(毘盧峯)이었다. 그 경치가 마치 갓 그린 한 폭의 그림 같아서 용면(龍眠)[20]의 훌륭한 솜씨보다도 훨씬 나았다. 이곳은 한 점의 속된 기운도 전혀 없으니, 이른바 '신선들이 학을 타고 오간다'는 곳이 아니겠는가? 승려가 말하기를 "저 봉우리 위에 청학이 둥지를 틀고 있어서 가끔씩 그 모습을 볼 수 있었습니다. 그런데 어떤 한 사람이 그 바위에 화살을 쏘았습니다. 그때부터 청학은 다시는 날아오지 않았다고 합니다."라고 하였다.

동쪽으로 폭포를 바라보니, 암벽 사이에 걸려 있었다. 마치 한 필의 하얀 비단이 나무 그늘 사이로 은은히 비치고, 구슬이 어지러이 부수어지는 듯했다. 그 폭포소리는 바위 골짜기에 진동했고, 그 길이는 수백 자나 되었다. 그 아래에 못이 있었는데, 학담(鶴潭)이라 불렀다. 그 깊이를 헤아릴 수 없었다. 대(臺) 위에 앉았다가 나무를 잡고 아래를 굽어보

---

20) 용면(龍眠) : 송(宋)나라의 이름난 화가 이공린(李公麟)의 별호이다. 벼슬을 그만두고 용면산(龍眠山)에 은거하면서 용면거사(龍眠居士)라 자호하였음.

니 매우 깊고 까마득하여 모골이 송연해 바로 볼 수가 없었다. 그 위에 있는 작은 암자가 불일암(佛日庵)이었다. 깎아지른 듯한 사방을 둘러보니, 반쯤은 허공에 뜬 것 같았다. 매우 깔끔하면서도 고요하여 인간 세상의 경계가 전혀 아니었다.

절간 문이 반쯤 열려 있었고, 절간 마당은 적적하여 암자에 거처하는 승려가 없다고 생각했다. 문을 열고 들어가 보니, 선정에 잠긴 두 승려가 있었다. 가사를 입었고, 벽을 향해 가부좌를 틀고 앉아 있었다. 손님을 보고도 일어나지 않았고, 물어보아도 응답하지 않았다. 다른 승려들이 모두 말하기를 "이들은 묵언공부(默言工夫) 중입니다. 순찰사가 오실지라도 이들은 그렇게 할 것입니다."라고 하였다. 솔잎으로 만든 죽 한 단지가 방 뒤쪽에 놓여 있었는데, 정오에만 한 그릇을 먹는다고 했다.

나는 조금 피곤하여 암자 앞 기둥에 비스듬히 기대 누웠다. 맑고 깨끗한 흥이 일어 뜻이 고상해졌다. 그래서 권이경에게 일러 말하기를 "신선 사는 이곳에 들어왔으니, 그냥 떠날 수는 없지 않은가? 내 그대와 더불어 영원히 속세의 미련을 버리고 이곳에 머물며 참선이나 하는 것이 어떻겠는가?"라고 하자, 권이경이 말하기를 "이야말로 내 뜻일세."라고 하여, 서로 한바탕 크게 웃었다. 절벽 사이에는 당질(堂姪)인 신명중(申明仲)[21]이 유람차 와서 쓴 글자가 있었다. 나도 이름을 적어 기록하였다.

청학동의 동쪽에는 은성암(隱城庵)·대은암(大隱庵) 등 여러 암자들이 있다고 했다. 그러나 가 볼 겨를이 없었다. 오래도록 두루 유람하여 마음이 날아갈 듯 상쾌하였으나, 돌아갈 길이 허공에 매달린 듯 험하다

---

21) 신명중(申明中) : 명중(明仲)은 자(字)인 듯한데 이름은 알 수 없다.

고 생각하니 오싹해져서 오래 머물 수 없었다. 마침내 다시 잔도(棧道)를 거쳐 위험을 무릅쓰고 기어 왔다.

오후에는 쌍계사로 돌아갔다. 강생(姜生)이 와서 기다린 지 오래되었다. 저녁밥을 재촉해 먹고는 신흥사(神興寺)를 향해 출발하였다. 쌍계사 절문을 나서 다리를 건너 시내를 따라서 올라갔다. 산은 더욱 기이하고 물은 더욱 맑았다. 두서너 개의 마을이 있었는데, 어떤 경우는 바위에 의지해 골짜기에 형성되어 있기도 했다. 우뚝한 산봉우리는 첩첩이 막혀 있고, 대나무 숲은 싱그러웠다. 그 옛날 진(秦)나라 세상을 피해 숨은 백성들의 모습과 흡사하였다. 어찌하면 이런 곳에 풀을 베어 터를 잡고 나의 남은 인생을 보낼 수 있을까?

10여 리를 가서 삼신동(三神洞)으로 들어갔다. 암벽에 '삼신동'이란 세 글자가 새겨져 있었는데, 고운의 필적이었다. 홍류교(紅流橋)·능파각(凌波閣)의 옛터가 남아 있었는데 경치가 매우 빼어났다.

저물녘에 신흥사(神興寺)로 들어갔다. 이 절은 신라의 충언선사(忠彦禪師)가 창건하였다. 중간에 무너져 새로 지은 것이 한두 번이 아니었다. 지금의 절은 중수한 지 겨우 20여 년 정도 밖에 안 되었다. 절이 한 채의 불전 밖에는 없었지만, 규모가 웅장하고 매우 아름다워 견줄 데 없었다. 그 앞에는 세진각(洗塵閣)이 있었다. 주위에는 푸르고 높은 봉우리가 빙 둘러 있어 마치 아름다운 병풍을 펼쳐놓은 것 같았다. 푸른 시내를 굽어보니, 속세의 번뇌를 말끔히 씻어주었다. 암벽에는 명곡(明谷) 최석정(崔錫鼎)[22]과 은봉(隱峯) 이봉징(李鳳徵)[23]의 사운시(四韻詩)

---

22) 최석정(崔錫鼎, 1646-1715) : 초명은 석만(錫萬), 자는 여시(汝時)·여화(汝和), 호는 명곡(明谷)·존와(存窩)이며, 본관은 전주(全州)이다. 최명길(崔鳴吉)의 손자로, 남구만(南九萬)·박세채(朴世采)에게 수학하였다. 소론(少論)의 영수로 많은 파란을 겪으

가 걸려 있었다. 나는 졸렬한 재주를 잊고서 그 시에 차운하여 다음과
같은 시를 지었다.

인간 만사 상념들 버린 지 오래되고,	萬事人間念久灰
초연한 방장산을 꿈속에서 자주 찾네.	超然方丈夢頻回
천 년 동안 학사의 붉은 글씨 남아 있고,	千秋學士丹書在
한 굽이 신령한 곳에 푸른 누각 열려 있네.	一曲靈區翠檻開
놀 진 계곡엔 신선의 말 가까운 듯,	霞洞怳聞仙語近
구름 낀 봉우리엔 나는 학을 보는 듯.	雲岑疑見鶴飛來
못 속 용이 유람객을 붙잡아 두려는 듯,	潭龍有意挽遊客
비 온 뒤 흐르는 시냇물 우레처럼 포효하네.	雨後溪流吼作雷

누각 위에서 서성이니, 마치 양쪽 겨드랑이에 바람이 일면서 날개가
생겨 신선이 될 것만 같았다.

동쪽에는 '세이암(洗耳嵒)'이라는 석각이 있는데, 역시 고운의 필적
이었다. 그 필세가 이제 막 새긴 듯했고, 지금도 이끼가 끼지 않는다고
하니, 매우 특이한 일이었다. 아래위로 길쭉한 못의 중간쯤에는 흰 바위
가 평평하게 깔려 있었다. 그래서 마음 내키는 대로 바위 위에 앉았다
누웠다 하다 보니, 석양이 지고 어둠이 몰려오는 줄도 몰랐다. 수석(水
石)의 빼어난 경관은 거의 글이나 말로써 표현하기 어려울 것 같았다.

면서도 8번이나 영의정을 지냈고, 당시 배척받던 양명학을 발전시켰다.
23) 이봉징(李鳳徵, 1640-1705) : 자는 명서(鳴瑞), 호는 은봉(隱峰)이며, 본관은 연안(延安)
이다. 1675년 문과에 장원급제하여 전라도 관찰사·대사헌 등을 지냈다. 1701년 부사직
으로 재임 중 희빈(禧嬪) 장씨(張氏)의 사사(賜死)를 반대하다 지도(智島)에 위리안치
되어 그곳에서 죽었다.

바위 위 곳곳에는 항아리처럼 움푹한 곳이 매우 많았는데, 절의 승려들이 그 안에 김치를 넣어두고 겨울 내내 꺼내 먹는다고 하니, 이 역시 특이했다.

대체로 여기서부터 천왕봉(天王峯)까지는 70리쯤 된다. 여러 산봉우리가 남쪽으로 내달려 웅장하게 서려 우뚝하니 빼어났다. 그 사이에 영신사(靈神寺)·의신사(義神寺)가 있다. 또 두 봉우리가 하늘에 꽂힌 듯 솟아 안문(雁門)을 열었다. 안문의 남쪽은 골짜기가 깊고도 험하였는데, 그 둘레만 해도 1백 리였다. 전하는 말에, 마한(馬韓)의 세 장수가 자취를 감추고 병기를 숨긴 곳이라고 했다. 지금도 삼장암(三將巖)이 있다. 또 그 아래가 당령(幢嶺)인데, 당령 아래가 곧 삼신동(三神洞)이다. 북쪽에는 진락대(眞樂臺)·문수암(文殊庵)·금륜암(金輪庵)·금사굴(金沙窟) 등 80여 개의 암자 터가 있다. 또한 신흥사의 남쪽 10여 리쯤에 칠불암(七佛庵)이 있다.

우리나라에 두류산이 있는 것은 마치 중국에 형악(衡岳)[24]이 있는 것과 같다. 형악의 빼어난 경치는 자개봉(紫蓋峯)·석균봉(石囷峯)·부용봉(芙蓉峯)에 모두 있다. 두류산의 경치는 청학동·삼신동·칠불암이 가장 절경이다. 한유(韓愈)의 시에 이른바 "자개봉은 길게 뻗어 천주봉에 닿았고, 석름봉은 솟아올라 축융봉을 쌓았다네[紫蓋連延接天柱 石廩騰擲堆祝融]"[25]라고 한 것이 바로 이곳을 두고 한 말이로구나!

그날 저녁에 신흥사에서 묵었다. 승려 보열(寶悅)은 제법 문자를 알

---

24) 형악(衡岳) : 중국 오악(五岳) 중 남악(南岳)인 형산(衡山)을 가리킨다. 현재 중국 호남성(湖南省) 형산현(衡山縣)에 있음.

25) 자개봉은……쌓았다네 : 한유(韓愈)의 「알형악묘수숙악사제문루(謁衡岳廟遂宿岳寺題門樓)」라는 시이다.

고 있어 더불어 말을 할 만했다. 그에게 물었더니, 바로 설암(雪巖)[26] ·
명안(明眼)[27] 대사의 제자로, 무위암(無爲庵)의 승려 태휘선사(太暉禪
師)와는 동문이라고 하였다. 불가에서 의발(衣鉢)을 전함에 유래가 있
음을 알 수 있었다.

10일. 새벽에 비가 내렸는데, 하루 종일 그치지 않았다. 시냇물은 크
게 불어 온 골짜기가 천둥소리를 뿜어댔다. 어제 구경한 세이암(洗耳
巖)과 연못 한가운데 있는 큰 바위가 모두 급류에 휩쓸렸다. 구슬 같은
물방울이 흩날렸다. 난간에 기대어 굽어보니 역시 하나의 기이한 장관
이었다. 생각건대 산신령이 나를 위해 비를 내려 신선 세상에 더 머물게
하면서 끝없이 맑은 경치를 실컷 즐기게 하려는 것이었나 보다.

저물녘에 내리던 비가 막 수그러들었다. 푸르스름한 산안개가 짙게
깔렸다. 이 연하동천(烟霞洞天)에 앉아 있으니, 인간 세상의 속된 생각
이 말끔히 사라짐을 문득 느꼈다. 장난삼아 아래와 같은 절구 한 수를
지어 보열(寶悅)에게 보여 주었다.

삼신동에서 비 때문에 발 묶이니,　　　　　滯雨三神洞
속세와 몇 겹이나 멀리 떨어졌는가.　　　　塵寰隔幾重
이제야 알겠네. 귀를 씻은 자가,　　　　　應知洗耳者
나를 이 산 속에 잡아두는 줄을.　　　　　挽我水雲中

저녁을 먹고서 자리를 파했다. 얼마 뒤에 하동 수령이 청주 한 병을
보내왔다. 친구 윤백이와 더불어 연거푸 일곱 잔을 마셨더니, 다시 산속

---

26) 설암(雪巖) : 설암(雪巖) 추붕(秋鵬)을 말함.
27) 명안(明眼) : 명곡(明谷) 현안(玄眼)을 말함.

의 그윽한 흥취가 더해졌다. 다만 권이경은 이틀 길을 하루 만에 뒤좇아 왔고, 또 산을 오르느라고 지쳐서 병이 나고 말았다. 음식을 먹지도 못하고 끙끙거리며 앓게 되니, 매우 가여웠다.

평사리 전경

11일. 날씨가 잠시 개였지만 앞 시내는 아직도 물살이 거세어 건너기 어려웠다. 저녁나절 물이 좀 줄기를 기다렸다가 승려들에게 나무를 잘라 다리를 놓게 하여 어렵사리 건널 수 있었다. 그러나 권이경(權伊卿)의 병은 조금도 나아지질 않았다. 그래서 칠불암(七佛庵)을 유람할 계획도 어긋났다. 또한 칠불사는 깊은 골짜기에 치우쳐 있어 요사채와 같은 건물은 볼만하지만, 천석(泉石)의 그윽하면서도 빼어난 절경은 없다고 했다. 이미 청학동과 삼신동을 보았으니, 굳이 병을 무릅쓰고 진흙탕을 넘나들며 억지로 유람할 일은 아니었다. 마침내 삼신동 동구로 나왔는데, 열 걸음에 아홉 번 고개를 돌려 바라보았다. 무엇인가를 잃은 듯이 자꾸 허전한 마음이 들었다.

정오 무렵 주막에서 잠시 쉬었다가 어렵사리 화개천(花開川)을 건넜다. 저물녘에 평사리(平沙里) 강태로(姜太老)의 집에 들었다. 지난 밤 앞 시내에 그물을 쳐서 잉어를 잡았는데, 길이가 열 자 정도나 되는 십여 마리를 차려내었다. 이곳에 물고기들이 얼마나 많은지를 상상해 볼 수 있었다.

12일. 아침에 비가 내렸다. 판관 하해청(河海淸)이 술과 과일을 보내주었는데, 바로 하성일(河聖一)의 아버지였다. 정오까지 날이 개이기를 기다렸다가 출발하여 하동 읍치로 들어가 수령을 만났다. 수령이 술과 음식을 정성껏 마련하여 대접을 했다. 저녁에 또 비가 내렸다.

13일. 맑음. 하동 수령이 우리가 묵고 있는 객사로 찾아왔다. 윤백이는 이곳에서 작별하고, 나와 권이경만이 길을 떠났다. 몇 리쯤 가서 오룡정(五龍亭) 터에 올랐는데, 진양손씨(晉陽孫氏)의 별장이었다. 정자 터가 우뚝하게 솟아 있고, 강가의 빼어난 경치는 형언할 수 없었다. 섬진강 일대가 여기에 이르러 바다로 통하는 문과 서로 만난다. 끝없이 넓게 펼쳐져 있는 강물이 장관을 이루었다. 마치 한양(漢陽) 삼강(三江)²⁸⁾의 승경과 비슷해 보였다. 만약 하나의 이름난 정자를 지어 높은 난간에 기대어 거울 같은 호수를 굽어 볼 수 있다면, 높은 곳에 올라 구경하는 홍취일 뿐만은 아닐 것이다. 맛난 어탕과 생선회는 강동(江東)의 농어보다 못하지 않았다. 그러나 정자의 주인이 다른 곳에 멀리 떨어져 있어 정자가 무너진 지 벌써 오래되었으니, 진실로 개탄할 만하다. 정오 무렵 둔곡(遯谷)을 지나 저녁에 시탄(矢灘)에 사는 친구 이덕항(李德恒)의 집에 투숙하였다.

14일. 친구 권이경과 함께 금평(金坪)으로 갔다가, 오후에 내가 사는 덕교(德僑)로 돌아왔다.

아! 두류산은 본래 방장신산(方丈神山)이라 일컬어졌다. 그런데도 나는 박처럼 한 모퉁이에 얽매여 구름 속으로 저 멀리 보이는 이 산 속을 두루 찾아다니지 못했다. 단지 꿈속에서나 그리워한 것이 벌써 여러 해나 되었다. 다행히 내가 머무르는 동안 근처에 빼어난 승경이 있어서 마음 내키는 대로 찾아다니며 구경한 것이 이와 같다. 내가 이 산과 인연

──────────────

28) 삼강(三江) : 조선시대 한양 주변의 한강(漢江)·용산강(龍山江)·서강(西江)을 가리킴.

이 있기 때문이려니, 또한 우연이 아니리라.

　마침내 유람한 내용의 전말을 대략 기록하고 그 전에 쓴 기록과 함께 합하여 한 책으로 만들어서 뒷날 와유(臥遊)를 즐기는 자료로 삼고자 한다.

　경자년(1720) 4월 하순에 덕교(德僑)의 취은(醉隱)이 쓰다.

인물
해제

남계 신명구

　신명구(申命耉, 1666-1742)의 자는 국수(國叟), 본관은 평산(平山)이며, 남계는 그의 호이다. 고려 태조를 도와 건국에 공을 세웠던 신숭겸(申崇謙)의 후손으로, 조부는 여헌(旅軒) 장현광(張顯光)에게 수학하여 덕망이 높았던 신후덕(申厚德)이다. 부친은 신류(申瀏)이며, 어머니는 홍유해(洪有海)의 딸이다.

　신명구는 1666년 12월 15일 경북 인동(仁同) 약목리(若木里)에서 태어났다. 그의 선대인 신수하(申壽遐)가 경북 인동지방의 수령으로 있던 중부(仲父)를 따라 한양에서 인동 인근 지역으로 옮겨 세거하였다. 1691년 생원시와 진사시에 모두 합격하였으나 문과에는 급제하지 못하였다. 이후 지리산 아래에 집을 짓고는 덕천을 왕래하였는데, 이때 남명 조식의 유풍을 접하였다. 좋은 날을 정해 천왕봉 정상에 올라 남해의 장엄한 모습과 여러 사찰의 아름다움을 작품으로 표현하기도 했다.

　신명구가 지리산에 기거한 것은 대략 10년이다. 부친이 당한 억울한 사건으로 인해 세상사에 회의를 느꼈고, 이후 누명을 벗기는 했지만 끝내 출사하지 않고 세상을 피해 살았다. 만년에는 고향인 약목리로 돌아가, 두계(杜溪) 가에 정사를 짓고 후학을 교육하며 살았다.

　『남계집』은 1900년 진주 미곡정사(美谷精舍)에서 간행한 4권 2책의 목활자본이다. 이 책에는 지리산 유람을 통해 지은 많은 시들이 실려 있을 뿐만 아니라, 덕산에 기거하는 동안 단속사(斷俗寺)와 단성(丹城)의 적벽(赤壁) 등 인근 지역을 두루 유람하며 지은 작품이 다수 전한다. 유람록의 경우 「방장만록」・「유두류일록」・「유두류속록(遊頭流續錄)」이 있으며, 남해 금산을 유람하고 지은 「금산일록(錦山日錄)」이 전한다.

조구명

용이 머리를 숙인 듯 꼬리를 치켜든 듯

유용유담기

바람도 비도 없으니 하늘의 공정함이네

유지리산기

용이 머리를 숙인 듯 꼬리를 치켜든 듯

유용유담기*

갑진년(1724) 8월 초하루, 백형이 지리산을 향해 출발했다. 나와 조우명(趙遇命)·조재복(趙載福)이 따라갔다. 사근역(沙斤驛)[1] 독우(督郵)[2] 권흡(權熻)과 그의 아들 권상경(權尙經)도 함께 갔다.

먼저 용유담(龍游潭)을 구경하였다. 용유담은 지세가 깊고 그윽하였으며, 바위들이 모두 개의 송곳니처럼 뾰족하게 솟아 있었다. 물길이 굽이굽이 소용돌이치며 세차게 흘러내리는데, 그 소리가 우레와 같았다. 용당(龍堂)이 맞은편 언

용유담 전경

덕에 있었는데, 나무로 엮어 만든 다리가 놓여 있었다. 아래를 내려다보

---

 * 본 자료의 번역은 국립중앙도서관에 소장된 조구명의 『동계집(東谿集)』(한古朝46-가 1591) 「유용유담기(遊龍游潭記)」를 저본으로 하였다.
1) 사근역(沙斤驛) : 현 경상남도 함양군 수동면에 있던 역참이다.
2) 독우(督郵) : 조선시대 몇 개의 역참을 관리하는 찰방을 말함.

용유담 석각

니 헤아릴 수 없이 까마득하여 위태롭게 매달린 다리를 건너자니 아찔하고 벌벌 떨려서 건널 수가 없었다. 다리 옆의 바위들을 넘어서 동쪽으로 백여 보를 가니, 큰 바위가 언덕에 붙어 가로 놓여 있었는데, 그 모양이 둥글기도 하고, 타원형이기도 한 것이 패옥 같았고, 움푹 파인 곳은 술잔과 술통 같았다. 그 너머 몇 길이나 되는 바위에는 길 같은 흔적이 굽이굽이 이어졌는데, 마치 용이 머리를 숙인 듯 꼬리를 치켜든 듯하였다. 갈고 다듬은 듯 반질반질하여 그 형상이 지극히 괴이하였다. '용유담'이라는 이름은 이러한 데에서 생겨난 것이다.

이날 밤 승려 정혜와 함께 군자사(君子寺)에서 묵었다. 정혜가 말하기를 "예전에 마적조사(馬迹祖師)가 용유담 가에서 하안거(夏安居)를 할 적에 물소리가 설법을 듣는 데 방해되었기 때문에, 용에게 화를 내어 채찍질을 해 쫓아내었다고 합니다. 채찍질로 입은 용의 상처가 바위에 고스란히 드러난 것이 이와 같다고 합니다."라고 하였다. 이 설이 황당무계하여 사람들이 믿으려 하지 않지만, 나는 천하의 일에는 상식으로 다 설명될 수 없는 것들도 있다고 생각한다. 한유(韓愈)가 말하기를 '승려들은 변신술이 뛰어나고 재주가 많다'[3]라고 하였는데, 마적조사가 용

---

3) 승려들은……많다 : 이는 명나라 당순지(唐順之, 1507-1560)의 「아미도인권가(峨眉道人拳歌)」에 보이는 "승려들의 무예가 뛰어나니, 소림권법이 세상에선 드물구나[浮屠善幻多技能 少林拳法世希有]"라는 구절을 인용한 것임. 저자가 한유의 말이라 한 것은 착오인 듯함.

을 항복시키고 호랑이를 복종하게 하는 술법이 없었다고 어찌 알 수 있겠는가? 용의 성품이 바위에 나타나진 않았지만, 용이 바위 속으로 들어가면 바위는 그 모습을 드러내게 된다. 그런데 '단단한 바위는 뚫을 수 없다'라고 말하는 것은 다만 사람들의 견해가 그러해서일 뿐이다. 그대로 드러나진 않지만, 바위에 들어가면 바위에 비쳐서 나타나게 되니, 사람들이 이를 보고 용이 고통스러워하는 모습이라 생각하는 것은 다만 사람들이 그렇게 보았기 때문이다. 사람이 사람에 대해서도 그 실정을 다 예측할 수 없는데, 하물며 신룡(神龍)을 예측할 수 있겠는가? 이런 일이 있다고 말할 경우 믿는다고 하는 것은 망령된 것이고, 이런 일이 없다고 말할 경우 믿지 않는다고 한다면 또한 망령된 것이다.

지리산 북쪽에 펼쳐진 천석(泉石) 가운데 이 용유담이 가장 빼어나다. 나는 그 기세와 장관을 좋아하여 조우명(趙遇命)에게 바위의 남쪽 벽면에 다섯 사람의 이름을 쓰게 하고, 그 아래에 내가 "바위가 깎이고 냇물이 세차게 흐르니, 용이 노하고 신이 놀란 듯하다[石抉川駛龍怒神驚]"라는 여덟 글자를 적었다. 후에 석공을 시켜 새겨 넣도록 하였다. 그리고 다음과 같은 시를 지었다.

지세는 매우 깊고 그윽하며,	地勢陰森最
시내는 격렬하게 쏟아져 내리네.	川流激射來
바람 불고 구름 일자 용이 솟아올랐다가,	風雲龍拔出
보금자리 찾아서 바위 뚫고 돌아오네.	巢宅石穿回
깊은 가을 날씨처럼 오싹한 느낌,	凜若深秋氣
마른 하늘에 날벼락 치는 용의 조화.	公然白日雷
위태로운 출렁다리 건너질 못하고,	危橋跨不測
바위 넘어 새 길 찾아 건너간다네.	生路渡方開

조구명의 유람 일정

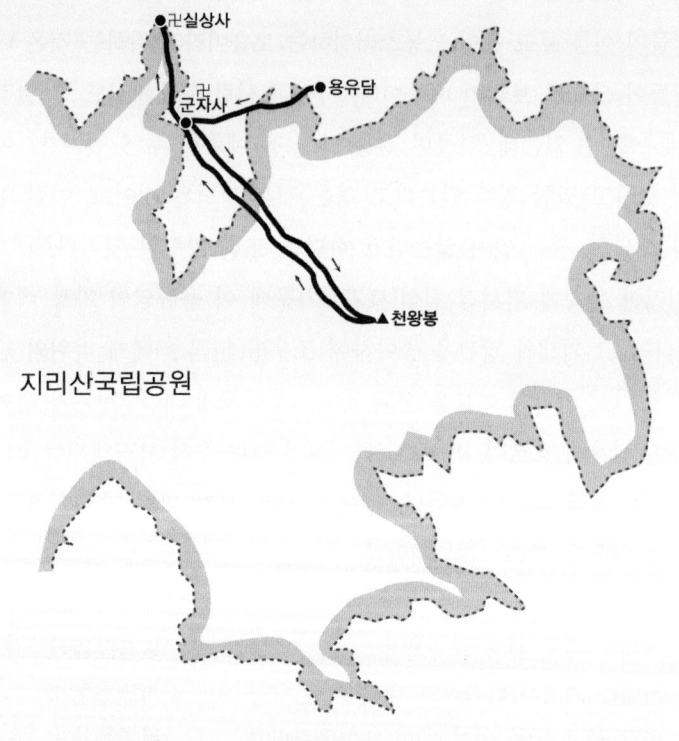

● 실상사
권
권 군자사 ● 용유담

↑

▲ 천왕봉

지리산국립공원

일 시 : 1724년 8월 1일 – 8월 3일(2박3일)
동 행 : 조준명(백형)·조우명·권상경·조재복·권흡
일 정 : ●8/1일 : 용유담 → 군자사(1박)   ●2일 : 군자사 → 백운동계곡 → 천왕봉 → 일월대 → 성모사당(1박)
　　　　 ●3일 : 일월대 → 백운동계곡 → 운학정 옛터 → 실상사

바람도 비도 없으니 하늘의 공정함이네

유지리산기*

용유담(龍游潭)에서 출발해 군자사(君子寺)에 도착해 묵었다. 다음 날 일찍 일어나 산을 오르는데 앞사람의 발꿈치와 뒷사람의 정수리가 서로 맞붙은 듯 늘어선 행렬이 물고기의 비늘 같았다. 행렬을 따라 40리를 올라가니 사람 손가락처럼 길쭉하게 뻗은 돌기둥들이 우뚝 솟아 있었다. 그 돌기둥을 껴안듯 안고서 동쪽으로 몇 걸음을 가다가 서쪽으로 몸을 돌려 나무 사다리를 부여잡고 엄지손가락 모양의 바위에 올랐다. 다시 길을 꺾어 돌아 손등처럼 생긴 바위 위를 수백 보쯤 걸어가 천왕봉(天王峰)에 이르렀다. 일월대(日月臺)에 오르니 사방 천 리를 막힘없이 바라볼 수 있었다. 서남쪽의 대둔산(大芚山)은 거의 평지에 접해 있는 듯 보일 뿐이고, 바다는 수은처럼 은백색이었는데, 섬들이 그 속에서 나타났다 사라졌다 하였다. 갑자기 희뿌연 안개인 듯한 것이 바다를 에워싸는 것 같았다. 하늘가에 구름이 짙게 깔려 석양을 볼 수 없었다.

밤에 성모사당에 묵으며 술과 과일을 차려놓고 기도하기를 "저희들이 일찍이 두류산의 경치가 우리나라에서 으뜸이라는 것을 들었습니다.

---

* 본 자료의 번역은 국립중앙도서관에 소장된 조구명의 『동계집(東谿集)』(한古朝46-가 1591) 「유지리산기(遊智異山記)」를 저본으로 하였다.

그래서 길일을 택해 산에 올라 천하의 빼어난 경치를 모두 볼 수 있기를 기원했으나, 구름이 햇빛을 가려 제대로 다 볼 수 없을 것 같습니다. 이 산의 신령스러움은 삼신산의 하나로 여겨지는데, 성모님께서 이 산에 거처하시며 정상에 자리하고 계십니다. 사람들의 말에 따르면 '옛날의 죽지 않은 신선이기 때문이 아니라, 반드시 찬란한 광채가 있기 때문에 이 산의 주인이 된 것이다.'라고 합니다. 옛날 선대부(先大夫) 김종직(金宗直)이 이곳에 왔을 적에 성모께서 그의 간절한 기도를 돌아보시고 짙은 어둠을 맑게 개이도록 하셨습니다. 훗날 사람들이 이 산을 형악(衡岳)¹⁾에 비견하고 김종직을 한유(韓愈)²⁾에 견주고 있습니다. 사람이 오직 정성이 없기 때문이지, 정성스럽게 임한다면 지금의 신령도 옛날의 신령과 같으실 겁니다. 바라옵건대 성모께서 다시 위엄과 신령함을 드러내셔서 안개를 물리쳐 저녁에 해가 지는 것을 보게 하고, 아침에 맑은 하늘이 확 트인 것을 보게 해 주신다면 유람하는 자들이 이전의 훌륭한 분들과 짝이 될 수 있을 뿐만 아니라 성모님의 명성도 영원할 것입니다."라고 하였다.

해가 뜰 무렵 다시 일월대에 올라 어제처럼 조망하였는데, 바다 안개가 전망을 가려 붉은 빛만 뻗히고 있었다. 사람들이 경건하게 기도했음에도 응답이 없음을 한스러워했다. 내가 그들을 달래며 말하기를 "한퇴지(韓退之)가 형산(衡山)의 신을 감동시켰을 때에도 그 정상의 안개만 개이게 했을 뿐이었네. 운무를 일으켜 태양을 막고 있는 것은 동해 바다의 신이 한 것이요, 두류산 위아래는 맑게 개어 해가 뜨기를 기다리고 있네. 지금 전북(滇僰)³⁾의 작은 왕으로 하여금 멀리서 한나라의 천자를

---

1) 형악(衡岳) : 중국 5악 중의 하나인 남악 형산을 가리킴. 현 호남성 형양시(衡陽市)에 있다.
2) 한유(韓愈) : 자가 퇴지(退之)이므로 '한퇴지'로 불린다.

제압하여 자기의 호령을 받으라고 한다면 가능하겠는가? 우리들의 바람이 지나친 것일세. 또 이번 유람을 다니면서 우리들은 줄곧 비바람을 무릅썼네. 더구나 산꼭대기는 한여름에도 바람이 불어서 잡목들이 주먹처럼 오그라져 서너 자를 넘는 것들이 없고, 성모사당의 판옥(板屋)은 삐걱대며 흔들리는 것이 10년을 버티지 못할 듯하네. 그런데 유독 우리가 산을 오른 이틀 동안은 날씨가 잠잠했네. 성모사당의 무당도 하례하며 '일찍이 이런 적이 한 번도 없었다'고 하였네. 내가 걱정했던 일은 다행스럽게 일어나지 않았네."라고 하였다.

이에 내가 시를 짓기를 "해의 신이 바다 밖에서 해를 가려서이지, 천왕봉의 성모신이 공평치 않은 것은 아닐세."라고 하자, 백형도 시를 짓기를 "비바람 불지 않고 비도 내리지 않으니 또한 천신의 공정함이네."라고 하였다. 이는 신령과 사람이 함께 보호해 준 것이라 할 만하다.

정남쪽의 큰 섬 바깥으로 흰색이 띠처럼 둘러 있는데 큰 바다라고 했다. 조금 서쪽으로는 기이한 봉우리가 무리지어 푸른색을 띠고 있는데 대략 도봉산(道峰山)과 비슷했지만, 더욱 빼어나고 기이했다. 나와 여러 사람들은 어제 이것을 미처 보지 못한 것이 매우 이상하게 여겨졌다. 잠시 뒤 하늘이 더욱 밝아져 자세히 살펴본 뒤에야 이것이 바다 위에 떠 있는 구름인 것을 알았다. 귀진천(歸震川)[4]의 「견남각기(見南閣記)」에 "어느 날 하늘에서 금방 비가 내려 문득 여러 봉우리들이 구름 사이로 솟아오른 것이 보였다. 누대에서 층층이 쌓여 오래 지난 뒤에 흩어지니 참으로 강남의 여러 산들이 아닐런가?"[5]라고 했으니, 아마도 이와 비슷

---

3) 전북(滇僰) : 한대(漢代)의 서남쪽 오랑캐로, 운남성 곤명현 부근이 그 근거지였다.
4) 귀진천(歸震川) : 귀유광(歸有光, 1506-1571)을 말함. 자는 희보(熙甫)이며 중국 곤산(昆山) 사람으로, 명대(明代) 때의 유명한 문인이다.

한 것일 듯싶다. 산세가 험했지만 지나는 곳에 볼만한 계곡물이나 바위는 전혀 없었다. 더구나 옛사람들이 이미 자세히 서술해 놓았기에 군더더기 말을 덧붙이지 않는다.

산을 내려오다가 군자사 1리쯤 못 미친 곳에 이르자, 계곡물과 바위가 특이하게 빼어나 눈에 띄었다. 바위 중에는 거북이 엎드려 있는 듯 자연스레 등에 무늬가 있는 것도 있었고, 용처럼 구불구불 서려서 머리와 꼬리를 가리킬 수 있는 것도 있었다. 노승에게 물으니, 그 동쪽 언덕이 바로 운학정(雲鶴亭)6) 옛터라고 했다. 백형은 '와룡암(臥龍巖)'이라는 세 자를 바위 위에 큰 글씨로 썼다. 나는 또 다음과 같은 시를 지었다.

가마를 내려놓고 잠시 앉으니,	卸輿聊復坐
남은 흥이 문득 일어나는구나.	餘興此脩然
거북 모양, 용 모양의 여러 바위들,	石勢龜龍錯
정자 이름은 운학이라 전해지네.	亭名雲鶴傳
이리저리 배회하니 내 취향에 맞고,	徘徊得意趣
맑고 깨끗해 속세 티끌 멀리하네.	瀟灑遠塵緣
지리산은 오직 높고 험준하니,	智異惟高峻
이 못이 있어 부족함을 메워주네.	玆潭却補愆

이는 억지로 꾸민 말이 아니다. 대개 이곳은 기이한 경치로는 용유담

---

5) 어느 날……아닐런가 : 귀진천의 「견남각기」, 원문에는 "一日天新雨 淸淨無雲 與玉叔凭欄 忽見諸峯湧出 樓觀層疊 崢嶸靚麗 久之而後散 而實非江南諸山也"라고 기록되어 있는데, 이 글에서 중간에 빠진 구절이 있어 여기에서는 원본대로 보충 번역하였다. "어느 날 문득 비가 내린 듯 구름 한 점 없이 맑고 깨끗했다. 옥숙과 함께 난간에 기댔는데, 봉긋 봉긋 솟아 오른 듯한 봉우리들이 보였다. 누각들이 층층이 보이고 산봉우리들은 곱고 아름다웠다. 실로 강남의 산봉우리 모양이 아니었다."

6) 운학정(雲鶴亭) : 현 경상남도 함양군 마천면 외마 마을에 있었던 정자.

에 미치지 못하고, 은근한 풍치로는 서계(西谿)⁷⁾만 못하지만 두 곳의 승경을 모두 가지고 있다.

지나가는 곳마다 태풍으로 인한 재해 때문에 세금을 감해줄 것을 청하는 산골 백성들이 줄을 이었는데, 백형이 그때마다 가마를 멈추고 그들을 위로하였다. 나는 장난삼아 율시 한 수를 백형에게 지어 올렸다.

삼신산도 이 세상에선 임금님 영토,	三山斯世亦王田
신선 지역 바라보니 기장 밭이 연이었네.	一望靈區黍稷連
나라 안엔 농산물 남은 것이 없으니,	土利應無海內剩
골짜기에 버려진 백성들 얼마나 고통일까?	民生何苦壑中捐
사또께서 홀을 잡고 이곳저곳을 살피시니,	使君拄笏評遊歷
노인들 가마 막고 세금 면제 구걸하네.	父老當輿乞免蠲
만약 한황(漢皇)이 오늘날 살아 계시다면,	若遣漢皇今日在
윤대(綸臺)⁸⁾ 때 조서가 맨 앞에 내리리.	綸臺哀詔此居前

그 말이 비록 해학에 가까웠지만 실로 애통한 뜻을 담은 것이다.

강청리(江淸里)⁹⁾의 수십 명 노인들이 길 왼쪽에 서서 백형을 맞이하려고 기다리다가, 아무 탈 없이 산행을 마친 것을 축하하였다. 일찍이 점필재(佔畢齋) 김종직의 유산기에도 이러한 사실이 기록되어 있었는데,¹⁰⁾ 나는 산촌의 순박하고 도타운 풍속이 수백 년 뒤에도 변하지 않

---

7) 서계(西谿) : 현 경상남도 함양군 함양읍 구룡리에 있는 계곡.
8) 윤대(綸臺) : 문무관원이 윤번(輪番)으로 등대하여 왕에게 정사(政事)를 아뢰는 자리를 말함.
9) 강청리(江淸里) : 현 경상남도 함양군 마천면 백무동 계곡 매표소 인근 마을을 가리킴.
10) 일찍이……있었는데 : 김종직의 「유두류록(遊頭流錄)」에 의하면, 그가 4박5일간의 지리산 유람을 마치고 함양 관아로 돌아오자 노인네 몇 명이 길가에 나와 일행을 맞이하며 무탈한 유람을 하례하였다. 최석기 외, 『선인들의 지리산 유람록』(돌베개, 2000) 41쪽에 보인다.

실상사 철불여래좌상

앉음을 기뻐하였다.

실상사(實相寺)11)로 가서 철불(鐵佛)12)을 보고 묵었다가 관아로 돌아와 다음 날 기록하였다.

인물
해제

동계 조구명

조구명(趙龜命, 1693-1737)의 자는 석여(錫汝), 호는 동계(東谿)·건천자(乾川子)이며, 본관은 풍양(豊壤)이다. 고려시대 개국공신인 조맹(趙盟)의 후손으로, 1711년 우의정에 이른 조상우(趙相愚)의 손자이고, 사도시 첨정(司䆃寺僉正)을 지낸 조태수(趙泰壽)의 아들이다. 조구명은 1711년 생원시에 합격하였으며, 1722년 세제(世弟 영조)가 태학에 입학할 때에 명을 받드는 유생으로 추천 받아 참가하기도 하였다. 이후 영희전 참봉(永禧殿參奉)·태인현감(泰仁縣監) 등에 제수 되었으나 모두 나아가지 않았다. 조현명(趙顯命) 등 여러 종형 제들이 권력을 잡고 있을 때에도 벼슬에 뜻을 두지 않았다. 1735년 세자 위익사(翊衛司)에 들어가 시직(侍直)이 되었다. 이천보(李天輔)·임상정(林象鼎) 등과 교유하였다. 그는 경사(經史)뿐만 아니라 노장(老莊)과 불교에 심취하였고, 소식(蘇軾)의 의기를 사모하였다. 자주 병고에 시달리다가 1737년 9월 45세의 일기로 별세하였으며, 광주(廣州) 청계산에 장사 지냈다. 1741년 종형인 조현명이 문집을 간행하였다.

---

11) 실상사(實相寺) : 현 전라북도 남원시 산내면 입석리에 있는 절이다.

12) 철불(鐵佛) : 실상사에 현재까지 보존되어 오는 철제여래좌상을 가리킴. 통일신라 후기의 대표적인 작품으로, 일본 후지산으로 흘러가는 지기(地氣)를 누르기 위해 일본 쪽을 향하게 하고 좌대 없이 맨 땅에 앉혔다고 한다.

정
식

인간 세상은 어디쯤 있는지
두류록

신선의 인연이 아니라면
청학동록

정식의 유람 일정

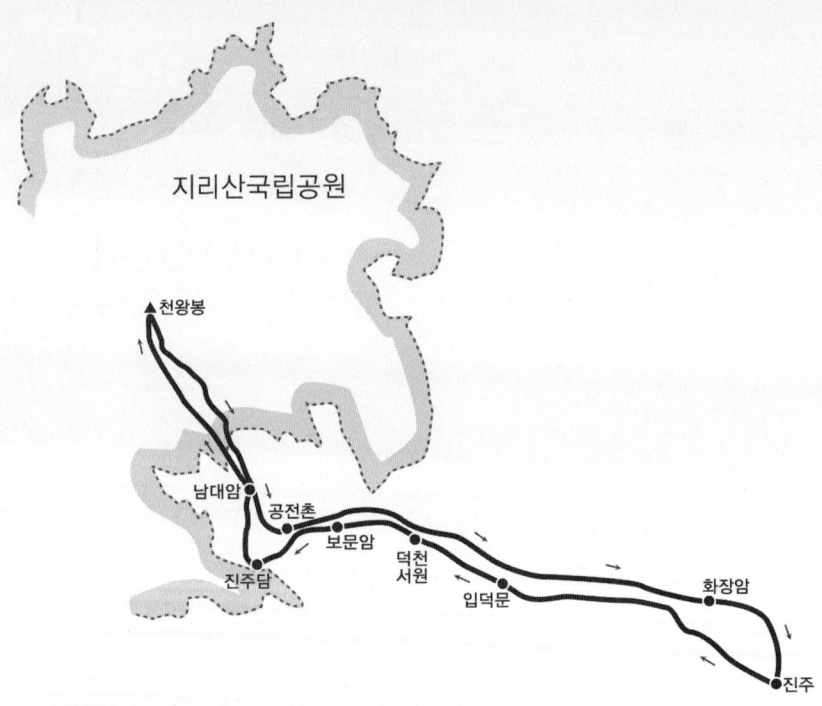

지리산국립공원

▲천왕봉

남대암
공전촌
보문암
진주담
덕천서원
입덕문
화장암
진주

일 시 : 1724년 8월 2일 ~ 9일(7박8일) / 17일 ~ 27일(10박11일)

동 행 : 없음

일 정 : **[1차]** ●8/2일 : 봉곡 → 금설창 → 화장암(1박) ●3일 : 화장암 → 입덕문 → 덕천서원(1박) ●4일 :
덕천서원 → 보문암(1박) ●5일 : 보문암 → 진주담 → 남대암 → 벽송암 터 → 남대암(1박) ●6일 :
남대암 → 천왕봉(1박) ●7일 : 천왕봉 → 남대암(1박) ●8일 : 남대암 → 공전촌 하세구 정사(1박)
●9일 : 하세구 정사 → 소남강 → 봉곡 **[2차]** ●8/17일 : 봉곡 → 오대사(1박) ●18일 : 오대사 →
청암사(1박) ●19일 : 청암사 → 삼가현 → 악양 문수암(1박) ●20일 : 문수암 → 장흥암 → 쌍계사(1
박) ●21일 : 쌍계사 → 불일암(1박) ●22일 : 불일암(2박) ●23일 : 불일암(3박) ●24일 : 불일암
→ 쌍계사(1박) ●25일 : 쌍계사 → 칠불암(1박) ●26일 : 칠불암 → 신흥암(1박) ●27일 : 신흥암
→ 삽암 → 오룡정

인간 세상은 어디쯤 있는지

두류록*

　두류산(頭流山) 중에서 제일 빼어난 암자는 남대암(南臺庵)1)이다. 작년 가을에는 대원암(大源庵)2)으로 유람을 갔었는데, 대원암은 두류산 북쪽에 있다. 그 계곡의 수석(水石)은 거의 두루 유람했으나, 남대암 이남의 천석(泉石)은 미처 다 구경하지 못하고 돌아왔다. 오래된 빚이 마음에 있는 듯, 자나 깨나 마음이 그곳으로 가 있었다.

　금년 가을에 한두 동지와 더

대원사

---

* 이 자료의 번역은 국립중앙도서관에 소장된 정식의 『명암집(明庵集)』(청구기호 古 3648-70- 148-1-3) 「두류록(頭流錄)」을 저본으로 하였다. 이 문집은 6권 3책의 목활자본으로, 「두류록」은 권5에 수록되어 있다.

1) 남대암(南臺庵) : 현 경상남도 산청군 시천면 내대리 양수발전소 하부댐 위쪽의 남대마을에 있었던 절인 듯하다.
2) 대원암(大源庵) : 현 경상남도 산청군 삼장면 유평리에 있던 암자로, 지금의 대원사를 가리킨다.

불어 다시 진경을 찾는 유람을 떠났으니, 곧 갑진년(1724) 8월 초2일이었다. 패랭이를 쓰고 짚신을 신고서 신선이 사는 산을 바라보니 맑은 흥이 가슴에 가득하고 차림새가 산뜻하여, 마치 가을 숲에서 매미가 허물을 벗고 나온 듯, 구만리 상공으로 기러기가 날아가는 듯했다.

저녁에 금설창(金雪倉)3)에 도착했다. 흰 돌과 맑은 물은 두류산으로부터 흘러온 것이다. 옥구슬 같은 물결이 이는 강물은 맑고도 매우 깊었다. 이곳은 두류산의 바깥이지만, 그래도 속세를 벗어난 경치였다. 그 위에 이른바 화장암(花藏庵)4)이 있다. 암자는 산의 맨 꼭대기에 있어 깎아지른 듯 험하고 매우 가팔랐다. 그래서 벼랑을 부여잡고 올라가니 좁은 길이 매우 꼬불꼬불하였고, 정상은 바위덩어리였다. 세 걸음 걷다가 한 번 물러나고, 다섯 걸음 걷다가 한 번 앉을 정도로 힘들게 암자에 이르렀다.

암자에는 노승이 있었는데 웃으며 우리를 맞이해 주었다. 그의 법명은 진기(震機)였는데, 돌아가신 우리 형님과 평소 친분이 두터웠고, 나도 어려서부터 알던 사람이다. 기이한 구경거리나 고적에 대해서 내가 물었더니, 돌구멍 하나를 가리키면서 말하기를 "이 구멍에서 옛날에는 쌀이 나왔다는 이야기가 전해오는데, 지금은 증명할 수 없습니다. 그러나 가을이 되면 안개 같은 기운이 구멍 속에서 뭉게뭉게 나옵니다."라고 하였다. 구멍의 크기는 항아리 주둥이만 한데 깊이는 알 수 없었다. 그가 또 말하기를 "암자의 터에 바위틈이 있는데, 연기 같은 것이 나오

3) 금설창(金雪倉) : 현 경상남도 산청군 단성면 자양리 덕천강변에 있던 사창(社倉)의 이름인 듯하다.
4) 화장암(花藏庵) : 현 경상남도 산청군 단성면 백운리 백운동 계곡 왼쪽의 화장산 꼭대기에 있던 절인 듯하다.

세심정

지 않는 곳이 없으니, 또한 기이합니다."라고 하였다.

3일. 산에서 내려와 입덕문(入德門)으로 들어갔다. 이때 기운 해가 고개에 걸려 있었고, 가랑비는 내렸다 그쳤다 하였다. 바위 문 소나무 아래서 조금 쉬었는데, 상하 10리에 사람의 자취가 전혀 없었다. 어지러운 폭포가 다투어 흐르고, 그윽한 곳에 숨은 새가 때때로 울었다. 저녁에 세심정(洗心亭)에 이르러 남명(南冥) 선생을 모신 덕천서원(德川書院)에서 묵었다. 큰 비가 내렸는데, 아침에 그쳤다.

4일. 물을 거슬러 올라가 산으로 들어가니, 산길이 매우 험해서 바위가 아니면 물이었다. 맑은 냇물은 눈처럼 하얗고, 절벽 여기저기에 단풍이 물들어 있었다. 경치를 구경하기도 하고 걷기도 하니, 다리가 아픈 줄도 정신이 피곤한 줄도 몰랐다. 눈으로 보고 마음으로 얻는 것에 무한한 즐거움이 있었는데, 붓이나 먹으로 형용할 수 있는 것도 아니었고, 옆에 있는 사람이 알 수 있는 것도 아니었다. 이 날은 보문암(普門庵)에

내대 양수발전소 하부댐(진주담)

서 묵었는데, 이 암자는 겹겹의 산 속에 있었으므로 좌우에 산이 둘러싸여 있고, 소나무와 박달나무가 해를 가려 매우 그윽하고 깊숙했으며, 넓게 트인 곳이 적었다.

그 다음 날[5일] 저녁에 진주담(眞珠潭)5)에 도착했는데, 김성운(金聖運)6)이 은거하는 곳이다. 소주를 마시고 곰 고기[熊掌]를 안주 삼았다. 천석의 빼어남은 여태껏 지나온 곳 가운데 으뜸이었다. 자못 산 속에서 사는 예스러운 정취가 있었다. 10여 리쯤 가니 두어 집 사는 마을이 있었다. 어떤 사람이 웃으며 맞이하였는데, 바로 오래전부터 알고 있던 정태좌(鄭泰佐)였다. 바위를 쓸고 앉아 좀 이야기하다가 함께 남대

---

5) 진주담(眞珠潭) : 현 경상남도 산청군 시천면 신천리 양수발전소 하부댐 서쪽에 있는 진주담 마을에 있었다. 현재는 발전소 댐에 마을과 함께 수몰되었다.

6) 김성운(金聖運, 1673-1730) : 자는 대집(大集), 호는 주담(珠潭), 본관은 울산(蔚山)이다. 1712년 덕산동으로 들어가 진주담(眞珠潭) 근처에 조그마한 집을 짓고 자연을 완상하며 독서를 즐겼다.

암(南臺庵)에 올랐다. 정태좌가 길 왼쪽의 큰 바위를 가리키면서 말하기를 "이 바위가 바로 곡성암(哭聲巖)입니다. 옛날 지엄대사(智嚴大師)[7]가 병사(兵使)였을 때, 유람을 하다가 여기에 이르러, 승려들이 읽던 『초발심자경문(初發心自警文)』을 보고서 벽송암(碧松菴)에 들어가 머리를 깎고 승려가 되었습니다. 그의 아내가 그를 찾아서 암자 아래까지 왔으나 거절하고 받아들이지 않자, 그녀가 결국 이 바위에서 통곡을 하였답니다. 그래서 이런 이름이 붙었습니다."라고 했다. 시내 하나를 넘어서 고개를 오르자 벽송암 옛터가 있었고, 또 지엄대사의 부도(浮屠)도 있었다.

남대암에서 묵었는데, 난간과 창문이 낡아 부서졌고 단청은 벗겨져 있었다.[8] 그곳 승려가 말하기를 "계미년(1703) 중창할 때 그 상량문을 보니, 1606년이었습니다. 이곳은 골짜기가 깊고 산이 높아 살기가 매우 어렵습니다. 그래서 승려들이 거처한 날이 많지 않았습니다. 이 때문에 일찍이 이 암자를 버려두었을 때, 널빤지로 이은 집 위에 나무가 자라서 한 아름이나 될 정도로 컸으며, 등나무나 칡덩굴이 그 위를 뒤덮었고, 호랑이·표범·노루·사슴 등이 방 안에서 새끼를 낳았는데, 이렇게 폐허가 된 것이 세 번이나 되었습니다."라고 하였다. 내가 묻기를 "어째서 지붕을 기와 대신 널빤지로 이었소?"라고 하자, "추위에 어는 것이 매우 심하여, 기와가 다 부서져 버리기 때문입니다."라고 승려가 말했다. 위아래로 맑은 우물이 있었는데, 푸른 바위들이 늘어져 있

---

7) 지엄대사(智嚴大師, 1464-1534) : 호는 야로(野老), 당호는 벽송당(碧松堂), 법명은 지엄(智嚴)이다. 어려서부터 기골이 장대하고 무예를 좋아하여 무과에 뽑혔으며, 1491년 여진족이 침입하자 도원수 허종(許琮)의 휘하에서 공을 세웠으나, 28세 때 출가하였다.
8) 벗겨져 있었다 : 원문의 '剃'은 '刹'의 잘못인 듯하다.

는 것이 3층으로 쌓은 듯해 하늘이 만든 특별한 곳이라는 것을 알 수 있었다. 90세가 된 노승이 있어 밤새도록 『금강경(金剛經)』에 대해서 이야기했다.

다음날[6일] 아침에 암자 뒤의 큰 바위에 올라 좌우의 여러 산들을 둘러봤더니, 마치 읍을 하는 듯 두 손을 마주잡은 듯하고, 어떤 것은 달려가다가 멈춘 듯 어떤 것은 웅크리고 불쑥 솟구치는 듯하고, 어떤 것은 열려서 텅 빈 듯 어떤 것은 둘러싸여 막힌 듯하였다. 구불구불 이리저리 뻗어 온갖 기이한 형상을 빚어냈다.

승려 두어 명과 함께 천왕봉(天王峯)에 올랐는데, 바로 두류산의 제일봉이다. 험준한 바위가 깎아지른 듯해서 마치 새나 다닐 수 있는 길을 오르는 것 같았다. 숨이 가쁘고 가슴이 헐떡거려 견딜 수 없을 것만 같았다. 비로소 정상에 올라 배회하며 조망하니, 사방의 산은 개미집 같았고 3면의 바다는 한 잔의 물과 같았다.

일월대(日月臺)에 올라가니, 저 멀리 바다와 하늘이 맞닿은 아득한 가운데서 붉은 햇무리가 먼저 둘러싸고 바다 밑은 온통 흔들거렸다. 잠시 후, 해가 고개를 내밀다가 도로 가라앉아 버렸다. 이렇게 하기를 서너 차례 한 뒤에야 비로소 하늘로 솟아올랐다. 참으로 기이했다. 생각건대 해는 하늘의 끝에서 나오는데, 그 사이에 동해 바다의 물결이 산처럼 서 있으니, 해가 솟았다가 도로 가라앉는 것이 아니다. 파도가 높으면 해가 가려지고, 파도가 낮으면 해가 드러나니, 그 이치는 헤아리기 어렵다.[9)]

7일. 남대암으로 돌아와 묵었다.

---

9) 일월대(日月臺)……어렵다 : 7일 아침에 일출을 본 내용인 듯하다.

8일. 공전촌(公田村)[10]에 있는 하세구(河世龜)의 정사(精舍)에 들렀다. 정사는 아주 깔끔했다. 조촐하게 술자리를 벌였다가 작별하였다.

9일. 소남강(召南江)을 지나 저녁에 봉곡(鳳谷)으로 돌아왔다. 길거리의 아이들이 앞 다투어 웃으며 "거사가 산에 갔다 돌아온다."라고 했다.[11]

쌍계사(雙溪寺) 이남을 두루 구경하고 싶어서, 8월 17일에 다시 길을 떠났다. 행장은 칼 한 자루 지팡이 하나였다. 1백 리

소남강

오대사지

산길을 종일토록 시내를 거슬러 올라가다가 저물녘에 오대사(五臺寺)에 들어갔다. 절문 바깥에 은행나무 두 그루가 있었는데, 하나는 대여섯 아름이나 되었고, 하나는 열세 아름쯤 되었다. 이 절의 승려가 말하기를 "이 나무가 몇 천 년이나 되었는지 모릅니다. 우리나라에 이보다 더 오래된 고목은 없을 겁니다. 한쪽이 그을린 것은 임진년(1592) 병화

---

10) 공전촌(公田村) : 현 경상남도 산청군 시천면에 있었던 마을인 듯하다.
11) 남대암 유람은 여기서 종결되었다. 이하는 쌍계사를 유람한 내용이다.

삼가식현

에 탄 것입니다."라고 했다.

18일. 청암사(靑巖寺)[12]에서 묵었다. 누각 아래서 쉬고 있는데, 어떤 승려가 밖에서 들어와 내게 절을 하면서 "저는 강릉 오대산(五臺山)에 있는데, 명승을 구경하러 왔습니다. 이제 쌍계사로 가려 합니다."라고 하여, 그와 동행했다.

19일. 삼가현(三呵峴)[13]을 넘어가 악양(岳陽) 문수암(文殊庵)에서 잤다.

20일. 낮에 장흥암(長興庵)에서 잠시 쉬다가, 저녁에 쌍계사로 들어갔다. 절 근처에 두 갈래의 시내가 있기 때문에 쌍계(雙溪)라고 이름한 것이다. 한 갈래는 신흥사(新興寺)·의신사(擬神寺) 골짜기에서 오는 것으로 서쪽 시내[西溪]이고, 한 갈래는 불일암(佛日庵)·청학동(靑鶴洞)에서 오는 것으로 동쪽 시내[東溪]이다. 위아래 백 리에 큰 냇물이 가로질러 흐르고 흰 돌이 평평하게 깔려 있어 바라보니 마치 눈이 온 것 같았다. 골짜기 입구에 둥근 바위가 있는데 '쌍계석문(雙磎石門)'이라고 쓰여 있었으니, 바로 고운(孤雲)[14]의 글씨이다. 절 뒤에 오래된 법당이 있는데 고운이 독서하던 곳이다. 그곳에 고운의 화상이 있으니 살

---

12) 청암사(靑巖寺) : 현 경상남도 하동군 청암면 평촌리에 있는 절이다.
13) 삼가현(三呵峴) : 조식의 유람록에는 '삼가식현(三呵息峴)'이라 하였는데, 흔히 삼화실재라고 한다. 하동군 적량면 서리 중서마을에서 악양면 신대리로 넘어가는 고개를 말한다.
14) 고운(孤雲) : 신라 말기의 학자 최치원(崔致遠, 857-915)의 호이다.

아있는 것처럼 늠름하였다.

21일. 불일암(佛日菴)에 들어갔다. 한 줄기 길이 푸른 절벽에 걸려 있었다. 절벽에 길이 끊어진 곳에는 나무를 걸쳐 사다리를 만들어 놓았는데, 그 아래는 만 길이나 되어 정신이 아찔하였다. 암자의 좌우는 위로 우뚝 솟아 마치 매달려 있는 듯했다. 앞에는 두 봉우리가 만 길 높이로 깎아지른 듯 서 있었는데, 오른쪽은 비로봉(毗盧峯)이고, 왼쪽은 향로봉(香爐峯)이었다. 옛날에 푸른 학과 흰 학이 바위틈에 깃들어 살았기 때문에 혹 청학봉(靑鶴峯)·백학봉(白鶴峯)이라고도 한다. 봉우리 위로부터 폭포가 나는 듯이 천 길 아래로 떨어지는데 상하 2층으로 되어 있었다. 맑은 날에도 안개가 골짜기에 가득하고, 바람과 천둥소리가 절로 일어났다. 폭포에서 떨어져 내린 물이 고여서 못이 된 것이 이른바 학연(鶴淵)이었다. 한 승려가 말하기를 "용이 그 속에 잠겨 있다가, 때때로 나옵니다. 구름 낀 못의 절벽 표면에 '삼선동(三仙洞)'이라는 세 글자가 있는데, 어느 시대 어떤 사람의 글씨인지는 알지 못합니다."라고 했다. 왼쪽에 큰 바위가 있었는데, '완폭대(翫瀑臺)' 세 글자가 쓰여 있었다. 고운(孤雲) 최치원(崔致遠)의 글씨였다. 한동안 그곳에서 서성거리니 마치 호공(壺公)이 살던 별천지15) 같기도 하고, 물외(物外)의 빼어난 명승지처럼 느껴지기도 하였다.

불일암에는 승려 두 사람이 있었는데, 나에게 절도 하지 않고, 말도 걸지 않았다. 창백한 얼굴로 선정에 잠겨, 마치 고목(枯木)처럼 미동도 없었다. 벽을 향하여 가부좌를 틀고 앉아 있길래, 나도 한쪽에 가서 단정히 앉아 '이 같은 선경은 다시 유람하기 쉽지 않을 터이니, 어찌 훌쩍

---

15) 호공(壺公)……별천지 : 한대(漢代)의 선인(仙人)인 호공(壺公)이 항아리를 집으로 삼고 술을 즐기며 세속을 잊었다는 고사에서 비롯된 말이다.

돌아가겠는가.'라고 생각하였다. 그리고 종에게 명하여 먼저 돌아가 쌍계사에서 나를 기다리도록 했다. 그리고는 그대로 머물면서 두 승려와 같이 묵었는데, 밤새도록 자지도 않고 종일토록 일어서지도 않았다. 사흘 동안을 이렇게 하자, 그 중 한 승려가 문득 문을 열고 나가더니, 나무바리때에 솔잎죽을 담아 나무 숟가락을 걸쳐 나에게 주면서 말을 걸기를 "어디에 계시는 거사이신데 그렇게 힘써 공부를 하십니까? 한 자리에 꿇어앉아 사흘 동안 곡기를 끊는 일은 우리 승려들도 견딜 수 없는 일인데, 거사께서는 어찌 견디십니까? 이 죽을 드시기 바랍니다."라고 했다. 그 죽은 솔잎을 짓이겨 물에 여러 날 동안 담갔다가 만든 것으로, 죽 한 그릇에 쌀알은 단지 10여 개 뿐이었다. 결코 먹을 수가 없었다. 또 하루를 더 머물면서, 승려들과 말없이 가부좌를 틀고 앉아 있었다. 폭포소리는 골짜기에 가득하고 솔바람 소리는 방으로 들어왔다. 맑고 서늘한[16] 기운이 온 몸에 밀려왔다. 문을 열고 나가 봤더니 때는 마침 삼경(三更)이었다. 달은 향로봉(香爐峯)에 걸려 있고 폭포가 층층으로 떨어지고 있었다. 그래서 아련히 드넓은 은하 속으로 만 섬의 은빛 물결 소리를 듣는 듯하여, 인간세상이 어디쯤 있는지 알 수 없었다.

그 다음날[24일] 두 승려는 나를 절벽 길 밖까지 전송하면서 말하기를 "이 암자에 유숙하는 이는 승려들도 드물게 있는데, 공께서는 이틀 밤이나 머무셨으니 물외의 선비가 아니라면 그렇게 할 수 있겠습니까? 허명진실(虛明眞實)한 도와 허무적멸(虛無寂滅)한 도는 유교와 불교가 비록 다르지만, 그 근원은 한 가지입니다. 더욱 진중하십시오."라고 했다.

25일. 칠불암(七佛庵)에 들어갔다. 암자는 반야봉(般若峯) 위에 있었

---

16) 서늘한 : 원문의 '冷'은 '冷'의 잘못인 듯하다.

아자방

다. 쌍계사 입구에서 시내를 거슬러 올라가는 20여 리의 길은 구슬 같은 모래와 옥 같은 바위가 널려 있었다. 버려두고 갈 수가 없어서 길을 가다가 앉아서 구경하기도 하였다.

칠불암에는 '아(亞)'자 모양으로 만든 온돌방이 있었으니, 이른바 고 승당(高僧堂)이다. 그 안에 있는 불전(佛殿)은 열두 층의 탁자 위에 모 셔 놓았는데, 나는 모양의 새를 조각해 금색으로 칠해서 매달아 놓았다. 한 승려가 말하기를 "여러 새들이 설법 듣는 것을 형용한 것입니다."라 고 했다. 날이 저물어 내가 고승당에서 묵겠다고 청하자, 승려가 "이 법 당은 밤새도록 예불을 드리느라 종을 울리고 경쇠를 치기 때문에 편안 히 잘 수가 없습니다. 행인들이나 손님들은 이곳을 피하여 다른 방에서 잡니다."라고 말했다. 내가 말하길 "이 선경을 일찍부터 듣고서 오늘에 야 비로소 찾아왔는데, 어찌 하룻밤 편히 못 잔다고 꺼리겠소?"라고 하 자, 승려가 웃으면서 "공의 말씀은 일찍이 다녀간 손님들의 말과는 다 르군요."라고 말했다. 이에 그와 함께 묵으면서 절의 고적에 대해 물었 더니, 그가 말하기를 "이 암자를 창건한 것은 몇 천 년이나 되었는지 모 릅니다. 간혹 전해오는 이야기로는, 동진(東晉) 때 창건됐다고 합니다. 또 법당 뒤에 옥대(玉臺)가 있습니다. 신라 경덕왕(景德王)17)은 여덟 왕자를 두었는데, 문득 허공에서 옥피리 소리가 나는 것을 듣고 그 소리

---

17) 경덕왕(景德王) : 신문왕(神文王) 때라는 기록도 보인다.

세이암

를 찾아서 와 보니, 이 암자의 옥대 위에 과연 한 선인이 피리를 불고 있었습니다. 그래서 일곱 왕자들이 대를 쌓고 돌아가지 않았기에 옥대라고 한 것입니다. 또 옥대 위에는 밑동이 잘린 전나무가 있는데 줄기가 다시 나서 죽지 않았다고 하니, 또한 기이합니다."라고 하였다.

26일. 신흥암(新興庵)에 들어갔는데, 두 시내가 합류하는 지점에 있었다. 기이한 바위와 둥근 돌이 좌우에 평평하게 널려 있었다. 눈처럼 흰 물결 은빛 폭포가 명경지수(明鏡止水) 속으로 다투어 흐르니, 남명(南冥)이 말한 것처럼 "희뿌옇게 가로지른 은하수에 별들이 떨어지는 듯하고, 손님을 맞아 잔치를 벌인 요지(瑤池)에 비단 방석이 어지러이 널려 있는 듯하다[18]"는 격이다. 그 가운데는 움푹하게 들어가 저절로 항아리처럼 된 것이 있는데 또한 기이한 볼거리였다. 그 바위 위에 새겨진 '세이암(洗耳巖)'이라는 세 글자와 동구 밖 바위 면에 새겨진 '삼신동(三神洞)'이라는 세 글자는 모두 고운 최치원의 글씨이다.

27일. 가랑비가 부슬부슬 내리고 습한 구름이 골짜기에 가득했다. 삽암(鍤巖)을 지나다가 한록사(韓錄事)가 살던 고거를 방문하였다. 섬진강(蟾津江)을 지나면서 백운산(白雲山)을 바라보았다. 오룡정(五龍亭)에서 묵었다.

---

18) 은하수가……흩어졌다 : 『남명집(南冥集)』 「유두류록(遊頭流錄)」에 "二十日……怳如 銀河橫截 衆星零落 更訝瑤池燕罷 綺席縱橫……"이라 하였다.

아! 두류산의 산수를 남김없이 두루 다 보고 나서, 오두막집으로 돌아와 문을 닫고 혼자 앉으니, 온갖 폭포 소리가 귀에 가득하고, 수많은 바위들이 눈앞에 가득하였다. 다시 선경을 구경하고 산 속에서 늙어 죽을 계책을 세울 것이지만, 세월은 쏜살같이 지나가고 세상일은 너무나 번다한지라, 혹 평생 간직해온 뜻을 저버리게 될까 두렵다. 이에 유람했던 대강을 적어 펴보고 잊지 않을 자료로 삼고자 한다.

정식의 유람 일정

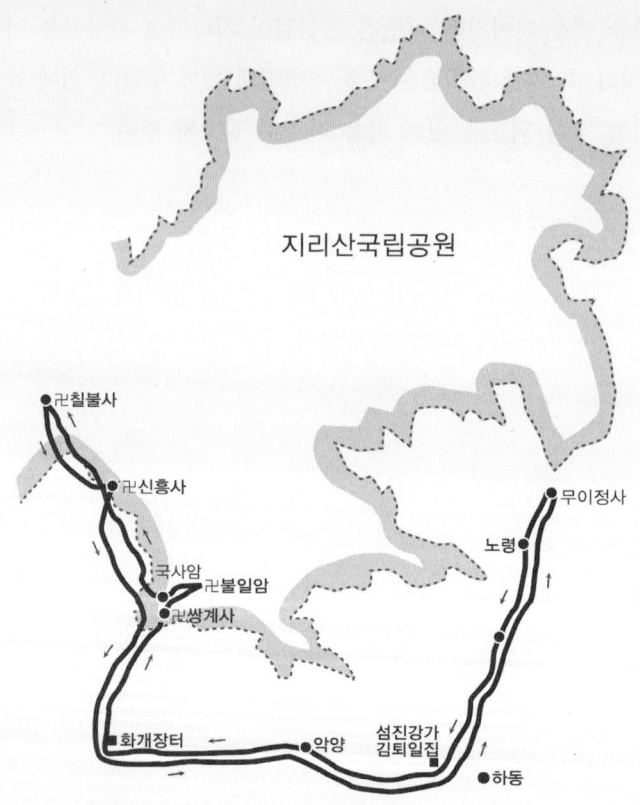

지리산국립공원

칠불사

신흥사

무이정사

노령

국사암
불일암

쌍계사

화개장터   악양   섬진강가
                              김퇴일집

                              ●하동

일 시 : 1743년 4월 21일 - 4월 29일(8박9일)

동 행 : 정상기(조카), 정상인, 우령(종), 김광서, 김윤해, 현덕승

일 정 : ●4/21일 : 무이정사 → 노령 → 십자령 → 전두산 재실(1박) ●22일 : 전두산 재실 → 공월령 → 섬진
강 김퇴일 집(1박) ●23일 : 김퇴일 집 → 악양 → 화개동 → 김광서 정사(1박) ●24일 : 김광서 정사
→ 쌍계사(1박) ●25일 : 쌍계사 → 내원암 → 향로봉 → 불일암(1박) ●26일 : 불일암 → 국사암 →
칠불암(1박) ●27일 : 칠불암 → 신흥암 → 김광서 정사 → 김퇴일 집(1박) ●28일 : 김퇴일 집 → 전두
산 재실(1박) ●29일 : 전두산 재실 → 박태래 집 → 무이정사

신선의 인연이 아니라면

청학동록*

계해년(1743) 4월 20일 집안 조카 상기(相琦)가 무이정사(武夷精舍)로 나를 방문하였다. 내가 "너는 청학동(青鶴洞)을 구경해 보았느냐?"라고 했더니, 상기가 "아직 못했습니다."라고 말했다. 내가 "청학동은 곧 산수가 제일가는1) 골짜기이다. 나는 수십 년 전에 가보았는데, 마음속에 늘 잊지 못하고 있다. 바야흐로 봄이 저물어 가니 연초록빛이 온 산에 두루 퍼지고 철쭉꽃이 시냇가에 가득하다. 나와 짝이 되어 함께 구경 가는 것이 어떻겠느냐?"라고 말하자, 상기는 첫마디에 흔쾌히 따랐다.

내원사 앞 명옹대

다음날[21일] 상인(相寅)을 청동자(青童子)2)로 삼고, 종 우령(羽靈)

---

* 이 자료의 번역은 국립중앙도서관에 소장된 정식의 『명암집(明庵集)』(청구기호 古3648-70-148-1-3) 「청학동록(青鶴洞錄)」을 저본으로 하였다. 이 문집은 6권 3책의 목활자본으로, 「청학동록」은 권5에 수록되어 있다.

1) 제일가는 : 원문의 '芽'는 '第'의 잘못인 듯하다.

을 마부로 삼아, 숙질간인 두 노인이 죽장을 짚고, 말은 뒤에 따르게 하고서 주로 걸어갔다. 노령(蘆嶺)[3]을 넘어서 십자령(十字嶺)을 지나 전두산(田頭山) 아래의 재실(齋室)에서 묵었다.

다음날[22일] 공월령(公月嶺)[4]을 지나 섬진강 가의 불교도 김퇴일(金退一)의 집에서 묵었는데, 예전에 내가 두류산에 들어갈 때 주인으로 삼았던 사람이다. 부부가 다 고기를 먹지 않고, 착한 일을 하고 악한 일을 제거하는 것으로 한평생의 계율을 삼는 사람이다. 연관(演寬)이라는 아들 하나를 두었는데 불가에 귀의시켰다. 스스로 '내세에 복을 구하여 다시 태어나기를 원합니다.'라고 하니, 우습고도 우습다. 불교에 빠져

일두 고택

이렇게 미혹되었으니 애석하다. 그들이 웃으면서 우리를 맞이하여 노고를 위로해 주고, 정갈한 밥과 향긋한 나물로 정성을 다해서 잘 대접해 주었다.

다음날[23일] 악양(岳陽)으로 들어가, 일두(一蠹) 정선생(鄭先生)[5]이 공부하던 옛터에

---

2) 청동자(靑童子) : 신선 옆에서 신선을 모시고 다니는 푸른 옷을 입은 소년. 여기서는 유람을 신선놀이에 비유한 것이다.

3) 노령(蘆嶺) : 갈치재. 현 경상남도 산청군 시천면 내공리에서 하동군 옥종면 위태리 오대사로 넘어가는 고개를 말한다.

4) 공월령(公月嶺) : 현 경상남도 하동군 적량면 동산리에서 하동읍으로 넘어가는 고개를 말한다.

5) 일두(一蠹) 정선생(鄭先生) : 정여창(鄭汝昌, 1450-1504)을 가리킴. 자는 백욱(伯勖), 일두는 그의 호이며, 본관은 하동이다. 김종직(金宗直)의 문인이다. 1483년 진사시에 합격하였고, 1490년 별시문과에 급제하여 안음현감(安陰縣監) 등을 지냈다. 1498년 무

들렀다. 감격해 흠모하는 마음에 머리카락이 곤두섰다. 삽암(揷巖)[6] 위에서 쉬었다. 그 위에 취도암(就道巖)이 있으니, 바로 녹사(錄事) 한유한(韓惟漢)[7]의 유적지이다. 화개동(花開洞)에서 점심을 해먹고, 산속에 있는 운보(雲甫)[8] 김광서(金光瑞)의 집에서 묵었다.

검푸른 소나무와 비취빛 전나무 사이에 새로 정사(精舍)를 지었는데, 아주 깔끔했다. 내가 운보에게 말하기를 "나와 상기가 청학동 불일폭포를 구경하러 가는데, 자네가 아니면 되지를 않겠네. 우리들을 따라 가주지 않겠는가?"라고 했더니, 운보가 승낙하며 "마땅히 앞장서야지요."라고 했다. 내가 "선경에 들어가는데 퉁소 부는 사람이 없을 수 있겠는가? 퉁소 부는 이를 어찌 구하면 되겠는가?"라고 했더니, 운보가 말하기를 "나에게 배우는 사람 가운데 김윤해(金潤海)라는 사람이 있는데, 퉁소를 잘 붑니다. 그리고 동네에 현덕승(玄德升)이란 사람이 있는데, 역시 퉁소를 잘 붑니다."라고 했다. 나는 기뻐서 바로 그들을 부르도록 하니, 둘 다 반듯한 젊은이들이었다. 이들과 함께 쌍계사(雙溪寺)로 들어가 석문 아래 앉아서 '쌍계석문(雙磎石門)'이라는 네 글자를 구경하였다. 정신이 들어간 필력을 보니 마치 고운(孤雲)의 진면목을 대하는 듯했다. 학사전(學士殿)에서 묵었는데, 고운이 거처하던 곳이라 한다.

다음날[24일] 내원암(內院庵)에 들어갔는데, 곧 청학동(靑鶴洞) 청학봉(靑鶴峯)의 아래였다. 나는 일찍이 여러 번 청학동에 들어왔지만, 골짜

오사화로 함경도 종성(鍾城)에 유배되었다. 1504년 갑자사화에 부관참시(剖棺斬屍)되는 화를 당하였다.

6) 삽암(揷巖) : 현 경상남도 하동군 악양면 평사리 섬진강 가에 있는 바위.

7) 한유한(韓惟漢) : 고려 중기의 인물. 무신정권의 횡포가 날로 심해지자 벼슬을 버리고 처자를 데리고 지리산 속에 숨었다. 후에 조정에서는 그를 여러 차례 불렀으나 끝내 나아가지 않았다.

8) 운보(雲甫) : 김광서(金光瑞)의 자(字)인 듯함.

기가 좁을 것이라 생각하여 등한시하고 찾아 들어가 보질 않았다. 지금 처음 들어와 보니 빼어난 골짜기가 깊고 그윽하며 수석이 예사롭지 않았다. 내가 운보를 돌아보고 말하길 "내가 만약 이럴 줄을 진작 알았다면, 어찌 오늘에서야 처음 와 보았겠는가? 이 유명한 곳에 들어왔으니, 한마디 말을 남기지 않을 수가 없지. 자네가 운자를 불러보게."라고 하자, 운보가 즉각 운자를 부르기에, 내가 바로 받아서 이렇게 시를 지었다.

맑은 시내 널린 돌 신선 사는 곳,	淸泉亂石是仙區
푸른 절벽 붉은 벼랑 그림 같은 정경이네.	翠壁丹崖作畫圖
늙은이가 진경 찾아 너무 늦게 왔지만,	白首探眞今已晩
학의 자태 원숭이 울음소리 응당 없지 않으리.	鶴倩猿怨未應無

운보는 이렇게 시를 지었다.

두 봉우리 둘러 합친 흰 구름 떠 있는 곳,	兩峯環合白雲區
푸른 절벽 중간엔 분칠한 듯 먹칠한 듯.	半壁微茫粉墨圖
청아한 옥피리 소리 사람은 보이지 않고,	吹澈玉簫人不見
밤 깊으면 푸른 학이 올런지 안 올런지?	夜深靑鶴正來無

점심밥[9]을 먹고 나서 그대로 향로봉(香爐峰)에 올랐다. 벼랑을 부여잡고 나무를 붙들면서 한 걸음 옮길 때마다 한 번 숨을 내쉬고, 다섯 걸음에 한 번 주저앉으니, 정말 학이나 원숭이도 지나갈 수 없는 곳이었다. 고립되고 위태로운 절벽이 서 있기에 처음엔 봉우리에 올라갈 마음

---

9) 점심밥 : 원문에는 '夕飯'으로 되어있는데, 이는 '午飯'의 잘못인 듯하다.

이 전혀 없었다. 억지로 기운을 내고 용기를 내어 올라가는데, 한 치 한 치 나아갈 때마다 걸음을 멈추었고, 한 걸음 한 걸음 내딛을 때마다 돌아가고 싶었다. 고개를 들어 올려다보면 숨이 멎고, 고개

맹자고리(孟子故里)

를 숙여 내려다보면 눈앞이 아찔하였다. 정상에 오르자 가슴이 시원하여 마치 하늘에 오른 듯하였다. 공자(孔子)께서 태산에 올라 천하를 작게 여기신 마음[10]이 들었을 뿐만 아니라, 추(鄒) 땅의 성인 맹자(孟子)께서 이른바 태산을 끼고서 북해를 뛰어넘는다고 한 기상[11]과 장자(莊子)가 해와 달의 곁에 가서 우주를 껴안는다고 한 기개[12]를 나도 거의 느낄 수 있었다. 마음속으로 "아까 만약 힘든 것을 참지 못하여 뒷걸음질 쳤다면, 어찌 이런 기이한 유람과 큰 구경거리를 볼 수 있었겠는가?"라고 생각하였다.

불일암(佛日菴)에서 묵었다. 신라 김부(金傅)[13]가 창건한 것인데, 중수를 막 끝내 단청이 흘러내리는 듯했다. 암자가 만 길 바위 봉우리 위

---

10) 태산에……마음 : 이 말은 『맹자』 「진심 상(盡心上)」에 보인다.
11) 태산을……기상 : 이 말은 『맹자』 「양혜왕 상(梁惠王上)」에 보인다.
12) 해와……기개 : 이 말은 『장자(莊子)』 「제물론(齊物論)」에 보인다.
13) 김부(金傅, ? -978) : 신라 경순왕을 가리킴. 칠불암 창건과 관련된 설화에는 가락국 김수로왕의 일곱 왕자가 입산수도하여 성불했다는 설과 신라 신문왕의 일곱 아들이 옥부선인의 피리소리를 듣고 입산하여 도를 깨달았다는 설이 있는데, 경순왕의 아들인 마의태자 설화와 뒤섞여 절의 창건자가 김부(金富)·김부(金傅)·김부(金溥) 등으로 표기되어 전한다. 그러나 지리산에는 마의태자와 관련된 설화가 없기 때문에 경순왕이 창건했다는 설은 신빙성이 떨어진다. 아마도 김수로왕의 설화가 와전된 것인 듯하다.

에 있고, 천 길의 폭포가 암자 앞에서 쏟아져 내리니, 이는 개골산(皆骨山)14)에도 없는 아주 빼어난 경치다. 이 암자에 수좌승(首座僧)15) 네 사람이 거처하고 있었는데, 그 이름은 형찬(迥贊)·여민(侶敏)·낭우(朗遇)·두징(杜澄)으로 모두 신선의 자태를 가진 승려들이었다. 그들은 내 이름을 알고 나서는 "어찌 이리 뒤늦게 오셨습니까?"라고 했다. 그들의 대접이 아주 정성스러워 마음이 편치 않았다.

우리 일행은 좌우로 나누어 앉았다. 내가 옷깃을 여미고 단정히 앉아 웃으며 운보에게 말하길 "이제 우리 세 사람은 모두 티끌세상에서 허우적대는 사람이 아니네. 천하 사람들이 모두 아는 이름난 곳에 함께 들어온 것이 어찌 우연이겠는가? 진실로 이른바 '이날이 아까우니 좋은 때를 헛되이 보낼 수 없다'는 격이네. 밤새도록 자지 않는 사람을 상객(上客)으로 삼을 터이니, 자네는 가능하겠는가?"라고 했다. 운보가 "할 수 있지요. 만약 못한다면 벌이 없어서야 되겠습니까."라고 했다. 이에 암자의 불을 환하게16) 켜놓고 줄을 맞추어 점잖게 앉아 달이 뜨기를 기다렸다. 퉁소 부는 두 사람으로 하여금 번갈아 가며 불게 하고 사이사이 시로써 화답을 하였다. 나는 이렇게 읊었다.

> 기화(琪花)17) 꽃 그림자 옮겨가 새벽 은하수 기울었고,
>
> > 琪花影動曙河傾
>
> 손으로 구름 속 빗장 여니 북두성은 가로누웠네. 手拓雲扃北斗平
>
> 푸른 옥퉁소 소리 청아하고 간드러지는 데,　　碧玉簫聲淸嫋嫋

---

14) 개골산(皆骨山) : 겨울의 금강산(金剛山)을 일컫는 말.
15) 수좌승(首座僧) : 좌선(坐禪)할 때 맨 첫 번째로 앉는 승려. 대사(大師)와 같은 뜻이다.
16) 원문의 '洞洞'은 '炯炯'의 잘못인 듯하다.
17) 기화(琪花) : 신선세계에 있는 옥수(玉樹)의 꽃.

학이 깃든 소나무 위 달빛이 법당 가득 밝도다.　鶴邊松月滿壇明

운보가 이렇게 화답했다.

고찰 등불 희미하며 북두성 서쪽으로 기울었고,　古龕燈翳斗西傾
소나무 이슬 차가운데 밤안개 가득하네.　　　　松露冷冷宿霧平
차가운 풍경 소리 승려는 달떴다 알리는데,　　寒磬一聲僧報月
굽어보니 층층 절벽에 폭포가 환하도다.　　　俯看層壁水簾明

내가 읊으면 운보가 화답하고, 운보가 읊으면 내가 화답하였다. 그때 폭포소리가 요란하게 울리고, 소나무 소리가 소슬했다. 두 사람의 퉁소 소리는 오열하는 듯, 애절하게 끊어지지 않고 이어졌다. 만고의 신선들이 노니는 이곳에서 운보 같은 시인을 만나 함께 놀고, 두 사람의 아름다운 퉁소 소리까지 곁들였으니, 신선의 인연이 있는 사람이 아니면 어찌 쉽게 얻을 수 있겠는가? 마치 요지(瑤池)[18]에서 신선의 음악을 들은 듯하여 온갖 염려가 다 녹아 없어지니 세상의 소식은 어떠한지를 알지 못했다.

그 때 날이 새려 하였다. 승려가 나에게 알리길 "달이 이미 청학봉에 떠올랐습니다."라고 하였다. 문득 돌아보니 운보가 자리에 없었다. 일어나서 찾아보니, 운보는 방에 들어가 불상 앞 탁자 밑에서 쓰러져 자고 있었다. 발로 차서 그를 깨우고, 김윤해에게 웃으며 말하길 "운보가 먼저 맹세를 깨뜨렸으니, 승전곡을 연주하는 것이 옳겠네."라고 하자, 김윤해는 즉시 퉁소를 몇 곡조 불었고, 자리에 있던 모든 사람들은 손뼉을

18) 요지(瑤池) : 신선이 사는 연못. 거기서 서왕모(西王母)가 한무제(漢武帝)에게 천도복숭아를 주었다고 한다. 상상한 것으로 일정한 위치가 있는 것은 아니다.

국사암

치면서 크게 웃었다.

　다음날[26일] 국사암(國師庵)[19]에서 쉬었다. 난해(難解)라는 노승이 있었는데, 나와는 구면이었다. 차와 과일을 대접받았다. 칠불암(七佛庵)에서 묵었는데, 절간의 분위기는 예전과 같았고, 소나무 위의 달도 여전하였다.

　다음날[27일] 신흥암(新興庵)으로 내려가 세이암(洗耳巖)에 오르니, 현간대사(玄侃大師)가 웃으며 맞이하였다. 바위 위에 같이 앉아서 끝없이 웃고 이야기하였으니, 잘 아는 사람이기 때문이다. 작별하게 되자 매우 섭섭해 하며 홍류교(紅流橋) 위까지 따라 나와 전송하였다. 수좌(首座) 조연(祖演)이 뒤좇아 와서 말하기를 "처사님께서 신고 계신 짚신이 다 떨어졌기에, 짚신 한 켤레를 올립니다."라고 했다.

　저녁에 다시 운보의 정사에 들어가서 한참 이야기했다. 술이 서너 순배 돌고 나서, 운보·김윤해·현덕승과 작별했다. 윤해의 자는 덕용(德容)이고, 덕승의 자는 여문(汝聞)이다. 다시 섬진강 가에 있는 김퇴일의 집에서 묵었다. 그의 아내가 대합탕을 준비하여 대접했다.

　다음날[28일] 전두산 아래 재실에서 묵었다.

　다음날[29일] 박태래(朴泰來)의 집에서 조반을 먹은 후 상기와 작별하였다. 저녁에 무이정사(武夷精舍)로 돌아오니, 두 마리의 돌 학[20]이 나를 기다리는 듯했고, 계수나무 꽃이 나를 향해 웃었다.

---

19) 국사암(國師庵) : 쌍계사(雙溪寺) 뒤 북쪽 등성이 너머에 있는 암자.
20) 돌 학 : 명암은 두 마리 학 모양의 돌을 소나무와 계수나무 사이에 두고서 즐겼다고 한다.

명암 정식

　정식(鄭栻, 1683-1746)의 자는 경보(敬甫), 호는 명암(明庵), 본관은 해주(海州)이다. 고조는 대사간을 지낸 정신(鄭愼)이고, 증조는 진사 정문익(鄭文益)으로, 임진왜란 때 의병장인 농포(農圃) 정문부(鄭文孚)의 아우이다. 1624년 농포가 이괄(李适)과 연루된 것으로 몰려 화를 당하자, 정문익은 집안사람들을 이끌고 남쪽으로 내려와 진주에 정착하였다. 조부는 동지중추부사(同知中樞府事)를 지낸 정대형(鄭大亨)이다. 부친은 정유희(鄭有禧)이고, 모친은 흥양이씨(興陽李氏)이다.

　명암은 1683년(숙종 9)에 진주 옥봉동(玉峯洞)에서 태어났다. 7세 때부터 글을 배우기 시작하여, 13세 때는 족형인 노정헌(露頂軒) 정구(鄭構)에게서 배웠다. 19세 때 과거에 응시하기 위해서 합천의 시험장에 갔다가, 우연히 송나라 호전(胡銓)의 「척화소(斥和疏)」를 읽고 비분강개하여 눈물을 흘리면서 말하길 "한 때 오랑캐와 화의하는 것도 오히려 차마 할 수 없었는데, 지금 천하는 결국 어떤 세상인가? 천지가 뒤집히고 갓이 밑에 가고 신발이 위로 가듯 천지가 뒤집혀, 질서가 어지러운 때이다. 대장부로 태어나서 어찌 차마 지금 세상에서 출세할 수 있겠는가? 하물며 우리 동쪽 나라는 명나라에 대해서 의리상 군신 관계이고, 은혜는 부자 관계와 같다. 어찌 차마 대수롭잖은 일로 여겨 잊을 수 있겠는가?"라고 하였다. 그리고는 유건을 찢어버리고 돌아와 명암거사(明庵居士)라 스스로 호를 지었다.

　만년에는 가족을 이끌고 지리산 덕산으로 들어가 무이산(武夷山: 구곡산)에 무이정사(武夷精舍)를 짓고, 손수 주자(朱子)의 초상을 그려 벽에 걸었다. 또 용담(龍潭) 가에 와룡암(臥龍庵)을 짓고 제갈량(諸葛亮)의 초상화를 걸었다. 명암은 이 두 인물을 자신이 배울 만한 이상적인 인물로 생각하여 직접 가르침을 받는 스승처럼 여기고, 그 학문과 정신을 배우려고 하였다. 주자는 거란족이 세운 금(金)나라와의 화의(和議)를 반대하고 북쪽의 잃어버린 강토를 찾아야 한다는 주장을 하였고, 제갈량은 위(魏)나라가 차지한 중원을 회복해서 한(漢)

나라 황실을 옛 도읍인 낙양(洛陽)으로 옮겨가기 위해서 노력했다. 이들을 존숭한 데에는 명나라를 부흥시켜 명나라의 수준 높은 문화를 되살려야 한다는 명암의 염원이 담겨져 있다.

1746년 5월 15일 무이정사에서 세상을 떠났으니, 향년 64세였다. 임종할 때 좌우를 돌아보고 말하기를 "오랑캐에게는 백년토록 지속하는 명운이 없는 것이니, 그 시한으로 계산해 보면 지났다. 내가 죽기 전에 비린내 나는 티끌이 싹 걷히는 것을 볼 수 있겠거니 했으나, 이제 끝장이구나."라고 하였다. 명암은 평생 명나라 문화를 그리며 그 회복을 바랬지만, 끝내 그 실현을 보지는 못하였다.

1760년에 관찰사가 명암의 행적을 올리니, 8년이 지난 1767년에 사헌부 지평에 추증되었다. 벼슬을 추증하는 교지에 청나라의 연호를 쓰지 않고 명나라의 마지막 연호인 숭정(崇禎)이라고 썼는데, 이는 실로 특별한 명령에 의한 예외적인 경우였다. 조정에서 명암의 의리를 장려하고 지절(志節)을 높이려는 것이었다. 저술로는 『명암집(明庵集)』이 있다.

황
도
익

아름다운 덕은 천지와 함께 전해지리

두류산유행록

황도익의 유람 일정

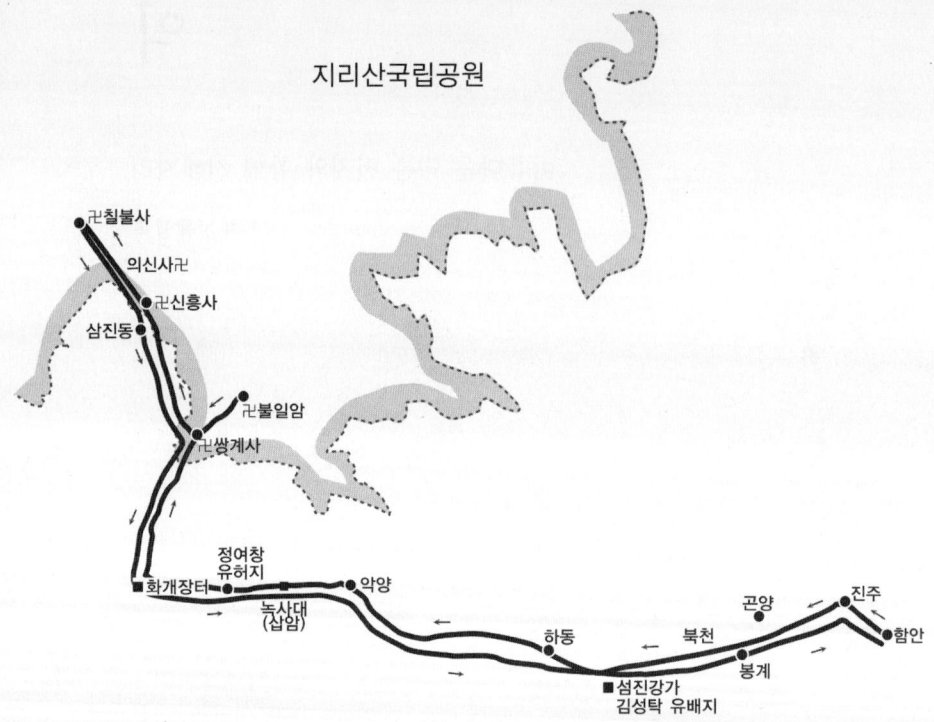

지리산국립공원

일 시 : 1744년(영조 20) 8월 27일 – 9월 9일(12박13일)

동 행 : 황백후·이군겸·황도의·황후간·이달후·이군범·안경직 등

일 정 : ●8/27일 : 함안 → 진주 객사(1박) ●28 – 30일 : 진주 객사 → 곤양(3박) ●9/1일 : 곤양 → 봉계
→ 대야촌(1박) ●2 – 4일 : 대야촌 → 섬진강 가 김성탁 유배지(3박) ●5일 : 섬진강 가 김성탁
유배지 → 어룡대 → 악양리 → 녹사대 → 일두 정여창 유허지 → 화개 → 쌍계동 → 쌍계사(1박) ●6
일 : 쌍계사 → 백학동 → 환학대 → 냉연대 → 완폭대 → 불일암 → 쌍계사 → 삼신동 → 칠불암(1박)
●7일 : 칠불암(옥부대·탑대) → 삼신동 → 신흥사 → 선유동·옥계 → 세이암 → 삼신동 → 화개(1박)
●8일 : 화개 → 섬진강 가 김성탁 유배지(1박) ●9일 : 섬진강 가 김성탁 유배지 → 어룡대 → 귀로

아름다운 덕은 천지와 함께 전해지리

두류산유행록*

세상에서 신선이 사는 곳이라고 일컬어지는 세 개의 산이 있으니, 관동(關東)의 금강산(金剛山), 탐라(耽羅)의 한라산(漢拏山), 나머지 하나는 우리 영남의 두류산(頭流山)이다. 두류산은 방장산(方丈山)이라고도 하는데, 소릉(少陵)[1]의 시에 '방장산은 바다 밖 삼한에 있다[方丈三韓外]'라고 한 것이 이를 가리킨 것이 아니겠는가. 천하의 외진 곳에 위치하여 온 세상에 웅장한 이름을 날리니 어찌 그리 위대한가. 나는 인근의 가까운 지역에 살고 있으면서도 아름다운 경치를 구경할 준비를 하지 못하고, 세속의 쓸데없는 일에 사로잡혀 다만 구름 밖의 우뚝 솟은 산을 바라볼 뿐, 그 진면목을 직접 보지 못한지가 오래되었다.

어느 날 황백후(黃伯厚)와 이군겸(李君兼)이 산을 유람하기 위해 조촐하게 짐을 꾸려 나를 찾아왔다. 내가 안부를 물으니, 말을 마치자마자 청하기를 "이번 여행에 김학사(金學士)[2]를 방문하고 두류산을 유람하

---

* 이 자료의 번역은 한국역대문집총서 제2468책에 실린 황도익의 『이계처사문집(夷溪處士文集)』「두류산유행록(頭流山遊行錄)」을 저본으로 하였다.

1) 소릉(少陵) : 당나라 때 시인 두보(杜甫)를 가리킴. 소릉은 그의 호이다. 원문에는 '小陵'으로 되어 있는데, 오기인 듯하다.

려 합니다. 제가 찾아온 것은 어르신과 함께 가고 싶기 때문입니다. 어르신의 생각은 어떠하십니까?"라고 하였다. 내가 기뻐하며 "그대의 말은 정말로 나의 뜻에 부합하네. 김학사는 오늘날 우리 학계의 종장인데 섬진강 가에 유배되어 있으니 방문하지 않을 수 없네. 또한 두류산은 국내의 명산인데도 오랫동안 가보지 못했으니 유람하지 않을 수 없네. 한 차례의 걸음에 두 가지 일을 다 할 수 있으니 매우 좋네. 게다가 가을 기운이 청량하여 답답했던 마음이 조금 풀리니, 산 정상에 올라 실컷 보며 흉금을 펴고, 청명한 자태를 접하여 인색하고 비루한 상념을 씻어낼 수 있을 것이니, 매우 유쾌하고 즐거울 것일세. 어찌 감히 앉아서 좋은 기회를 놓치겠는가."라고 한 뒤 흔쾌히 결단을 내렸다.

자식들이 번갈아 찾아와 여러 차례 말리면서 모두들 말하기를, "연세가 높으시니 먼 길을 떠나실 수 없습니다."라고 하였지만, 나는 간하는 말을 듣지 않았다. 황백후와 이군겸 두 사람에게, "내 노쇠한 다리를 대신해 줄 것이 있지 않으면 길을 가기 어려우니, 그대들은 먼저 떠나게. 나는 수척한 노새를 타고 뒤좇아 갈 것이니, 진주 객사에서 그대들은 잠시 기다려 주게."라고 하자, 이에 모두 "그렇게 하겠습니다."라고 하였다. 그날 밤은 머물러 묵게 하였다.

다음 날 두 사람이 길을 떠날 적에, 아들 후간(後幹)도 동행하게 해달라고 청하여 허락하였다. 5일 후 신미일에 마침내 여장을 꾸려 출발하니, 이날은 1744년 8월 27일이었다. 행장은 쌀 한 전대와 반찬 한 통뿐이었

---

2) 김학사(金學士) : 제산(霽山) 김성탁(金聖鐸, 1684-1747)을 가리킴. 「두류산유행록」에서 김성탁을 직접 만나기 전에는 김학사라 일컬었으며, 만난 이후에는 제산의 호를 말하였다. 제산은 갈암(葛庵) 이현일(李玄逸)의 신원소(伸冤疏)을 올렸다가 왕의 노여움을 사서 유배를 당하였는데, 처음에는 제주도 정의(旌義)에 유배되었다가 1738년부터 1747년 별세하기까지 전라남도 광양(光陽)에서 유배 생활을 하였다.

다. 동생 황도의(黃道義)가 이때 나와 동행하였다. 가랑비가 막 개여 가을 산의 아름다움에 마음과 눈이 상쾌해져 번잡하고 우울한 생각을 씻어내기에 충분하였다. 저녁에 진주 객사에 도착하여 황백후·이군겸과 만났다. 두 사람

섬진강 전경

은 놀라며 우리 일행을 맞이하였는데, 기뻐하는 기색을 헤아릴 수 있었다. 이달후(李達厚)와 이군범(李君範)이 동행하였으며, 안경직(安慶稷)도 뒤따라 왔다. 일행을 따르고자 하는 이들이 5~6명이나 되니, 같은 마음으로 함께 하는 벗들이 있는 것 또한 즐거운 일이다. 다만 후간이 전에 앓던 복병(腹病)이 다시 도져 매우 염려스러웠다.

28일(임신). 황백후가 볼 일이 있어 일행과 함께 사천(泗川)으로 가려 했는데, 나는 우회하기 어려워 모일(某日)에 섬진(蟾津)에서 만나기로 약속하고 헤어졌다. 제군들이 후간과 함께 동행하려 하므로 내가 그들과 함께 가라고 하자, 후간이 어쩔 수 없어 인사를 올리고 떠났다. 나와 동생 황도의는 곧장 곤양(昆陽)으로 향하여 정효역(鄭洨棫)을 방문하였다. 그곳에서 3일을 묵었다.

9월 1일(을해). 봉계(鳳溪)3)를 지나 대야촌(大也村)에서 묵었다.

2일(병자). 섬진강 나루를 건너 동행의 거취를 묻자, 아직 도착하지 않았다고 하였다. 김학사(金學士)를 방문하였는데, 정성스럽고 따뜻하게 맞아주어 평소에 친한 친구 같았다. 옛사람이 이른바 '처음 만났지만

---

3) 봉계(鳳溪) : 현 경상남도 사천군 곤양면 봉계마을을 말한다.

마치 오랜 친구 같다'4)는 것이 아니겠는가? 그의 용모는 단정하고 장엄하며, 언어는 공손하고 근실하며, 시선은 어지럽지 않으며, 행동에 절도가 있었으니, 이전에 들은 바와 흡사하였다. 귀양살이 하는 곳에서 죽음을 각오하고 초연히 이치에 통달하였는지라5) 용모와 수염이 오히려 한가로이 사는 사람과 같았으니, 어찌 학문의 힘이 이와 같은 경지에 이르게 한 것이 아니겠는가? 비록 귀양살이 하는 중에 있지만 태연한 마음으로 처신하여 조금도 불만스러운 뜻이 없으니, 도리(道理)가 마음속에까지 관통하고 있음을 볼 수 있었다. 술을 따라 권하고 저녁밥을 차려주었다. 피곤하여 쉬겠다는 말로 인사를 하고 물러나와 묵을 곳을 찾아서 숙소를 정하였다. 저녁에 제산(霽山) 김성탁(金聖鐸)6)이 본가에 편지를 부칠 일이 있었으므로, 직접 오지 못하고 사람을 보내어 대신 안부를 전하였다.

　3일(정축). 제산이 이른 아침에 방문하였다. 나도 아침 식사를 마친

---

4) 처음……같다 : 이 말은 『사기(史記)』 「노중련추양열전(魯仲連鄒陽列傳)」에 보이는데, "속담에 흰머리가 되도록 사귀어도 처음 만난 사람 같으며, 수레 덮개를 제치고 처음 인사를 나누어도 오랜 친구 같다는 말이 있다."라고 하였다.

5) 귀양살이……통달하였는지라 : 원문에 '부주사달(涪州舍達)'이란 말이 나오는데, 이것은 이천(伊川) 정이(程頤)가 배를 타고 부주(涪州)로 귀양 갈 때의 고사에서 나온 말이다. 염여퇴(灩澦堆)를 지날 적에 풍랑이 극심하여 배가 전복될 위기에 처하자, 배 안의 사람들이 모두 경악하여 어찌할 바를 몰랐지만, 정이는 동요하지 않고 태연하였다. 이때 언덕 위의 어떤 초부(樵夫)가 정이의 그런 모습을 보고 큰 소리로 "목숨을 버릴 각오를 해서 그런 것인가? 아니면 이치를 통달해서 그런 것인가?[舍去如斯 達去如斯]"라고 묻자, 정이가 대답하려 하였으나 배가 이미 떠난 뒤였다고 하는 이야기가 『심경부주(心經附註)』 정심장(正心章) 주석에 보인다.

6) 제산(霽山) 김성탁(金聖鐸, 1684~1747) : 자는 진백(振伯)이며, 본관은 의성(義城)이다. 1735년 문과에 급제하여 사헌부 지평ㆍ홍문관 수찬 등을 역임하였다. 퇴계(退溪) 이황(李滉)의 학맥을 계승한 학자로, 성리학에 조예가 깊었다. 저술로 『제산집(霽山集)』 등이 있다.

후 찾아가 답례하였다. 그는 겉치레를 하지 않고 속마음을 털어놓았으며, 말하는 것이 정성스러웠고 생각이 매우 곡진하였다. 그는 참으로 후덕한 군자이니, 나는 어찌하여 오늘에서야 이 사람을 만나게 되었단 말인가?

4일(무인). 다시 제산과 만나 조용히 이야기를 나누었다. 자상하고 단아한 태도와 편안하게 몸에서 배어나오는 기운은 사람들에게 경애하는 마음을 일어나게 하였다. 세상 사람들 중에 그를 홀겨보는 자는 유독 무슨 마음으로 그런 것일까? 의심스러운 뜻을 끄집어내어 토론하게 하며, 도의로써 서로 기약하고 권면하기를 부지런히 하니, 모두 덕으로써 사람을 친애하는 뜻에서 나온 것이다. 이 만남은 지초와 난초가 있는 방에 들어가 그 향기에 동화되는 정도에 그칠 뿐만이 아니다.

저녁에 일행이 모두 이르렀다. 다시 만나기를 갈망하고 있었으므로, 기쁨을 알 만하였다. 다만 아들의 복병이 심해져 힘겹게 도착하였고 병색이 얼굴에 완연했으니, 심히 근심스러웠다. 일행이 왔다는 소식을 제산이 듣고 즉시 와서 상견하였다. 이 사람 저 사람과 응대를 하며 두루 자상하게 이야기를 나누었으며, 후간이 병으로 고생하는 것을 안쓰럽게 여기는 마음이 말과 얼굴에 나타났다. 제산이 처소로 돌아가서 연이어 청주와 반찬을 보내오니, 그가 정성을 극진히 하는 것이 이와 같았다. 저녁을 먹은 뒤에 일행과 함께 제산의 처소로 찾아가 이야기를 나누다가 돌아왔다.

5일(기묘). 아들의 병이 조금 나아진 듯하여 근심이 약간 누그러졌다. 제산이 아침 일찍 찾아와 함께 이야기를 나누다 돌아갔다. 모두들 "군자를 뵙게 되어 저희들 마음이 편안합니다. 이 점은 다행이지만 이직(爾直)[7]의 병으로 인해 두류산을 아직 보지 못했습니다. 이곳에서 곧장 돌아간다면 신선이 사는 곳을 유람하고 싶어 했던 소원을 끝내 풀 날이 없을 것입니다. 이 기회를 놓쳐서는 안 됩니다. 이직은 이곳에서 쉬며 병을 조리하게 하고, 사나흘 동안 두루 두류산을 유람한 후에 이곳에 와서 함께 돌아가는 것이 좋지 않겠습니까?"라고 하여, 내가 "그렇게 하세."라고 답하였다. 모두 함께 제산을 찾아가 뵙고 이야기를 나누었다. 얼마 뒤 돌아오는 길에 다시 방문할 것을 기약하고, 유숙하는 집으로 돌아와 식사를 재촉하여 먹고 길을 떠났다.

어룡대(魚龍臺)에 오르자 제산이 우리들을 전송하기 하기 위해 먼저 도착해 기다리고 있었다. 이리저리 거닐며 주위를 둘러보았는데, 강호의 맑고 깨끗한 풍경과 배들이 왕래하는 모습이 가슴을 상쾌히 확 트이게 하였다. 이 사람과 함께 이곳을 유람하게 되어 매우 즐거웠다. 다만 한스러운 것은 이번 유람에 동행하지 못해 청학동과 백학동에서 노닐 수 없으니, 어찌 안타까운 일이 아니겠는가? 조금 지나 서로 악수를 나누고 배를 불러 강을 건넜다. 강을 사이로 두고 서로 바라보자 아쉬운 정감이 일어나지 않을 수 없었고, 아들이 병들어 데려가지 못하니 자꾸만 뒤돌아보게 되는 마음을 금할 수 없었다.

강을 끼고 거슬러 올라갔는데, 백사장은 깨끗하고 강물은 맑아 티끌 한 점 없이 정결하여 정신이 순간 상쾌해지는 것을 느꼈다. 20~30리쯤 가서 악양리(岳陽里)에 이르렀다. 이른바 소상(瀟湘)·동정(洞庭)·군산(君山) 등의 지명이 있었고, 또한 악양루(岳陽樓)·고소대(姑蘇臺)·한산사(寒山寺)의 터도 있었다. 이것은 일 만들기 좋아하는 자가 중국의 명승을 본떠 명칭을 정하고 누와 대를 지은 것이리라. 지금은 그 명

---

7) 이직(爾直) : 황후간(黃後榦)의 자(字)이다.

칭만 남아있을 뿐이다. 그러나 강산의 빼어남은 변함없이 그대로이다. 축대를 쌓고 누각을 지어 화려하게 꾸민다면 일시에 경관을 바꿀 수 있을 것이다. 그러나 오늘날은 이처럼 황폐해져 있으니, 강산의 흥폐함도 그 사이에 운수가 존재하는 것이 있어서인가?

또한 녹사대(錄事臺)가 있었으니, 한유한(韓惟漢)[8]이 은거하여 살던 곳이다. 사람은 떠나가고 축대만 덩그렇게 남았는데, 강물은 변함없이 도도하게 흘러간다. 한유한의 맑은 풍모를 상상하자 감회가 절로 일어났다. 바위 벼랑에 새겨진 '취적대(取適臺)' 세 글자는 자획이 거의 마모되어 있었다.

10리를 가서 일두(一蠹) 정여창(鄭汝昌) 선생의 유허지를 찾아갔다. 황량하게 잡풀만 우거져 있을 뿐이니, 대현(大賢)이 깃들어 살며 덕을 쌓던 곳이 지금은 초동과 목동의 놀이터가 될 줄을 어찌 알았겠는가? 상심하여 하늘을 우러르고 땅을 굽어보면서 슬픈 감정을 억제할 수 없었다. 그렇지만 아름다운 덕이 세상에 전파되어 장차 천지와 더불어 함께 전해질 것이다. 낙양(洛陽)의 화려했던 누정들이 한때 이름을 떨치다가 얼마 지나지 않아 전해지지 않은 것과 비교해 본다면, 어찌 동일한 입장에서 말할 수 있으랴. 오랫동안 이리저리 거닐며 차마 떠나지 못하였다.

여러 벗들과 천천히 걸으며 서쪽으로 방향을 돌려 화개(花開) 주점에 이르렀다. 이곳은 섬진강 나루로부터 40여 리가 된다. 길을 따라 아래위로 푸른 절벽이 병풍처럼 펼쳐 있고, 맑은 강물이 흰 명주처럼 이어져 흘러간다. 곳곳의 기이한 구경거리가 한두 가지가 아니어서 번번이 우

---

8) 한유한(韓惟漢) : 원문에는 '韓維漢'으로 되어 있다.

리 걸음을 늦어지게 하였다. 제군들과 함께 이리저리 거닐며 이곳저곳을 바라보기도 하고, 앉아 쉬면서 한 곳을 찬찬히 둘러보기도 하였다. 말이 있지만 타지 않고 걷기를 많이 했는데도 피곤한 줄 몰랐다. 술을 사서 각자 큰 잔으로 한 잔씩 마시고 길을 떠났다.

강을 따라가지 않고 북쪽으로 방향을 틀어 쌍계동(雙溪洞)으로 들어갔다. 골짜기가 깊고 봉우리는 우뚝 솟아 있으며, 시내와 폭포는 어지러이 물소리를 내며 옥설 같은 하얀 물보라가 흩날렸다. 모두들 정신이 저절로 맑아지게 되니, 이른바 '이곳 외에 별천지 어디에 있으랴[除是人間別有天]'9)라는 것이 아니겠는가. 천천히 걸어 쌍계석문(雙溪石門)에 이르자, 바위에 '쌍계석문(雙磎石門)'이라는 네 개의 큰 글자가 새겨져 있었으니, 고운 최치원의 필적이다. 일주문을 지나 정문에 이르자, 눈이 휘둥그레질 정도로 청정하고 기이하여 참으로 아름다운 경관이었다. 그러나 훼손된 건물이 많아 사찰의 규모를 갖추지 못하고 있었다. 흉년에다 부역이 번다하여 산승들도 감당하지 못해 그런 것이 아니겠는가. 산승이 이와 같다면 시골 백성은 어떠한지 알 만하다. 궁벽한 시골에 곳곳마다 사람이 살지 않는 빈 집이 또한 얼마나 더 많겠는가. 강로(岡老)의 탄식10)은 진실로 먼저 이러한 실상을 알았던 것이리라.

명월료(明月寮)에서 묵었는데, 이야기를 할 만한 늙은 선사가 있었다. 쌍계의 유래에 관해 묻자, "청학동의 만겹 맑은 물과 삼신동(三神洞)의 백리 긴 물결이 양쪽으로 쏟아져 내려 쌍계석문 앞에서 합쳐지기

---

9) 이곳……있으랴 : 이 말은 주희(朱熹)의 「무이도가(武夷櫂歌)」 구곡(九曲)에 보인다.
10) 강로(岡老)의 탄식 : 산골 백성들의 곤궁한 삶을 탄식한다는 뜻이다. 강로는 동강(東岡) 김우옹(金宇顒, 1540-1603)·한강(寒岡) 정구(鄭逑, 1543-1620)의 호와 연관하여 추측해 볼 수 있는데, 이 가운데 구체적으로 누구를 가리키는지는 자세하지 않다.

때문에 '쌍계'라 이름 합니다."라고 하였다. 산 속 깊은 밤에 문득 종소리를 들으니 매우 청아하여 사람들로 하여금 저절로 깊은 반성을 일으키게 하였다.

6일(경진). 조반을 재촉하여 먹고 밖으로 나가 법당 앞에 이르니 고운이 지은 비문이 있었는데, 불교와 도교로부터 영향을 받은 내용이 많았다. 향로전(香爐殿)에 들어가자 고운의 초상화가 있었다. 안타깝도다! 불세출의 이름난 사람으로서 불가에 자취를 의탁했으니, 학술의 방법을 선택할 적에 신중하지 않을 수 있겠는가. 절의 뒤편으로부터 중봉(中峰)을 향해 올라갔다. 이달후는 배탈이 나서 쌍계사로 돌아갔으니, 한 사람의 빈 자리에 대한 탄식이 없을 수 없었다.

백학동에 이르자, 구름과 산 그리고 물과 바위의 아름다운 경치가 무궁하였다. 환학대(喚鶴臺)가 있었는데, 높이가 겨우 2~3길 남짓 되었다. 마침내 환학대에 올라 이리저리 둘러보는데, 어떤 사람이 대숲에서 소리 높여 학을 부르자, 승려가 장난삼아 "두 마리의 학이 오

환학대 석각

늘 천상에 조회를 가서 아직 돌아오지 않았습니다."라고 답하였다. 누가 학을 불러 유람하는 이들이 그 소리를 듣고 누대의 이름을 실감하도록 하였는지는 모르겠지만, 이 또한 기이하다고 할 만하다.

5리를 가니 냉연대(冷然臺)가 있었다. 마적암(馬跡巖)이라고도 하는데, 바위 위에 용마의 자취가 있기 때문이다. 전해지는 말에 의하면, 신

선이 말을 달리던 곳이라고 하지만, 매우 허황된 이야기이므로 어찌 믿을 수 있으랴.

다시 남쪽으로 꺾어 작은 고개에 오르자 원근의 봉우리들이 매우 빼어난 자태로 다가왔다. 가파른 바위와 돌 비탈을 힘들게 부여잡으며 올라가는데, 발을 옆으로 떼며 갔다. 한 곳에 이르자 길이 끊어진 바위 벼랑이 나타났고, 그 아래로는 몇 백 길이나 되는지 알 수 없었다. 잔도를 설치하여 겨우 통행하게 하였는데, 왕래하는 유람객 중에 위험한 곳을 두려워하는 자는 감히 건너지 못하는 경우도 있었다. 사람들로 하여금 현기증이 일어나게 하여 자신의 목숨을 지키지 못할까 두렵게 하였다. 세 곳의 잔도를 넘어 벼랑을 부여잡고 비탈을 밟으며 위로 올라가자 불이문(不貳門)에 이르렀다.

완폭대(玩瀑臺)에 앉으니 위치가 더욱 높아 세상과 멀리 떨어져 있음을 외롭게 느끼었다. 옥빛처럼 푸른 멧부리와 비단결처럼 펼쳐진 골짜기가 아름다움을 다투며 시선을 끌어당겨 사람들의 눈길을 빼앗으니, 진실로 신령과 진인(眞人)이 사는 은밀히 간직된 곳이었다.

그 중에 두 봉우리가 동서로 솟아오른 형상은 옥련(玉蓮)이 창공을 열어젖히며 피어난 듯하였다. 그 동쪽은 청학봉이라 하며, 서쪽은 백학봉이라 하였다. 전하는 말에 의하면, 예전에 청학과 백학 두세 마리가 바위틈에 깃들어 살며 때때로 날아올라 몇 바퀴 선회한 뒤 구름 속으로 들어갔다가 오랜 뒤에 돌아왔으므로 그렇게 이름을 붙인 것이라 했다.

청학봉은 바위 꼭대기로부터 폭포가 쏟아져 내려 허공 아래로 백여 길이나 떨어졌다. 수량(水量)이 많으면 은하수가 쏟아지듯 눈이 녹아 콸콸 쏟아지듯 우레 같은 격노한 소리가 온 골짜기에 진동하며, 수량이 적으면 흰 용이 거꾸로 매달려 옥을 뿜어내고 거문고 소리를 울리는 듯하니, 참으로 절경이었다. 개선폭포(開先瀑布)[11]를 이 폭포와 비교한다면 그 우열이 어떠할지 모르겠다.

멀리 섬진강을 바라보며 제산 김성탁을 그리워하였다. 내가 그를 이끌고 이러한 구경을 함께할 수 없음이 안타까웠다. 일행 가운데 또 어떤 이가 말하길, "이직(爾直)도 병 때문에 산중의 제일 아름다운 경치를 보지 못하니, 그가 신선 세계와의 연분이 없어서 그런 것일까요?"라고 하였다. 폭포 아래에 학연(鶴淵)·학추(鶴湫)·학담(鶴潭)이 있었다. 그 곁에 다가가 신령의 근원을 엿보고 싶었지만, 매우 위험했기 때문에 아찔하고 두려워 접근할 수 없었다. 승려가 말하길, "빼어난 경치를 즐기는 어떤 사람이 위험하게 학연으로 내려가다 발이 미끄러져 연못에 빠졌는데 부여잡고 나올 곳이 없어 자신이 필시 죽게 되리라고 생각했습니다. 그런데 물이 바위 구멍으로 흘러 나가는 것을 보고 마침내 그 구멍을 따라 엎드려 무릎으로 기어 나와서 살 수 있었습니다."라고 하였다. 청학봉을 넘어 대은암(大隱庵)과 소은암(小隱庵)을 찾아가고 싶었으나, 길이 깎아지른 벼랑으로 매우 구불구불 하였으므로 갈 수 없었다.

어떤 승려가 나와 인사를 올리고 맞이하였는데, 법명을 유일(有一)이라고 하였다. 앞에서 우리를 인도하게 하여 불이문(不貳門)을 지나 불일암(佛日庵)에 이르렀다. 절의 단청이 매우 선명하였고, 단상 위의 예불 도구가 잘 정돈되어 있었다. 목이 말라 물을 찾으니, 승려가 송엽고(松葉膏)를 가져와 한 사발을 마시자 정신이 맑아졌다. 만드는 비법을

---

11) 개선폭포(開先瀑布) : 중국 여산(廬山)에 있는 폭포이다. 그곳에 개선사(開先寺)가 있으므로 개선폭포라고 이름 하였으며, 여산폭포(廬山瀑布)라고도 하였다. 이백(李白)의 「망여산폭포(望廬山瀑布)」라는 시를 통해 그 웅장함과 아름다움이 널리 알려지게 되었다.

묻자, 승려가 말하길 "솔잎을 짓이겨 미음(米飮)과 섞어서 고아 백일이 지난 후에 복용하면 몸이 가벼워지고 기운이 맑아집니다."라고 하였다. 음식을 먹지 않거나 배불리 먹지 않는 것이 바로 산사람들이 목숨을 연장하는 수단일까?

점심 식사 후에 모두들 말하길, "동행한 이가 병이 나서 돌아갔으니, 두루 구경하며 지체할 수 없습니다."라고 하여, 길을 되돌아 내려왔다. 걸음마다 뒤를 돌아보니 무엇을 빠뜨려 놓은 것처럼 허전했다. 백여 보를 가서 머리를 들어 멀리 바라보니 만 길의 벼랑 위에 산뜻한 암자가 허공에 매달려 있는 듯하였다. 불이문 밖의 성긴 숲에 단풍이 울긋불긋 비치어 방금 완성된 새 그림처럼 생생하였다. 신선에 가까운 이가 아니라면 어찌 올라갈 수 있으랴? 애틋한 마음으로 자꾸만 뒤돌아보다가, 걸음을 재촉하여 쌍계사로 돌아왔다.

이달후의 병이 조금 나아졌다. 잠시 휴식한 뒤에, 다섯 사람이 함께 석문을 나와 북쪽으로 방향을 틀어 협곡을 지나 삼신동(三神洞)에 도착했다. 흰 바위가 가지런히 줄지어 온 골짜기를 가득 메우고 있었는데, 백설이 평평하게 덮여 있고 흰 양탄자가 겹겹이 쌓여 있는 듯하여 한 점의 티끌도 없었다. 푸른 물이 그 사이로 흘러 굽이굽이 쏟아져 내리며 구슬 같은 물방울이 흩어지고 백옥 같은 물보라가 뿌려지며 맑은 소리가 울리고 있었으니, 기이한 장관을 말로 형언할 수 없었다.

정신과 눈이 오싹해져 스스로 진정할 수 없었다. 한동안 앉아 있다가 서쪽으로 길을 떠났다. 5리쯤 가자 일행 모두 배가 고팠다. 아름다운 풍경을 실컷 구경했지만 배고픔을 낫게 할 수 없으니 어찌 하겠는가? 짐 속에서 만들어온 장을 꺼내 물에 타서 마시자 어지럼증과 갈증이 조금 나아졌다. 칠불암(七佛庵)을 향해 가는데 산 속의 해는 이미 저물고 갈 길은 아직도 멀었다. 아마도 이른바 '날은 저물고 길은 멀다[日暮程遙]'[12]는 것이 아니겠는가? 그러나 오늘 위를 향해 멈추지 않고 올라간다면 기필코 도달할 수 있을 것이다. 우리가 학업에 뜻을 세운 것으로써 말한다면, 앞길이 얼마나 되는지 알 수 없는데 한두 걸음도 나아가지 못하고 이미 늙음에 이르니, 두려워하지 않을 수 있겠는가?

가파른 암벽을 경유하였는데, 걸음을 옮길 적마다 더욱 험난하였다. 몇 걸음 갈 때마다 쉬면서 조금씩 기어올라 비로소 도착할 수 있었다. 날이 이미 어둑하였고, 산사의 문은 닫혀 있었다. 승려를 불러 문을 열게 하고 선당(禪堂)으로 들어갔다. 무척 피곤하여 벌렁 누웠는데, 몸을 일으킬 수 없었다. 생각하건대, 오늘의 일정은 이곳저곳 바쁘게 돌아다녀 촉박함이 있는 듯했다. 산을 유람하는 기상은 이런 것이 전혀 아니다. 그러니 산을 보며 깨닫는 오묘함을 얻을 수 있으랴? 식사를 마치고 잠자리에 드니 이미 깊은 밤이었다. 한밤중에 잠에서 깨었다. 높은 산꼭대기에서 사방을 둘러보았는데 적막하기 그지없고, 때때로 종소리와 경쇠 소리가 울려 사람의 정신을 맑게 하여 잠을 이룰 수 없었다.

7일(신사). 새벽에 일어나 지팡이를 짚고 경내를 걸으며 좌우를 두루 구경하였다. 이곳은 지세가 가장 높아 막힌 데 없이 환히 보이니, 바라보는 곳마다 모두 수백여 리나 되었다. 주자(朱子)의 '다만 마음으로 고원하길 기약할지니, 시야의 넓음은 탐할 것이 아니다[直以心期遠 非耽眼界寬]'[13]라는 시구를 묵묵히 암송하였는데, 무궁한 그 의미가 더욱 느껴졌다. 아득한 하늘 가운데 해가 떠오르는 것을 바라보니 섬광이 어

---

12) 날은……멀다 : 이 말은 주희의 『회암집(晦菴集)』「답여자약(答呂子約)」에 보인다.
13) 다만……아니라 : 이 말은 주희의 『회암집』권66 「등축융봉용택지운(登祝融峰用擇之韻)」에 보인다.

지러이 내비쳐 또한 대단한 구경거리였다.

아(亞)자방에 이르렀다. 중앙은 낮고 사방의 가장자리는 높아 높낮이가 거의 2~3척 남짓이었다. 한 곳에 불을 지피면 아래위가 모두 따뜻해지니 또한 기이하였다. 법당에 들어가 칠불암에 관해 기록한 사적을 읽었다. 왕자 7형제가 이 절에서 독서를 하다가 머리를 깎고 승려가 되었다고 하니, 어찌 그리 의혹됨이 심한가? 또 안은 붉고 밖은 푸른 비단을 보니, 그 끝에 축원하는 글귀가 적혀 있었는데, 곧 궁중의 물건이었다. 궁중에서 불교를 숭상하는 조짐이 이미 드러난 것이리라.

절 뒤의 옥부대(玉府臺)에 오르자, 승려가 말하길 "죽은 회나무가 있었는데 환생하였습니다."라고 하였다. 과연 그럴까? 어찌 그럴 수 있으랴! 앞쪽에 영지(影池)가 있었는데, 승려가 또 말하길 "칠불의 부인들이 와서 만나려고 하였지만 칠불이 허락하지 않고 누대 위에서 배회하였습니다. 그 그림자가 연못에 드리워졌으므로, 단지 그림자만 보고 갔다고 합니다."라고 하였다. 역시 심히 허황된 말이다. 탑대(塔臺)에 올라 주위를 둘러보니, 절터가 산꼭대기에 자리하고 있어 매우 아름다웠다.

마침내 칠불암에서 내려와 다시 삼신동에서 북쪽으로 방향을 돌려 신흥사(新興寺)에 도착하였다. 신흥사는 옥계(玉溪) 가에 있었다. 누대에 올라 멀리 내려다보니, 풍경이 빼어나 보면 볼수록 더욱 기이하였다. 신흥사로 가서 점심을 먹고 걸어서 옥계로 나왔다. 선유동(仙遊洞)을 찾아가자 가을빛이 온 골짜기에 깊이 물들어 붉은색과 푸른색으로 잘 짜여진 비단 같았다. 그 가운데로 옥계가 흘렀는데, 소리가 매우 맑았다. 흐르는 물소리가 유람하는 사람들의 감상을 흥겹게 하였다.

돌을 밟고 시내를 건너 세이암(洗耳巖)에 이르렀다. 맑은 시냇물이 쏟아져 나왔는데 티끌 한 점 없이 투명하였고, 여러 층의 너럭바위는 환히 빛났다. 둘러싼 온 골짜기의 모든 곳이 그러하였다. 불타는 듯한 단풍의 가을빛이 어우러져 서로 비쳐지니, 요지(瑤池)14)에 잔치가 벌어져 비단 자리는 영롱하게 빛나고 구름 걷힌 옥우(玉字)15)에 많은 별들이 반짝거리는 듯 황홀하였다. 보는 곳마다 눈이 부셔 무하지경(無何之境)16)에 들어온 듯하니, 어찌 이처럼 아름다울 수 있는가? 인간 세상에 또다시 이런 곳이 있을까? 이 산속의 빼어난 경치는 여기에 이르러 극에 달한다. 은거할 곳을 찾아 깊은 자연 속에서 살겠다는 기약을 맺고 싶지만 그렇게 할 수가 없으니, 어찌하랴!

일 만들기 좋아하는 자가 바위 위에 '세이암' 세 글자를 새겨놓았다. 이곳에 온 사람치고 어느 누군들 흘러내리는 맑은 물에 귀를 씻고 싶지 않겠는가? 그 앞에 움푹 파인 웅덩이에 깃발이 세워져 있었다. 전하는 말에 의하면, 신선이 노닐던 자취라고 한다. 또 기암괴석이 앞뒤로 여기 저기 흩어져 특이한 모습으로 다투어 머리를 내밀고 있었다. 귀신이 깎은 솜씨가 아니라면 어찌 이와 같을 수 있으랴?

이전 사람의 시에 "지리산 쌍계동의 빼어남, 금강산 만폭동의 기이함[智異雙溪勝 金剛萬瀑奇]"17)이라고 하였으니, 이를 통해 지리산의 빼어난 경치가 쌍계동 한 골짜기에 모두 다 들어있음을 알겠다. 쌍계동과 만폭동은 우열을 가릴 수 없지만, 저곳은 멀어서 가볼 수 없고 이곳은

---

14) 요지(瑤池) : 전설로 전해지는 연못으로, 곤륜산 위에 있으며 서왕모가 그곳에 거처한다고 한다.
15) 옥우(玉宇) : 상제 또는 신선이 거처하는 옥으로 만든 집을 가리킨다.
16) 무하지경(無何之境) : 무하유지향(無何有之鄕)과 같은 뜻으로, 장자(莊子)가 말한 이상향이다.
17) 지리산……기이함 : 옥봉(玉峯) 백광훈(白光勳)이 지은 「증사준상인(贈思峻上人)」에서 인용한 말이다.

지금 유람하였으니, 어찌 장쾌하지 아니한가? 물로 입 안을 헹구고 목구멍을 적신 뒤에 돌을 베고 누우니, 흉금이 상쾌해져 속세의 근심이 문득 사라지고 한 점의 티끌도 마음에 남아있지 않았다. 감상하며 즐기느라 돌아가기를 잊을 만하였는데, 다만 아들의 병이 마음에 걸려 오랫동안 머물러 있기는 어려웠다. 마침내 어쩔 수 없이 소매를 떨치고 일어나 다시 골짜기 입구로 나오니, 마음이 아득하여 무언가 버려둔 것이 있는 듯하였으므로 나도 모르게 걸음걸음 머리를 돌려 바라보았다. 화개로 돌아와 유숙하였다.

8일(임오). 섬진나루에 도착하여 배를 타고 건넜다. 정여창(鄭汝昌) 선생의 시에 "두류산 천만 겹의 봉우리 모두 다 본 뒤에, 작은 배 다시 큰 강물을 따라 흘러가네[看盡頭流千萬疊 扁舟又泛大江流]"[18]라고 한 것이 바로 우리들의 지금 일과 같다. 이전에 이 시를 읽지 않은 것은 아니건만 범범하게 지나쳐버리고 오늘처럼 이곳을 직접 유람하며 그 말의 의미를 느끼게 될 줄을 생각지도 못했다.

곧바로 제산(霽山)의 처소에 이르니, 제산이 즉시 나와 기쁘게 맞아 주었다. 아들도 나와 인사를 올렸는데, 병세를 물으니 조금 나아졌다고 하였다. 잠시 마주보고 산 속에서의 유람을 대충 이야기해 주었다. 묵고 있는 숙소로 돌아와 식사를 마친 뒤, 모두들 말하길 "날이 밝으면 떠나가야 하니, 이 밤이 지나는 것이 안타깝습니다. 마땅히 제산과 함께 담소를 나누어야 할 것입니다."라고 하여, 다시 제산을 찾아가 이야기를 나누고 돌아왔다. 몹시 피곤해 곧 잠이 들었는데, 신음 소리가 여기저기에서 들려왔다.

---

18) 두류산……흘러가네 : 이 시구는 『일두선생유집(一蠹先生遺集)』 권1 「악양(岳陽)」에 보인다.

9일(계미). 제산이 아침 일찍 찾아왔다. 그가 술을 가져와 한 잔씩 돌리고 이야기를 나누다가 얼마간 시간이 지난 후에 돌아갔다. 아침 식사를 마치고 청주와 생선 안주를 마련하여 제산을 찾아가 만났다. 그에게 대접하고 일어서려 하는데, 제산이 말하길 "어룡대(魚龍臺)까지 함께 가서 작별을 나누고자 합니다."라고 하였다. 한 무리가 대열을 이루어 강가로 걸어 나갔는데, 제산이 나를 떠밀어 앞장서도록 하였다.

어룡대에 올라 강을 굽어보니 맑고 깨끗하여 가면 갈수록 더욱 기이하였다. 이백후가 청하기를 "누대의 이름이 '용(龍)' 자이고, 오늘이 중양일(重陽日)이며, 제산께서도 유배를 와 계십니다. 이백(李白)이 중양일에 용산(龍山)을 유람한 일[19]과 기약하지 않았는데도 부합하니, 그 시에 차운하여 시를 짓는 것도 좋지 않겠습니까?"라고 하자, 모두들 "그럽시다."라고 하였다. 각자 지었는데, 잘 지은 시와 서투른 시의 차이가 없지는 않았지만 이 또한 하나의 아름다운 일이었다. 한나절 동안 이야기를 나눈 뒤에 서로 작별을 하였다. 일행이 강가로 흩어져 가는데, 뒤를 돌아보며 우두커니 서 있었다. 하물며 제산과 나는 노쇠한 나이이니, 외진 곳에서 쓸쓸히 지내는 심정이 또 어떠하겠는가? 걸음마다 서로 바라보며 감회를 가눌 수 없었다.

닷새 지난 13일(정해)에 이전의 유람을 추억하니 느껴지는 바가 있었다. 내가 60대의 나이에 수백 리를 멀게 여기지 않고 길을 떠나, 산에서는 두류산의 신선이 사는 지역을 보았고, 물에서는 섬진강의 맑은 물결

---

19) 이백(李白)이……일 : 이백의 「구일용산음(九日龍山飮)」에 근거하여 말한 것으로, 시의 전문은 아래와 같다. "중양일에 용산에서 술을 마시니, 국화가 쫓겨난 신하를 비웃는 듯하네. 취한 눈으로 바람에 떨어지는 모자를 바라보고, 사랑스러운 달에 이끌려 그 아래에서 춤을 추네[九日龍山飮 黃花笑逐臣 醉看風落帽 舞愛月留人]"

을 보았으며, 사람에서는 당대의 이름난 이를 만나보았으니, 한 번의 행차에 얻기 힘든 세 가지를 한꺼번에 누렸다. 어찌 평생에 하나의 대단히 유쾌하고 즐거운 일이 아니겠는가? 하물며 동행한 여러 사람들이 모두 세속을 초탈한 선비였다. 취미가 부합하고 마음이 상응하여 서로 뒤따르며 노닐어 함께 이번 유람을 하게 되었으니, 이보다 더 큰 행운이 어디 있겠는가? 유람한 전말을 대략 기록하여 훗날 잊지 않도록 하고자 한다.

인물 해제

이계 황도익

황도익(黃道翼, 1678-1753)의 자는 익재(翼哉), 호는 이계(夷溪)이며, 본관은 창원(昌原)이다. 부친은 매재(梅齋) 황성(黃城)이고, 모친은 순흥 안씨로 안혁(安侐)의 딸이다. 함안군(咸安郡) 안도리(安道里) 지두촌(池頭村, 현 함안군 군북면 덕대리 지두마을)에서 출생하였다.

평생 벼슬길에 나아가지 않고 향리에서 학문과 강학에 힘을 쏟았다. 1734년 남호(南湖) 가에 고산정(鼓山亭)을, 1739년 성천(聲川)에 돈와(遯窩)를 짓고, 1748년 백이산(伯夷山) 아래에 정사를 지어 강학을 위한 장소를 마련하였다.

교유한 인물로는 밀암(密庵) 이재(李栽) · 제산(霽山) 김성탁(金聖鐸) · 용와(慵窩) 유승현(柳升鉉) · 곡천(谷川) 김상정(金尙鼎) · 이휘진(李彙晉) 등이 있다.

박시혁(朴時赫)의 딸인 밀양 박씨에게 장가들어 후간(後榦)을 낳았으며, 이후 조시유(趙時瑜)의 딸인 함안 조씨에게 재취하여 계간(繼榦) · 상간(尙榦) · 지간(之榦)을 낳았다.

저술로 『이계처사문집(夷溪處士文集)』 5권 2책이 있는데, 「성천강의(聲川講義)」 · 「거가잡의십이훈(居家雜儀十二訓)」 · 「금산유행기(錦山遊行記)」 · 「성천돈와기(聲川遯窩記)」 등이 수록되어 있다.

이주대

산을 유람하는 일은 물을 뜨는 것과 같고

유두류산록

이주대의 유람 일정

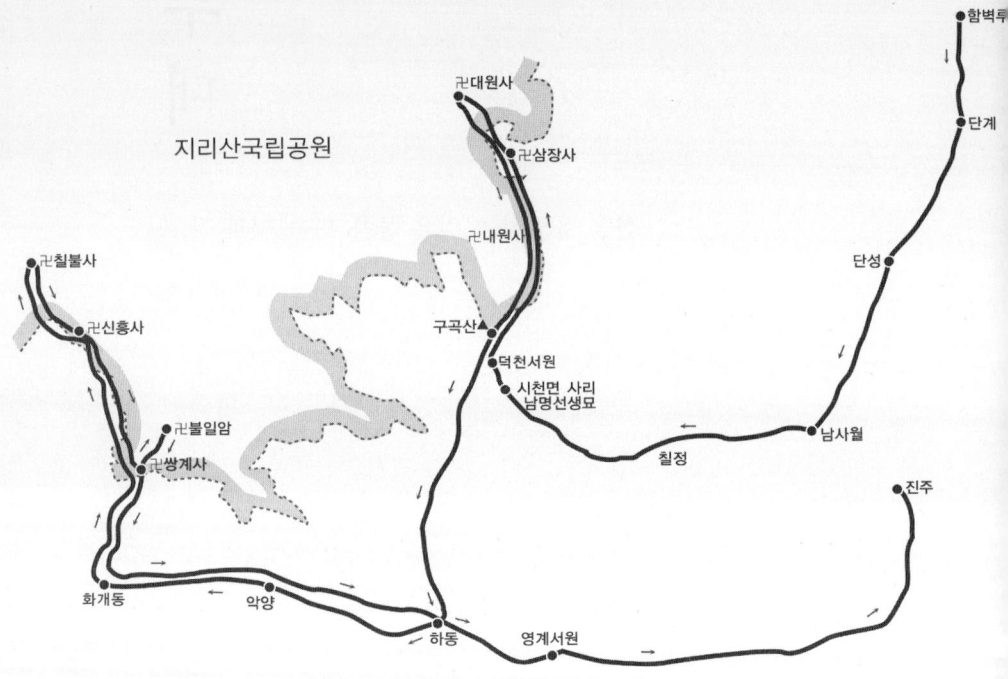

지리산국립공원

함벽루
단계
단성
권대원사
권삼장사
권내원사
구곡산▲
덕천서원
시천면 사리
남명선생묘
칠정
남사월
진주
권칠불사
권신흥사
권불일암
권쌍계사
화개동
악양
하동
영계서원

일 시 : 일시 : 1748년 4월 1일 – 4월 24일(23박 24일)
동 행 : 조카 이희형·이희전 및 종자들
일 정 : ●4/1일 : 집→연봉점(1박) ●2일 : 연봉점→함벽루→연호사→장곡촌(1박) ●3일 : 장곡촌→황계
폭포→권필적의 집(1박) ●4일 : 권필적의 집→모외→가수현→모외(1박) ●5일 : 모외(1박) ●
6일 : 모외→구평(1박) ●7일 : 구평→안간역→구평(1박) ●8일 : 구평→오곡(1박) ●9일 : 오곡(1
박) ●10일 : 오곡→단계 권상중의 집(1박) ●11일 : 단계 권상중의 집→적벽→남사월 박경복의
집(1박) ●12일 : 남사월 박경복의 집→덕산 남명 산소 아랫마을(1박) ●13일 : 남명의 산소 아래
→덕천서원(1박) ●14일 : 덕천서원→삼장사(1박) ●15일 : 삼장사→대원암→삼장사→덕천서
원(1박) ●16일 : 덕천서원→하동→둔치시(1박) ●17일 : 둔치시→악양→고소대·한산사→화개
동→쌍계사(1박) ●18일 : 쌍계사→신흥암→칠불암→금대→신흥암(1박) ●19일 : 신흥암(1박)
●20일 : 신흥암(1박) ●21일 : 신흥암→쌍계사→불일암→학담→완폭대→불일암(1박) ●22일
: 불일암→쌍계사→하동부 20리 전 점사(1박) ●23일 : 하동부→영계서원(1박) ●24일 : 영계서원
→진주 촉석루

산을 유람하는 일은 물을 뜨는 것과 같고

유두류산록*

산을 유람하고 기록을 남기는 것은 오래 전부터 있어 온 일이다. 중
국의 경우는 말할 것도 없이 치재(耻齋) 홍인우(洪仁祐)[1]가 풍악을 유
람하고 기록을 남긴 것[2]과 퇴계(退溪) 이황(李滉)이 풍기(豐基)·단양
(丹陽)의 여러 산을 유람하고 기록한 것[3]은 모두 그 지은 뜻이 사람에
게 있었던 것이다. 대체로 한때 좋은 경치를 유람하고 잠시 꿈같은 경지
에 빠졌다가, 훗날 와유(臥遊)의 도구로 삼거나, 또한 훗날 일 만들기
좋아하는 사람들이 한번 가보려 하지만 그렇게 하지 못하는 이들에게
남기려 한 것이니, 남을 위하는 마음이 참으로 깊다.

지금 두류산의 산세는 넓은 땅을 차지하고 있는 웅장함과 하늘을 떠

---

* 본 자료의 번역은 이주대의 『명암집(冥菴集)』 권2에 실린 이주대의 「유두류산록」을 저
  본으로 하였다. 이 책은 4권 2책의 석판본으로 현재 국립중앙도서관(古 3468-62-962-
  1~2)에 소장되어 있다.
1) 홍인우(洪仁祐, 1515-1554) : 자는 응길(應吉), 호는 치재(耻齋), 본관은 남양(南陽)이다.
   서경덕·이황의 문인으로, 1537년 사마시에 합격하였다. 저서로 『치재집(耻齋集)』과
   『관동일록(關東日錄)』이 있다.
2) 홍인우가……것 : 홍인우는 금강산을 유람하고 「유풍악록(遊楓嶽錄)」을 남겼다.
3) 퇴계……것 : 퇴계는 풍기와 단양을 유람하고 「유소백산록(遊小白山錄)」과 「단양산수가
   유자속기(丹陽山水可遊者續記)」를 남겼다.

받치고 있는 높이가 남쪽 지방의 산 중에서 우뚝하게 높고 크다고 말하는 십수 개도 머리를 숙이고 대항하지 못할 정도이다. 뿐만 아니라, 빼어난 산수를 찾아 그윽하고 기괴한 볼거리를 다 보고자 하는 세상 사람들이 이 산을 보지 않고서 안목이 상쾌해지고 소원이 만족하기를 구한다면 어찌 가능하겠는가?

옛 사람들 중에 두류산을 유람한 이는 많다. 그 중에서 특히 점필재(佔畢齋)[4]·탁영(濯纓)[5]·남명(南冥)[6] 세 선생의 유람이 가장 드러난다. 이는 그들의 풍치와 드높은 정신이 이 산과 더불어 그 우뚝함을 다투었고, 그들은 유람을 한 뒤 유람록을 남겼고,[7] 그 유람록에서는 풍광을 묘사한 것이 그 자태를 상세히 나타냈고, 감흥을 표현한 것이 그 정감에 적합했기 때문이 아니겠는가?

변변치 못한 내가 이 세 선생의 유람에 대해 그 뒤를 이어 유람하기를 감히 바랄 수는 없지만, 한번 유람해 보고 싶은 소원은 잠시도 마음속에 잊어본 적이 없었다. 올봄 덕경(德卿)과 함께 이 산을 유람하기로 약속하였는데, 조카 희형(熙馨)도 뒤에 함께할 것을 약속하였다. 조카 희전(熙典)과 손자 덕록(德祿)도 뜻을 같이하여 따라 가기를 원했다.

4월 초1일. 조카 희전·손자 덕록과 함께 출발하여 60여 리를 가 연봉점(延鳳店)에서 묵었다.

---

4) 점필재(佔畢齋) : 김종직(金宗直, 1431-1492)을 가리킨다. 점필재는 그의 호이다.
5) 탁영(濯纓) : 김일손(金馹孫, 1464-1498)을 가리킨다. 탁영은 그의 호이다.
6) 남명(南冥) : 조식(曺植, 1501-1572)을 가리킨다. 남명은 그의 호이다.
7) 그들은……남겼고 : 두류산을 유람한 뒤 점필재는 「유두류록(遊頭流錄)」을, 탁영은 「두류기행록(頭流紀行錄)」을, 남명은 「유두류록(遊頭流錄)」을 각각 남겼다.

함벽루

함벽루 현판

다음날[2일]. 오후 늦게 합천(陜川) 함벽루(涵碧樓)8)에 도착하였다. 누각은 큰 강을 진압하듯 서 있었는데, 아래로 내려다보며 엎드려 침을 뱉을 수 있을 정도로 강가에 가까이 있었다. 함벽루 조금 서쪽으로 벽을 부여잡고 몇 걸음을 가니 위쪽에 절이 하나 있었는데, 이름이 연호사(烟湖寺)였다. 이 절도 매우 높고 정결했다. 점심을 먹은 후 앞 내를 건너 10리를 가 장곡촌(獐谷村)에서 묵었다.

초3일. 일찍 출발하여 서쪽으로 가서 황계폭포(黃溪瀑泣)9)를 보았다. 석벽 위에서 곧장 아래로 떨어지는 1백여 척 물줄기가 맹렬한 기세로 쏟아져 내렸다. 그 아래에 큰 못이 만들어졌다가 흘러 내려 또 하나의 폭포가 되었는데, 부서지는 물보라는 마치 열 폭의 새하얀 명주를 펼쳐놓은 것 같아 장관이었다.

황계폭포

폭포 뒤쪽 고개를 부여잡고 올라 물줄기의 발원지를 살펴보고, 산길을 따라 30리쯤 가서 오후에 구평(丘坪)10)에 닿았다. 윤명칙(尹明則)은 무고하

8) 함벽루(涵碧樓) : 현 경상남도 합천군 합천읍 합천리에 있는 누각임. 처마의 물이 황강에 바로 떨어지는 배치로 더욱 유명하다.
9) 황계폭포(黃溪瀑泣) : 현 경상남도 합천군 용주면 황계리에 있다.

게 피소를 당해 읍내로 잡혀가고 없었다. 그리하여 조카 희전과 함께 권사길(權士吉-必迪-)의 집에서 묵었다.

초4일. 모외(慕隗)로 가서 미옹(眉翁)[11] 집안의 종손부(從孫婦)가 된 외사촌 누나를 만났다. 부부가 70여 년을 함께 살면서 모두 강건하셨다. 두 아들이 곁에서 모시고 있는데 마치 난곡(鸞鵠)처럼 훌륭했다. 17세 된 손자가 있었는데 벌써 문리(文理)를 성취하였으니, '복 있는 집안'이라 불리어지는 것이 결코 빈말이 아니었다. 가수현(嘉樹縣)[12]을 지나 읍치에 들러 윤명칙을 위로하였다. 이때 동행한 사람은 권사길과 희전·덕록이었다. 도중에 비를 만나 옷이 모두 젖었다.

5일. 모외의 누나 집에 머물며 미옹의 전서(篆書)와 해서(楷書) 수십 첩을 완상하였다. 이날 종일토록 비가 내리고 천둥번개가 쳤다.

6일. 밥을 먹은 뒤에 비가 개어 여러 사람들과 함께 구평으로 돌아왔다.

7일. 희전과 함께 진장(鎭將)을 만나러 진주로 가다가 안간역(安干驛)[13]에서 선경(善卿)을 만나 돌아왔다.

8일. 오곡(梧谷)으로 가서 허학응(許學應)을 만나 점심을 함께한 후 돌아오려는데, 허학응의 조카인 허노첨(許老瞻)이 답례를 하기 위해 와서 기다리고 있었다. 그의 지극한 정성에 대해 감동할 만했다. 길을 떠나고자 하는 마음은 급하였지만 5~6일을 지체한 것은 덕경과 희형이 오기를 기다리기 위함이었다.

---

10) 구평(丘坪) : 현 경상남도 합천군 가회면 함방리 구평마을을 가리킴.
11) 미옹(眉翁) : 허목(許穆, 1595-1682)을 말한다. 전서(篆書)에 뛰어났다.
12) 가수현(嘉樹縣) : 현 경상남도 합천군 가회면을 가리킨다. 태종 때 삼기현(三岐縣)과 가수현(嘉樹縣)을 합하여 삼가현(三嘉縣)이라 하였다.
13) 안간역(安干驛) : 현 경상남도 진주시 미천면 안간리에 있던 역.

단성 적벽

9일. 오후에 드디어 희형만 오고 덕경은 오지 않았다. 참으로 신선들이 사는 경계는 사람들이 쉽게 닿을 수 있는 곳이 아닌가 보다.

10일. 희형·희전과 함께 다시 행장을 꾸렸다. 권사길과 허노첨이 뒤따랐다. 이날 가랑비가 내렸는데, 늦은 오후에는 마치 들이 붓듯 쏟아졌다. 단계(丹溪)14)에 도착하여 권상중(權象仲)의 집에서 유숙하였다. 희형은 박상제(朴尙悌)의 집에서 묵었다.

다음 날[11일]. 또 비가 내렸다. 비가 그치기를 기다렸다가 출발하여 덕천(德川)으로 향했다. 20여 리를 가니 남강(南江)이 가로질러 흐르고 있었다. 그 앞에 적벽(赤壁)이 병풍처럼 마주하고 있었다. 일 만들기 좋아하는 사람들이 와서 석벽(石壁)에 '적벽'이란 글자를 새겨 두었는데, 그 글자가 물에 비쳤다. 강나루에서 단구성(丹邱城)과의 거리는 5리쯤 되었다. 강나루에는 작은 배가 한 척 있었는데, 상류에서 나무를 실어 나르느라 매우 느리게 왔다. 강을 건너고 나니 이미 신시(申時:15~17시)가 되었다.

읍치에서 말을 먹이려고 온 성을 두루 돌아다닌 뒤에 겨우 잠시 쉴 곳을 찾았다. 그때 빗줄기가 가늘게 내리더니, 점심을 먹고 안장에 걸터앉자 빗줄기는 점점 거세어졌다. 인가가 드물어 비를 무릅쓰고 10여 리를 갔다. 두세 개의 큰 내를 건넜는데, 모두 수심이 깊어 말의 배까지 물이

14) 단계(丹溪) : 현 경상남도 산청군 신등면에 있는 마을.

남명 묘소

찼다. 남사월(南沙月)15)에 도
착하니 박경복(朴經復)이 벌써
부터 기다리고 있었다. 책상 위
에는 수우당(守愚堂)16)의 유사
(遺事) 1권이 있었는데, 기축옥
사(己丑獄死)의 본말(本末)과
곡절을 알 수 있어서 읽는 사람

으로 하여금 천고의 분노를 끓어오르게 하였다. 박생은 또 하륜(河崙)17)
과 강회백(姜淮伯)18)이 모두 이 마을 출신이라고 말하였다. 이곳의 웅장
하고 화려한 산수를 보면 땅의 신령스런 기운이 수시로 훌륭한 인물을
내는 것이 마땅하다. 그러나 그들의 후손 중에는 이름난 사람이 없으니,
기운이 생장 소멸하여 영원할 수 없기 때문이 아니겠는가?

  12일. 비가 그쳐 다시 출발하였다. 덕천서원(德川書院) 5리쯤 못 미
친 곳에 이르자 시냇물이 크게 불어 건널 수가 없었다. 그리하여 남명의
산소가 있는 산 아래에서 묵었다. 신도비가 길 입구에 서 있었는데, 미
옹이 지은 글이었다.

---

15) 남사월(南沙月) : 현 경상남도 산청군 단성면 남사리를 말함.
16) 수우당(守愚堂) : 최영경(崔永慶, 1529-1590)의 호이다. 최영경의 자는 효원(孝元), 본
    관은 화순(和順)이며, 조식(曺植)의 문인이다. 학문이 뛰어나 명망이 높았으며, 여러 차
    례 벼슬에 임명되었으나 사퇴하고 나가지 않다가 1589년 정여립(鄭汝立)의 모반사건
    때 무고로 투옥되어 정적(政敵)인 서인(西人) 정철(鄭澈)의 국문을 받다가 옥사(獄死)
    하였다.
17) 하륜(河崙, 1347-1416) : 자는 대림(大臨), 호는 호정(浩亭), 본관은 진주이며, 시호는
    문충(文忠)이다. 1365년(공민왕 14) 문과에 급제하여 정당문학(政堂文學)에 올랐으며,
    진산군(晉山君)에 봉해졌다. 이첨과 함께 『동국사략(東國史略)』을 편수하였다.
18) 강회백(姜淮伯, 1357-1402) : 자는 백부(伯父), 호는 통정(通亭)이며, 본관은 진주이다.
    정당문학(政堂文學)을 지냈다.

다음 날[13일]. 비로소 비가 개었다. 덕천서원의 종 몇 명을 불러 시내 건너는 것을 돕도록 하였다. 덕천서원에 도착하여 잠시 옷매무새를 정돈한 뒤 남명 선생을 모신 사당에 배알하였다. 사당 동쪽에는 수우당을 배향하고 있었다. 배알을 마친 뒤 서원 주위를 쭉 둘러보았다. 서원은 두 시내가 교차하는 지점에 위치하고 있었다. 기운은 웅장하고 경관은 그윽하여 은자가 살기에 가장 알맞은 곳이었다. 건물은 장엄하고 화려하며 시원스럽게 배치되어 있었다. 담장은 잘 정돈되고 치밀하여 마치 새로 쌓은 듯하였는데, 수우당이 축조한 것이었다. 진사(進士) 배윤성(裵胤性)이 찾아와 밤이 늦도록 정담을 나누다 파하였다.

14일. 덕천에서 시내를 따라 북쪽으로 20여 리쯤 가서 삼장사(三莊寺)[19]를 구경하였다. 군데군데 천석(泉石)이 빼어난 곳이 많았지만, 기록할 겨를이 없었다. 절에 도착하자 날이 저물어 거기에서 묵었다. 절은 매우 쇠잔하였는데, 누각(樓閣)은 널찍하게 커서 유람객의 소회를 풀기에 충분했다.

15일. 대원암(大源菴)[20]을 구경하려 하였다. 여기서부터 산은 더욱 험준하고, 길은 더욱 위험하여 말에서 내려 지팡이를 짚고 걸었다. 시내를 따라 곧장 북쪽을 향해 갔다. 걸음걸음 경관이 기이하고 상쾌하여 걸어서 가는 고단함도 느끼지 못했다. 길이 끊어진 곳에는 다리를 놓아 사람들을 건너가게 하였는데, 거의 50~70보쯤 되었다. 좌우에는 수석(水石)이 늘어서서 튀어 오르는 물방울은 백설처럼 하얗고, 고인 물은 검푸른 빛을 띠었다. 여기서는 그 대략만 기술할 뿐 모든 경관을 다 표현

---

19) 삼장사(三莊寺) : 현 경상남도 산청군 삼장면 평촌리 대원사 입구에 있었던 사찰이다. 지금은 삼층석탑과 파괴된 당간지주가 남아 있다.

20) 대원암(大源菴) : 현 경삼남도 삼장면 평촌리에 있는 대원사를 말함.

하기는 어렵다. 굽이굽이 흐르는 물줄기가 거의 10여 리는 되었다. 암자에서 수백 보쯤 떨어진 곳에 산골짜기의 길이 끊어져, 나무를 골짜기에 걸쳐 다리로 삼았다.

암자에 도착해 보니 경내는 매우 잘 정돈되고 청결했다. 절에 거처하는 승려가 30여 명 정도였다. 손님이 온 것을 보고 정성스럽고 공경하게 접대하는 뜻이 있었다. 꿀물과 과일 등 서너 가지 음식을 내어 오고, 잠시 후에는 점심을 올렸다. 경천(擎天)이라는 승려는 자못 총명하고 문자도 알아서 함께 이야기할 만했는데, 암자에서는 그를 대사(大師)라고 불렀다. 조금 동쪽으로 수십 보 되는 곳에 또 작은 암자가 있었는데, 좌선(坐禪)하는 승려 서너 명이 한창 징을 치고 있었다.

돌아오다 삼장사(三莊寺)에 도착하여 말을 찾아 서둘러 내려왔다. 덕천서원 3~4리쯤 못 미친 곳에 이르러 냇물을 보니 어제보다 몇 척은 줄어 있었다. 종자들이 쉽게 건널 수 있다고 생각해 올 적에 건넜던 나루로 가지 않고, 수백 보쯤 위로 올라가니 물속에 징검다리가 또렷하게 드러나 있었다. 주저 없이 곧장 건넜는데, 물살이 매우 세차서 말이 뜻대로 앞으로 나가지 못했다. 희형은 중간에 말에서 떨어져 저고리와 바지가 모두 젖었다. 나는 간신히 탈 없이 건넜으나, 희전은 아직도 건너편에 있었다. 말잡이 종으로 하여금 말을 붙잡게 하고 바짝 붙어서 건너게 하려는데, 희전은 기다리지 못하고 옷을 걷고서 징검다리를 건너 왔다. 말잡이 종과 말이 이쪽 언덕에 도착하기 전 말이 갑자기 실족하여 거꾸러졌다. 일어서려다 또 넘어지기를 7~8번 정도 반복하였는데, 말잡이 종도 함께 빠졌다가 나오기를 반복하여 그 형세가 매우 위험했다.

16일. 덕천에서 남쪽으로 내려가며 몇 개의 큰 내를 건너고, 몇 개의 큰 고개를 넘었다. 고개 위에서 멀리 천왕봉(天王峯) 등 세 봉우리를 바라보니 구름 밖으로 아득하게 보였지만, 분별하여 알 수 있었다. 이날 70리를 갔는데, 하동 읍치를 지나 5리를 더 가서 둔치시(屯鴟市)에서 묵었다. 시가지는 섬진강(蟾津江) 가에 있었는데, 강의 남쪽은 광양(光陽) 땅이었다. 물고기와 소금을 파는 배들이 모이는 곳으로, 별장(別將)을 두어 그 화물운송을 관장하게 하였는데, 주민이 수백 명이나 되었다. 달이 대낮처럼 밝아 희형·희전과 함께 달빛 비치는 백사장 위를 걸었다. 조수(潮水) 때가 되자 물이 4~5장(丈)이나 불어났다. 이 또한 오늘 처음 보는 장관이었다.

17일. 장날이었다. 생선으로 탕과 회를 만들어 팔았는데 꽤나 입맛에 맞았다. 느지막이 출발하여 강을 따라 40리를 가 악양(岳陽)을 지나 화개점(花開店)에서 말을 먹였다. 그곳까지 가는 길에 바위는 기괴하고, 소나무와 삼나무는 우거져서 가던 발걸음을 멈추게 하였다. 유람하며 건너편 강변을 바라보니 조릿대와 왕대로 이루어진 대나무 숲이 강을 따라 우거져 40리에 걸쳐 있었다. 조카들이 말을 달려 앞서 가므로, 나만 홀로 뒤쳐질 수 없었다. 그래서 경관을 돌아보니 아쉬운 생각이 많이 들었다. 악양이 비록 명승지로 일컬어지지만 볼만한 것이 정말 없었다. 단지 이른바 고소대(姑蘇臺)가 허공에 우뚝 솟아 있고, 한산사(寒山寺)가 그 서쪽 몇 마장(馬場)의 거리에 있을 뿐이었다. 중국 지명을 모방하여 빌어다 쓴 것이 매우 가소롭지만, 우맹(優孟)이 손숙오(孫叔敖)를 닮은 구석[21]은 있으니, 한번 올라가 구경하는 것도 무방할 것이다. 하지만 가야 할 길이 바빠 찾아볼 겨를이 없었으니 이 점이 못내 아쉬웠다.

화개는 섬진강 상류에 있으며, 쌍계동에서 흘러내린 물이 강으로 유

---

21) 우맹(優孟)이……구석 : 옛날 초(楚)나라의 배우 우맹(優孟)이 죽은 손숙오(孫叔敖)의 의관을 차려 입고 손숙오의 아들을 구해냈다는 고사에서 유래한 말이다.

입되는 곳으로, 점사(店舍) 수십 호가 시내를 끼고 양쪽에 늘어서 있었다. 그 가운데 큰 다리가 설치되어 있었는데, 그 넓이가 거의 80~90보쯤 되니 시내의 크기를 가늠해 볼 수 있었다. 화개에서 쌍계사까지는 북쪽으로 20리쯤 가면 된다. 섬진강 따라가는 길을 버리고 시내언덕을 따라 올라갔다. 처사(處士) 소응천(蘇凝天)[22]이 절 근처의 마을에 살고 있다는 말을 들었다. 광양(光陽)에서 유람하러 온 사람들에게 그에 대해 물었더니, 며칠 전 어떤 일로 익산(益山)에 가서 아직 돌아오지 않았다고 하였다. 그를 만나볼 수 없어서 매우 안타까웠다.

쌍계동 입구에 도착하니 두 개의 바위가 대치하고 있었는데, 오른쪽은 '쌍계(雙溪)', 왼쪽은 '석문(石門)'이라 새겨져 있었다. 쌍계사에 도착하니 진감선사비(眞鑑禪師碑)가 법당 앞에 서 있었는데, 모두 최고운(崔孤雲)의 문장(文章)과 필적(筆跡)이었다. 이중벽 속에 보관되어 있던 고운의 영정이 작은 건물 안에 걸려 있는데, 천여 년이나 지난 오랜 유물이 보는 이로 하여금 감고의 소회에 빠지게 하였다.

좌우의 두 줄기 시내가 하나는 신흥사(新興寺)로부터 흘러오고, 하나는 불일암(佛日庵)으로부터 흘러와 절 앞에서 하나로 합해 흐르므로 절의 이름을 '쌍계사'라고 하게 된 것이다. 절이 본래는 크고 화려하였으나 매우 퇴락하였다. 말로에는 좋은 곳이 하나도 없으니, 또한 깊은 산속에서도 그렇다는 말인가? 이날 밤비가 세차게 내렸다.

다음 날[18일]. 날씨가 개어 절문을 나왔다. 길을 꺾어 서쪽으로 10여리를 가니 신흥암(新興菴)이 거기에 있었다. 이 산속에서 수석이 가장

---

22) 소응천(蘇凝天, 1704-1760) : 호는 춘암(春庵), 본관은 진주이다. 익산시 금마면 출신이다. 문명(文名)이 높고 서예에도 능했다. 성격이 호탕하여 벼슬에 뜻을 두지 않고 명승지를 유람하며 일생을 보냈다. 문집으로 『춘암유고(春庵遺稿)』가 있다.

아름답다고 일컬어지는 곳이었다. 호랑이가 걸터앉은 듯 용이 낚아채는 듯한 형세를 보니 폭풍이 몰아치고 우레가 진동하는 것 같아 마음과 눈이 함께 장쾌했다. 물이 고여 연못이 되고, 여울이 소리내어 흐르는 곳에 산은 고요하고, 계곡은 그윽하여 마음과 몸이 모두 한적했다. 지형을 따라 여러 모양을 드러내고, 부딪히는 곳마다 기이한 형상을 드러내는 점은 탁영(濯纓)과 남명(南冥) 두 선생이 이미 부족함이 없이 다 표현하여 산신령들의 뜻을 버리지 않았으니 어찌 나의 졸렬한 글재주를 용납하겠는가?

신흥암에서 칠불암까지 북쪽으로 10여 리쯤 된다. 승려가 길이 좁아 말을 타고 갈 수 없다고 하여 말에서 내려 걸었다. 칠불암까지 가는 길의 절반 아래쪽은 시내를 따라 갔는데 매우 빼어난 경관이 볼만했다. 그 위로 칠불암까지는 모두 언덕을 넘고 고개를 넘어 수석(水石)의 기이함은 없었다. 하지만 길 왼쪽으로 삼나무와 회나무 수십 그루가 검푸른 빛을 띠며 그늘을 드리우고 서 있어, 길가는 사람들이 지친 다리로 비탈길 오르는 것에 싫증을 느끼지 않게 했다. 백 보에 아홉 번은 쉬며 겨우 칠불암에 도착하였다. 칠불암에는 특별히 완상하고 일컬을 만한 것이 없었다. 좌우에 각각 방이 하나씩 있었는데, 서쪽 방에는 승려 10여 명이 모두 벽을 보고 말없이 앉아 있었다. 손님이 와도 못 본 듯이 하였는데, 선가(禪家)에서 이른바 '입정(入定)'이라고 하는 것이 이런 것이 아니겠는가?

조금 북쪽으로 10여 보를 가니 금대(金臺)가 있었는데, 역시 고운(孤雲)이 노닐며 완상하던 곳이라고 하였다. 마치 도마처럼 생긴 우뚝한 바위가 가로놓여 있는데 가운데가 조금 불룩했다. 그 위에 올라 조망하니 광양의 백운산(白雲山)이 눈 안에 들어왔다. 승려가 20~30리쯤 올라가면 반야봉(盤若峰)이 나오는데 천왕봉(天王峰)과 멀리서 서로 자웅을 겨룬다고 말하였다. 부여잡고 그곳에 오르고 싶은 마음이 간절했지만, 숲이 우거지고 봉우리가 험한데다 종자들도 너무 적고, 식량도 거의 바닥이 나 오래 유람할 수가 없었다. 그리하여 신흥암으로 돌아왔다.

저녁을 먹고 숙소로 갔다. 전날 대원암에 있을 때 쾌선사(快善師)가 신흥암에 있다는 이야기를 들은 적이 있었다. 여기에서 그에 대해 물었더니, 처음에는 매우 꺼리며 말을 하지 않았다. 뒤에 한 승려가 말하기를 "이 암자에 있는 것이 아니라, 여기에서 10여 리 떨어진 어떤 암자에서 하안거에 들어갔습니다."라고 하였다. 10리라면 매우 먼 거리는 아니지만, 애초에 생각했던 것과는 이미 상황이 다르고, 나른한 생각도 들어 찾아가지 않았다. 소처사(蘇處士)를 만나지 못한 것과 함께 한스러워할 만한 일이었다.

19일. 돌항아리[石瓮]를 보려고 시냇가에 가서 있는 곳을 찾았더니, 건너편 물 밑에 있는데, 비가 온 뒤라 물이 깊고 물살이 세차 건널 수 없다고 하였다. 대체로 이 항아리에 대한 이야기는 일찍이 선경(善卿)에게 들었다. 이 암자에 있는 승려들이 모두 여기에 김치를 담그는데, 한 해가 지나도 상하지 않는다고 하였다. 그리하여 지나치게 꾸민 기이하고 괴상한 이야기를 극언하였다. 그때 선경은 방백을 따라와 산속의 모든 명승을 두루 유람하였는데, 시내와 계곡에 다리를 놓아가며 마음대로 좋은 경치를 찾아다닐 수 있었으니, 이번 우리들 유람이 고달프고 쓸쓸하여 혹 힘이 마음을 따를 수 없었던 것과는 비교가 되지 않는다. 다만 괴상한 것은 점필재와 남명 두 선생의 유람록에는 이 돌항아리에 대한 이야기가 없으니 어찌된 일인가?

쌍계사에서 신흥암까지 그리고 신흥암에서 칠불암까지 20~30리 사이는 수목이 울창하여 그늘을 이루고 온갖 과일나무가 나란히 심어져 있었다. 맑은 샘물과 하얀 돌이 길 옆에서 은은하게 비치는 모양이 마치 달이 구름 사이로 나타났다 사라졌다 하는 것과 같았다. 어른거리며 밝아졌다 어두워졌다 하는 형상이 전체가 드러나는 것보다 더 볼만했다. 전후의 유람객들도 능히 이런 경지를 알 수 있을까? 삼신동을 유람하는 일은 여기서 끝난다.

쌍계사에 도착한 뒤 곧바로 승려를 데리고 불일암(佛日庵)을 찾아나섰다. 길이 칠불암 가는 길보다 몇 배나 더 험했다. 시내를 따라 가는데, 이곳이 발원지인지 물살이 매우 거세지는 않았지만, 양쪽 언덕은 3~4장(丈) 정도나 되었다. 중간쯤에 특이한 모양의 바위가 평평하게 웅크리고 있었는데, 높이가 한 장은 넘을 것 같고, 폭은 8~9명이 앉을 수 있을 것 같았다. 위쪽 가에 '환학암(喚鶴巖)'이라 새겨 놓았는데, 어느 시대에 어떤 사람이 새긴 것인지는 알 수 없었다.

불일암 가는 길은 비탈길이라 겨우 발을 디딜 수 있었다. 아래는 끝없는 절벽이었는데, 굽이굽이 산비탈 모퉁이의 한 줌 흙이나 한 조각의 돌도 붙일 수 없는 곳이 4~5장, 혹은 3~4장 정도 땅이 벌어져 있는 곳에는 나무를 엮어 잔교(棧橋)를 만들어 걸쳐 놓았다. 이른바 신선과 진인이 사는 곳은 반드시 은밀하게 숨기고 굳게 닫아 사람들이 쉽게 접근하지 못하게 한다고 하는 말이 아니겠는가? 겁에 질려 덜덜 떨며 조금씩 옷을 부여잡고 앞으로 나갔다. 그곳을 지난 뒤에는 길이 더 험하였다. 꼭대기로 기어오르니 확 트인 하나의 작은 동천이 열렸다.

가운데로 나가보니 마치 발우를 엎어놓은 것 같은 형상이었다. 그곳을 개간해 몇 칸의 암자를 세웠는데, 얽어 만든 구조가 참으로 묘했으며, 단청도 새로 칠한 듯하였다. 생각건대 처음 공사를 시작할 때 훌륭한 목수가 얼마나 고심했나 하는 것을 알 수 있을 듯하였다. 지금은 겨우 한 승려만이 그곳을 지키고 있었는데, 물외의 청정함을 느낄 수 있었다. 옛 사람이 '새가 우니 산이 더욱 그윽하네[鳥鳴山更幽]'[23]라는 구절로써 산속의 적막함 속에서 참다운 말을 깨달았다고 하였으니, 오직 물외(物外)를 노닐어본 사람만이 이와 같은 의미를 알 수 있을 것이다. 숨을 고르고 나니 승려가 송엽차(松葉茶)를 한 사발씩 내어 왔다. 사람들은 모두 톡 쏘는 맛 때문에 차마 마시지 못하였는데, 나는 단숨에 한 사발을 들이마시고 나니 그간의 고단함을 씻은 듯 상쾌했다.

동쪽과 서쪽에 봉우리가 있었는데, 각각 향로봉(香爐峯)과 비로봉(毗盧峯)이었다. 좌우로 당돌하게 버티고 서서 조금도 양보함이 없었다. 폭포가 동쪽 봉우리의 가장 높은 곳에서 절벽을 타고 곧장 쏟아져 내렸는데, 높이가 만 길은 되는 듯했으며, 아래로 쏟아져 학담(鶴潭)이 되었다. 그 기이하고 웅장함에 두렵고도 상쾌하니 나는 듯한 여산(廬山)의 폭포도 이에 비해 어떠할지 모르겠다. 다만 붓끝으로 묘사해낼 수 있는 것은

불일폭포

두 선생의 유람록에 다 표현해 놓았으니, 나는 더 이상 군더더기 말을 붙이지 않겠다.

불일폭포 주위가 청학동(靑鶴洞)이라고 하는 말이 예로부터 세속에서 전해져 내려오는데, 점필재와 탁영 두 선생은 그러하다는 견해와 그

---

23) 새가……그윽하네 : 왕적(王籍)의 「입약야계(入若耶溪)」라는 시에 나오는 구절이다. 이 시의 전문은 "艅艎何汎汎 空水共悠悠 陰霞生遠岫 陽景逐回流 蟬噪林逾靜 鳥鳴山更幽 此地動歸念 長年悲倦遊"이다. 약야계는 절강성(浙江省) 약야산(若耶山) 골짜기의 이름으로 월(越)나라의 서시(西施)가 명주를 씻은 곳이라는 전설이 있다.

렇지 않다는 견해 사이를 견지하였고, 남명 선생은 이곳이 청학동이라
는 말을 그대로 믿고 의심하지 않았다. 또 청학 두세 마리가 그 바위틈
에 깃들어 살며 때때로 날아올라 선회하곤 한다는 말로 자기의 설을 실
증했는데, 나는 세 선생의 말 중에 어느 분이 맞는지 모르겠다. 단지 지
금 학은 떠나고 구름만 한가로이 떠 있어 믿을 만한 증빙도 없으니, 때
늦은 유람의 감흥만 일으킬 따름이다.

  암자 동쪽 몇 걸음 떨어진 곳에 대가 하나 있는데, 완폭대(玩瀑臺)라
부르며 '완폭대'라는 글자를 새겨 놓았다. 누군가는 이 또한 최고운의
필적(筆跡)이라 하였는데, 반 정도는 마모되어 겨우 분별할 수 있을 정
도였다. 그 옆에 학사(學士) 김태일(金兌一)이 이름을 새겨 두었고, 다
른 사람은 기억할 수가 없다. 한동안 바라보다가 돌아와 쌍계사에서 쉬
었다. 점심을 먹고 말을 달려
산을 벗어나, 하동부(河東府)
20리 못 미친 한 고적한 점사
(店舍)에서 묵었다.

  23일. 새벽에 출발하여 하
동부를 지나 빙계서원(氷溪書
院)24)에서 아침을 먹었다. 빙
계서원에는 일두(一蠹) 정여
창(鄭汝昌) 선생을 주향하고,

영계 마을

---

24) 빙계서원(氷溪書院) : 영계서원(永溪書院)을 가리킴. 빙(氷)은 영(永)자의 오자임. 현
   경상남도 하동군 양보면 감당리 영계마을에 있던 서원. 1579년 유림 및 향손들이 뜻을
   모아 창건하였다. 정여창의 위패를 봉안하고 향사하다가 현종 1669년 때 횡천면으로
   옮기고 김성일을 추배하던 서원이었으나, 고종의 서원철폐령으로 인해 1868년 훼철되
   었다.

그 동쪽에는 학봉(鶴峰) 김성일(金誠一) 선생을 배향하고 있었다. 옷매무새를 가다듬고 두 선생에게 배알하였다. 이날 사우(士友)들이 모두 모여 사상견례(士相見禮)를 행하였다. 여기서 두류산 유람이 끝났다.

다음날[24일]. 진양(晉陽: 진주시)에 도착하여 촉석루(矗石樓)에 올랐다. 건물은 아주 크고 넓으며 앞으로 큰 강에 임해 있어 조망하기가 매우 좋았다. 남쪽지방 제일의 명승(名勝)이라고 일컬어지는 것이 다 이유가 있다. 지난 임진년의 일들이 유람객의 감회로 밀려들어 한동안 서성거렸다.

온 성(城)의 볼만한 곳을 다 둘러보려 하였는데, 선경이 근친(覲親)을 갔다가 막 진(鎭)으로 돌아와 급히 사람을 보내 청하였다. 진주성에서 선경이 있는 진까지는 그리 멀지 않은 곳이었다. 마음이 급해 말을 달려갔더니 조카 수빈(遂彬)이 지난 19일 세상을 떴다고 하였다. 슬픈 일이다. 통곡을 하고 돌아왔다. 달을 넘기고 나니 마음과 정신이 조금 안정되었다.

어느 날 밤 고요히 생각해보니 이번 유람은 몇 년 동안 꾀하던 일을 이제야 비로소 하게 된 것이다. 처음에는 곧장 천왕봉 꼭대기[25]를 올라가 온 산의 큰 구경거리를 다 본 뒤, 그 나머지 반야봉(般若峰) 등 좌우에 있는 여러 봉우리들은 차례차례 찾아서 평생의 소원을 풀려 하였다. 하지만 산중턱과 산기슭만을 빙 돌아 다녀 마치 쉬파리가 계단에서 앵앵거리며 끝내 한 계단도 날아오르지 못하는 꼴이 되었으니, 어찌 산신령의 웃음거리가 되고, 원학(猿鶴)의 조롱을 사지 않겠는가?

또 점필재(佔畢齋) 선생은 5일 만에 유람을 했고, 남명(南冥) 선생도

25) 꼭대기 : 원문에는 '顚嶺'으로 되어 있는데, 이는 '巓嶺'과 같은 뜻이다.

10일을 넘지 않았다. 오직 탁영(濯纓) 선생만이 16일 동안 두류산을 유람하였으니, 앞뒤 유람객들 중에서 가장 오래 유람한 것이다. 내가 일정에 오른 뒤부터 여기까지 500백 리를 넘고, 유람한 날도 20일을 지났다. 수고로움은 배나 되는데 소득은 고작 절반 정도이니, 이것이 고인에게 부끄러울 따름이다. 하물며 점필재 선생과 함께 유람한 사람은 유극기(兪克己)26)·조태허(曺太虛)27) 여러 공들이며, 탁영 선생과 함께 유람한 사람은 일두 선생이며, 남명 선생을 따라 유람한 사람은 이구암(李龜巖)28)과 이황강(李黃江)29)·최수우당(崔守愚堂) 등이다. 이 여러 선생들이 이 산을 유람하며 명승을 찾을 적에는 서로 가슴속을 시원하게 뚫어주고 시야를 크게 넓혔으니, 역시 오늘날 우리들 유람보다 훨씬 더 장대한 면이 있다.

그렇다면 이번 유람에 가서 눈으로 본 것이 예전 분들에 비해 확연히 다른 점이 있다. 같은 곳을 보고서도 크게 다른 점이 있는 것이 이와 같은데, 하물며 예전에 있었던 것이 지금은 본 모습이 달라진 경우는 어찌 논할 수 있겠는가? 이에 소소하게 보고 얻은 것들을 주워 모아 거친 말로나마 엮어서 세 선생의 유람록 뒤에 붙이려 한다면 우리들의 보잘 것없는 소견을 다 드러내게 될 것이다.

비록 그러하더라도 꼭 세 선생과 같은 사람이 되기를 기다려 이 산을 유람하고, 세 선생이 함께 유람했던 사람들과 같은 사람을 기다려 동행하고, 세 선생의 문장·덕행을 갖추기를 기다려 유람록을 쓴다면 사람

---

26) 유극기(兪克己) : 유호인(兪好仁, 1445-1494)을 가리킨다. 극기는 그의 자이다.
27) 조태허(曺太虛) : 조위(曺偉, 1454-1503)를 가리킨다. 태허는 그의 호이다.
28) 이구암(李龜巖) : 이정(李楨, 1512-1571)을 가리킨다. 구암은 그의 호이다.
29) 이황강(李黃江) : 이희안(李希顔, 1504-1559)을 가리킨다. 황강은 그의 호이다.

들이 이 산을 유람할 마음을 품지 못하게 하고, 이 산으로 유람오는 것을 막아 두류산은 이로부터 유람객의 발걸음이 끊어지지 않겠는가?

무릇 산을 유람하는 일은 물을 뜨는 것과 같고, 노랫소리와 곡소리를 듣는 것과도 같다. 비록 항아리와 동이는 물을 담는 것이 다르고, 슬픈 곡소리와 기쁜 노랫소리는 발하는 것이 다르지만, 모두 그때그때 취사 선택하는 것은 해롭지 않으니 그 있는 바를 따르면 된다. 그러나 명승을 기록한 대목에서는 예전 여러 선생들이 유람하며 언급한 경우 대략 그 분들이 말씀하신 것을 한두 가지 취해 기록하였으니, 감히 내 생각이 그 분들과 같다고 스스로 드러내는 것은 아니다.

무진년(1748) 유두일(流頭日: 음력 6월 15일)에 짓다.

인물
해
제

명암 이주대

이주대(李柱大, 1689-1755)는 자가 이극(爾極), 호는 명암(冥菴), 본관은 벽진(碧珍)이다. 경북 칠곡에 살았다. 사마시에 장원급제하여 1723년 성균관에 들어갔으나, 벼슬을 포기하고 학문연구에 전념하였다.

그의 증조인 이언영(李彦英)은 한강(寒岡) 정구(鄭逑)의 학문을 존숭하였으며, 동계(桐溪) 정온(鄭蘊)이 유배생활을 할 때 구명활동을 하였다. 조부인 이창진(李昌鎭)은 덕행과 문장으로 이름 나 여러 번 천거 받았으나 모두 나아가지 않았다. 그의 부친인 이해발(李海潑)은 통덕랑(通德郞)을 지냈다. 강해(姜諧)·김량현(金良鉉)·강필신(姜必愼) 등과 교유하였다. 저술로『명암집(冥菴集)』이 있다.

김도수

어찌 차마 빈 산의 고목이 되랴

남유기

김도수의 유람 일정

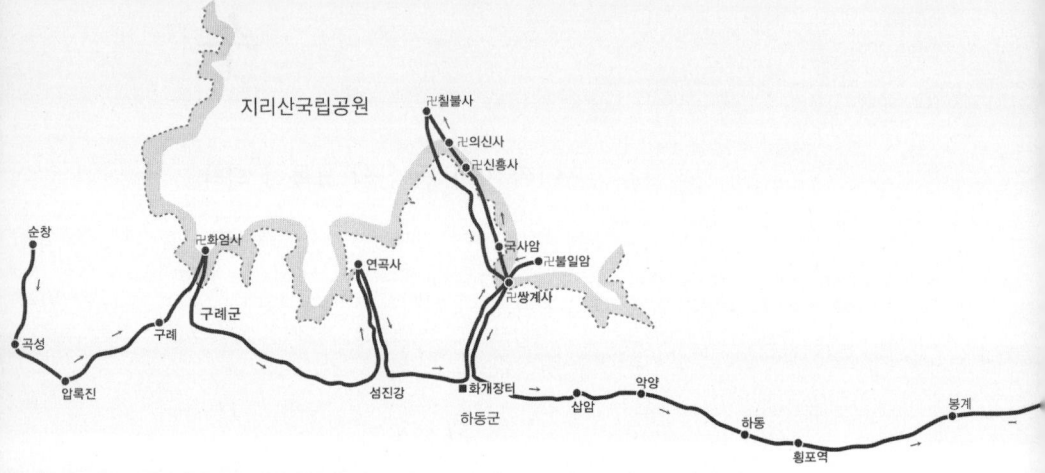

일 시 : 1727년 9월 12일 – 10월 5일(22박23일)
동 행 : 김옥성·양경조·김준필
일 정 : ● 9/12일 : 금산군 → 담양부 → 순창군(1박) ● 13일 : 순창군 → 중주원 → 곡성현(1박) ● 14일 : 곡성현 → 압록원 → 압록진 → 구례현 → 화엄사 부도대(1박) ● 15일 : 화엄사 → 석주천 → 연곡 → 화개동 → 쌍계석문 → 쌍계사(1박) ● 16일 : 쌍계사 → 불일암 → 완폭대 → 청학동 → 국사암 → 소년암 → 신흥동 → 세이암 → 칠불사 → 옥보대 → 쌍계사(1박) ● 17일 : 쌍계사 → 화개동 → 삽암 → 악양 → 섬진 → 하동부 → 옛 하동 읍치 → 횡포역(1박) ● 18일 : 횡포역 → 봉계역 → 진주성 → 촉석루 → 진주 읍치(1박) ● 19일 : 진주 읍치 → 촉석루 → 안간역 → 삼가현(1박) ● 20일 : 삼가현 → 함벽루 → 심인촌(1박) ● 21일 : 심인촌 → 귀경촌 → 야천 → 홍류동 → 자필암 → 음풍뢰 → 칠성대 → 분옥폭 → 낙화담 → 해인사(1박) ● 22일 : 해인사 → 학사대 → 백련암 → 국일암 → 원당사 → 홍제암(1박) ● 23일 : 홍제암 → 쌍계사(1박) ● 24일 : 쌍계사 → 지례현 → 김천역(1박) ● 25일 : 김천역 → 김산군 → 추풍역(1박) ● 26일 : 추풍역 → 중모창 → 소실촌 → 관허촌(1박) ● 27일 : 관허촌 → 상현서원 → 법주사 → 복천사 → 동대 → 복천사(1박) ● 28일 : 복천사 → 문장대 → 석문 → 중대 → 사자암 → 해후대 → 복천사(1박) ● 29일 : 복천사 → 청천 → 화양동 → 환장암 → 사담(1박) ● 10/1일 : 사담 → 파곶 → 암서재 → 경천대 · 운영담 · 읍궁암 · 금사담 · 능운대 · 첨성대 · 아룡암 · 학소대 → 가경촌 → 괴산군(1박) ● 2일 : 괴산군 → 음성현 → 석원(1박) ● 3일 : 석원 → 우산 → 양지현(1박) ● 4일 : 양지현 → 용인현(1박) ● 5일 : 용인현 → 판교 → 한강 → 숭례문 → 집

어찌 차마 빈 산의 고목이 되랴

남유기*

나는 일찍이 동쪽으로 설악산(雪嶽山)과 금강산(金剛山)을 유람하였으며, 또한 서쪽으로 바다를 건너 마니산(摩尼山)의 정상에 올랐다. 근래에 또 남쪽으로 내려가 무등산(無等山)과 월출산(月出山)에 올랐다. 세상 사람들은 반드시 자장(子長)[1])의 유람을 일컬으니, 이는 예로부터 문사(文士)들이 넓은 안목으로 담론을 장대하게 하던 것이다. 그러므로 유람이 어찌 도움 되는 것이 없겠는가?

나는 명나라가 망한 것을 한스럽게 여긴다. 젊은 시절에 『시경』을 읽고서 대략 사물을 분별하고 인정에 통하는 것을 알았으며, 『서경』을 읽고서 옛날 임금과 신하의 만남을 보았다. 한번 천자의 조정에 나아가 가슴 속에 지닌 것을 토로할 수 있다면 비록 곧장 죽더라도 한이 없을 것

---

* 이 자료의 번역은 한국문집총간 제219책에 실린 김도수의 『춘주유고(春洲遺稿)』 「남유기(南遊記)」를 저본으로 하였다. 이는 서울대학교 규장각에 소장된 판본(古3428-191)을 영인한 것이다.

1) 자장(子長) : 사마천(司馬遷, 약 BC 145 – 약 BC 86)의 자이다. 중국 전한(前漢)시대의 역사가로, 성은 사마(司馬), 이름은 천(遷)이다. 아버지 사마담(司馬談)의 관직을 물려받아 태사령(太史令)으로 복무하였다. 태사공(太史公)이라고 불린다. 저술로 『사기(史記)』가 있다.

같았다. 아! 어찌 용문(龍門)[2] · 지주(砥柱)[3]를 거슬러 올라가 황하의 근원을 찾아보지 않겠는가? 일찍이 범중엄(范仲淹)[4]의 「악양루기(岳陽樓記)」를 읽어보았는데 그 문장의 번화함이 마음에 들지 않았다. 동정호(洞庭湖) 7백 리에 군산(君山)[5] 한 점을 바라보는 것으로 충분하다. 그렇다면 이 남유록(南遊錄)을 어찌 말할 것이 있겠는가. 이 남유록을 어찌 말할 것이 있겠는가.

1727년 9월. 나는 이미 경양(景陽)[6]의 관직을 그만두고, 장차 영남을 유람하려고 관인(官印)을 겸관(兼官)인 순창군수(淳昌郡守) 이굉(李浤)에게 보냈다.[7]

9월 12일(을축). 유람길을 나섰다. 같이 동행한 사람은 김옥성(金玉聲) · 양경조(梁慶祚) · 김준필(金俊弼)이다. 40리를 가서 담양부(潭陽府)를 지났고, 또 40리를 가서 순창군에서 묵었다.

13일(병인). 일찍 길을 나섰다. 이방(吏房) 김성한(金聲漢)과 양치하

---

2) 용문(龍門) : 섬서성(陝西省) 한성시(韓城市)에 있다. 중국 황하(黃河) 중류에 있는 여울목으로, 잉어가 이곳을 뛰어오르면 용이 된다고 전해진다.

3) 지주(砥柱) : 중국의 삼문협(三門峽)을 통해 흐르는 황하(黃河)의 한복판에 있는 바위 이름.

4) 범중엄(范仲淹, 989-1052) : 자는 희문(希文)이다. 중국 북송 때의 정치가로, 인종 때 10개조의 개혁안을 상소하였다. 저술로 『범문정공집(范文正公集)』이 있는데, 그 중 「악양루기(岳陽樓記)」가 널리 알려져 있다.

5) 군산(君山) : 호남성(湖南省) 악양현의 동정호 가운데 있는 섬이다. 순임금이 남쪽 지역을 순행하다가 창오(蒼梧)에서 갑자기 승하를 하였는데, 그때 그의 두 비가 동부산(洞府山, 君山)에 와 있었다. 그 소식을 듣고 매우 비통해 하여 대나무를 잡고 통곡하였는데 피눈물이 대나무를 적시어 마침내 대나무에 얼룩반점이 생겨나게 되었으며, 두 비는 슬픔을 이기지 못하고 죽음에 이르러 군산에 묻히게 되었다고 한다.

6) 경양(景陽) : 현 충청남도 금산군의 옛 이름.

7) 내가……보냈다 : 금산군이 지금은 충청남도에 속하지만 당시엔 전라도에 소속되어 있었다.

(梁致河)가 여러 아전을 거느리고 와서 말 앞에서 기다리고 있다가 인사를 올렸다. 40리를 가서 중주원(中酒院)에 도달하였다. 영암군수(靈巖郡守) 김주(金鑄)와 흥양[8]현감(興陽縣監) 송병보(宋炳普)를 만나 주막에 앉아 멀리 유람 가는 것에 대해 담소를 나누었다. 송병보는 부러워하며 감탄을 그치지 않았다. 그리고 말하기를 "작년에 지리산 연곡사(燕谷寺)[9]의 북쪽 수십 리에 이른바 만수동(萬壽洞)이 있다는 말을 들었소. 세속에서는 신라 말에 몇 명의 고관이 계림(鷄林)이 망하게 될 것을 알고서 집안 식구를 거느리고 이곳에 들어와 숨었는데, 지금도 벽돌·주춧돌·기와조각이 남아 있으며, 만수동은 깊고 널찍하고 땅이 기름져서 벼를 심을 수 있다고 전해 내려옵니다. 지난 2월 마침 남원(南原)을 갈 적에 연곡사 쪽으로 길을 잡았는데, 어떤 승려에게 물었더니, 그가 말하길 '이곳에서 40리를 가면 동천(洞天)이 나오는데, 안은 매우 깊숙하고 어두우며 특별히 볼만한 것은 없습니다.'라고 대답하였소. 시험 삼아 몇 명의 승려와 더불어 지팡이를 짚고 깊숙한 곳까지 찾아보고자 하였는데, 얼음이 얼고 눈이 쌓여 방향을 분별할 수 없었고, 곳곳에 곰과 호랑이의 발자국을 보고 두려워 중도에서 돌아왔다오. 그러나 지금까지 그 때의 일이 가슴속에 남아 있소. 그대의 이번 유람에 응당 연곡사를 지날 것이니, 나를 위하여 다시 찾아봐 주지 않겠소?"라고 하였다.

내가 웃으며 말하길 "그대의 생각이 지나치시오. 군자가 충신독경(忠信篤敬)하면 오랑캐 지역이라도 갈 수가 있지만, 어찌 문물을 사절하고 도깨비의 소굴로 혼자 들어갈 필요가 있겠소."라고 하였다. 두 사람은 나의 여행 전대를 펼쳐 보고 서로 돌아보며 껄껄 웃으며 식량을 담아

---

8) 흥양(興陽) : 현 전라남도 고흥군의 옛 지명.
9) 연곡사(燕谷寺) : 현 전라남도 구례군 토지면 내동리에 있는 절.

압록

도와주려고 하였다. 내가 사양하고 웃으면서 말하길 "어제 벼슬을 버렸는데, 오늘 식량을 남에게 구걸하면 너무 졸렬한 것이 아니겠소."라고 하였다. 날이 저물어 두 수령과 작별하였다. 순자강(鶉子江)10)을 건너니 비바람이 급하게 몰아쳐서 옷과 삿갓이 다 젖었다. 10리를 가서 곡성현(谷城縣)에서 묵었다.

14일(정묘). 새벽에 안개가 껴 하늘을 뒤덮었다. 강을 따라 30리를 가서 압록원(鴨綠院)11)에 도달하였는데, 골짜기의 형세는 탁 트였으며 두 강물이 합쳐졌다.12) 한 무리의 물새들이 물결을 따라 노니는 모습이 보였다. 말을 먹이고 출발하려는데 갑자기 경양의 아전 이유홍(李有興)이 땀을 흘리며 찾아왔다. 그 이유를 물으니, 대답하기를 "관아의 장부에 바로잡을 곳이 있습니다."라고 하였다. 나는 세속의 일이 아직도 나를 구속하는 것에 대해 쓴웃음을 지었다. 압록진(鴨綠津)13)을 건너 30리를 가서 구례현(求禮縣)에 도달하였다. 현의 아전이 분주하게 달려와 순찰

---

10) 순자강(鶉子江) : 섬진강의 상류로, 전라북도 순창군에서 전라남도 곡성군으로 흐르는 지역의 강을 말함. 전라남도 보성군 주암호에서 흘러내리는 보성강과 전라북도 순창군에서 내려오는 순자강이 압록에서 만나 섬진강으로 들어가는데, 대체로 합류 지점 북쪽의 물줄기를 순자강이라 부른다.

11) 압록원(鴨綠院) : 현 전라남도 곡성군 오곡면 압록리이다.

12) 두 개의……합쳐졌다 : 섬진강은 곡성군 오곡면 압록리에서 보성강과 합류하여 구례와 하동을 거쳐 남해로 흘러 들어간다.

13) 압록진(鴨綠津) : 전라남도 곡성군 오곡면 압록리의 합수 지점에 있던 나루터를 말함. 이곳은 남쪽에서 흘러오는 보성강과 북쪽에서 흘러오는 순자강이 만나는 지점이다.

사가 막 도착하였다고 말하였다. 멀리서 바라보니 말을 타고 활을 멘 병사가 떼를 지어 있었는데, 깃발과 무기가 찬란하였다. 나는 듯한 수레를 타고 오는 자는 유성 같았다. 아, 우리 백성의 고통과 신음은 오로지 고관대작이 발톱으로 할퀴고 이빨로 물어뜯는 데에서 연유하니, 지금 저기 달려오는 자는 과연 발톱과 어금니가 없는 사람일까.

화엄사 각황전

10리를 가서 화엄사(華嚴寺)[14]에 들어갔다. 절 입구의 동네는 맑고 깨끗하며 울타리는 나지막하였다. 시냇가 바위에는 빨래하는 아가씨가 있었는데, 마치 월계(越溪)에서 빨래하던 아가씨의 자취가 있었다.[15] 양경조가 계곡 옆의 작은 나무로 달려가 서리 맞은 홍시 네 개를 따왔는데, 먹어보니 매우 달았다. 또한 산중에서나 맛볼 수 있는 것이었다. 승려들이 남여를 가지고 왔으나, 남여를 타지 않고 천천히 걸어 적묵당(寂默堂)으로 들어갔다. 산색을 앉아 바라보니 비단을 층층이 쌓아둔 것 같기도 하고, 감색과 비취색이 여기저기 물들어 있었다. 그 아래에 이층의 장륙전(丈六殿)[16]이 있는데, 신비하고 아름다우며 높고 장엄하

---

14) 화엄사(華嚴寺) : 현 전라남도 구례군에 있는 절 이름.
15) 시냇가……있었다 : 전국시대 때 월나라 서시(西施)가 시냇가에서 빨래를 하던 곳이 월계(越溪)인데, 여기서는 서시처럼 아리따운 아가씨의 자태를 말한다.

였다. 옛날 성능(聖能)17)이 지었다고 들었다. 성능은 지금 총섭(總攝)으로 북한산에 있기 때문에 그 상좌인 금성(錦性)이 배알하고 다과를 내왔다. 저녁에 주지 철식(哲識)과 부도대(浮圖臺)에 올랐다. 대는 매우 가팔랐고 시원했으며, 바람소리는 비파를 타는 듯하였다.

15일(무진). 일찍 일어났다. 골짜기 입구를 20리 나와 석주벼리[石柱遷]를 지났다. 산언덕은 구불구불하고 층층의 바위가 연이어져 있었다. 가을꽃이 간간이 피어 있어 그림자가 맑은 강에 비쳤다. 단풍 우거진 숲은 시들어 갔으나 색은 오히려 찬란하였다. 10리를 가서 연곡사를 지났고, 다시 10여 리를 가서 화개동(花開洞)에 들어갔다. 골짜기의 형세는 매우 웅장하였고, 큰 시내가 막힘없이 세차고 빠르게 흘러내리는데 돌에 부딪치며 큰 소리를 내었다. 물길을 따라 5리를 가 남여를 만났다. 또 몇 리를 가서 무릉교(武陵橋)를 건넜다.

2리쯤 가니 큰 바위 두 개가 마주 보고 있는데, 왼쪽에는 '쌍계(雙磎)'라 새겨져 있고 오른쪽에는 '석문(石門)'이라 새겨져 있었다. 네 개의 큰 글씨는 자획이 기이하고 예스러웠으며 마치 칼을 빗긴 듯 창을 세운 듯하니, 바로 고운(孤雲) 최치원(崔致遠)의 글씨이다. 푸른 넝쿨과 고목 때문에 햇빛을 볼 수가 없고, 물은 콸콸 두 골짜기 사이에서 쏟아져 내렸다.

절은 두 골짜기 사이에 있는데, 그다지 크거나 화려하지 않았다. 금당(金堂)에는 진감(眞鑑)·혜능(惠能)18)·남악(南嶽)19) 선사의 화상(畫

---

16) 장륙전(丈六殿) : 지금의 각황전(覺皇殿)을 말한다.

17) 성능(聖能, ?-?) : 호는 계파(桂坡)이며, 조선 후기의 승려이다. 경북 학가산(鶴駕山)에서 출가하였고, 화엄사 각성(覺性)의 문하에서 수행하였다. 1702년 화엄사 장륙전(丈六殿)을 완공하였는데, 숙종이 사액을 내려 각황전(覺皇殿)이라 이름하였다.

18) 혜능(惠能, 638-713) : 혜능(慧能)으로 많이 알려져 있다. 속성은 노(盧), 시호는 대감선사(大鑑禪士)·육조대사(六祖大師)이며, 중국 당나라 때의 승려이다. 중국 선종의 제6

像)이 걸려 있었다. 금당의 왼쪽에는 영주각(瀛洲閣)이 있고, 오른쪽에는 방장실(方丈室)이 있으며, 앞에는 청학루(靑鶴樓)가 있다. 청학루에서 조금 동쪽으로 수십 보 거리에 새로 지은 대웅전이 있었다. 대웅전의 앞에는 큰 돌로 만든 귀부(龜趺)가 세워져 있으니 바로 진감국사의 비이다. 당나라 광계(光啓) 3년(887)에 세워졌는데, 고운 최치원이 글을 짓고 쓴 것이다. 대웅전의 오른쪽에 있는 향로전(香爐殿)에는 고운의 영정이 걸려 있었다.

16일(기사). 남여를 타고 불일암(佛日庵)에 올랐다. 승려가 말하길 "산중에 호랑이가 많습니다."라고 하고는 쌍각(雙角)[20]을 불며 앞에서 인도하였다. 가파르고 험하여 비탈길을 치켜보며 몇 리를 올라가니 조금 평평한 곳이 보였는데, 거친 밭 몇 이랑이 있었다. 또 몇 리를 가자 승려가 "길이 끊어져 남여가 갈 수 없습니다."라고 하여, 지팡이를 짚고 나아가니 앞에 절벽의 허리에 걸려있는 외나무다리를 만났다. 아래로 천 길의 낭떠러지를 임하고 있는데 다리에 올라서자 삐걱거리는 소리가 불안하게 났다. 불일암을 바라보니 아득하여 구름 끝에 풍경을 매달아 놓은 것 같았다. 암자 안으로 들어가니 싸늘한 바람이 불어 마치 귀신이 휘파람을 부는 듯하였다.

조로서, 남선종(南禪宗)의 시조가 되었다. 그의 설법을 기록한 『육조단경(六祖壇經)』이 전한다.

19) 남악(南嶽, 677-744) : 회양(懷讓)이라고도 한다. 중국의 불교선사로, 속성은 두씨(杜氏)이다. 20세 즈음에 형주(荊州) 옥천사(玉泉寺)에서 항경(恒景)에게 의탁해 출가했으며, 후에 숭산(嵩山)에 이르러 혜안(慧安)에게서 선(禪)을 배웠다. 또 소주(韶州)의 조계산(曹溪山)에서 혜능(慧能)을 찾아 돈오법문(頓悟法門)을 받았다. 혜능이 죽은 후 당나라 현종(玄宗) 때인 713년에 남악(南嶽) 반야사(般若寺) 관음대(觀音臺)에 머물면서 혜능 일파의 학설을 널리 폈다. 제자 마조도일(馬祖道一)을 후계자로 법을 전하여 남악 일파를 형성해서 보통 '남악회양'이라고도 불린다.

20) 쌍각(雙角) : 놋쇠로 만든 쌍나발.

암자에서 10여 보 거리에 있는 대(臺)에는 '완폭대(翫瀑臺)'라 새겨져 있다. 앞에는 향로봉(香爐峰)이 있는데 깎아지른 듯한 봉우리가 짙푸르렀다. 긴 폭포가 향로봉 오른쪽 높은 곳에서 곧장 떨어지는데, 눈발이 흩날리듯 우박이 떨어지는 듯하며 우레가 울리고 번개가 치는 것 같았다. 나무가 무성하여 으슥하고 침침하며 만 길이나 아득한 곳이 청학동(靑鶴洞)이다. 승려가 말하길 "최치원이 항상 이 골짜기에 머물며 청학을 타고 왕래하였습니다. 그래서 바위틈에 옛날 한 쌍의 청학이 있었다고 합니다."라고 하였다. 암자에 앉아서 잠시 쉬었다. 김준필이 동쪽 담장으로부터 와서 돌배 다섯 개를 올렸는데, 맛이 시어 먹을 수가 없었다. 작은 술병을 가져오라고 하여 거듭 몇 잔 술을 마시고, 다시 나와 바위 위에 앉았다. 골짜기의 바람이 솟구쳐 일어 바위의 나무들이 모두 흔들렸고, 구름의 기운이 일렁거려 마치 거센 파도가 서로 부딪히는 것 같았다.

다시 비탈길을 따라 내려오다가 김이 모락모락 나는 한 무더기의 호랑이 똥을 보았다. 따라오던 사람들이 놀라 바라보자, 승려들이 다시 쌍각을 불어 그 소리가 골짜기에 진동하였다.

국사암 문수전

오른쪽으로 방향을 바꿔 몇 리를 가서 국사암(國師菴)에 들어갔다. 승려 초한(草閒)이 나와서 맞이하였다. 여기부터 지세가 조금 넓어지고 아래로 논이 많았으며, 대나무 울타리와 띠집이 서너 채 있었다. 시내를 따라 7리를 가니 소년암(少年巖)이 나왔다. 또 몇 리를 가서 신흥동(神興洞)에 들어갔다. 수석(水石)이 매우 기이하였고, 길 옆의 바위에는 '삼신동(三神洞)'이라고 새겨져 있었다. 절은 수려한 산기슭에 있는데 햇빛에 비쳐 찬란하였다. 누각은 큰 벼랑에 임해 있어 기와와 서까래가 더욱 높아 보였다. 대사 덕매(德梅)가 우리를 맞이하여 들어가 차를 대접하였다. 밖으로 나와 시냇가 바위로 걸어갔다. 바위 위에는 '세이암(洗耳嵒)'이란 세 글자가 새겨져 있었다. 승려가 고운이 쓴 것이라고 하였으나, 서체와 필획이 매우 속된 것이 고운의 글씨가 아니었다.

이 산은 대개 흙이 많고 돌이 적다. 빼어난 수석(水石)은 더욱 적지만 유독 이 신흥동만은 유명하다. 물줄기의 근원은 깊고 웅장하며 큰 돌은 이리저리 흩어져 몇 십 리에 펼쳐져 있다. 혹은 물이 고여 깊은 못이 되어서 엄숙하게 혼을 움직이기도 하고, 혹은 물이 콸콸 흘러내려 흉금을 씻어 주기도 하였다. 승려가 말하길 "봄이 가고 여름이 올 무렵 우기에는 시내의 돌이 구르며 부딪치는 소리가 마치 사방에서 우레가 치는 듯합니다. 또 돛대에 바람이 불듯 기마로 진을 치는 듯 거세게 내달리며 치솟아 올라오는 것이 사람의 마음과 눈을 모두 놀라게 하여 일일이 다 바라볼 겨를이 없게 합니다."라고 하였다.

그 위에는 아름드리 판목으로 쓸 만한 단풍나무·녹나무·노송나무·잣나무 등이 많은데, 바람에 나부끼고 햇살이 일렁거려 온 숲이 소리를 내었다. 덕매가 시 한 수를 지어 주기에 나도 구두로 화답하였다. 탄식을 하며 덕매에게 말하기를 "내가 옛날에 천호(天浩) 장로와 청평(淸平)의 골짜기에서 은거할 때 『남화경(南華經)』과 『능엄경(楞嚴經)』 등을 읽었는데, 매일 밥 한 사발과 물 한 바가지만 먹으며 스스로 말하길 '이와 같이 해야 이번 생애에서 윤회를 벗어날 수 있다'고 하였다. 한 번 세상에 나가면 만사가 어그러지니, 지금 비록 그대와 이곳에서 한가로이 노닐고 싶다 한들 어찌 그렇게 할 수가 있겠는가?"라고 하였다.

잠시 후에 남여가 준비되었다고 종자가 말하였다. 덕매와 헤어져 칠불암(七佛菴)을 향하여 6-7리를 가자, 독목교(獨木橋)가 나와 가마에서 내려 걸어갔다. 지나가는 산에는 큰 나무가 많았는데 울창하여 어두컴컴하며, 바람결에 흔들리며 스산한 소리를 내었다. 위에는 푸른 매가 둥지를 틀고 많은 새들은 어지러이 지저귀고 있었다. 또 6-7리를 가니 칠불암이 보였다. 동천이 넓고 툭 트여 더욱 별천지처럼 보였다. 남여에서 내려 벽안당(碧眼堂)에 들어갔다. 방 구들의 좌우가 좌탑(座榻) 모양처럼 돌출되어 있었다. 방 가운데는 달마의 초상을 걸어 놓았다. 8-9명의 야윈 승려들이 면벽 참선을 하고 있다가 내가 오는 것을 보자 내려와 절을 하며 맞이하였다.

그 가운데 두 승려는 옛날에 내가 풍악산을 유람할 때 내원통암(內圓通菴)에서 알았던 자들이다. 상당히 기쁜 표정을 지으며, "상사(上舍)의 이번 행차는 바로 백거이(白居易)가 향산(香山)에 놀러 온 뜻이 아니겠습니까?21)"라고 하였다. 내가 웃으며 말하길 "내가 차라리 뗏목을 타고 바다를 건널지언정 어찌 차마 빈산의 고목이 되겠는가?"22)라고 하였다. 여러 승려들이 모두 이를 드러내며 웃었다. 잠시 후 다과를 내왔는데, 한 승려가 신흥동과 청학동의 우열에 대하여 물었다. 내가 말하길 "신

---

21) 백거이(白居易)가……아니겠습니까 : 백부(白傅)는 백거이가 태자소부(太子少傅)를 지냈기 때문에 붙인 것이며, 68세 때 낙양 향산사(香山寺)에 머물며 불교에 심취하여 참선을 하였다. 여기서는 백거이처럼 깊은 산속에서 참선을 한다는 뜻이다.

22) 내가……있겠는가 : 뗏목을 타고 바다를 건넌다는 것은 『논어』「공야장(公治長)」에 나오는 말로, 공자(孔子)가 중원에서 도를 펴지 못하자 다른 곳에서 도를 펼치고자 하는 뜻이다. 여기서는 자신이 유가(儒家)의 인물임을 말하는 것이며, 빈산의 고목은 참선하는 승려를 가리키는 말로 쓰였다.

홍동의 넓고 시원함과 청학동의 깊고 그윽함은 각각 장단점이 있네. 나로 하여금 바람을 쏘이고 달을 희롱하며 돌아가는 것을 잊게 하는 곳은 신흥동일세. 청학동은 뼈에 사무치도록 쓸쓸하니 돌부처가 아니면 살 수 없다네."라고 하였다.

또 내가 승려들에게 말하기를 "세상 사람들은 직접 눈으로 확인하지 않고 남의 말을 믿네. 내가 이 산을 한 번 본 뒤 비로소 무릉도원(武陵桃源)이 진경이 아닌 줄을 알았네. 내 일찍이 『이미수집(李眉叟集)』[23]을 읽었는데, 「청학동기(靑鶴洞記)」[24]에 '노인들이 전하기에, 청학동은 사람이 겨우 다닐 만큼 길이 매우 좁은데, 구부리고 기어서 몇 리쯤 가면 넓게 트인 마을이 나타난다. 대개 옛날 속세를 등진 사람이 살던 곳으로, 무너진 집터가 아직도 가시덤불 속에 남아 있다. 사방이 모두 좋은 농토로 땅이 비옥하며, 청학(靑鶴)이 그곳에서 산다.'고 하였네. 이인로(李仁老)가 찾으려다 못하자 시를 암석에 남기고 돌아왔다고 하였다네.

옛날부터 신령스러운 곳에 대해 말하는 자는 매번 신기한 말을 많이 한다네. 고통의 세계에서 부침하는 사람에게는 세속을 멀리 떠나고 싶은 마음이 쉽게 일어나네. 그러므로 구름을 바라보고 탄식하며 문장을 지어 감정을 발하는 데 이르기도 하네. 근래에 또 이 산을 유람한 어떤 자가 돌아가서 '나는 이화동(梨花洞)을 보았다'고 말하였네. 그런데 그의 말이 이인로가 칭한 청학동과 비슷하며, 기이한 표현은 그보다 심하네. 예컨대 울창한 푸른 산속에 있는 만 그루의 배꽃을 본 것에 대해,

---

23) 이미수집(李眉叟集) : 고려후기의 문인 이인로(李仁老, 1152-1220)의 『쌍명재집(雙明齋集)』을 말한다. 자가 미수(眉叟), 호는 쌍명재이다.
24) 「청학동기(靑鶴洞記)」 : 『파한집』 제1권 14항에 실려 있다. 『파한집』에는 「청학동기」라는 제목의 작품이 없다.

오왕(吳王) 부차(夫差)가 월(越)나라를 칠 적에 하얀 옷을 입고, 하얀 깃발을 꽂고, 하얀 갑옷을 입고, 하얀 깃을 단 주살을 들고, 북채를 잡고 북을 끌며 한가운데 우뚝 서 있는 것과 같다고 한 경우라네. 아! 과연 망령된 말인 것을 알겠네. 이 산이 비록 웅장하고 넓으며 골짜기와 언덕이 굽이굽이 뻗어있지만, 전후로 이 산을 유람한 승려와 속인들 가운데 어찌 청학동·이화동처럼 신기한 곳이 있는데도 아는 사람이 하나도 없는 경우가 있겠는가?"라고 하자, 여러 승려들이 또 환히 웃었다.

이윽고 몇 명의 승려와 함께 법당 뒤의 옥보대(玉寶臺)에 올랐다. 대의 형태는 누워 있는 소와 비슷하였는데, 그 위에는 오래된 노송나무가 많았다. 한 승려가 "옥보고(玉寶高)는 신라 때 사람인데, 이 산에 들어와 득도하고 항상 이 대에서 노닐었기 때문에 그렇게 이름을 붙인 것입니다."라고 하였다.

날이 저물어 쌍계사의 탐진당(探眞堂)으로 돌아왔다. 저녁에 어떤 노승이 "작년에는 사나운 곰이 많아 사람을 만나면 해를 입혔는데, 올해는 또 호랑이들이 많아 사람들이 왕래하지 못하고 있습니다. 초여름부터 지금까지 가뭄이 들어 물이 말라 숲의 나무가 고사하였으며, 토끼와 꿩이 불안하게 이리저리 돌아다니며 사람도 피하지 못합니다. 또 삼영(三營)25)의 종이를 받치는 일이 번거롭고 힘들어 승려들이 살 수가 없습니다."라고 하였다. 내가 측은하게 여기고 길게 탄식하기를 "성덕과 인정이 많은 성군께서 계신데, 하늘의 은택이 그친 것이 이처럼 심하여 산속의 동물들이 사는 것조차 불안하게 하였으니, 어찌 아래 사람들이 잔인하고 포악한 정치를 하여 하늘의 노여움이 풀리지 않는 것이 아니

---

25) 삼영(三營) : 조선시대 훈련도감(訓練都監)·금위영(禁衛營)·어영청(御營廳)의 총칭.

겠는가. 또 운수행각하는 중들도 오히려 목숨을 부지하기 힘든데, 하물
며 몹시 곤궁하여 의지할 곳 없는 우리 백성들에게 있었으랴."라고 하
였다.

17일(경오). 해가 뜨자 말을 타고 화개동을 나왔다. 10리를 가서 삽암
(鈒巖)26)을 지났다. 이곳은 고려 때 녹사(錄事) 한유한(韓惟漢)27)이 살
던 곳이다. 아, 나라가 혼란해지려 하면 현자는 반드시 먼저 세상을 피
해 숨는다. 한유한은 최충헌(崔忠獻)28)이 재물을 탐하고 벼슬 파는 것
을 보고 권세를 농락하여 임금을 폐하고 새로운 임금을 세울 거사(擧
事)가 있을 것을 이미 알았다. 그래서 마침내 벼슬을 버리고 이 바위 아
래에 와서 은거하였으니, 그 높은 풍모와 탁월한 식견은 천고의 어리석
은 사람들을 경계할 수 있을 것이다.

또 10리를 가서 악양(岳陽)에 들렀다. 악양은 옛날 관아가 있던 곳으
로 예전에는 사람과 물산의 집산지였다. 섬진강을 마주하고 있는 사촌
(沙村) 어부들의 집에는 귀양 온 자들이 이따금 와서 거처한다고 하였
다. 또 20리를 가서 섬진(蟾津)에 도달하였는데 마침 장날이었다. 이곳
은 영호남 사람이 교역하는 지점으로, 질제(質劑)29)가 모여들고, 장사
꾼들의 물건 파는 소리가 시끄럽게 끊이지 않았으며, 산나물과 해산물

---

26) 삽암(鈒巖) : 현 경상남도 하동군 악양면 평사리 섬진강 가에 있는 바위.

27) 한유한(韓惟漢) : 고려시대 무신집권기에 벼슬을 버리고 지리산으로 들어가 깨끗한 지조
를 지킨 인물이다. 『고려사』「열전」제12권에 그의 행적이 기록되어 있다.

28) 최충헌(崔忠獻, 1149~1219) : 초명은 난(鸞), 시호는 경성(景成)이며, 고려시대 무신정권
기의 집권자이다. 1196년 동생 최충수와 함께 권신 이의민을 죽이고 정권을 장악하였으
며, 폐정개혁을 위한 봉사(封事) 10조를 왕에게 올렸다. 이듬해 왕의 측근을 몰아낸 후
최씨 무단정권을 확립하였다.

29) 질제(質劑) : 물건을 교역할 때 쓰던 어음을 말하는데, 여기서는 돈이나 자금을 통칭하는
듯하다.

이 매우 많았다. 우마(牛馬)와 사람들이 오고가는 것을 바라보니 마치 개미집이 갓 무너졌을 때의 분주함과 같았다. 하동부(河東府)에서 점심을 먹었다. 여기부터는 강을 따라가지 않고 30리를 내려가서 옛 하동 읍치를 지나 횡포역(橫浦驛)30)에 가서 묵었다.

18일(신미). 일찍 출발하여 30리를 가서 봉계역(鳳溪驛)31)을 지났다. 시내와 산이 서로 에워싸 빙 돌아나가니 매우 아름다웠다. 세상에서 산수가 빼어난 고을을 찾는 자는 매번 궁벽하고 고요한 암혈이나 다람쥐가 사는 깊숙한 숲에서 찾는데, 사통팔달의 길에도 절로 몸을 편안하게 할 곳이 있는 것을 알지 못하니 참으로 비웃을 만하다. 또 40리를 가서 진양성(晉陽城)에 도달하였다. 성문지기가 급하게 병사(兵使) 이사주(李思周)에게 보고하여 촉석루(矗石樓)에서 그를 만났다. 누대의 형세가 웅장하고 우뚝하였으며, 성의 아래로는 만 리를 흘러가는 남강물이 있다.

정구녕(鄭龜寧)이 나를 이끌고 가서 서남쪽 숲 기슭 아래에 있는 예전 수사(水使)를 지낸 박창윤(朴昌潤)32)의 집을 가리켰다. 박창윤은 영남우도의 부호이다. 연못과 누대에서 음악을 연주하는 즐거움을 누리다가 때론 가동(歌童)·무녀(舞女)들과 노를 저어 푸른 강에서 유희를 즐기기도 한다. 또 꽃다운 청년들로 하여금 앞에서 옹위하고 뒤에서 따라오게 하여 꽃이 활짝 피고 수양버들이 드리운 곳에서 북을 치고 춤을 추게 하며 여유롭게 산다고 한다. 내가 야윈 말 한 필로 동남 지역을

---

30) 횡포역(橫浦驛) : 현 경상남도 하동군 횡천면 횡보(橫甫) 마을에 있던 역의 이름. 포(浦)는 보(甫)의 오자인 듯하다.
31) 봉계역(鳳溪驛) : 현 경상남도 사천시 곤명면 봉계리에 있던 역이다.
32) 박창윤(朴昌潤, 1658-1721) : 자는 덕이(德而), 본관은 태안(泰安)이며, 능허(凌虛) 박민(朴敏)의 손자다. 무과에 급제하여 황해도 수군절도사를 지냈다.

유람하며 깊숙한 골짜기와 벼랑에서 주절거리며 낮게 읊조리는 것은 바로 박창윤에게는 한바탕의 웃음거리가 될 것이다. 촉석루의 동쪽에는 능허당(凌虛堂)과 함옥

삼가현청 터

헌(涵玉軒)이 있다. 정구녕이 말하길 "이 함옥헌은 달밤에 거문고 연주하기에 가장 좋습니다."라고 하였다.

　19일(임신). 정구녕이 다시 나를 맞이하여 촉석루에 올랐다. 정구녕이 말하길 "이 강은 발원지가 두 군데 있습니다. 하나는 지리산 북쪽 운봉현(雲峰縣)의 경계에서 나오고, 하나는 지리산 남쪽에서 나오는데, 진주의 서쪽에서 합쳐져 동쪽으로 정암진(鼎巖津)을 지나 낙동강으로 흘러 들어갑니다. 이 촉석루는 옛날에 장원루(狀元樓)라고 불렸는데, 용두사(龍頭寺)[33]의 승려인 단영(端永)이 중창하였습니다. 백담암(白澹庵)에서 강 가운데 바위가 우뚝우뚝 솟은 것을 보고 마침내 이름을 고쳐 촉석루라 하였습니다. 1593년(癸巳年)의 난리에 왜구가 불태웠는데, 뒤에 비록 중건을 하였지만 쌍청당(雙淸堂)과 임경헌(臨鏡軒)은 끝내 옛날의 모습을 회복하지 못하였습니다."라고 하였다. 잠깐 이야기를 나누다가 정군과 진남루(鎭南樓)에 올라 병사(兵使)와 작별하고 가야산(伽倻山)을 향하여 출발하였다. 40리를 가서 안간역(安澗驛)을 지나고, 또 30리를 가서 삼가현(三嘉縣)에서 묵었다.[34]

─────────────

33) 용두사(龍頭寺) : 고려 중기 이래로 촉석루가 있는 진주성 경내에 있었던 절.
34) 김도수의 「남유록」은 두류산·가야산·속리산·화양동을 유람한 기록이다. 여기에서는

춘주 김도수

　김도수(金道洙, 1699-1733)의 자는 사원(士源), 호는 춘주(春洲)이며, 본관
은 청풍(清風)이다. 청풍부원군(清風府院君) 김우명(金佑明)의 서손(庶孫)이
다. 조부인 김우명은 현종(顯宗)의 장인으로, 송시열(宋時烈)과 같은 서인(西
人)이었으나, 민신(閔愼)의 대부복상(代父服喪) 문제를 계기로 남인 허적(許
積)에 동조하였다. 그 뒤 남인 윤휴(尹鑴) 등과 알력이 심해지자 벼슬을 그만두
고 두문불출하였다. 김도수는 음보(蔭補)로 금산군수(錦山郡守) 등을 역임하
였다. 홍세태(洪世泰)·정래교(鄭來僑) 등의 위항시인(委巷詩人), 노론의 유
척기(兪拓基), 남인의 채팽윤(蔡彭胤), 소론의 이덕수(李德壽), 그리고 승려에
이르기까지 신분이나 당색에 구애받지 않고 교유하였다. 저서로『춘주유고(春
洲遺稿)』2권 1책이 전한다.

두류산을 유람한 부분만 뽑아 번역하였다. 나머지 유람에 대해서는 유람 일정에 간단히
적어두었다.

원문

遊智異山錄

李陸

天王峯：堂有天王石像 頂上劍痕宛然 諺傳 倭寇窮蹙 以爲天王不助 不勝其憤 乃斫其頂矣 峯上平廣可數十步 東南西三界 洞望無礙 每日初出 如金盤眼底跳躍 波濤爲之層立 光明先射峯頂 山後猶昏黑 尙未盡明 見四方諸山 皆爲阜陵 別無高遠地 其佗江湖之水 細如秋毫可望 不可的知何處 四面皆削成 往往繫鐵環岩木間 令人得以攀登 虎豹熊羆之屬 皆不得過 雖烏鳶亦不能至 唯鷹鶻至秋高 乃來集焉 西下二三里 有石寶當徑 往來者由之 近山之人 皆以天王爲靈 凡有疾病必禱 山內諸寺 無不建堂以祀之 上山者 亦相切戒 不得齎肉饌 皆曰犯戒 必中路昏黑 迷所之 且有不測之患云

般若峯：在全羅境上 其高與天王峯齊 遯世者 多居焉 由雙磎行三日可到 山僧云

靈神寺：東壇有迦葉石像 肩臂如火燒然 諺傳 燒盡人世當更 卽有彌勒佛住世 甚有靈驗云 後峯有奇石削立如橋 北臨萬丈 復戴小石如床 向般若峯稍低 人有攀緣而登 四向拜者 以爲根性 然其能之者 千百僅有一二 庭下有小泉 水性堅 香甚味 號神泉 下而爲花開川 東有石峰 如浮屠狀 居僧以爲龜社主崔文昌 不死在此云

雙磎寺：新羅文士崔致遠孤雲 嘗讀書于此 庭有老槐幾百圍 其根北度小澗 盤結如橋 寺僧因以爲橋以往來 諺傳 孤雲手植 洞口二石 如門而立 有大書雙磎石門四字 寺前有古碑 皆孤雲所書 碑又其所撰 寺近蟾津 居僧以爲寺西舊有崔公書樓 通望津水 遺址尙存 其溪澗洞壑 極爲蕭洒 殆非烟火食者所居

佛日菴：西距雙磎十餘里 崖谷絶峻 日月爲之不能照 又無谿徑可由 鑿絶壁腰 上下皆可數百丈 可容一人行以爲路 其不可鑿 則橫木爲橋 往來者 無不駭汗竪髮 菴又臨懸崖 下可百餘丈 有二池深不測 一曰龍湫 一曰鶴淵 諺傳 崔文昌讀書于此 神龍有時出聽 鶴亦爲之飛舞 公或書空作一

字爲橋 以往來云 又壁石小穴 流出銅液 居僧亦以爲公嘗藏銅筆于此矣

斷俗寺：自天王峯 東走幾五六十許里 有獨立峰 是爲外山 東距丹城十餘里 北距山陰十五六里 前距召南津 又十餘里 寺在峰下 凡百有餘間 中大殿曰普光 景泰中 重創寺 前有創板堂 國朝所建 西南北各有古碑 忘其所立歲月 庭右有一閣 新羅所創 壁有四王畫像 金碧尙新 古傳 羅僧金生壁上寫維摩像 又畫老木一株 山鳥時時飛集 欲坐而墜 後一枝汚毀 居僧續之 自是鳥不復來 今皆亡矣 然四王眞 甚奇古 非道子畫 卽金生筆 高麗名賢金富軾鄭襲明 嘗遊于此 有詩在壁間 洞口壁石 有石門二字 傳者亦謂崔孤雲所書

法戒寺：距天王峯二十餘里 有大石如舡 號天王舡 向天王三四里許 又有石如屋 可庇數十人 名曰千佛菴 古來遯世者所居 竈突尙存

五臺寺：自薩川南踰一嶺 有五峯列立 其狀如臺 寺在其中 故号五臺諺傳 上世有鶴 嘗棲峯上云 寺有大珠如鵠卵 號如意珠 網以銀絲 寺衲相傳 以爲寶 且曰 水半盆 沈珠 卽盈溢云

安養寺：自蟾津東踰三大嶺六十餘里 有是寺 與五臺同稱勝刹 然無奇跡 頗與村居 近 但西室壁上 有三祖眞 儼然

默契寺：自安養前川 隨水西北 行谿谷之間 甚險阨 四十餘里 窮水源有地梢開曠 土又肥衍 寺在智異最名勝境 有志之僧 前後多往居焉

牛山：智異山西南 趂至栢谷村 有形如伏牛 號牛 有房茅房兩寺 高麗將軍姜民瞻所創 茅房寺 有民瞻畫像 至今祀之

防禦山：西距智異幾七十餘里 在晉咸安宜寧之間 有水囑山北而東 是爲鼎巖津 山西有淸源寺 臨石澗 甚有淸致 自淸源迤南二十餘里 有法輪寺 西距晉十餘里 寺僧云 是地甚有良 因晉人讀書于玆 相繼多發跡云

義林寺：在鎭海之西 後有竹林 前有磵水 出門數步 通望海門

杜椿島：在鎭海城南數里 有小山自北而來 臨海而止 上可坐數百人 三面皆絶壁 色如繪畫 有杜椿蔓結如簷廡 可庇數十人 下皆靑石 潮至便沒潮下 石平如場 又可以坐數十百人 登望 軒豁無碍

金剛社：在金海城東 前有鴈塔 不知何代所立 壁上 有高麗鄭侍中記

余以天順末 南遊嶺路 讀書于斷俗寺 留一年 其年秋八月 自斷俗西行
宿薩川縣 遂登天王峯 遍歷靈神香積諸刹 將向般若峯 會囊槖告匱 不果
行 乃迤南而下 窮蟾津而止 復東蹳三大嶺 還至召南津

凡周行二百餘里 然其間足所不到 目所不得見 又不知幾千萬狀 而其
所錄 亦安得彷彿眞面 而山之大槪 或庶幾焉 異日 有僧稱道智異勝迹 其
言 與余所見 甚不相似 不知吾之所不得見 而彼能見乎 吾之所不能到 而
彼能到乎 山一也 而人所見不同 何也 比如見麟 其見蹄者 以爲馬也 其見
尾者 以爲牛也 其見身者 以爲屬也 三者 雖所見不同 而亦不可謂不見麟
是必爲山蟠據數百里 東者不得西 南者不得北 一面之遊 動數十日

世之所謂靑鶴洞者 余固不必其果有 亦不必其果無 不得以己之見而盡
廢人言 然余所登者 天王峯也 登天王峯而見 所見無智愚賢不肖 不謀而
同 彼僧之見 獨與余不同 余不能不疑也

將遊之夕 謀於寺中 倩爲引路 時居僧無慮百有餘人 無一曾行 亦曰 時
方收穀 不可浪遊 余是以知山僧之謀生 有甚於俗子 其肯盧勞一足之投
行數百里至險至高之地乎 故有老死於山下 而足不及山上者 皆曰 吾居
智異也 吾見智異也 吾惡知異日之僧 審是端士 而非謀生老死之儔也耶

昔孔子登東山而小魯 余始疑而終信之 登太山而小天下 余甚怪焉 及
登是山 然後知聖人之言 不誣也 佗日 有能携筇杖 上翠微 倚天長嘯 披襟
當風者 當以余言而質之 雞林李伯勝 鐵城李放翁 密城朴貞父等 讀書于
頭流西斷俗寺 以秋八月晦前五日 納草蹻

遊天王峰記

南孝溫

智異山在南海濱 最秀於衆山 其中上頂 曰天王峰 峰勢北走 止爲一岳
曰中峰 南迤爲一嶂 曰氷鉢峰 又西南走 成一大川 曰般若峰 又南爲一岳
曰華嚴峰 西爲一岳 曰普門峰 成化二十三年歲在丁未九月晦日 余登天

王峰 滄溟際天 列嶽可數

山之東北則慶尙道 在尙州曰甲長 金山曰直旨 星州曰伽倻 玄風曰毗瑟 大丘曰公山 善山曰金烏 艸溪曰彌勒 宜寧曰闍崛 靈山曰靈鷲 昌原曰黃山 梁山曰元寂 金海曰神魚 泗川曰臥龍 河東曰金鰲 南海曰錦山 錦山臥龍之間 有山遠在海表 曰巨濟

山之西南則全羅道 在興陽曰八巓 其西曰珍島 康津曰大屯 海南曰達磨 靈巖曰月出 光陽曰白雲 順天曰曹溪 光州曰無等 扶安曰邊山 井邑曰內藏 全州曰母岳 高山曰花巖 長水曰德裕

山之西北則忠淸道 在公州曰雞龍 報恩曰俗離

諸山列在山下 無名小山 無慮千萬嶂 出沒晴嵐中 環山麓而郡縣者九 曰咸陽・山陰・安陰・丹城・晉州・河東・求禮・南原・雲峯

山有柿栗柏子資果 人蔘當歸資藥 熊豕鹿獐山蔬石茸資饌 虎豹狐貍山羊靑鼠資皮 鷹資搏獵 竹資工用 木資室屋 松資棺槨 川資灌漑 橡資凶歉 盖高山大嶽 雖不見其運動 而功利及物如是 比如聖人垂衣拱手 雖未見帝力之我加 而設爲裁成輔相之道以左右人也 甚矣 玆山之有似於聖人也

佔畢齋金先生 據子美方丈三韓之語 以此爲方丈山 中國人皆以玆山有不死艸 此則未可知也 豈山下人資山中所産 以生以育 曰賴玆山以活 傳訛於中國者 實謂海外方丈 眞有不死之草 貪生極慾如秦皇漢武者 聞之航海而求之耶

余坐天王堂之石角 回眺移時 塵懷散落 神氣怡然 第念俗士身繫名韁 仰事俯育之際 登山臨水之日爲少 問諸同來釋者一囧義文親所目擊 異日還家 妻子啼飢 奴婢呼寒 百慮亂心 習氣盈懷 觀此 庶幾有今日之興云

遊頭流錄

邊士貞

余早孤質鈍 性踈學蔑 不見孚於世 以耕讀爲業 在嘉靖乙卯春 構築茅屋於頭流之桃灘 朝出而畊於雲 暮歸而讀是書 疲厄無事 與麋鹿閑臥於柴門 隣翁有時持荣酒來 饋於蓬戶 生涯蕭條 自樂而忘返 學業踈鹵 無望於進就 如是而獨遨於斯間者 盖數十年矣

時適萬曆八年四月初三日 丁熠君晦・金千鎰士重・楊士衡季平・河孟寶大哉諸友 自百丈寺來訪余 余欣然邀接 叙盡舊情 留宿二宵 君晦曰頭流乃三山之一也 而先輩名碩游觀 已著於詠記中 然吾儕若一番遊賞則韓鄭之錄可徵 而況見錄不如躬探眞形 則今與二三同志 縱游頭流以償夙債 各扶竹杖着芒鞋 遂行

下山經水 畦邐迆而過黃溪瀑 踰歡喜嶺 連延二十里 皆蒼松碧蘿 淸風襲入 至頂龍庵 巖間開落不種花 谷中去來難名鳥 目寓耳得 眞是仙界 相與顧眄談笑 日將夕矣 與諸友共宿于是庵之北堂

初六日 促食越大川 行過六七里 水聲潺潺 山容峨峨 歷月落洞 過黃香洞 越小溪而行 一漁子進前而拜 視之則乃曾有面雅者也 以數十尾之魚慰余曰 此足爲山中貴物 則以是供饋諸老夫云 引路邀請 君晦曰 非直在物 其言甚嘉 卽隨行數里 谷中有兩三人家 鷄鳴犬吠 出白雲綠樹中 亦一絶境 午後躋玉蓮洞 抵靈源庵 山深境絶 蒼檜靑楓 錦翼衡人 少頃休憩 暮投長亭洞金雅之寓舍 留宿

初七日 早食發行 過龍遊潭 至頭流庵 層崖削出 壁立萬仞 百花爭發襲香一洞 竟日坐玩 不覺其暮 遂入禪房 共宿焉

初八日 晨朝促喫 過紫眞洞 攀巖飛杖 登天王峰 是日也 天氣淸朗 極目無碍 精神灑落 顧謂諸友曰 吾儕今日之游觀 不亦壯乎 群山萬堅 羅列膝下 巨靈長蛟 縮伏其宅 逗遛數頃 躑躅而下 投宿殘店

初九日 早喫行 至義神寺 得一憩 纔熟羊胛 便過聖獅洞 至神興寺 釋子數輩進前邀 余於後殿之東 竟夜與釋子言 及某峯某洞奇絶處 耳之所

得猶勝於目所寓矣

初十日 晚朝 與釋子出洞口 有一奇巖 上可坐數十人 其傍有大書三字
靑苔成紋 字畫隱微 謂釋子曰彼誰氏之書乎 釋子對曰 小僧其實未可的
知 然自來言傳崔孤雲書也云 釋子拜前而歸 因行七佛庵 小憩 至雙溪寺
有一蒼頭 自西而來 獻一封書 卽君晦家鄕之急報也

十一日 因與諸君留後約焉 桃灘居士邊士貞記

頭流山仙遊記
朴敏

吾嘗謂 人有可病而不以爲病 人有可樂而不以爲樂 何哉 功名富貴 得
喪利害 嬰心苦思 乾沒平生 非吾所謂可病乎 佳山美水 明月淸風 恣意
探討 遨遊物表 非吾所謂可樂乎 病其病而樂其樂 人孰得以能之哉 一日
浮査少仙 示余以淸遊之意 乃辦行焉 少仙眞樂其樂者乎 是行也 二胤子
御 文汝幹偕 姜君士順其從 鄭公熙叔擺病 余忝在其列 泊岳陽 李謹之
亦與焉

八仙聯袂 或徐或疾 登臨瞻眺 忘後忘先 凡可以宜於目愜於意感於心
愴於懷者 盡得以收拾 時或有吟哦焉 長嘯焉 狂歌焉 起舞焉者 隨意而
爲之 靈區異境 仙侶所在 足才躋而毛髮爽竪 琪花瓊樹 莫辨其名 無不
掇而見聞壞博 宇宙高深 風雲變化 亦足以暢叙精神 疏蕩胸襟 殆非食烟
火氣像

余於是益有所感 而知功名富貴 得喪利害 誠足以爲人病也 至如尋溪
訪巖 登綠醑而薦芳膳者 山中之知舊也 跨虎驂龍 遵竹杖而披雲霧者 山
中之韻釋也 及乎周覽而下也 平湖夜泛 極其淸絶 臺上笙歌 盡其歡情 氣
益豪而思益奇 發之爲詩文 奚囊之什 終成卷軸 吁 所得亦已夥矣

若夫山川之壯麗 地鑰而天扃之 古人之奇迹 鬼呵而神護之 以至四時
之殊態 萬象之呈露 今猶古也 古猶今也 先賢之錄 蓋詳矣 吾又何贅焉 嗚

呼 南畝之入 可以無飢 箔上之收 可以無寒 而得油然而樂 快然而喜者 百
歲之中 有幾度哉 今兹之遊 不與物競 不與事爭 嗒然忘我 吾樂自至 諧所
願也 復焉求哉

雖然 人徒見吾輩之遊之樂 而曾不知少仙年齡過稀登陟如飛 正自有凌
厲飄逸之狀 是豈非造物者不斬使之如鞭笞鸞鳳而得逍遙於世外也耶 吁
少仙眞少仙哉 噫 赤壁江山 托蘇仙以香牙頬者 前日事 而兹遊之以香人
牙頬者 必少仙也歟 時維柔兆執徐之歲 大淵獻之月也

遊頭流山錄
趙緯韓

歲戊午二月 余自京師 率家小 來寓于南原省村 舍弟玄洲公 亦以討捕
使按三道 先在南中 幸得相遇於天涯流落之中 此鴒原之一大奇事也

余謂玄洲曰 自吾之往來于帶方者 不知其幾度 而迄不得一遊方丈之山
者 非但事故之纏綿 抑俗緣未盡而魔障作祟也 秦皇漢武之一生勤苦 而
尙不得詳知其此山之有無於何處也 中朝之人 至今置之於杳茫荒唐之說
而不曾知有三神山之實在於吾邦也 兹豈非夏蟲之氷 朝菌之朔乎 今吾等
幸生東方 來在兹州 日望仙山於几席窓闥之間 而尙靳跬步之勞 不一登
陟而遊賞 則其何以蕩胸襟而償所願 亦無辭以歸語世人 且君公事閑漫
吾亦身病差健 而時日淸和 花事未闌 不於此時僾閑假步 則後日之參尋
又安可必乎 玄洲曰 弟意亦然 而適與慶尙兵使南以興 有約會於雙溪 亦
無非事者 遂定雙溪之行

四月十一日庚子 晴 自南原府中 跟玄洲馳往鶺子江 則房生元亮 先到
中酒院而待之 梁東崖子發 隨後而至 兹二人者 皆有約也 遂登舟涉津 聯
鑣而往 行到七八里 有亭斗起江岸 古木蒼藤水石頗好 此乃故參判金啓
之所謂水雲亭者也 下馬登覽 旋向谷城 主倅崔㬵上京未還 悄悄空館 半
日無聊 玄洲先賦絕句 余與東崖次之 縣人金上舍鍊 率子姪及安건(王+

建)而來會 向晚潭陽府使金弘遠 亦赴招而來

十二日辛丑 晴 余與房生 先往金上舍家 玄洲送潭陽 隨後而來 酒三行 玄洲先出 余與房生尾往 沿江三十里 峽路危棧 甚崎嶇 飛波急峽 不在於 丹陽永春之下 而世人之只稱四郡 而不知有此峽者 何也 抑未知江山形 勝 亦有遇不遇而然耶 行到鴨綠津 東崖先自浴川 直到江上 使篴工吹篴 而候焉 中火後 登船命酒 則谷城官婢二人來上舡 使之唱歌 與篴相和 沿 洄上下 興復不淺 乃於舟中 各賦一律 下陸而行 又從峽中行三十里 歷潺 水渡口 入求禮縣 題詩數篇 因與主倅閔大倫設小酌 夜深而罷 是夜微雨 乍來

十三日壬寅 晴 朝送官人了簡于光陽沈生 期會于山中 玄洲先發 吾三 人又從峽中行三十里 過石柱遷路 廢堞殘壘 有防戍處 形勝奇壯 雖百二 嶱函 無以過之 自石柱峽行二十餘里 入花開洞 大槩峽路 自浴川至花開 一百有一十里 沿江遷路 石逕巉巖 淸江白石 處處可愛 崦中孤村 夥靃桃 源 恨不得移家而來卜也 自洞口捨岳陽直路 徑取細路而入焉 大川淅淅 自山中出來 循溪十里 谷廻巖轉 錦石琪花 曲曲奇絶 信馬徐行 目勞心倦

至武陵溪 居僧十餘出迎曰 討捕使已與兵使 相會于石門而待之云 卽 乘藍輿 亂流而渡 行數里許 至石門 仰見矗石竝峙相對 而右刻石門 左刻 雙溪 四大字森然如龍蛇騰攫 劍戟橫揷 乃崔孤雲筆跡也

與兵使相見 坐溪邊巖上 設杯盤 晉州妓生六七人 擁珠翠 或歌或琴或 篴 與水聲相雜 不能聽人語 寺僧列坐前後 其中有雲衲甚潔 兩目熒熒者 名曰覺性 能通經識字 解渠家大乘法 率弟子二百人 在神興寺講道 聞吾 輩入山來此而迎候矣 兵使先入寺中 吾等因坐石上賦詩 隨後而入

古木千章 嫩陰掩暎 春柏數株 紅葩爛熳 寺前有古碑 高可丈餘 負以石 龜 額曰眞鑑大師碑銘 而大唐光啓三年立 文與字 皆孤雲跡也 登樓開宴 歌鼓震蕩 列隊紅粧 更唱迭舞 夜深月明 大醉而罷

十四日癸卯 晴 兵使還晉陽 覺師還神興 亭午 備藍輿將上佛日 沈生自 光陽乘靑騾馳來一百里 而日尙早 何其奇哉 五人各乘藍輿 從法堂後直 上 絶頂巍峨 高不可攀 擔輿之僧 喘息如鍛 白漿被背 五步十步 更肩遞脚

前挈後推 左傾右側 乘輿之苦 不下於擔輿 寸進尺退 辛勤而上 幾八九里
有崖絶處 斬木架壑 俯臨無底之谷 殆不能步涉者數處 下輿着不借 艱艱
匍匐 腹脛而度

　到佛日則寺古無僧 金碧散落 虛龕寂歷 窓壁玲瓏 右對靑鶴峯 上切雲
天 蒼壁削立 僧云 巖礴有靑鶴一雙 常巢居産雛 乃孤雲所騎而往來者也
經千百年 尙保無恙 而不幸有嶺南儒生之遊此山者 投石中傷 飛去不來
者 今十餘年矣 其下有洞 名曰靑鶴洞 陰沈萬仞 不見其底 松杉檜柏 闇昧
冥漠 但見雲霞晦濛而已 左有香爐峯 與鶴峯相向對峙 高壯敵之 自佛日
東南至百步 未及香爐 而有長瀑湧出 倒掛半空 飛湍跳沫 洒林噴谷 殷殷
訇訇 如千雷萬霆 奔薄鬪擊於洞天之中 眞天下之壯觀也 直與松岳朴淵
爭爲甲乙 而洞壑之奇壯 朴淵亦不得及焉

　寺前有臺 可坐十餘人 巖面刻翫瀑臺三字 亦孤雲所自書也 五人環坐
臺上 洗盞酌酒 使妓唱歌工吹篴 響徹雲霄 崖谷互答 心魂爽朗 飄飄然
有出塵之想 怳聞岩竇間有崔孤雲謦咳也 臺前有古木羅立 前度遊人 削
皮刻名者甚多 至有三十年前陳迹 宛然猶在焉 沈君房生 欲窮探瀑水所
落處 緣壁而下 房君半途而還 沈生遂至地底 大觀而來 相與沈吟翫賞
不知日之將入也 賦詩數篇 還向歸路 而別尋一線鳥道 穿蘿觸藤 直下數
里 到玉簫庵

　庵在斷巘絶壁上 鑿崖凌虛而架棟設檻 縹渺浮空 翬飛鳥翼 有若畫圖
之中 殆非尋常僧房佛屋之比也 僧云 此庵乃潭陽士人李聖國者 入此山
修道二十年 破産傾財 作大施主構之云 脫衣困臥 賦詩而還 乘輿直下
如墮坑入井 行數百步 歷靈臺庵 又行數百步 歷佛出庵 玆二庵俱在絶
壑上 無一點塵垢 而比玉簫 則風斯下矣 自佛出 又行一里許 還到雙溪
宿焉

　十五日甲辰 晴 早發渡武陵橋 入神興洞 洞深谷窈 境異界別 玉地金沙
步步可翫 瓊潭璧水 處處皆勝 與金剛萬瀑洞相似 而雄壯富麗則過之 下
馬坐石厭觀之 使晉陽小僮入水游泳 亦一奇觀也 行行十餘里 到神興洞
洞口立石 刻三神洞字 渡紅流橋 溪邊又刻洗耳喦字 此則皆非孤雲畫也

溪上有凌波臺舊基 而荒廢蕪沒矣 覺性者率弟子出迎 遂乘興入寺

坐於寺前高臺 臺臨廣淵 大可容舟 成削奇峯 環列如屏 靈飆習習 爽氣來侵 怳然如在瑤臺月殿之上 不自覺其羽化而登仙也 覺師進茶後 迎入法堂 金翠晃朗 照爛龍鱗 僧徒年少而白晳者 多至數百 環列如羅漢 皆覺師弟子也 寺僧進糲飯草具 足以療飢 先送晉陽妓生 各賦詩留贈覺師 出洞而還 沈生落後留宿焉

歸路遇大風振壑 溪谷皆盲 飄冠裂衣 殆不能行 此豈山靈谷神嗔怒塵蹤之汚穢靈境也 使龍公風伯披制其氛埃也耶 歇馬江上 中火後 先送玄洲 吾與房君 馳到龍頭亭 立馬縱目 地勢壯快 名不虛得 而因日暮風亂 卽向求禮 宿焉

十六日乙巳 晴 早發歷中方里 入星院崔正郎孺長幽居 坐溪邊石上 主人設酒食 良久團欒 賦詩留贈 玄洲先向蕭星峙入南原 子發由栗峙還逃山 余與房生由屯山嶺 黃昏馳到月波軒 留宿

十七日丙午 晴 余還省村 玄洲亦自府中來會

十八日丁未 雨 送馬邀東崖來 賦紀行五言古詩各一篇

十九日戊申 晴 點檢山中所構詩草 得七言近體各十篇 五言近體各二十篇 七言絕句各三篇 五言古詩各一篇 合一百有二篇 彙爲一册 以便觀覽焉 又令玄洲作記而弁之

二十日己酉 玄洲發向完山 東崖又還逃山 余獨留孤村 塊然作一土梗噫 流離千里之外 得見骨肉 誠人世間稀罕底事 而得與共遊仙山 添一詩伴 亦千載難遇之奇會也 登探未窮 官事有程 二日山中 淸賞未洽 而天涯遠別 遽出於歡會之中 吁亦可悲 而抑豈有數於其間耶 聚散無端 人生有限 他日團圓 亦難期容易得也 聊書顚末 以爲後日之覽焉

歷盡沿海郡縣 仍入頭流 賞雙溪神興紀行錄[1]

梁慶遇

歲戊午 暮春之初 余在鼇山-長城別號-縣 趙玄洲令公以討捕使 按嶺湖諸道 巡至敝縣 仍往縣 入金上舍友仮溪亭 賞花賦詩 相與討論南中山水之勝 玄洲曰 龍城實僕半生往來之所 而於君爲鄉土也 雙溪靑鶴距龍城 甫兩日程耳 足迹未嘗一到 而衰邁隨之 豈吾兩人所共歡者歟 今僕適奉使南來 家兄正郎公携家 方居省村-南原西面村名- 君弟子發在家無故 君雖汨沒簿領間 寧可無一會期哉 倘及山花未謝 共討仙區 有唱斯和 以紀勝蹟 寔難得之奇會也 於是 相視而笑 莫逆於心 遂剋期以別

其後乞暇于方伯 不見許 盛失所望 亡何 趙正郎素翁諸公 寄來 山中酬唱詩一編 以張之 且譏余顧戀五斗 無暇遊從 余益自不樂

居數日 方伯以沿海郡縣續案之任 屬余 而光陽實在案部 余竊料自光入山 可朝發夕至 殆天之與便者 非耶 因以書抵素翁曰 吾亦從此而往 不及君者 僅旬月耳 山中景物 故依舊也 余卽將諸公詩韻 沿途屬和 追入卷中 則顧何異於同時遊賞乎 遂俶裝登途 卽閏四月十五日癸酉也 夕抵南平縣 宿焉

○ 十六日 甲戌 晴 有縣居舊識數人 要余泛舟南溪 溪西有翠壁攢巒 行人隱現其間 卽此走綾城路也 溪東有漁村五六家 白脊露於林顚 頗有蕭洒之趣 中流上下 薄暮興盡而還

○ 十七日 乙亥 晴 適有微恙 仍留宿

○ 十八日 丙子 晴 早發 投靈岩郡宿

○ 十九日 丁丑 晴 余將探月出山 主倅亦欲偕余往道甲寺 轎馬臨發 有官故而止 所帶有兩小童 年可十五六 一童吹簫 一童彈琵琶 皆其奴也 遂命從余行 用俟余選勝 具行至洞口 去寺門七八里 淸泉翠峽 映帶左右 乃命兩小童 馬上調羽聲奏之 緩轡徐行 未至寺門數百步 有兩柱朱門聳出

---

1) 錄 : 원본에는 '祿'으로 잘못되어 있다.

樹顚 前視之 額有內願堂三字 原邑之苛政 髡輩不堪 迺有此托勢之擧 貽累沙門極矣 遂入禪堂宿

○ 二十日 戊寅 晴 脚上有腫患 不能探山 悄然塊坐 有老僧謁余曰 寺後有淸湍茂林 可以滌暑 因前導出北牆外 坐余小臺上 綠陰滿席 一道流泉瀌瀌循臺下走 遇斷崖爲瀑流沸白而下者二層 而通計其高 可四五丈 其下瀦而爲深淵 淵有二名 曰瀑布淵 曰北池塘也 在旁伶兒謂余曰 此間僧輩善作水戲 可觀 余命老僧趣之 於是 有美少僧七八輩 裸而立淵上 以兩手障其陰 合脚竦身 投于淵心 以入水深者爲能 初不見其所往 良久然後昂頭浮出 旣出又如之 前者後者 相繼不息 其中有一僧出沒甚銳 方立淵上 有大蜂出自林間 毒其額 僧乃仆地而號 須臾眉目不可辨 遂不樂而罷

○ 二十一日 己卯 晴 脚腫爛赤作痛 仍留

○ 二十二日 庚辰 晴 脚腫少定 乃取藤根竹竿 圜而縛之 作小輿狀 載之馬 仍騎以行 出至洞口 兩伶兒告辭於馬前而去 夕訪白進士善鳴家 宿焉

○ 二十三日 辛巳 晴 善鳴携余 至其先君玉峯舊庄 相與窮探澗壑 掃石而坐 說到兩家先世過從之好 詩酒之懽 不覺泫然流涕 善鳴曰 昔吾先君以御容殿參奉在完山 君大人將向洛下 歷訪敍別 仍各賦一篇 實在遺稿中 吾輩此夕之會 亦非偶然 盍步其韻以續之 遂命紙筆 俄而詩就 善鳴又誦其先君兩首絶句 共次其韻 各書一通而分之 善鳴善草書 銀鉤玉索可玩 卽從澗底 捫蘿登數級層崖 崖上有精舍 善鳴所新搆者 令小婢子打火療飢訖 黯然告別 直向棠岳之路 至東城外尹進士熙伯-名績 余之內弟-家 謁姨母留宿

○ 二十四日 壬午 晴 尹正郎橘屋公-名光啓 與熙伯同里- 侵早來訪 敍寒暄畢 袖中卽出私稿曰 僕自弱歲 學爲文章 專門翰墨 今年過六十衰矣 頃者 試搜出亂章於箱篋中 去其不滿意者 得詩若文凡若干篇 彙書爲三卷 欲取質於具眼 適會公來 天也 願公爲僕評品無隱 余辭不敢 仍展卷讀之 日至夕 猶未卒業 橘屋還于家

○ 二十五日 癸未 晴 曉起讀橘屋私稿 少晚了三卷詩文 大抵文學退之詩祖於杜 而以余所見 文勝於詩 求之今世 盖不多得 將此數語回之 是日

畧具酒饌 觴姨母 夜分而罷

○ 二十六日 甲申 晴 發向珍島郡 行至津頭 所謂碧波亭 隔水蒼茫 極目可望 天朗無風 乘舟利涉 旣涉 登亭騁望 水面平鋪 四圍如鏡樣 有兩小島揷在波心 奇勝無比 但平時所構傑閣 燬於兵燹 亂後草創 屋制猥卑 修掃無人 鳥雀遺白滿廳 遂促馬 行十餘里而至郡 郡依樹木蘆葦之間 蕭索甚矣

○ 二十七日 乙酉 晴 主倅謂余曰 郡後有名望德峯 甚高峻 登之 俯臨南海 盍往觀乎 余及主倅携鼓笛以登 西南巨海 盡在席下 鯨濤浩渺 粘天無畔 壯哉 旁有老吏備諳海中島嶼名號 一一歷陳 仍指漢挐山 隱見於天端 杳杳茫比 其大如母梳然 回瞻落照 漸近西溟 紅波彩雲 一望萬里 少頃長風劃然而起 海揚氛漲 千山欲動 萬竅俱號 凜乎不可久留 遂罷還

○ 二十八日 丙戌 晴 余於歸路 欲賞碧波亭夜景 夕飯後馳出 獨登亭上 至二更許 釣舡罷歸 禽鳥不翔 繁星倒水 上下燦爛 闃然孤坐 淸襟可掬 暗中忽聞波濤撞擊異常 良久不止 疑有鯨鵬之戲耶 夜暗雖不能分明 而似見翎鬣倒側之狀 壁上有韓柳川 柳西坰諸爺十韻排律 使官人燭照而謄取其韻效顰賦詩 賦訖東方作矣

○ 二十九日 丁亥 晴 未曉呼舡以渡 一渡煙波 仙凡便隔 令人悵然 復踏棠岳之路 夕宿熙伯家

○ 五月初一日 戊子 晴 宿康津縣

○ 初二日 己丑 晴 發向長興府 行至六七里 縣居李懿信候余于道傍林亭 相與敍懷 移時忘行 尹熙伯自棠岳偕余來 到此告別而還 夕宿長興府

○ 初三日 庚寅 晴 宿寶城郡

○ 初四日 辛卯 晴 早朝發行 主倅鄭君 弘亮送余至海倉 謂余曰 此去興陽 陸路幾七十餘里 若乘舟渡海 則水路僅四十里 枉捷懸殊 而但乘舡危 就陸安 公其擇處焉 余曰 浮海壯遊 余所願也 於是具帆楫於三舡 二舡載蹄踵及囊裝 一舡余與從者五六篙工一人俱焉 臨發 鄭君戒余曰 風波易以動 毋恐 相語一笑而別

行數十里許 帆受順風 舡往甚疾 忽見篙工起立於舡尾 高嘯一聲 告曰

惡風來矣 余乃起而望之 則海立東南濤浪如塵山 其勢已近 余問篙工若
是 將奈何 篙工曰 前頭之遠 尙二十餘里 此行良苦 然去帆席 令舟中人各
持楫用力 雖不免傾危 可保無事 願勿深慮 舟中適有酒 命分之人一椀 以
鎭驚督役 俄頃風濤已至 高浪洶湧 孤舟力弱 將覆不覆 不知其幾 仰見團
團 俯視千尋 滿舟無人色 余於此時 用玄洲鴨綠峽所賦短律韻 强作一詩
自謂頗有定力 而篙工數數告曰 毋驚毋驚 便覺吾之容色 必不能平常 可
噓 及泊于岸 日纔三竿 夕宿與陽縣

○ 初五日 壬辰 晴 蓐食將發行 主倅朴君雖-惟健-武人 頗解文字 與余
舊 出而挽余曰 今日卽重五名辰 敝邑雖無賸 豈患公一日需乎 余乃止行
門外有衆人驪笑聲 太守令開門 邑民百餘闌入庭下 太守曰 此邑多懷
恔 端陽之日 爲角觝戲 其來久矣 要以供客間一笑 故聚而至耳 言未已 設
戲較其勝負 以次而進 中有一壯者 長身黑色 脚如堅柱 連勝七八人 戲場
遂空 伏于階下曰 事畢矣 太守命浮一太椀賞之 有年少漢瘦而短 面白如
儒生者 入前請曰 願與彼角 太守驚怪之 麾而出之 渠乃强請 已與之交臂
見之如蚍蜉撼樹 在庭百餘人 相與目笑 小者忽發厲聲 大者應之 良久交
廻 兩者俱倒 塵沙漲超 諦視之 小者在上矣 余與太守發聲大笑 招而進之
使之年 卄一其歲矣 太守曰 此乃洛中市井小兒 以販賣來到此邑 吾亦未
曾知豪健至此也 卽賞米布

旣罷出 官娃名夢蝶者入謁 此娃年少時善歌 遇亂漂蕩至龍城 寓余所
居村舍者三年 邇來二十年間 不知其存沒 今忽遇之 亦人事之偶然者 相
與話舊 使之唱 尙裊裊然依俙前日 太守爲余設杯樽 懽語夜深而罷

○ 初六日 癸巳 晴 促食早發 及至樂安郡 夜二鼓矣

○ 初七日 甲午 晴 晚發到順天府 府伯芝峯令公聞余至 卽出接於客館
謂曰 久處僻郡 終年不樂 今見公 豈翅跫然之喜 因與論詩說文 款款不倦
秉燭乃罷

○ 初八日 乙未 晴 余早往衙軒 以謝府伯 旹當仲夏 萬株榴花方盛開
四面照耀 如身在錦步帳中 芝峯顧而指曰 余在洛下 或於人家 見此花盆
上 謂其光艶寂廖 不圖繁華之至此也 仍偕出東城外 坐喚仙亭上 淸川一

帶 橫流檻外 曠野連峯 入望遼落 可謂小江南瀟洒景致也 府伯要余 留連
數日 遍和壁上所詠 余曰 日候漸熱 草樹暢茂 頭流之行 不可虛徐 願從此
辭去 還時作累日歡洽 非晩矣 府伯許諾

乃發行 未夕至光陽縣 海濱斥鹵 人煙蕭瑟 小城如斗 雉堞半摧 城門之
內 唯老槐儼立成行 四顧寂然 不聞人聲 至客館之外 有一白頭老吏逆于
門 告以主倅承差遠出 所謂東上房者 只兩間矮屋 遂不解衣帶 倚枕度夜

○ 初九日 丙申 晴 平明出向頭崍之路 深山疊嶺 線路逶迤 行邁甚艱
午時渡江過岳陽 未至花開峽七八里 宿于道傍人家 此地形勝 湖嶺之最
也 大江自北南注 波濤滿峽 江之兩涯 僅辨牛馬 沓嶂層巒 挾江對峙 東曰
智異 西曰白雲 漁家沙戶 伍在成村 茅茨籬落 隱映於篁竹之間 所謂岳陽
店舍稍多焉

○ 初十日 丁酉 晴 早發向雙溪 循江北指 步步堪畫 及至花開峽 峽門
向西 洞府雄深 有大川自山中流出 激石礌鳴 入于大江 卽花開下流也 自
此捨循江之路 並川行十餘里 別雙溪洞口 一水自石門出 一水自神興出
合而奔流 卽花開上流武陵溪者也

渡而右轉數百步許 兩岩石當路對竪如門 出入雙溪寺者 由焉 其高皆
可五六丈 而刻雙溪石門四大字於岩面 一石各書二字 畫整體嚴 劍戟交
橫 眞孤雲手迹也 森然魄動 下馬佇眙 盖唐朝數名筆者皆曰 楮太傅顔太
師 而獨崔學士無聞焉 得非以外國故歟 卽毋論楮公 曾見顔公磨崖碑刻
本 決不及此

行過一小嶺而得雙谿寺 居僧出迎 引至學士臺 僧云 昔時臺上有寶構
新羅時所創 經亂而廢 未克重建 但古碑巍然獨存 實眞鑑太師碑銘 而孤
雲所撰所書 文字典刑 往往依舊 而一半 剝落 殆不可讀矣 遂入禪堂宿

○ 十一日 戊戌 朝晴夕陰 曉起整屐 與老少僧八九輩從寺後峻壁 蟻附
而上 諸僧以木藍輿隨之後 余曰 余自少時不無濟勝具 今雖老矣 豈至於
眙勞汝輩乎 其厲之 過數里許頗憊 令年少者自背後推之 久而彌憊 據石
少憩 有一老僧忘其名 解文字可與語者 在後余呼而語曰 甚矣吾衰也 至
使人推之以行 此雖免乎輿 猶有所待 安能持此自多乎 相與一笑

自此諸僧擔余以輿 登登漸遠 路益險僧益倦 俯視之則擔輿之僧 喘息
如牛 汗珠籔籔下 老僧隨後策倦曰 前路不遠 毋怠毋怠 前歲河東守肥重
如山 汝等猶能堪之 此行何可言苦 擔者答曰 何必言河東守 近者討捕令
鑑其歇福乎 余不覺掩口竊笑 俄而僧輩告以路窮 使余捨輿而徒 徒而遇
棧焉 所謂棧者 編三條長木 冒木之兩端於岩崖之罅 跨空爲略約 人渡之
戞然有聲 下臨無地 如是凡三處 約數十擧武可過 而若非神王如伯昏無
人 皆踦跚伏行 無不色沮者

棧窮而佛日庵出焉 縹緲若懸磬雲端 距庵十餘步有石臺 可坐二三十人
其高不知其幾千仞 香爐峯在左 青鶴峯在右 皆拔起瞻擲 上摩青蒼 雄大
無敵 其下冥冥黯黯 雲木相參者 卽青鶴洞也 僧云 舊有一雙青鶴 寄巢於
青壁之間 春夏養雛而還 此洞之所以得名 而更千百歲往來不已 斷無形
影 今十餘年矣 余與老宿吁嗟久之也 有瀑布自香爐峯右肩垂下 至于臺
下而爲泓 如長虹俯飲 練帶韠空 砯崖轉壑 殷殷如雷霆鬪擊 眞絶觀也 自
臺稍左五六步 又有臺 臺上有石刻翫瀑臺三字 居僧認此與石門大字 俱
出崔公蹟 仙凡筆畫 逈然不侔 世無一隻 眼能辨眞假 惜哉

裵徊之頃 陰雲起自脚底 篩下細雨 霏微濕衣 遂入佛日庵少憩 千峯萬
壑 怪樹奇岩 或隱或現於雲霞卷舒之間 凄神凜骨 悄愴幽邃 怳然與神翁
羽客相遇 眞仙界也 但庵無居僧 香火久絶 屋故雨漏 丹碧黲昧 至令山中
第一名藍 幾於頹壓 而無下手重新者 禪家衰薄 亦可知矣 須臾雨止 飛步
下山 晡時 還到雙溪寺宿焉

○ 十二日 己亥 陰晴 早發將向神興洞 老僧追至石門告別 旣出石門 還
渡武陵溪 入神興洞 洞天寬敞 白石離列 清湍激瀉 奇峯翠壁 矗立環擁 劍
鍔叢空 玉筍攢穎 眼明神竦 興撥欲狂 川流之北 穹林攸擢 其樹多松楓橚
櫟 餘皆莫識其名 繁枝老蔓 雜於層崖崩石 而蓼轕蒙絡之路 通其中 仰不
覯天 日方亭午 不見纖穿在地 此亦壯觀也

行十餘里 至洞口 有立石 刻曰三神洞 韻釋覺性出候我行 緇巾稻衲 方
立水邊 見余至 合掌一笑 勞苦如舊 有洞川 自三神洞流出 合於神興之水
澗上橫獨木杠 指之曰紅流橋 余問覺師曰 余聞紅流橋 久矣 今無橋而謂

之橋 何耶 覺師盛稱平昔跨澗作五間浮樓 金碧交輝 左右闌干 蘸影波心 遊人釋子交相往來 眞奇勝處也 不幸兵燹之後 尙欠重建矣 余曰 然則今 之所謂紅流橋者 其冒稱顙於鐵鑪步也 因與一咥

遂相携行一里許 至于寺 寺亦亂後新創 僧言結構棟樑之制 比前益侈 獨凌波堂未及建耳 金沙道場 綺搆玲瓏 令人擧足踟躕 不敢恣意 寺前有 樓 與師同上 山中百道之川 合爲一水 至樓下而爲淵 深而黛黑 淺而澄澈 隔水峯巒 皆若拱揖此樓然 是日也 曉雨乍來 向晚霽開 方余之至紅流橋 而細雨又下 及登樓而半陰半晴 雲霞濃淡 變滅萬狀 忽見大魚撥剌而跳 遠視不能辨其名 而長可尺許 山樹珍禽 百種呼喚 波底潛鱗 亦復踴躍 物 雖無情 似能爲我先後也

有年少沙彌輩 玉骨氷肌 眉眼如畫 環擁覺師者 數十 其餘在廡下庭除 者 十百爲群 皆其門徒也 相排競進於余坐之前 各携經卷 請書題目 余謝 不能遍 只書若干卷與之 覺師曰 貧道久聞措大名 今焉邂逅 願得一句詩 爲他日面目 仍出素翁諸公所贈詩 要余和之 余不敢辭 信筆塞之 余欲與 覺師同枕一宵 問法論道 緣離官日久 職事淹闋 兼以僕從粮橐告匱 點茶 中火後 還出寺門 所謂三步回頭五步坐者 古人先獲我心矣 至紅流橋 與 師別 夕宿下川-花開洞外村名-村舍

○ 十三日 庚子 晴 日晚還渡頭峙江津 鰲山官人持本縣馳狀 納于馬前 取視之 則老賊犯遼陽 攻陷數三鎭堡 中朝方謀擧兵討之 我國奉中朝之命 收兵郡縣 將赴師期 摠兵傳令 逐日沓至 所以吏來跟告急也 夕宿光陽縣

○ 十四日 辛丑 晴 早起裁書 抵芝峯令公 報以軍務恩宂 不敢趨迂路踐 約事由 仍用喚仙亭板上韻 賦兩律以謝之 徑從昇平府北村富有 倉名之 路 歷盡山峽 百曲千轉 日黑時纔得洞府微平之地 乃同福縣也 縣有挾仙 樓 隱映荒林之表 促鞭到縣 登樓攬賞 則棟宇精美 平時所構 而經亂得全 下有兩池 青荷萬柄 亭亭擢立 鉅竹千竿 挺出南墻之下 瑞石一面峯巒 皆 在几席間 不意窮山中有此佳致 舍弟正字君數年前見此樓 歸而艷稱於余 曰 有如絶代佳人在空谷相似 此言眞善喻也

○ 十五日 壬寅 陰 發向和順縣 中路遇急雨 一行皆沾濕

○ 十六日 癸卯 陰 雨勢達夜不止 急於還治 披蓑而發 至綾陽縣前 徑往聯珠亭 登臨延賞 時川漲方高 沙觜盡沒 陰雲交駁 江上十二峯 螺鬟半隱 景趣甚佳 乘暮入縣 主倅遞去 新除未來 客館甚寥落 有舊知官娼數人來謁 行觴數巡而罷

○ 十七日 甲辰 晴 宿南平縣

○ 十八日 乙巳 晴 從海陽西村之路 秉火入縣 翌日發 奚囊所貯詩篇點檢之 得五七言律詩凡二十一首 絶句五首 排律一首 合二十七首矣 白善鳴家所賦絶句及喚仙亭律詩及贈尹熙伯律詩碧波亭排律外 餘皆用素翁諸公入山時唱和之韻 蓋踐余前日之言也 玉簫庵短律三首 則以余從佛日冒雨而還鸗溪 不果往探 故闕之 昔於辛卯歲 余年尙少 陪家君訪頭流北面 宿百丈寺 入金臺庵 賞龍游潭 從君子寺登天王峯 因橫過實相寺廢基訪邊山人隱居-山人名士貞 隱於山中 朝廷拜參奉 不出 又召乃赴 未閱月棄而還山 年七十終焉- 首尾十餘日 肆意探討 翌年將訪南面 遘亂而止中年衣食於薄官 卒卒無閑 白首之年 始諧宿願 寄跡仙山 殆亦有數存歟

所可嘆者 方余之渡頭峙之津 過岳陽花開 而入于雙溪也 峽中居民往往指點林麓之間 告之以昔時某若某人棲遯之所 令人緬然興喟 當其結廬巖壑之日 厭心靡不愛此山之勝 而究其初晚 情踪不同 不今歲山林而明年城市者 鮮矣 出處顯晦 雖有輕重於一時 擧未免貽愧於林澗 況余輩寅緣公務之隙 假步山蹊 入山出山 不滿三日者 又安足道哉 行當投紱謝事送老白雲之邊 棕鞋竹杖 遍尋此山 之峯壑 以畢余志焉 旣以此言 言于素翁諸公 仍取筆以識之 是年月日 霽湖主人書

遊靑巖西岳記

河受一

靑巖西土佳寺 寺左右皆山 越一丘 穹然高峙 遮爲洞門者 爲東岳 層巒屢起伏 結而爲主山者爲北岳 小巘微隆而起于南者 爲南岳 自南漸高而

聳秀 壁立千仞者 爲西岳

今年夏四月 余與二弟 讀書于此 未幾 以學從余者 多萃焉 諸君曰 四岳中 西岳最奇峭 請一上遊焉 於是 策小簏 使僧一人導前 一人護後 一人汲水 以從

出西門 渡小溪 自溪上 石路稍峻急 行十數步 有小菴 石墻石梯朱甍 半露積翠間 號西日菴 乃梓僧智觀所築 去年冬 余至其菴 題一律曰 翠微新闢逈塵淸 木落山空石路明 巖月夜從牕外湧 洞雲晨傍枕前生 由菴左 又行十數步 佳卉異植 層翠繁陰 俛入綠縟 爽氣瀏瀏 諸君因憩話石頭 護後僧 忽合手而前 乃言李栗谷事頗詳 余怪問其故 僧云 我金剛僧也 故知之 談罷 且起且行 求絶頂以登

其西北 則羣峰周匝蔽障 一物無所見 但見智異天王聳立薄空而已 是知所立卓爾者 仰而彌高也 其東南 則鵞島蟾江 朝宗眼前 錦山臥龍 又在脚底 其餘衆丘小流 若垤若帶 不盈一視

余謂諸君曰 登小岳 所見如是 況登泰山以臨天下者乎 此間 不可無一言 遂呼峰字使押 諸君各成一詩 吟訖乃歸 僧欲導舊路 諸君曰不可 凡人狃舊習 不能卽新者 古人所戒 宜新導

遂由嶽巓 漸下而南 身愈下見愈下 余曰 士君子處身宜擇 處下而見下 處高而見高 擇不處高 焉得智 昔 程夫子 因登山 譬爲學 盍取法焉 時山日漸暮 有二客自外至 促下到寺 乃李汝實昆季也

是行也 凡同遊者十人 余兄弟三人及鄭君安性河文顯孫文炳梁成海孫誠 童子從者 梁山海宗海

智異山記
許穆

百丈南君子寺 智異北麓古寺 其下龍游潭 水旱用牲幣 潭水發源於般若峯下 東流爲臨溪 又東流爲龍游潭 洞壑石場 兩崖水流 石上有石坎石

竇石坑 若蛟螭蜿蜒 蟠屈蚪蚓 奇詭百狀 水深黑 潰湧盤渦 洄漩沸白 無淺渚者里餘 其下脩瀨 又里餘曰水潺 東流爲馬川嚴瀨 從君子南崖 登白毋帝釋 其上天王峯 一萬四千丈爲絶頂 多苦寒 山木不長 八月三雪 其觀望東盡日域 近海黔魅蕁芝絶影 其外馬島 爲日本之倭 其西燕齊之海 大陸千里 極南耽乇羅 以外眼力不及

智異山青鶴洞記

許穆

南方之山 惟智異最深邃杳冥 號爲神山 其幽巖絶境 殆不可數記 而獨稱青鶴洞尤奇 自古記之 蓋在雙溪石門上 過玉簫東壑 皆深水大石 人跡不通 從雙溪北崖 隨山曲而上 攀傅巖壁 至佛日前臺石壁上 南向立 乃俯臨青鶴洞 石洞嶄巖 巖石上 多松多竹多楓 西南石峯 舊有鶴巢 山中老人相傳 鶴玄翅丹頂紫脛 日色下見翅羽皆青 朝則盤回而上 入於杳冥 夕則歸巢 今不至者 幾百年云 故峯曰青鶴峯 洞曰青鶴洞 南對香爐峯 其東列爲三石峯 其東壑皆層石奇巖 前夕大雨 瀑布滿壑 其臺上石刻曰玩瀑臺 其下潭水 崇禎十三年九月三日 余從嶽陽遡流蟾江 過三神洞 朝日觀雙溪石門 又雙溪寺觀崔學士 眞鑑禪師碑 至今千餘年 苺苔間 尙見文字可讀 因登佛日前臺 作青鶴洞記

遊頭流山記

朴長遠

余嘗聞南方之山 巍然高而大者 不可數 獨智異爲宗 蓋東國之山 白頭爲第一 而白頭流而爲此山 故其名爲頭流云 則其山之擅名於東國也 信矣 山之周圍 盤據湖嶺九郡 其清淑之氣 靈異之跡 體勢之雄 觀遊之富 雖

巧歷 指不勝屈焉 思欲一入其中 仍登其上 以放吾平生之目 以盪吾八九
之胸 而繫官于朝 恨無緣而至焉者 久矣

是年春 余自玉堂爲養求外 出宰安陰縣 縣治在德裕山之麓 丘林泉石
號爲東方最殊勝處 環滁皆山 羅浮三洞 不啻過也 況距智異纔數舍 則朱
夫子爲吏廬阜之幸 亦不可以余之無似 而無千載景仰之懷也 第緣今年縣
旱饑 民交走死無弔 涉春徂夏 對食何心 雖吟杜子興入廬霍之句 不無孟
陽飮酒遊山之嫌 則徒跂予望之而已 秋乃大熟 民氣少瘳 始理謝氏之屐
而歎無蘇子之客焉 沙斤李察訪楚老字道卿 與余極有世素 邂逅他鄉 還
往甚熟 一日馳書邀余 約與之同 同盟者又有梁禮安楥字君實, 申上舍纘
延字永叔 亦京洛人也 三人同行 尙難預料 況四人乎 其幸又有甚焉

遂於仲秋廿日辛巳作行 申永叔自古縣僑寓來會 與余聯鑣 或先或後
沿流而下 少憩一嶺 縈紆若帶 環抱大孤臺者 灆溪也 溪邊數里許 有一屋
宇嶷然於墩阜之上者 一蠹書院也 溪水東西 秋禾如雲 實是好時節也 才
謝簿領 已自飄然有出塵之想 到此直欲飜飛 而奈乏羽翼何哉 昏抵沙斤
驛亭 主人倒屣忻迎日 何其暮也 梁丈亦已來矣 蓋其居在於沙驛咫尺地
故也 四人坐定 喫飯訖 又喫酒 酒間歡笑 夜分乃罷 有詩曰山驛夜留客 三
更溪月明 酒杯深復淺 斟酌異鄉情

壬午晴 四人者出 涉前溪 踰數嶺 行廿里許 大川邊有一亭子 厥名涵虛
丁酉晉州城陷時 戰沒兵將姓崔名忭者 其主云 亭故有歌臺舞榭 今所餘
者 只衰草荒墟 而面勢紆餘 溪山蘊藉 四面村落 枾栗離離 宛一畫圖中也
有詩曰亭子何年廢 遊人是主人 山連方丈麓 水接剡溪津 聽笛魚時出 臨
筵月自新 吾曹須盡醉 俱是旅遊身 亭之隣 有一庶孽之老者曺其姓彭壽其
名 家甚富 亦不織嗇 爲吾輩鋪筵於亭之上 進酒促饌 乘醉歡謔 不知日之
將夕 遂入宿于草堂 堂之樑栭 如雨傘樣 覆以白茅 塗以堊土 窓壁甚精

癸未晴 晚發沿溪直上 此乃龍遊潭下流也 潭之相距廿許里 而其間往
往有數家村 村必有水田 皆肥饒可居 水則雖窮源 亦有魚可叉 眞杜詩所
謂橘洲田土仍膏腴 水清反多魚者也 未知武陵桃源 人居生理亦如此否也
此則天下諸山 所不及處也 有詩曰南岳名方丈 他山摠不如 嶔崟雄地理

氣色近天居　田土皆宜稻　泉源亦有魚　何當謝簪紱　於此結茅廬

　午到龍游潭歇鞍　潭深莫測　潭上皆是白石　石色凝滑　或高或卑　可坐數百人　四人者坐石上　酌數杯酒　使伶人吹簌　簌聲裂石穿雲　疑有泓下龍吟之聲焉　良久乃發　路傍有巖泉倉　且一洞中有廢城　故老相傳稱以防胡城或稱朴虎城　蓋厥初爲防胡而築　且朴虎爲將築此　故兩稱之云

　夕得君子寺　寺本名靈井寺　而新羅眞平王生子於此　改今名云　臺殿房屋　俱極宏麗　寺之西偏　有一新建別殿　金碧焜耀　名曰三影堂　堂中有淸虛・四溟・靑梅三大師眞像　取燭仰視　如接軟語　三像中四溟則不翦鬚　鬚長且美　眞好男子也　是夜四人相對痛飮　盡歡而罷

　甲申晴　設泡　數日雖晴　而連有雨意　天氣甚暖　煙霏不開　是日將登天王峯　老僧皆言貧道閱遊人多矣　雖天朗氣淸之日　未到中峯　輒爲雲雨所魔障　未免進退維谷之患　況今日未離此寺　雲霧已四集矣　願公勿作虛行　四人合辭言曰　茲行決難中止　吾輩仙分之有無　決於今日而已矣　乃策馬而行十里　抵百巫堂　堂是淫祠　巫覡所會處也　所謂堂直者　例供遊人賓從　此則自龍游堂亦已然矣　暫憩堂中　捨馬乘藍輿　到河東巖　僧言古有河東守到此遇雨　迷失道　故名此巖云　自是山益峻路益險阻　四人魚貫而進　到舊帝錫堂基　始左右望　萬壑千峯　赤葉如燒　間以靑黃　雜以松杉　噴雲泄霧　頃刻萬變　雖謂之鬼神異物陰來相之　可也　到帝錫堂　堂之去上峯僅十里　則其高可知　暫息藍輿　僧饋以白飯　皆堂直所供　至天王峯　亦然　到此堂則煙雲盡收　天宇高曠　風氣甚烈　殆不可堪　僧言於此若愁風　則上峯難上矣云

　急於俯觀日沒　促駕而行　步上堂後　則目力已收南海來矣　如兩南沿海郡縣鎭堡　羅列可數　行過舟巖　僧言此山在海時泊舟處云　入門巖　巖有石門　門橫長木　人之往來　皆入此門度此梯　然後上通峯頂　故曰門巖云　攀援直上天王峯　峯上又有神祠　此外無可庇身處矣　其峯上可以摘星辰　下可以俯四海　海天相拍　但有一氣橫亘於天地間　如鋪白練而已　眼底山河　皆如塊如線　可使離婁却走　龍眠技窮　有非言語文字可能形容其萬一者矣　俄見羲輪沈海　怪氣紫赤　萬像呈態於混茫之間　人皆拍手驚走曰　此何等景色也　夫何使我　壯觀至此耶

已而入其堂處 相與枕藉而臥 天風怒號 棟宇欲飛 堂直者進言曰 勿怖 今日之風 不可謂之風也 儂則慣習 故能不畏云 夜半風定月出 星斗寥寥 光芒相燭 變作一銀色界 笛工出坐堂後日月臺 快奏步虛詞一曲 骨冷魂 清 兩腋欲擧 明皇之遊月宮 眞兒戲耳 洞賓之入岳陽 風斯下矣

仍坐達曙 曙色漸昇 金鴉騰翥 天下始白 藍興僧多至七十餘人 皆嘖嘖 歎曰等輩前後肩輿到此峯者 不知其幾 而其能觀日沒月生日出三者得兼 者 殆無一二焉 我公可謂得仙術者非耶 我公得仙術者非耶 有詩曰天王 峯頂接天門 頭上星辰手可捫 兩眼力窮無所碍 不知何處是崑崙 又曰峯 上長吹太始風 怪來呼吸與天通 持杯放盡平生目 九點秋烟夕照中 又曰 天王峯上觀日沒 月生日出三者兼 僧言奇事曾無有 天餉茲游固不廉 又 曰一宿君子寺 遠上天王峯 月明吹玉笛 滄海舞群龍

乙酉乍陰 蚤朝還下 少留帝錫堂及百巫堂 夕到安國寺宿焉 是日下峯 時 霰雪微灑

丙戌晴 設泡晚發 乘藍興過金臺菴 菴在安國寺五里許 而地勢孤逈 一 山面目 無少蔽虧 猶金剛山之於正陽南樓也 望見第一峯宿處 則一柱挿 天 雲霓明滅 眞古人所謂怳然一夢瑤臺客也 有詩曰靑鞋踏破萬重山 更 向金臺古寺還 第一峯頭昨宿處 白雲靑靄有無間 午抵涵虛亭 登亭後高 臺 依然去時風景也 暫歇而過 夕宿沙斤驛亭

丁亥晴 謝道卿早發 與梁丈及永叔 並馬歷登雲皐亭 醉話移時 有詩曰 醉上沙斤馬 臨流不用扶 平生得意處 肯羨執金吾 吟罷歸來鈴閣 便是舊 吾 愁對雁鶩行 塵土遂已滿襟矣

於戲 凡遊山之行 人皆會心而無雜爲難 事皆得意而無欠爲尤難 吾輩 俱以落南懷土之人 齒雖不齊 相得驩甚 同遊首尾七箇日 披露肝膽 盡棄 拘撿 諧浪笑傲 無間晝夜 此實世間難再之勝會也 至於茲山之遊 鮮不爲 造化兒所惡劇 而吾輩之來 極幽遐怪詭之觀 能開衡岳之雲 且翫天柱之 月 意欲所萌 錙銖不遺 此亦豈始望之所及哉 簡齋老所謂不作今年客 爭 成此段奇者 實獲我心矣 諸公皆以爲此不可無一言以記其異 俾余作記 記非如余不文者事 姑且掇拾諸公捫圇之餘 用作他日臥遊之具而已 癸未

仲秋晦日庚寅 高靈朴長遠仲久記

頭流山記
吳斗寅

余自南來之後 嘗欲一見雙溪 以快平生願遊之志 而不可得也 適審災
傷 巡歷右道 會于晉陽田政旣訖 顧謂主牧曰 玆行也 出入四十餘郡 覽盡
嶺南山川間 或乘戰艦 泛於南海巨濟之間 可謂極山海之大觀 而只以跡
阻頭流爲恨耳 今吾與子 盍往觀諸 李侯曰 此余之願也 今幸有同志 時不
可失

乃以十一月初吉乙亥 與主牧 遂作雙溪之行 召村督郵金公 亦偕往焉
自本州 西行四十里 過鳳溪院 至外家先塋 掃拜 仍秣馬于山下 向夕而發
踰黃峴 行三十里 投宿于玉溪寺 河東太守李公 亦來會焉 以其地主也 昆
陽召募將金緝者 亦追後而至 皆曾與同遊南海者也

初二日 丙子 偕晉陽河東兩太守 及金督郵 早發玉溪 踰三牙峴 行四十
里 朝飯于岳陽 岳陽卽晉之屬縣也 天開大野 村落瀟灑 太山西峙 帶以長
江 江自求禮境出 過于雙溪之下 此爲蟾江之上流 而湖嶺之界也

沿江而上 則猗猗綠竹 夾岸成林 淸光秀色 十里相映 淇澳之興 自不能
已也 轉至十里 有大川出自山谷間 流入于江者 花開峽也 由花開峽 過法
華灘 渡擧石橋 則洞天深嚴淸絕 入山未半 自不覺胸次之爽然 上七里而
到沙門 則嵬然兩巖 並立路左右 皆石刻大書 右曰雙溪 左曰石門 世傳崔
孤雲之筆 而字畫甚奇古

僧徒數十出迎於此 乃下馬而坐 周覽溪山 溪有二源 自神興凝神洞而
來者 爲右溪 自佛日靑鶴洞而來者 爲左溪 二水合流于此 而寺在其間 名
以雙溪者 此也 舍馬肩輿而上 至雙溪寺 則十尺古碑 立於梵宮之前 盖爲
法僧眞鑑銘之 而此亦孤雲所寫者 故世以學士碑稱之 龍蛇筆跡 尙今宛
然 眞可謂不朽也 是夕 止宿寂默堂 此法寺之右廂 而前有八詠樓 東有學

士堂 皆孤雲跡也

初三日 丁丑 早食後 携同遊數君子 皆乘籃輿 北至數十步 有一古刹
扁以金堂 而西則方丈閣 東則瀛洲閣也 自是而東 直向靑鶴洞 吹笛者一
人 吹洞簫者一人 抱琵琶者一人 歌妓一人 隨焉 前唱後和 魚貫而上 遠
而聽之 怳若上雲樂也 行六七里 有巨石立於路 傍 面刻李彦憬洪淵己卯
秋八字

登一峻嶺 望一小菴寄在懸崖之間 下臨不測之洞 所謂靑鶴洞也 佛日
菴也 緣崖而行 至於菴前 丹崖翠屏 壁立千仞 雙峰秀出 相對左右 在東曰
香爐峰 在西曰靑鶴峰 峰之腰 層巖甚奇 俗傳 靑鶴常棲於此間 其得名有
以也 香爐峰北 有數十丈瀑布 而但見層氷屈曲 水聲轉壑 宛如玉龍上天
殷雷在山 眞奇觀也 日菴之畔 有石臺 臺之石刻 翫瀑臺三字 若使日照生
煙之時 坐此而翫 則李謫仙銀河之句 可重詠也 由瀑流而爲鶴淵於兩峰
之南 此雙溪左流之源也 還踰靑鶴峰 至峰之南麓 則數三小菴 或存或廢
玉簫靈臺 其號也 成佛深院 其基也 佛日則一僧棲焉 玉簫則三僧處焉 皆
絶粒之流也

下至靑鶴洞下流 則水石轉奇 倍覺神爽 徘徊溪邊 忽見一詩在巖間 其
詩曰 靑鶴峰前路 澄潭影翠杉 羽仙探勝處 仍號狀元巖 此乃季父手寫詩
而羽仙卽先人號也 先人曾在崇禎辛未 按節于南 嘗遊於此 而季父又於
丙戌 以新恩狀元郎 歷觀而去 故其見於詩者 如此 今余幸忝魁科 又過于
此 不可謂無宿緣也 遂和其詩 以示同遊 竟日忘歸 乘夕而來 是夜 仍宿于
寂默堂

初四日 戊寅 平明出石門 還渡擧石橋 泝流而上 此爲雙溪之右 而來自
神興洞者 山回路轉 下臨淸流 或瀦而爲潭 或激而爲瀑 境界淸奇 十倍於
花開洞 行十五里許 至紅流橋 橋邊之石刻以三神洞 盖神興義神靈神三
寺 皆在此流之上云 一溪自西洞 一溪自東谷 西則七佛菴洞口也 東則神
興寺沙門也 過橋一里 有巨刹遺基 石砌荒凉 古木成林 僧言此乃神興寺
而廢自甲子云 先考遺集中 有神興寺贈太能老師五言近體一首 其詩曰
眞鑑傳衣地 孤雲去幾春 客懷添物色 詩句得精神 水石渾依舊 林花自在

新 深知第一義 端坐洗根塵 茲歲戊午也 今三十餘年 而昔之儼然壯麗者
變爲狐兔之墟 誠可謂三十年一大變也 彷徨俯仰之間 感愴繼之矣 寺前
溪石 甲於山中 閣曰凌波 臺曰洗耳 寺砌之左 有一銅佛 立於荊棘之間 其
左亦有此象 盖昔時雙立於寺之左右者也

　左轉而上後岡 路益險 山益奇 由獅子谷 行十里許 巨壑噴流 成一深淵
名曰妓潭 掃石而坐 命妓歌焉 同遊諸人 隨後 畢至 相與一噱 又轉而上十
里 中火于能仁寺 有僧徒數十 而其中號性天者 殊非俗僧也 問答之間 歷
誦諸君子遊山之詩 而又言昔在壬申先考之遊此山也 幸而陪隨焉 逮乎丁
亥 季父之到此寺也 亦能前路焉 而渠實未知余是一家人也 余曰 季父之
遊 去壬申十六年 余之來 去丁亥亦五年 而爾以浮雲之跡 皆能作主人 安
知非有數存於其間耶 渠亦驚歎 縷縷酬答 皆感舊懷也

　臨夕而別 又行十里 至一小菴 名曰隱井臺也 菴在絶頂 去塵實最遠 經
僧淡熙居焉 從而遊者 十餘人云 菴後有巖 巖下出泉 所謂隱井 必此也 遂
題同遊姓名於其巖曰 金釘李尙逸李震秘吳斗寅金緝 其一督郵 其次晉牧
其次河東 余居第四 序以齒也 仍命刻之 以爲他日識焉 是日 仍宿于此寺

　初五日 己卯 朝發隱井 又東而上 將踰水國峴 石路崎嶔 層氷塞川 十
步九休 披荊緣崖而行 行見三菴 廢在道傍 問諸僧 則答以上中下水國寺
云 由此而直上東嶺 此所謂水國峴者 登茲北望 則有一玉峰 高揷天中 氣
象凝嚴 俯臨諸壑者 天王峰也 卽頭流之第一峰 余以今年重陽 自山陰 由
君子寺 直上天王峰 仍宿其上 看日出於東海 到今指點雲間 還如夢中事
也 徘徊嶺上 極目四方 江海縈回 點點群山 不能殫記

　踰嶺而下 石路之崎嶇 山川之奇勝 無異於內山 行役之苦 愈甚 而探勝
之興 尙未艾也 德山寺僧數十人 替迎而來 下未半 有冠松蘿者 來候於溪
邊 問其所居 則南臺寺也 越溪而西 遂往其寺 午飯而下七八里 有一大溪
來自天王峰下 溪與洞 皆以新溪名之 下五里許 有新溪村 日已夕矣 止宿
于此 四日勝賞之餘 始宿村家 一日之間 仙凡懸殊 回首雲山 不能無悵然
之懷 固知世間事無不如是也

　初六日 庚辰 朝發新溪村 行十五里 則太山之下 深谷透迤 川流平遠

正是壺中天也 瞻望祠宇隱映於溪邊 此乃南冥曹先生尊享之所 而號以德
山書院 實智異南麓也 院門之前 有一間茅屋 下臨澄潭者 洗心亭也 亭之
傍 又有畫閣枕流者 醉醒亭也 下馬 坐于醉醒亭 院儒十餘人 見焉 朝飯訖
由時靜門 登敬義堂 具冠帶 展謁而退 坐洗心亭 院儒輩設小酌而罷

　自院而東行 過一村 松栢蒼鬱 此卽先生之故里 而後岡乃衣冠所藏也
式閭而過六七里 路傍有石臺 磨其東崖 刻入德門三字 是爲院之洞門也
又三十餘里 至召南江邊 晉之人來候焉 中火後 乘舟而渡行 至龍山 列火
而歸還 到晉陽舘 夜已二更矣

　仍與同遊僧德俊者 屈指行程 則往還凡六箇日 而自本州 至鳳溪院 四
十里 自鳳溪 至玉溪寺 三十里 自玉溪 至岳陽縣 三十里 自岳陽 至花開
峽 三十里 自花開 至雙溪寺 十里 自雙溪 至靑鶴洞 十里 又自雙溪 至神
興寺 十五里 自神興 至能仁寺 十五里 自能仁 至隱井臺 十里 自隱井 至
水國峴 十里 自水國 至南臺寺 二十里 自南臺 至新溪里 十五里 自新溪
至書院 十五里 自書院 至召南 三十里 自召南 還本州 四十里 合三百二
十餘里也

遊頭流山記
金之白

　壓湖嶺之交 而雄峙乎東南者 非頭流乎 頭流一名方丈 則爲一於三神
山 無疑 其大控十二州 以勝擅者 未可遽一二數 而其南近海 尤淸淑氣 積
而不散 蜿蜒扶輿而磅礴 可信神仙所宅 崔學士孤雲 亦嘗棲遲憩息乎此
其奇踪之歷歷者 於雙溪寺特著 自雙溪可十里許 有所謂靑鶴洞 舊有赤
頂靑翅者 遊焉 而今不來有年 岸竇只有空巢在
　曰翫瀑臺 曰三神洞 曰洗耳巖 曰武陵橋 曰紅流洞者 亦皆學士曾遊
之地 盖其洞壑之奇 水石之勝 前乎我而往來遊歷者 不一 其人則著之
錄而行於世者 固多 余不必贅 而顧余家在龍城 玆山之鎭龍城者 可居

十分之一 則昔人之經年涉海枉費時節者 居然置 我起居相接地 其亦侈矣 弟緣塵蹤多累 尚欠遍探諸勝 疇曩之所登歷者 纔般若一面而止耳 竊嘗自歎焉

今者 徐君國益 自京城 來覲玆府 要我並遊雙溪 玆遊 乃余之平素經於心者 卽奮翼而起 約會於府東元川院 酒乙未十月之戊午日 李子遠韓汝謹 亦如期而齊到來 送於中路者 又有盧雲卿 玆四友 皆余之同年聯翩行色 仍作一榜會 誠異事也 國益有賢季 曰大叔 亦偕國益而至 吾行益不孤矣

於是乎 由龍湫投大興 而翫飛瀑之奔流 歷甘露 至華巖 而賞佛宇之宏傑 仍逶迤玒江岸而南焉 去雙溪 已覺不遠矣 盤回百轉 涉澗尋壑 暮抵燕谷寺而宿 乃遇覺往老師於碧巖堂 談空 至夜半 瀟灑可警

仍携其法 副天機其號者 而指雙溪 機僧詩思不凡 頗聰明 有可愛者 是夕 遂到花開洞 洞之少南 有舊墟 乃一蠹先生之所卜築 彷徨感歎而不能去 由花開而上 至兩流相合處 乃所謂雙溪也 果有石門 四大字刻 在洞口雙石面 鐵劃不泐 依然若昨日事 可想崔仙眞面目 遂入寺 隨居僧周覽舊蹟 摩挲眞鑑古碑 撰與筆 又皆孤雲手也 久閱興亡 人事百變 而陳迹之可質者 獨有一片石 亦足以感舊興懷也

翌日 遇雨仍留 遂待晴 肩輿而作 或乘或步 幾至佛日庵 石崖呀然中裂 架木爲棧 纔通人跡 其下深可萬餘丈 側身信足 魂悸髮竪 乃躋攀到菴 菴外有小石臺 所號翫瀑者 望見天紳數百丈 掛流香爐之側 勢若虹起電掣 直與廬山慱淵相上下 往日龍湫之所賞者 亦風斯下矣 飛淙釀寒 陰谷動爽 凜乎不可久留 遂煖進山醪數杯 仍復路憇杖青鶴峰 窺鶴巢而下 題名玉簫菴 復還雙溪宿

明發 又自武陵橋 訪新興古址 散步凌波臺 因亂流抵盤石 石上果有洗耳巖三字 字體類孤雲筆 而不能詳也 還下三神洞 遂上七佛菴 頭流寺觀至三百有七十 而奇麗特爲第一 金碧朱丹 絢爛奪人眼 從樓門而右步 登玉釜臺 去般若不盈尺 其高可以壓衆嶽 乃使從者 吹洞簫一曲 緣崖而降朗詠于紅流之口 冷然如馭風而羽化 雖謂之得天下勝觀 吾不多讓

噫 人生天地 藐焉一蟻蠓耳 脫却塵臼 能不爲甕裏之醯鷄者 有幾人耶 向來登山臨水 得一涓 流一丘垤 輒嘗自多其勝賞 到此始覺卅年前身世 爲虛了耳 吁斯遊其足樂矣 而滿一月 尙未得其半 則不過爲百年間一瞬 息 猶且自高而有悲世之志 矧乎眞仙之物外遊神朝暮四海者乎 余於此 尤有感焉 第以節候太晚 山雪已阻 未能直上天王第一頂 領略扶桑弱水 之外 以窮眼力之所及 而想像聖人小天下之氣象 實大欠事耳

然留待明年春至 雜花滿樹 更理山裝 剋日期會 遍踏八萬臺峰 亦不爲 遠 豈至終落莫乎 數日之間 遇興而酬唱者 亦無慮百有餘篇 隨時得錄 仍 成卷軸 咸曰不可以不記也 乃責於余 余非匠於文者 固知其不敢 而若相 率而遜謝 則勝事幾乎無述 且念詞列諸賢之次 在我有榮耀焉 乃不辭而 爲之說 若曰要作不朽傳世之資 則非知我者也 歲乙未 陽月上浣 浪洲 金 之白識

頭流錄
宋光淵

我聖上卽位之六年 余拜玉川之命 越明年庚申 昇平倅李君益泰大裕 浴川宰李君萬徵龜卿 以書來曰 頭流古稱三神山 考之方丈三韓之句 可 見之矣 吾儕幸同守一邦 而此去偓山 宿春趁此 簿書之暇 盍往觀焉 余報 之曰 此吾志也 敢不唯命是從

乃於是年閏八月二十日丙午 理蠟屐 涉鶉子江 行四十餘里 入浴川東 閣 龜卿亦已辦遊山之具

翌日丁未 與龜卿聯鞭 行三十里 中火于鴨綠津 冒雨又行三十里 到求 禮縣底 縣監崔國成來見 大裕昨已先行 方住五峰村云 而關雨不得前進

戊申 行十里許 到五峰村 卽鴨綠下流 五峰羅立 如畫小亭翼然臨流 亦 一勝景 三人相對 各言霶雨之苦 待人之難 亭主張斗煜 丙辰武榜也 進杯 盤 奏絃歌 以慰行役之勞 食後三行長第登途 行二十餘里 入智異洞口 又

行十里許 到花開縣 會江村前 卽晉州地 而景致已殊絶 下馬鼎坐 以一盞
賀江山 有頃 雙溪僧徒 以籃輿來迎

沿溪入洞 一雨增波 水石一倍淸奇 行一里許 雙溪合流 兩石對立如門
右刻雙溪 左刻石門 筆力如椽 世稱孤雲手跡 而濯纓比之兒童習字者之
爲 未知何所見也 又行一里 入寺 中庭有一古碑 龜龍篆額 尙宛然如新刻
其額曰雙溪寺故眞鑑禪師碑　下書前西國都巡宮承務郎侍御史內供奉賜
紫金魚袋臣崔致遠奉教撰 幷書篆額 光啓三年建 光啓乃唐僖宗年號 屈
指已八百餘年矣 出紙墨 使僧人印出

瀛洲閣方丈室 卽崔孤雲所住處 而靑鶴樓 最絶勝 又有學士堂 亦孤雲
所住云 法堂前有柚子樹一株 結數十枚 黃香襲人 亦南來初見 所謂影子
堂 有孤雲像 英彩尙亦動人 以孤雲之人物才調 不偶於中國 又不容於東
土 韜晦於僊釋之道 倘佯於山水之窟 以終其身 有是哉 時之難遇也 與二
太守同宿僧堂 大裕携笛夜奏一曲

己酉 行五里許 路窮磴側 石棧鉤連 難以輿檐 不要人扶 緣崖攀藤 匍
匐而行 得一洞府 卽所謂靑鶴洞者也 靈境幽深 樵路微茫 除非竹籠牛犢
難起 物外田園 李眉叟之卒不得尋 無足怪矣 世傳孤雲不死 尙在此洞云
擧手遠望 想像空山曠世之感 有不可言者 靑鶴香爐延日三峰 對峙三方
佛日庵在絶壁上 其下爲玩瀑臺 千丈飛瀑 下入鶴湫 亦不易得之佳境 踰
後山 歷普門庵 行數里 到內院 新搆門樓 洞壑亦奇勝 小憩 旋下沿溪而行
處處可坐 薄暮還雙溪寺 大裕設饌海物 黃香添一 山中別味

庚戌 行十里許 到三神洞 靈神義神神興之水 合流于此 成一洞天 溪上
有一巖壁立 巖面刻三神洞三大字 未知誰氏筆 而僧輩言亦孤雲手跡云
必是好事者 取三神山之義 有此題刻 而於于子所謂其俗之尙鬼 因此可
推云者 抑何意耶 涉紅流 觀凌波橋舊址 所謂紅流者 盖取謝詩石磴瀉紅
泉之句 釋之者曰 紅泉出丹砂穴 紅流之名 出自僊籍 而卽今滿山楓葉 溪
流漲紅 亦不失紅流之名矣 到神興寺舊基 澄潭盤石 實洞中之初見 巖刻
洗耳巖三字 濯纓所謂臨澗而搆 最勝於諸刹 遊人足以忘歸云者 誠不易
之論 而蘭若蕩盡 只有赤葉黃花 佛教之衰替 不足爲歎 而勝地湮沒至此

亦可惜也

拄杖沿溪 且行且坐 餐楓吸霞 飛觴弄笛 行五里許 遂至妓潭 而還潭以
妓名 未知何居 而景致亦殊絶矣 其上有獅子頂 又其上爲義神寺舊基 而
將由七佛而行 故不得窮源 還出三神洞 行十里許 洞府平曠 村落稠密 東
曰彌羅 西曰菩堤 峽裏田園 亦一桃源 又行五里許 至木通村 山回路窮 決
非凡人所居 若非僊侶 必是逋民 小憩家後樹下 更尋前路 自是藍輿倒挂
橫載以上 可謂難於上青天 行六七里 到七佛寺 玉露新凋 錦繡方濃 所謂
七佛 金富大王之七子 住此成佛 故以上院菴 改今名 左右有梵王村大妃
洞 卽金溥夫妻 隨七子 來寓之所 言實無稽 亦足備記異者筆 夕步出沙門
見金輪菴 新築小菴 亦極瀟灑矣

辛亥 踰內外堂峴 上處出重霄 下處入地底 輿僧不能擔十步 極可憐恕
而非輿則亦難致身一步地 托身肩上 任其行止 亦極苟然矣 昇浴二太守
稍輕於余 爭先登山 而余行最後 二峴之外 皆是山脊 白雲紅樹 處處怡悅
行三十里 到冷井 二倅已先到少憩矣 又行十里許 到靈神堂 所謂九折坂
最極危險 堂卽靈神寺舊基 前有唱佛臺 後有坐高臺 東有靈溪 西有玉淸
水 僧言鷹所飮也 前後山頂之稍平廣處 輒設鷹網 以松檜枝葉設廠如甕
隱身其中 張網四面 耐風雪忍飢寒 日夜跧伏於千仞峰頭 緊緣縣官急索
不敢自逸 其亦可哀也已 又行二十里許 到帝釋堂 形勢一如靈神 而眼界
之通望 又加一層 左右岡脊 無他樹木 只有躑躅 而困於風霧 枝幹皆左靡
拳曲 有若雲髮飄颺者然

過香積寺舊基 小憩前臺 行數里 至石門 架石爲門 傍有雲梯 入石門上
雲梯 登天王峯 峯上有石壘 壘邊有三間板屋 屋下有石婦人像 所謂天王
舊稱摩耶夫人 卽釋迦之母 而佔畢齋取李承休帝王韻記語 定以高麗太祖
之妣威肅王后者也 至今 兩南之民求福者 奉以爲淫祠 奔走上下 晝夜無
休息 遂使去天盈尺之地 至成通衢大道 甚矣 民俗之尙鬼也

與大裕龜卿坐石壘 領略天地山川之大勢 白頭以南 莫非此山之祖宗子
孫 凡我東土之名山大川 何莫非此山之枝葉 八路之州府郡縣 亦何莫非
此山之鎭望 而特以湖嶺群邑之環衛此山者 言之 晉州之牧 南原之都護

府 咸陽昆陽之郡 求禮雲峯光陽丹城河東山陰之縣 或據山之半面 或占山之一隅 或居山之前 或處山之後 薩川赤良花開岳陽 以附庸在襞積之中 延袤之廣大 無有過於此山者也

以眼力所及論之 山之三面 環之以大海 勢若可超而至也 大地羣山 不過爲丘垤蟻封 島嶼之點點海上者 近則南海巨濟 遠則對馬耽羅 縱橫而出沒焉 山勢之蜿蜒起伏者 北有鷄龍德裕 東有八公伽倻雲門琵瑟 西有荒山無等錦城月出 稍穹隆於衆山中 望羅濟舊墟 而論廢興之數 指露梁戰場 而弔節義之魂 擧杯相屬 感慨係之矣 俄而 日入虞淵 寅餞昧谷 曾遊嶺東 處處觀日出 而落照則此日初見 亦可以償平生之願

明日 若淸明 則又可見扶桑浴日 一宅而賓餞出納 羲和氏之所不能 由是觀之 非但東國之爲第一山 雖以天下之大 無可等列於此山者 若使尼父登臨 則天下不足大也 有頃 一點雲氣出自疊下 瞥然而在谷滿谷 在山滿山 譬如暮潮方生 煙波浩蕩 浦口沙渚 次第墊沒 不翅身在鴻濛混沌之上 眼窮陰陽融峙之分 亦人間所未有之境界也 夜三人聯枕板屋之中 寒氣襲骨 殆不可堪 燠酒重綿 以禦寒凜 初入花開洞下 秋色尙早 及至七佛寺中 楓葉始酣紅 而到此天王峯上 則氷雪已十有餘日 其高下淺深 亦可知矣 君子寺僧人 持藍輿來現

壬子 早起開戶 則宿霧未捲 天地一色 不得寅賓暘谷 遂下山 出石門至帝釋堂 收楫栅 炊朝飯 由山北路 倒掛而下 所經多丁公藤 卽佔畢齋所稱馬架也 使從者 折得數莖 以爲杖 行二十里 過白母堂 又過江淸村 卽咸陽地 鷄犬村店 始覺人間世矣 左右村落 柹林滿山 葉脫子紅 亦一奇玩 又行二十里 到君子寺 咸陽倅尹蓮 送兩伶及酒肴矣 寺前舊有靈井 號稱靈井寺 改以君子 未知何所據也 望見般若峰與天王對峙 而各有百里之憂 與漫浪間人 遺落世事者 有異 不得不自此復尋官路 回首雲山 不堪辭煙霞謝猿鶴之懷矣

初欲訪龍游潭 仍出洞門 日已夕矣 寺僧言此上流有釜潭 溪石不下於龍游云 移坐潭上 使咸伶弄數曲 仍出洞 至百丈寺 卽雲峰地 新創未完矣少憩旋發 暮投引月驛

癸丑 未明發行 到荒山 卽我聖祖肇基王跡之地 至今戰血猶斑斑巖縫
之間云 萬歷六年 以雲峰守朴光玉牒立大捷碑 設僧將以守之 僧將出言
先行四拜禮 方可奉審云 三人行禮後 入殿閣奉審 金貴榮撰 宋寅書 而南
應雲篆其額 豊功盛烈 不能模寫其萬一矣 旋卽發行 到雲峰縣 自引月十
五里許 縣監鄭埜 纔自京下來 出待暫話 卽發踰雲月峙 朝飯于木街村 卽
南原地 而距雲縣二十里 與昇平倅分路 又行二十里 過南原府 與浴川宰
分路 又行六十餘里 過赤城 還官

方丈漫錄
申命耆

歲丁酉 余自木城 寓居方丈之麓 幽閴寂寞中 宜有所著述吟詠 而顧其
文辭 荒拙鄙陋 不能窺古人之彷彿 至於詩律 則尤昧昧了 全不識其體格
音響之如何 時或有言志雜著之出於不能已者 而終不滿意 只爲覆瓿之歸
耳 更何必收拾記錄 以掛人目 而第此六七年 優遊放浪於頭流之下 以酬
其平生宿債者 誠不偶爾 聊玆隨錄其一二 以備他日不忘之資云 甲辰淸
和之旣望 方麓醉隱識

遊頭流日錄
申命耆

世常說 三神山在吾東方 楓岳爲蓬萊 漢拏爲瀛洲 頭流爲方丈 流俗至
今相傳 且杜詩方丈三韓外 註方丈山在朝鮮帶方國之南 盖自漢唐以來
已有此說 天下無三神山則已 有則不于此 而必於吾東方者 無疑矣

漢拏遠在萬里滄溟中 靈區異境 悅疑仙眞之所萃 而非受命于朝 係官
于耽羅者 航海遊覽 世未見其人矣 楓岳之勝 甲於東方 中國之人 所願生

而欲一見 則探眞好奇之士 孰不欲登望高之臺 玩萬瀑之流 把灝氣而蛻
塵骨哉 顧以關嶺脩阻 無緣一致身於萬二千峰之下 以快吾心目 徒有夢
想神馳於元化洞天而已也 惟頭流山 近在吾嶺中 去吾鄉三百里 思欲一
遊 而世故推遷 亦未能決意往觀

歲丁酉春 余偶居晉陽之德川洞 乃南冥曹先生杖屨之地 今有書院 院
前有洗心亭醉醒亭 頭流之水 一派北流 爲大源三壯之水 一派南流 爲南
臺薩川之水 二水合 流於書院下十餘里 由入德門 東流七十里 爲南江 所
謂天王峰 如在几案上 朝炊而往 腹猶果然者 非虛語耳 觀其雄盤屹立於
東南天地間 蜿蟺磅礴於湖嶺之交者 不知其幾千萬疊矣 今而後 庶可極
意窮探 一償宿願 而天王高揷半空 層巖懸壁之不能容人足處 甚多 緣崖
攀藤 登陟極艱 決非如我老脚 所可遊歷 徒有仰望不可及之歎 入山以來
訪五臺 探三藏 歷獐項 溯大源者 僅一再耳 今年夏 霪潦浹旬 山中烟嵐
蒸泄熱濕 心鬱鬱不樂 忽思方外淸遊

五月十六日 朝後 始發德僑 于時 積雨初收 炎威頓爽 風日淸姸 洞壑
明麗 蹇驢尺童 行李蕭然 此心飄越 已在方丈第一峰矣 洞人無與作伴者
鄭有祺有約 不至 殊可歎已 行十餘里 過公田村 洞府寬平 溪潭巖石有勝
可居 孫秀才翼龍 居此村 遊洛中 未還 其季慶龍 有同遊約 歷叩之 出元
溪 公田上一抹翠黛如芙蓉者 曰五臺山 山中有寺 寺有皇華閣杏樹古蹟
客歲一遊 今未暇更訪也

行二三里 入薩川 山益高峻 水益淸澈 石益奇壯 洞壑重阻 勢甚圍抱
中有一村 約可二十餘戶 滿山皆竹林 籬落蕭灑 依然若桃源 巖上有可坐
處 樹陰淸幽 下馬小憩 村居李始應邦馨等 來見 進酒筍 南望雲山 壁立周
遭 其中有韓錄事 遯居之跡 今稱孤隱洞云 石路幽險 洞壑僻邃 不得歷探
而過 緬懷高風 只自悵悒

普門庵僧人六七輩 持肩輿來待 余始捨馬而輿 沿溪石棧 或高或低 山
中居民兩三家 散在叢篁巖溪之間 儘有山居幽味 世傳 薩川古有縣衙峴
校基 至今留名 豈羅麗之際 瓜分豆割 一區窮峽 亦有官樣耶 若此之時 則
其民 于于也 其俗 居居也 安有今日之澆薄狡黠 雖深山 如都市者耶

西望頭流 露出眞面目 纖雲掃盡 蒼翠浮空 正如明堂大開 萬國會同 而端冕凝旒 高拱於穆淸之上 又如戎陣成列 釖戟森羅 而雄臨將壇 雷厲於號令之際 鬼擘神拏 藏護幽怪 變態萬狀 不可摸寫 鸞驂羽盖 如可相接 而瞻望雲岑 不能奮飛 悠悠缺恨 當爲平生第一矣

午後投普門庵 庵在虛中山半腰 重修未久 寮舍橫樓 極淨灑 陟倚曲欄 如有出塵之想 四山束立揷天 不能遐眺 惟墨溪後一支山 隱暎於南雲而已 夕就逸老師小寮宿 夜分忽覺 開窓視之 玉宇澄澈 霽月流輝 萬壑千峰 烔若白晝 便覺靈臺中 無一點滓穢 達宵魂爽 不能成寐 私自心 語于口 曰昨日陰翳之廓 是猶衡山之開雲也 今宵霽色之騰 無異天柱之玩月也 或者 天公有意於假我淸景 洗盡十年塵胸耶 因與老師 共說遊山勝致 有四韻一首

十七日 早起飯 已將向南臺 孫秀才追至 李漢膺李邦馨菴僧慕淸亦從遂下普門洞口 蹔憩岐堂 涉川 過眞珠潭 金友大集幽居 在其上 頗有水石之勝 年前出大仁川 今其舍空廢 店氓守之云 自此 微逕循山礀 曲折而上行七八里 有山村 名大次里 樹木葱鬱 居民掩暎於林間 石潭演漾澄碧 令人遊翫 不能去 歇于溪邊樹下 村氓出拜 進蜜茶及午飯 午後 到南臺前川巨石矗矗 怒濤激瀉 奔放澎湃 響振山谷 心骨俱慄 僅得利涉 路出獅子嶺危峻不可抍 肩輿者 極力前進 步步甚艱 陟嶺上 望南臺 日已向西矣 緣崖一線棧路懸空 蒼藤古木 翠密環擁 不見間隙 俯仰其間 不自知其山之淺深高下也

入臺庵周覽 則天王一支 南出傑立 奔馳數十餘里 爲甑峰 又屈曲騰躍而來 爲南臺上峰 菴後殘麓 北落面陽 僅容一小庵 更無餘地 如人坐倚卓上 四面孤絶 菴之作 不知其幾百年 世傳 新羅時所刱 屢經兵火 歸然久存 中間廢興 亦不知其幾 而今又重修 金碧鮮麗 菴有小樓二間 暢豁淨幽 東南諸峰 縹緲環拱 頭流勝景 盡在一顧眄之間 憑欄縱目 不覺神思飄爽 吟得拙句 幷序 題于壁上 山人勝敏 頗說山中故事 峰上有古城址 巖石罅 時得兜鍪戈戟之鈇云 想或三國鼎峙之日 戰爭相尋 守土者 深入僻險 以保其民社也

南踰一大嶺 乃岳陽花開等地 有雙溪石門靑鶴三神洞諸勝 而未暇遠尋
欲於新秋 抽身一遊 然人事亦何可期耶 日欲暮 坐前檻 俄而 山雨霏霏 須
臾卽止 夕照橫斜 紫翠重疊 怳疑此身 倏入於赤城烟霞之境 與赤松安期
之徒 齊遊而酬答也 吟成四韻一首 有神山曾入秦皇夢 古殿猶經赫世春
之句 夜宿庵後小寮 庵僧設齋梵唄鐘鼓 達宵令人不成寐也

十八日 早起 登菴後 四顧幽深夐絶 可謂淸凉世界也 於是 題名樓上
以記來遊歲月 更由獅子嶺 涉前川 循北崖 踰高嶺峰 尋無爲庵 庵在山中
最高邃 亂石齦齶 澗水奔淙 雲林蔽日 路極幽黑 行十餘里 入庵 庵基頗寬
閑 巖壑之險怪哈呀者 盡在樹陰 中在南臺 北望相對處 坐此皆俯瞰 可卜
其山之高也 庵之移建 才七八年 寮舍門庭 俱極蕭灑 山人太暉 深得乘門
妙訣 聰明識文字 可與語 夜宿暉師方丈菴 僧可二十餘人 而皆着袈裟 晨
夕禮佛梵誦 精進通四時如一日云 使此刻苦篤實之工 移之於吾儒 其進
修 何可量耶

十九日 大雨終日不止 仍留 暉大師 坐方丈 設講執經 解說頗慣熟 可
聽 午後 孫秀才 冒雨下去 滯雨山中無聊 吟四韻絶句 贈暉師 且留題庵壁

二十日 天風乍吹 宿霧盡收 朝暾昇空 霽景呈麗 林露滴翠 洞霞流紅
雨後淸勝 增一倍也 朝食後 別暉師 出山門 東北崖 踰一少峴 過一谷口
登中山骨項峙 峙之內外 峻急危險 比南臺獅子嶺 加三之二焉 望見頭流
上峰 在咫尺間 若可手而撫之 雲嵐半捲 岳色層出 倘使我脚力 如少年時
携笻一上 不過今日日中耳 臨日月之臺 騁山海之觀 以自壯其襟胸 而第
此暮境摧頹之氣 無由一陟於萬丈層雲之上 悵望之思 殆難自堪也 上峰
下一派溪流 經雨 尤噴激橫奔 臨流不能渡 呼東堂谷中山村民 艱以越涉
沿溪上下 巖石奇勝 滙爲深潭 澄碧淵泓

午入東堂谷 村在山中最深處 觀日前所歷大次里薩川築處 更是別區
正宜離群遯世者之歌考槃而樂漁樵也 家家脩竹千竿 柿樹成林 不知幾百
株 民居可四五十戶 而閭閻之富盛 家舍之精灑 亦一峽裏刱見也 孫秀才
李始膚 持酒來叙 卽別去 李邦馨及無爲僧淸彦從

午後歷入圓通庵 庵在谷中 四山環擁 無所見 且無泉石之勝 暫登橫閣

而下 出庵轉向天藏菴 菴處勢極高 去上峰 不甚遠 幽関淨僻 迥隔塵喧 然
前峰近壓 有碍眺遠之勝 東樓深奧 又無憑欄之興 是可欠也

菴僧挽余少留 而日已向暮 即出 向佛藏庵 北踰一小峴 轉東崖而下 有
若自天而降者然 內院店在其中 山木盡赫 暮入佛藏庵 峭壁攢峰 環繞如
屏 穹林絕壑 蕭蒨葱鬱 古塔歸然 庭際有梵宇 幽勝眞可以亞於南臺也 山
人廣密說古蹟詭誕不足信 而盖是懶嘿禪師遺址云 庵已久傾圮 方重修
訖功似未易也 是日山行 幾四十餘里

二十一日 朝書一絶句 贈廣密師 出庵洞 行二里許 有德山寺 古基溪潭
巖石 極可玩 疲愶不得歷尋 自此以下 水石幽絕 或淵或瀑 無非釣遊棲止
之地 暫憩臺下冷泉亭 鄭君携酒魚 謝其不能從遊 午還德川 坐洗心亭 回
看 雲山萬疊 深鎖洞門 默數遊歷之勝 怳若一夢 懷緒茫然 如別佳人矣 己
亥夏五月小暑後二日 方丈寓客 書于信美軒

遊頭流續錄
申命耉

客歲夏五月 余自薩川 歷探普門南臺無爲圓通天藏佛藏等諸菴 窮山水
之勝 極遊覽之興 而惟以未見頭流以南 爲恨矣

今年四月六日 早發 歷叩金坪權友家伊卿 約以明日追及河東 暮投昭
道洞金友大集家宿 大集辭以無騎未從

七日 早發 過橫甫 乃河東地 黌堂及院宇 在焉 院卽一蠹鄭先生安靈之
所 名以永溪者也 川流出自靑巖 過院前 南流四十餘里 入于海 雖無登覽
之美 頗有魚蟹之饒 午抵遯谷 李光居之饋午飯款接 尹友白而曺生永河
亦來會 暮入河東府 鄉首朴東標 送人定舍館供給

八日 黎明發行 尹友曺生落留 要見主倅計也 河東新邑 在蟾江上統營
亦設鎭 在光陽界 在豆耻上 遙望 亭館縹緲 舸艦簇列 可謂湖嶺一關防也
沿江一路 直走岳陽 日晚 抵姜太老家 雄峰高峙 火巖矗立 郊原平衍 周遭

348 용이 머리를 숙인 듯 꼬리를 치켜든 듯

可數十里 其中有洞庭湖君山平沙瀟湘岳陽樓遺基 極目浦漵 時見落鴈點
點 而竹上猶有斑斑痕依然 遊歷躬覽於鄂渚沅湘間也 湖則爲宮家所占
作水田 而沮洳下濕 若値潦水 便成一大湖云 在麗朝 爲岳陽郡 人才蔚然
多出 其後 爲晉陽屬縣 今又移屬河東府

黃再憲河聖一從之 朝後 過鈒巖 巖臨大江 其上有取適臺 乃高麗韓錄
事惟漢 遯居釣魚之處 及騁幣 入谷 遂吟始知名字落人間之句 踰垣而走
入高隱洞 以終云 少憩臺上 擧一大白 緬楫高風 令人徘徊 不能去也 入花
開十餘里 有一蠹齋遺址 先生嘗寓居於此 有詩曰 風蒲泛泛弄輕柔 四月
花開麥已秋 看盡頭流千萬疊 孤舟又下大江流 想當時 物外棲止之樂 正
有以起後生景仰之懷 院宇之設 不于此而于彼者 豈非今日之所可慨者乎
南望群峰 蒼翠浮空者 曦陽之白雲山也 海潮出入於此 漁航商舶 往來不
絶 可想生居之樂 無蹟於此土也

午入花開川酒店 尹友曺生追到 聯鑣向雙磎寺 自酒店 距雙磎 十餘里
山水之勝 眞世外別區 臨溪一曲 名以會講洞者 巖竇尤奇邃 會講齋遺址
尙在云 薄暮 入雙磎寺 洞口兩巖 對立作門 左書雙磎 右書石門 字畫遒勁
奇古 不覺摩挲久之 乃孤雲筆也 入石門 古木蒼藤 葱蒨蔽日 一曲澄流瀉
出雲 林中朱樓碧欄 照耀溪山 所謂明月雙溪水 春風八詠樓者 非此也耶
殿宇寮舍 甲於智異山中寺 是新羅時 眞鑑禪師所刱 古碑立於法堂前 崔
孤雲奉教撰幷篆書 雖有剝落少缺處 文辭奇逸 筆法精妙 實嶺南一奇玩也
殿西一小閣 奉安文昌侯畫像 拜手展謁 宛然如見千載前仙風道範也 夕就
僧堂宿 夜靜山空 明月滿庭 惟聞杜宇聲 終宵在耳 魂夢淸冷 不能寐也

九日 早起 將向佛日庵 權伊卿追至 於是 與伊卿及曺黃河三人 出寺後
看看漸上 步步如懸 疊巘層嶂 纔通人跡 行十餘里 入靑鶴洞 緣崖路絶 束
木架巖 以爲橋 俯臨無地 或攀磴捫壁 僅僅容足而過 魂骨具悚 殆非知命
者 所可行也 小頃 入坐翫瀑臺 孤雲所書也 靑鶴洞兩峰 左右壁立 左香爐
右毘盧 正若一幅新畫 出於龍眠好手 絶無一點塵埃氣 得非所謂仙眞羽
客之駕鶴往來者耶 僧言 有靑鶴巢其上 時或見之 一人射其巖 自是 絶不
來云矣

東望瀑布 掛在巖壁間 如一匹素練 隱暎樹陰中 珠玉亂灑 響振巖壑
長可數百尺 其下有潭 謂之鶴潭 深不可測 坐臺上緣木俯瞰 而幽怪深
黑 魂慄不能正視 一小庵在其上者 曰佛日庵 四顧陡斷 如在半空 絶灑
幽闃 大非人世間境界 沙門半開 庭院寂寂 意謂菴無居僧 開戶視之 則
有入定禪二人 着袈裟 向壁趺坐 見客不起 問之不應 僧等皆曰 此乃無
言工夫也 雖巡相來臨 亦然矣 松葉粥 一小甕 置房後 日中飲一器云 余
倦臥前楹 清興欲狂 謂伊卿曰 入此仙區 不忍捨去 吾將與君 永謝塵念
留此參禪 何如 伊卿曰 是吾意也 相與一笑 壁間有堂侄明仲來遊舊題
余亦題名以識之

　青鶴之東 有隱城大隱等諸庵云 而未暇往也 周覽既久 神思飄爽 却憶
歸路之懸危 凜乎其不可久留也 遂更由棧路 冒危匍匐而來 午後 還雙溪
寺 姜生久已來待矣 催夕食 發向神興寺 出寺門 渡橋沿溪而上 山益奇水
益清 數三村落 或依巖架壑 峰巒重阻 竹林蕭灑 有若昔時避世之秦民 安
得誅茅卜居於此中 以送吾餘年耶 十餘里 入三神洞 巖壁刻三字 孤雲筆
也 有紅流橋凌波閣故基 景致殊絶

　暮入神興寺 新羅忠彦禪師所刱 中間廢興不一 重修才二十餘年 寺雖
一殿 而宏傑巨麗 無與爲比 前有洗塵閣 翠嶂環拱 如展彩屛 俯臨碧溪 快
滌塵煩 壁上揭明谷崔相隱峰李台四韻詩 余亦忘拙以和之 詩曰 萬事人
間念久灰 超然方丈夢頻回 千秋學士丹書在 一曲靈區翠檻開 霞洞怳聞
仙語近 雲岑疑見鶴飛來 潭龍有意挽遊客 雨後溪流吼作雷 逍遙樓上 若
將兩腋生風 而羽化登仙也

　東有洗耳嵒 亦孤雲筆蹟 而筆勢如新刻 至今苔不蝕云 甚可異也 上下
潭心 白石橫亘平鋪 隨意坐臥 不覺夕照入而暝烟生 水石之奇勝 殆難以
筆舌盡記也 嵒上處處 凹如甕缸者 甚多 寺僧沉菹其中 經冬取食云 亦異
矣 盖自此去天王峰 七十里 群峰南走 雄盤傑卓 其間有靈神義神 又有兩
峰挿天中 開鴈門 鴈門之南 洞壑深險 周圍百里 諺傳 馬韓三將隱跡藏兵
之處 今有三將巖 又其下爲幢嶺 幢嶺下 卽三神洞也 北有眞樂臺文殊庵
金輪庵金沙窟等八十禪庵基址 又神興之南 十餘里 有七佛庵矣

我國之有頭流山 若中州之有衡岳 而衡岳之勝 盡在紫盖石囷芙蓉 頭流之景 最絶於靑鶴三神七佛 韓詩所謂紫盖連延接天柱 石廩騰擲堆祝融 正爲此地發也 是夕 宿新興 僧寶悅頗識字 可與語 詢之 乃雪巖明眼師之弟子 與無爲暉大師同門云 可知其乘門衣鉢之傳有所自也

十日 曉雨 終日不止 溪水大漲 萬壑噴雷 日昨所玩洗耳 及潭心大石 皆爲急流所激 珠瀑飛散 憑欄俯視 亦一奇觀也 意者 山靈爲我驅雨 留我仙境 餉我無限淸景耶 日欲暮 山雨初收 嵐翠霏霏 坐此煙霞洞府 世間一種塵念 斗覺消盡 戲吟一絶 示悅師曰 滯雨三神洞 塵寰隔幾重 應知洗耳者 挽我水雲中 一喫而罷 已而 河東倅 送秋露一壺 與尹友 連酌七觥 更助山中幽興 但權友倍道追及 又疲登陟 勞悴成疾 却食委痛 甚可悶也

十一日 天氣乍晴 而前溪尙漲急 難涉 日晚稍待水落 令寺僧 伐木架橋 艱得利涉 然權友病未少愈 七佛游賞之計 左矣 且聞七佛僻在深谷 寮舍之制 雖似可觀 而無泉石幽絶之勝云 旣見靑鶴三神 則不必霑冒霧露 跋涉泥濘 而强自遊歷也 遂出三神洞口 十步九回首 憫然如失矣 午暫憩酒幕 艱涉花開川 暮入平沙姜生家 去夜設網前川 捉鯉 盈尺者 十餘尾 以供之 此土魚鰕之饒 槩可想也

十二日 朝雨 河判官海淸 持酒果來饋 卽聖一之父也 日午待晴 發行入河東 見主倅 主倅設酒饌款遇 夕又雨

十三日 晴 主倅來訪於舍館 尹友落留 余與權友發行 行數里許 登五龍亭遺基 卽 晉陽孫氏別業也 亭臺高壓 江上勝致 不可言 蟾江一帶到此 與海門相接 汗漫浩淼 氣像萬千 恰似漢陽三江之勝 若使構得一名亭 憑危檻 而俯鏡湖 則不但登臨遊玩之興而已也 羹魚膾鮮之美 不讓於江東之鱸 而亭之主人 遠在他處 廢棄已久 良可慨然 午抹濄谷 夕投矢灘李友德恒家宿

十四日 與權友 同入金坪 午後還德僑 噫 頭流一區 素稱方丈神山 而匏繫一隅 無由歷探於雲烟縹緲之中 徒勞夢想者 于今 幾日月矣 幸於旅寓之日 獲近靈區之下 使余乃得恣意遊償如此 余之與玆山有緣 其亦不偶然爾矣 遂略記探陟顚末 并與其前錄 而合爲一書 以資日後臥遊之興

云 歲庚子維夏下澣 德僑醉隱識

遊龍游潭記
趙龜命

甲辰八月初吉 伯氏發行 向智異 余及遇命 載福從焉 沙斤督郵權君燧
亦與其子尙經俱

先賞龍游潭 地勢幽邃 石皆犬牙 水十步九折 盤渦激射 其聲若雷 以龍
堂之在對岸也.編木橋之 下臨不測 懸危凜慄 不可越也 傍橋躐石而東者
百餘武 有大石附岸橫跱 圍若環玦 靈若樽罍 其後數丈石 痕作蹊 蜿蜒以
接之 若龍之抑首而撥尾也者 磨礱瑩滑 狀極詭怪 潭之名所由起也

是夜 與定慧師 宿君子寺 師云昔有馬迹祖師 結夏于潭上 爲水響之妨
於聽講 怒其龍 鞭而逐之 其負痛閃挫 而形于石者如此 是說也怳惚不經
人不肯信 余惟天下事有不可以常理盡之 韓子謂浮屠善幻多技能 安知其
無降龍伏虎之術 而龍之性不見石 入石則石爲之透 以爲堅頑難陷者 特
人之所見然爾 人之於人 猶或不相測其情狀 況於神龍之變化哉 謂有是
事而信之 妄也 謂無是事而不信之 亦妄也

盖水石之離於山北者 玆潭爲最 余喜其氣勢奇壯 使遇命題五人名於石
之南壁 自題石抉川駛龍怒神驚八字於下 將使石工刻以識之 詩曰 地勢
陰森最 川流激射來 風雲龍拔出 巢宅石穿回 凜若深秋氣 公然白日雷 危
橋跨不測 生路渡方開

遊智異山記
趙龜命

自龍游潭 抵君子寺宿 早起上山 踵頂相接魚鱗 襲而上者 四十里 有石

寶仰出如人指 圍東步數武 轉身向西 攀木梯 登拇指上 復折由手背而行
數百步 至天王峰 登日月臺 四望千里 極目無礙 西南大芚山 差可平面臨
而已 海色如銀汞 與島嶼相吞吐 驟看 疑暝煙籠之也 天際雲暗 不見落暉
　夜宿聖母廟 以酒果禱告曰 某等夙聞頭流形勝雄海東 涓吉登臨 求以
極天下之詭觀 而雲氣蔽虧 將不能騁其目 夫以玆山之靈 疑於三神 而聖
母居之 占其巔焉 藉曰非古之不死僊人 必其有光屑震耀 以爲玆山之主
也 惟昔先大夫金宗直之來也 聖母顧厥籲呼 使重陰淸霽 後世之人 遂衡
岳玆山 而配先大夫于韓子 人惟無誠 誠而臨之 今之神猶古之神 幸聖母
復假威靈 屛除氛翳 炳日輪於宵暘 廓天宇於朝瞩 則不唯游覽者 獲匹前
休 抑聖母之譽以永終矣
　日出時 復登日月臺 眺望如昨 而海靄又蔽之 但漏紅光 諸人以虔禱無
應爲愧恨 余解之曰 退之之感衡山 亦能開其頂上之霧而已 彼起雲靄而
障太陽者 乃東皇海神之爲 頭流上下 固自廓淸以待之矣 今使滇僰小王
遙制漢天子 受其號命可乎 我輩之求 妄矣 且是行也 來往皆冒風雨 而山
巔盛夏亦風 雜木拳曲 無踰數尺 廟宇板屋振搖 不能支十年 獨上山兩日
日候特從容 廟祝 相賀以爲得未曾有 余病者尤自幸 余詩曰 威靈自阻封
疆外 不是天王政不公 伯氏詩曰 無風無雨亦天公 可謂爲神人兩回護也
　正南大島外 白色如帶 盖大洋云 而少西奇峰叢翠 略如道峰 而尤秀異
余與諸人 大詫且怪 昨日眼力之不及已而 天益明 諦視之而後 覺其爲海
雲 歸震川 見南閣記云 一日天新雨 忽見諸峰湧出 樓觀層疊 久之而後散
而實非江南諸山 盖此類耳 山勢險峻 所經殊無泉石之觀 前人又已備述
玆不贅
　下山 未至君子寺一里所 泉石殊開眼 石有蹲伏如龜而甲紋自然者 蜿
蜒如龍而頭尾可指者 問之老僧 其東岸卽雲鶴亭故基 伯氏大書臥龍巖三
字于石面 余又題詩曰 卸輿聊復坐 餘興此翛然 石勢龜龍錯 亭名雲鶴傳
徘徊得意趣 瀟灑遠塵緣 智異惟高峻 玆潭却補恖 非强抑揚語也 大抵奇
壯不及龍游 蘊藉不如西谿 而兼攝二者之勝
　行過處 山氓之以風災求蠲稅者絡繹 伯氏輒爲駐輿慰撫 余戲呈一律曰

三山斯世亦王田 一望靈區黍稷連 土利應無海內剩 民生何苦壑中捐 使君拄笏評遊歷 父老當興乞免蠲 若遣漢皇今日在 侖臺哀詔此居前 其言雖近諧謔 而實寓傷痛之意 然而江清里父老數十人 迎候道左 賀伯氏山行之無恙 曾見佔畢記中 有是事 尙喜峽中淳厚之俗 不改於數百年後爾 迤向實相寺 觀鐵佛 留宿 還衙 翌日記

頭流錄

鄭栻

頭流中稱第一庵者 乃南臺也 去年秋 入大源庵 庵卽頭流北也 其間水石 則遊覽殆遍 而南臺以南 則未能盡探而歸 宿債在心 魂馳夢越 今秋 與一二同志 又作尋眞之行 卽甲辰八月初二日也 着蔽陽納芒鞋 瞻望仙山 淸興滿襟 行色蕭灑 依然如蟬化秋林 鴻冥九霄

夕到金雪倉 白石淸泉 始自頭流而來 玉派瓊流 淸澈無底 此雖頭流外面 而猶是物外景色 其上有所謂花藏庵 庵在山之絶頂 削險高急 攀崖上去 則細路萬曲 石巓當頂 三步一退 五步一坐 至庵 庵有老僧笑迎 其名震機 與亡兄素相親愛 而余亦兒時相識者 余問奇覩古跡 指一石竇曰 此穴古以出粒流傳 今無可徵 然入秋後 氣之如霧者 蒸出穴中云 其穴大如甕口 深不可測 又曰 庵之基址 凡有石隙 無不蒸出如烟 亦異矣

三日 下山 入入德門 于時斜日在嶺 疎雨斷續 小憩巖門松下 上下十里 人跡頓絶 亂瀑爭流 幽鳥時鳴 暮到洗心亭 宿南冥書院 曉大雨 朝歇

四日 泝流入山 山路崎嶇 非巖則水也 淸泉如雪 丹楓間壁 看看步步 不知脚之倦神之疲 寓於目得於心者 自有無限之樂 而非毫墨形容 亦非傍人所識 宿普門庵 菴在萬山之中 左右回擁 松檜掩日 極其幽邃 而小欠寬暢

翌日 夕到眞珠潭 卽金聖運幽居也 酌以白酒 肴以熊掌 泉石之勝 甲於所經 頗有山居古色 行到十餘里 則有數三家村 一人笑迎 乃宿面鄭泰佐

也 掃石而坐小話 因同上南臺庵 泰佐指路左大巖曰 此乃哭聲巖也 昔有
智嚴大師 以兵使覿景 到此見釋子初心冊 入碧松菴 削髮爲僧 其妻尋到
庵下 拒而不納 遂哭于此巖 故名之云 越一溪 登一嶺 則果有碧松庵古址
且有智嚴浮屠

宿南臺庵 軒窓陳破 丹雘剝落 僧曰 癸未重創時 見其上樑文 則乃一千
六百六年矣 谷深山高 生道甚難 故僧之居日不多 是以曾於廢棄之時 木
生板閣之上 其大如拱 藤葛掩罩其上 虎豹獐鹿 産雛房中 如是者三 又問
何以木板代瓦 僧曰 寒凍殊甚 瓦甓碎解云 有上下玉井 蒼巖列置 如築者
三層 可見天創別區也 有九十歲老僧 達夜話金剛

明朝 登庵後大巖上 周視左右諸山 則如揖如拱 或走而停 或蹲而突 或
開而曠 或擁而塞 蜿蜒橫亘 千形萬怪 與數三僧 上天王峯 卽頭流第一峯
也 巉巖嶄絶 如上鳥道 口呵脅息 若不自保 始上上頭 徘徊遊目 則四山蟻
垤 三海盂置

登日月臺 則水天微茫之中 赤暈先擁 海底盡澄 少頃 日輪飜出還墜 如
是者 三次後 始升天 可怪也 意者 日出於天之極 東海於其間 浪立如山
非日之出而還墜也 浪高則日蔽 浪低則日見 其理難測

七日 還宿南臺

八日 過公田村河世龜精舍 極絶蕭灑 小酌而別

九日 過召南江 夕還鳳谷 街兒爭笑曰 居士遊山而歸云

雙溪以南 亦欲盡探 八月十七日 又作行 行裝卽釰一節一 百里山路 盡
日泝流 暮入五臺寺 沙門外有銀杏二木 其大或五六圍 或十三圍 僧曰 此
木不知其幾千年 東國未有大於此者 一邊焦處 乃壬辰兵火所焚云

十八日 宿靑巖寺 憩于樓下 一白衲自外來拜 在於江陵五臺山 玩景而
來 方向雙溪云 與之同行

十九日 踰三呵峴 宿岳陽文殊庵

二十日 午少憩長興庵 暮入雙溪寺 蓋寺有兩溪 故名之 一自新興擬神
而來 乃西溪也 一自佛日靑鶴而來 乃東溪也 上下百里 大川橫流 白石平
鋪 一望如雪 洞口有圓巖 書雙溪石門 卽孤雲筆也 寺後有古殿 卽孤雲讀

書處 有畵像 凜然如生

　二十一日 入佛日菴 一條路 掛於蒼壁間 壁絶則跨木而梯 其下萬仞 精
神眩然 菴左右 上突兀如懸 前有兩峯 削立萬丈 右曰毗盧 左曰香爐 昔有
靑白鶴 棲於巖隙 故或稱靑鶴峯白鶴峯 自峯上瀑布飛落千丈 上下二層
晴霧滿壑 風雷自作 瀯而爲淵者 卽所謂鶴淵 僧曰 龍潛于下 有時出 雲淵
之壁面 有三仙洞三字 不知何代何人筆云 左有大巖 書翫瀑臺三字 卽孤
雲筆也 盤旋移時 殊覺壺中別界象外絶勝

　菴有兩雲衲 不拜不言 神凝面靑 狀若枯木 向壁趺坐 余亦危坐一邊
自念如此 仙區未易再遊 豈忍乍返 命僕夫先返 待余于雙溪寺 因留與二
僧同宿 達夜不寐 終日不起 如是三日 一僧忽開窓而出 以木鉢木匙 進
松葉粥曰 何處居士 操工刻苦 一榻危坐 三日絶穀 亦此僧之不堪 居士
何堪 願喫此粥 粥乃爛杵松葉 沈水日久爲之 而一鉢中米粒只十餘 決不
能食 又留一日 與僧默然鼎坐 瀑聲滿壑 松韻入室 淸冷之氣 襲人四體
開戶出見 時夜三更 月掛香爐 瀑下層巓 依然如入廣漢中 聽萬斛銀派
不知人間何處

　明日 二僧送余壁路外 謂余曰 此菴留宿 僧亦罕有 公之信宿 若非世外
之士能之乎 道之虛明眞實虛無寂滅 儒釋雖殊 其源則一 更須十分珍重云

　二十五日 入七佛菴 菴在於般若峯上 自雙溪洞口 泝入二十餘里 無非
瓊沙瑤石 或行或坐 不忍舍去 以亞字形作突 卽所謂高僧堂也 其佛殿則
撑下十二層卓上 刻成飛禽 金飾懸之 僧曰 形容百禽聽說法狀云 日暮 余
請宿高僧堂 僧曰 此堂終夜禮佛 鳴鍾扣磬 不能安睡 行人過客 避宿他房
余曰 夙聞仙區 今始透到 何憚一霄之不能穩宿 僧笑曰 公言果異曾經客
也 遂與之宿 探問古跡 僧曰 此菴創設 不知幾千年 而或傳東晉時所創 且
法堂後 有玉臺 昔新羅景德王有八子 忽聞空中玉笛聲 尋聲而來 則玉臺
上果有一仙人吹笛 七子因築臺不返 故名之 且玉臺上斫檜 生萋不死云
亦異矣

　二十六日 入新興菴 乃雙溪合流處也 奇巖鍊石 平鋪左右 雪波銀瀑 爭
流鏡中 卽南冥所謂銀河橫截 衆星錯落 瑤池宴罷 綺席縱橫者也 其中有

石凹入 自作一甕 亦奇觀也 其上書洗耳巖三字 洞外石面 書三神洞三字
皆孤雲筆也

二十七日 踈雨霏微 濕雲滿壑 過錦巖 訪韓錄事古居 過蟾江 望白雲山
宿五龍亭

噫 頭流山水 歷覽無餘 歸來蝸室 掩門獨坐 萬瀑盈耳 千巖森目 將有
再翫仙區巖棲終老之計 而日月飄忽 世故多端 則或恐負平生之志矣 遂
略記所遊梗槪 以爲披閱不忘之資云爾

靑鶴洞錄
鄭栻

癸亥四月二十日 宗侄相琦訪余于武夷精舍 余曰 汝見靑鶴洞否 相琦
曰 未也 余曰 靑鶴洞乃茅一山水窟也 余已遊數十年 而心常未忘 方當春
暮 軟綠遍山 躑躅滿溪 汝與余可作伴同翫否 相琦一言快許

翌日 以相寅爲靑童子 以羽靈奴牽玄黃 叔侄兩老人 持竹杖 以馬隨後
以步行爲能事 越蘆嶺 越十字嶺 宿田頭山下齋室

翌日 越公月嶺 宿蟾江上頭陀金退一家 卽余昔日入山時 舊主人也 其
夫妻俱廢肉 以爲善去惡 爲一生戒 有一子演寬 而歸之佛 自以爲他生求
福還生計云 笑矣笑矣 沈溺佛氏 若是之惑 是可惜也 笑而迎之 慰余行勞
以潔飯香蔬 傾心善遇

翌日 入岳陽 過一蠹鄭先生幽居舊址 令人感慕竪髮 憩于揷巖上 上有
就道巖 卽錄事韓惟漢遺蹟 午炊于花開洞 宿金光瑞雲甫山居 蒼松翠檜
之間 新搆精舍 殊極蕭灑 余謂雲甫曰 余與相琦 方投靑鶴洞佛日而去 非
君不可 盍往從之 雲甫諾曰 當爲先導 余曰 仙區不可無洞蕭客 何以得之
雲甫曰 從吾遊者 有金潤海者 乃善蕭也 又洞有玄德升者 亦善蕭也 余卽
喜而請邀 皆年少雅士也 與之入雙溪寺 坐石門下 翫雙溪石門四字 精神
筆力 如見孤雲面目 宿學士殿 孤雲所居云

翌日 入內院庵 卽靑鶴洞靑鶴峯下也 余曾累入洞中 謂其陝小 等視不探 今始入去 則絶壑深幽 水石非常 余顧謂雲甫曰 余若早知如此 吾行豈今日而已乎 入此名區 不可無一語 君可呼韻 雲甫卽呼韻 余立應曰 淸泉亂石是仙區 翠壁丹崖作畵圖 白首探眞今已晚 鶴倩猿怨未應無 雲甫曰 兩峯環合白雲區 半壁微茫粉墨圖 吹徹玉簫人不見 夜深靑鶴正來無

夕飯後 仍上香爐峰上 緣崖攀木 一步一呼 五步一坐 眞猿鶴之所不能過也 孤危壁立 初則萬無上峯之意 强氣勇志 寸寸停步 步步欲退 仰而脅息 俯而眩然 及上峯頭 則胸中快濶 若登天然 不但有吾夫子登泰山小天下之意 而鄒聖所謂挾泰山迢北海 莊叟所謂旁日月挾宇宙者 庶我能之矣 於心自語曰 向若不能耐苦 未免退步於平地上 則豈有此奇遊大觀

宿佛日菴 乃新羅金傅王所剏也 重修纔畢 丹雘欲流 盖庵在萬仞石峯之上 千丈瀑布 飛下庵前 此則亦皆骨山所未有之勝也 首座四人居之 其名洞贊侶敏朗遇杜澄云 皆是仙姿白衲 而知余姓名 言其何晚 接待款曲 於心不安

一行分坐左右 余整襟危坐 笑謂雲甫曰 今我三人 俱非塵世汨沒人 同入於天下所共知之名區 豈其偶然 眞所謂此日可惜不可虛送良辰 若達夜不寐者 當爲上客 君可能之乎 雲甫曰 吾能之 如其不能 其可無罰 於是佛燭洞洞 儼然成行而坐 以待月生 使洞簫二客 迭相吹之 間以詩和之 余有吟曰 琪花影動曙河傾 手拓雲扃北斗平 碧玉簫聲淸嫋嫋 鶴邊松月滿壇明 雲甫和吟曰 古龕燈翳斗西傾 松露冷冷宿霧平 寒磬一聲僧報月 俯看層壁水簾明 余賦則雲甫和之 雲甫賦則余和之 時瀑布亂鳴 松韻蕭瑟 雙簫響咽 嫋嫋不絶 地是萬古仙區 而得此文人而遊 兼以雙簫之美 苟非有仙分者 豈易易得之 如聞瑤池仙樂 而萬慮都消 不知世間消息何如也

時夜欲曉 僧報余曰 月已上靑鶴峯矣 余忽顧視 則雲甫不在座 余起而訪之 則雲甫入房中 倒睡佛卓下 余蹴而起 笑謂金潤海曰 雲甫先破盟矣 可奏勝戰曲 金潤海卽吹簫數曲 一座皆鼓掌大笑

翌日 憩于國師菴 有老衲難解者 卽舊面 饋以茶果 宿七佛菴 法界依舊松月無恙

翌日　下新興庵　上洗耳巖　大師玄侃　笑而迎之　同坐巖上　談笑不已　蓋是宿面　臨別甚悵　出途于紅流橋上　首座祖演追到曰　處士所着芒鞋　已弊矣　進一草屨　夕又入雲甫精舍　語良久　酒數行　與雲甫金潤海玄德升別　潤海字德容　德升字汝聞　又宿蟾江退一家　其妻備大蛤湯　以饋之

翌日　宿田頭齋室

翌日　朝炊于朴泰來家　與相琦別　夕還武夷精舍　雙鶴如待　桂花向我而笑

頭流山遊行錄

黃道翼

世所稱仙區者　有三　關東之金剛　耽羅之漢拏　其一卽　吾嶺之頭流也　一名方丈　小陵詩所謂　方丈三韓外者　非指此歟　夫處天下之絶域　騁天下之雄名　何其偉哉　余近在宿春之地　而旣乏濟勝之具　又緣塵冗之掣　徒望雲外之嵯峨　而未見其眞面目者　久矣

一日黃伯厚　李君兼　以遊山小具　來訪　余叙暄凉　纔畢　請余曰　是行　將欲訪金學士　遊頭流山　過此者　欲與吾丈　同焉　吾丈之意　如何　余喜而答曰　君言正合我意　金學士　今之儒宗　而淹滯江潭　不可不訪問　頭流山　國內名山　而久負宿債　亦不可不登覽　一行兩得　甚好甚好　況秋氣淸凉　宿痾醒蘇　登絶頂而縱目盪胸　接淸儀而消吝滌鄙　亦甚快樂　何敢坐失好會　遂奮然決策　兒子輩交謁更諫　咸以爲衰年不當遠役　余卽不聽　謂黃李二君曰　衰脚非代步難行　諸君先行　吾當鞭瘦馬追至　晉陽州邸　君且待之　於此　皆曰諾　因止宿　翼日　二君將行　請與阿兒後斡俱　卽許之

越五日辛未　遂理裝啓行　是靑鼠仲秋二十七日也　行具　止米一橐饌一笥　仲弟道義　護行于斯時也　踈雨新霽　秋山明麗　心目俱爽　足以滌煩瀉滯也　夕抵晉陽州邸　卽逢黃李二君　驚倒逢迎　喜氣可掬　李達厚李君範　亦與之俱　安生慶稷亦追至　願從一行　多至五六人　同聲之應　亦可樂也　但後斡

前患腹病越添 殊覺悶悶

壬申 黃伯厚 有修人事處 與一行將道泗川 余難與迂路 約以某日會于
蟾津 遂分路 諸君又要與後榦同行 余卽命與之偕 後榦不獲已拜辭 余與
道義 直向昆陽 訪鄭君浹栻 三宿

越乙亥 過鳳溪 宿大也村

丙子 渡蟾津 問同行去就 尙爾未來 訪金學士 迎接款晤 若平生懽 古
人所謂傾蓋若舊者 非耶 其容儀之端莊 言語之恭謹 視瞻之無回 動止之
有節 恰如平昔所聞 且涪州舍達之餘 顔貌髭髮 猶勝閒居人 豈非學力所
到 雖在流離竄斥之中 處之怡然 無幾微不適意 足以見道理之貫心肝也
酌酒以勸 又供夕飡 辭以休倦 退權歇泊處 因定舍館 夕霽山適緣本家修
簡 未克來 使人傳謁矣

丁丑 霽山早朝來訪 余食後亦往回謝 披露心肝 不設表裏 談說疊疊 意
甚繾綣 眞厚德君子 使我相見 何至今日之晩也

戊寅 又與霽山從容晤語 其慈詳愷悌之態 平坦盎粹之氣 使人可敬可
愛 世之側目者 亦獨何心也哉 拈出疑義 許以論討 道義相期 勉勵勤摯 皆
出於愛人以德之意 不啻若入於芝蘭之室而薰其香矣 夕時 一行皆至 渴
望之際 喜可知也 但兒子腹病添劇 艱以得到 病色滿顔 極可憂憫 霽山聞
一行至 卽來相見 左應右酬 無不周詳 悤念後榦病苦 形於言面矣 比還送
秋露兼廚饌 其致款如是 夕後 同一行 往霽山所 叙話而還

己卯 兒病似少歇 惟憂稍弛 霽山早來相話而去 咸曰 旣見君子 我心則
夷 幸則幸矣 以爾直之病 未見頭流 自此徑還 仙區之債 終無見償之日時
乎 不可失也 使之留休調病 限數四日 周觀後 來此偕還 不亦可乎 余應曰
然 遂齊進見霽山叙話 移時約回路再訪 還主館 促食而行 登魚龍臺 霽山
爲吾輩送行 先到待之 徘徊瞻眺 江湖之灑落 舟帆之來往 亦足以爽豁衿
期 同此人 遊此地 殊甚快樂 第恨不得同此行 相與徜徉於靑鶴白鶴之洞
豈非慨然者乎 頃之 遂與分手 呼船渡江 隔水相望 無不悵然 且兒病未帶
亦不禁回顧之情

傍江而上 沙明水潔 淨無塵埃 神心頓覺爽然矣 行數十里 至岳陽里 有

所謂瀟湘洞庭君山等地 又有岳陽樓姑蘇臺寒山寺基址 無乃好事者 依倣
中州 定其名稱 因築樓臺耶 今則但有其名而已 然江山之勝 依舊自在 若
築臺構樓 梳洗出來 則一時可以改觀 而今榛莽如此 江山之廢興 亦有數
存乎其間耶 又有錄事臺 乃韓公維漢所棲息處也 人去臺空 江自滔滔 想
像清風 感懷自生 巖崖刻取適臺三字 而字畫已盡刓缺矣 行十里 訪一蠹
鄭先生遺墟 卽荒烟野草而已 豈知大賢棲息蓄德之地 今爲樵童牧竪之場
也耶 俯仰傷感 懷不能裁 然播馥流芳 將與天壤同其傳 較視洛陽亭館 雖
擅於一時 未幾堙沒無傳者 豈可同日而語哉 彷徨久之 不忍去也

　與諸友緩步而行 西轉至花開酒店 此距蟾津 可四十餘里 沿路上下 蒼
崖如屛 澄江若練 處處奇賞 不一而足 無非助吾行之遲遲也 同諸君 或徘
徊散眺 或休坐凝眸 有馬而不騎者多 猶未覺勞倦也 沽酒各飮一大盃 遂
行 舍江北折 入雙溪洞 洞壑窈窕 峰巒峻峙 溪瀑亂響 玉雪飛灑 衆人神思
各自惺惺 所謂除是人間別有天者 非耶 徐步至雙溪石門 嵒石刻雙溪石
門四大字 乃崔孤雲筆也 過一柱門 至正門 無非淸奇駭目 眞佳境也 然房
室多毀廢 無寺刹模樣 豈非歲歉役煩 山僧亦不堪支而致然耶 山僧如此
村氓可知 窮村處處 無人盧屋 亦復幾何哉 岡老之歎 眞先獲也 宿明月寮
有老禪可與言 問雙溪之由 曰靑鶴洞萬疊淸流 三神洞百里長波 兩處相
注 合於石門前 故名雙溪云 山中半夜 忽聞鍾聲 甚淸絶 令人自發深省

　庚辰 促食而出 至法堂前 有孤雲所撰碑文 多襲佛老緖餘 入香爐殿 有
孤雲畫像 惜乎 以不世出之名人 而染跡於乘門 擇術 可不愼乎 自寺後 登
向中峰 達厚病腹還雙溪 不無少一之歎 至白鶴洞 雲山水石 佳趣無窮 有
喚鶴臺 高劣數丈餘 遂登臺徘徊 有人自竹林中高聲喚鶴 則僧戲答曰 雙
鶴今日朝天而未及還 未知何人喚鶴 而使遊人聽之以實臺名也 亦可奇也
行五里 有冷然臺 又名馬跡巖 巖上有龍馬之跡 流傳之言 以爲仙人馳馬
處 甚涉荒誕 何可信也 又南折 登小嶺 遠近峰巒 頗有奇態 巉巖石磴 躋
攀甚艱 側足而行 至一處 路絶巖斷 其下不知其幾百丈 置棧道僅通 遊人
來往 畏險者 或不敢度 使人眩視 悸不自保 越三處棧道 攀崖躡磴而上 至
不貳門

坐玩瀑臺 地位益高 孤覺與人寰逈隔 瓊岡綺峀 競秀爭挐 奪人眼目 信是靈眞之所窟宅 天地之所秘藏也 其中兩峰 東西聳峙狀 如玉蓮排空 其東曰靑鶴峰 其西曰白鶴峰 傳者 言古有靑白鶴 兩三棲於巖隙 有時飛出盤廻數匝而入於雲霄之表 久而後還 故因以名云 靑鶴峰巖頭 有懸瀑投空 下百餘丈 水多則若銀河倒流 雪消洶湧 怒吼如雷聲震一壑 水小 則如白龍倒掛 而有噴玉鳴琴之響 眞絶勝也 未知開先瀑布較此 其優劣當如何哉 遙望蟾江 懷想霽翁 惜乎 吾有手不得相挽而共此之觀也 一行亦或曰 爾直且以病 未見山中第一佳趣 其無仙分而然耶 瀑布之下 有鶴淵鶴湫鶴潭 雖欲側足其傍 窺見靈源 危絶眩悸 不可近也 僧云 有人耽玩奇勝 阽跟鶴淵 足滑墜淵中 無攀緣處 自分必死 水由巖穴中流出 遂從中俯伏膝行 得出以生云 欲踰靑鶴峰 尋大小隱二庵 路由懸崖 百步九折 不可往也

有白衲出拜而迎 名有一者 令前導 由不貳門 至佛日庵 寺宇極其鮮明架上禮佛之具 甚整齊矣 喉渴索水 僧進松葉膏 飮一椀 足以通神明矣 問其方 僧云 松葉亂搗 和米飮 過百日後 服之 則身輕氣淸 不食不飽 此是山人延壽之具也耶 點午飯後 咸曰 同行病歸 不百以遲留 遂復路而下 步步回顧 如有所遺失也 行百餘步 矯首望見 萬丈巖崖上 有庵蕭灑 如着空中 門外踈林 紅葉交暎 依然如活畫新成 非去神仙不遠者 何可到也 眷戀瞻顧 殆不能已也 遂催步還雙溪

達厚病稍歇矣 小憩休倦後 五人同出石門 北折而由峽中 至三神洞 白石齒齒 彌滿一壑 若白雪平鋪 素氈疊積 無一點塵埃 碧流注其間 曲曲激射 散珠噴玉 而淸響琮琮 其奇觀異賞 不可言狀

神目竦爽 不能自定 久之乃起 西折而行 至五里許 一行皆虛腸矣 雖飽景物 不能救飢 何 出笥中造醬 和水而飮 小蘇昏渴 向七佛庵 山日已西而前路尙遠 倘所謂日暮程遙者 非耶 然 今日 則向上不已 終必可到 以吾人志業言 前路未知幾何 而未步一二步 已迫桑楡 可不懼哉 路經巉巖 移步轉艱 少進輒休 寸寸躋攀 始克到焉 日已昏暮 寺門牢閉 遂呼僧開門 至禪堂 困甚頓臥 殆莫能振 第念今日之行 縱步忙遽 若有所催迫者然 殊非山遊氣像如是 而其能得觀山之妙哉 旣飯就寢 則夜已深矣 中宵睡罷 高

山絶頂 四顧寂寥 時間鍾磬之聲隱隱 使人惺惺 自無夢寐

辛巳 晨起扶節 步出 周觀左右 地勢最高 通望無際 面皆數百餘里 默誦朱夫子直以心期遠非耽眼界寬之句 益覺趣味之無窮矣 望見蒼茫中日輪騰上 光芒凌亂 亦一奇賞 至亞字房 中低而四邊高 高低幾數尺餘 一處焦火 上下皆溫 亦可怪也 入法堂 見記七佛事蹟 王子七昆弟 讀書於此寺因剃髮爲僧 其何惑之甚也 又見錦段 內紅而外靑 其末有祝願文字 乃宮家物也 崇佛之漸 已成矣 登寺後玉府臺 僧云 有死檜還生 其然 豈其然乎前有影池 僧亦云 七佛之妻 來求見七佛 七佛不許 徘徊樓上 影落池中 故但見其影而歸 亦甚荒誕 登塔臺回首 寺基結局山上 甚端妙矣

遂下復自三神洞 北折抵新興寺 寺據玉溪之上 登樓頻臨 水石之勝 愈見愈奇 就寺午點 步出溪上 訪仙遊洞 秋深萬壑 紅綠成錦 溪流其中 盡鏘鏘然 水樂之聲 足以供遊人之賞 踏石渡溪 抵洗耳巖 淸泉瀉出 澄澈無滓白石磷磷 疊積層累 周環一洞 處處皆然 爛熳趣色 混茫相映 怳若宴設瑤池 綺席玲瓏 雲捲玉宇 衆星昭布 觸目眩晃 如入無何之境 何景象奇麗之若是耶 人間亦復有此哉 山中之勝 至此而極矣 雖欲尋考槃之地 結幽棲之約 而不可得 何 好事者 就巖上 刻洗耳巖三字 人到於此 孰不欲洗耳於淸流哉 其前 有立旗石甕 傳以爲仙遊舊跡云 又有奇品怪石 錯列前後 殊形異態 競出頭面 非神剜鬼刻 何能如是 先輩詩云 智異雙溪勝 金剛萬瀑奇 是知智異之勝 盡在此雙溪一洞矣 雙溪萬瀑 不相上下 而於彼則遠莫之見 於此則今已觀之矣 豈不快哉 嗽水潤喉 枕石而臥 胸襟爽然 塵慮頓消 無一點查滓 留於方寸矣 玩而樂之 足以忘歸 而第兒病關心 難可久留遂不免拂袖而起 還出洞門 意思茫然 若有所遺棄 而不覺步步回首矣 還至花開 止宿

壬午 抵蟾津 乘舟而渡 鄭先生詩所謂看盡頭流千萬疊 扁舟又泛大江流者 正是吾儕今日事也 前此 非不讀此詩 而泛然看過 不謂今日眞踐斯境 益知其言之有味也 直抵霽山所 霽山卽出欣接 兒亦出拜 問之 病稍間矣 少霎晤語 繫說山中之遊 還主館旣飯 咸曰 明當去矣 此夜足可惜 當與霽山打話 遂更進 穩叙而還 困甚卽睡 呻吟相聞矣

癸未 霽山早來見訪 携酒以酢 叙話 移時而還 朝食後 辦秋露魚肴 往見霽山 爲餉之 將起 霽山曰 當就別於魚龍臺 列成一隊 步出江上 霽山推我先行矣 登魚龍臺 俯臨江潭 清明灑落 愈往愈奇 伯厚請曰 臺名是龍字 今日又是重陽 霽山亦被放矣 與李青蓮九日龍山遊 不期相合 吟次其韻 不亦可乎 咸曰 然 各製進 雖不無巧拙 然亦一勝事也 半日談話 遂與解携 客散江頭 回首茫然 況各在衰暮之境 隱侯之感 亦復如何 步步相望 懷不能裁

更五日丁亥 乃還追思曩遊 所感者 有焉 余望七之年 不遠數百里而行 於山 見頭流之仙區 於水 見蟾湖之清波 於人 見一代之名流 一行三難 并矣 豈非平生一大快樂事也 況同行諸君 皆拔俗之士也 臭味相符 聲氣相應 追隨徜徉 共辦此一着 幸孰爲大焉 聊記遊行顚末 以備他日之不忘也

遊頭流山錄
李柱大

遊山之有錄 尙矣 中國勿說 如耻齋之錄楓嶽 陶翁之記豊丹諸山 皆其表著在人者 盖爲一時探歷 俄落夢境 而將以寄他日臥遊之具 且以遺後來好事者之欲往而未能者焉 則其所以自爲爲人之意 誠深矣

今頭流之爲山 其蟠踞之雄 標撑之高 非但南方之山 嵬然以高大稱者 十數而俯首莫與之抗焉 世之欲選山水之勝 極幽遐奇怪之觀者 不觀於此 而求其快於目而足乎願 惡乎可也 昔人之遊玆山者 亦多矣 獨佔畢齋濯纓南冥 三先生之遊 爲最著 豈非其人之風雅標致 與此山競其高峙 而其遊之 皆有錄也 其錄之 皆足以模狀之盡其態 陶瀉之適其情者乎

余不佞於三先生之役 固不敢望其後塵 而一遊之願 未嘗暫忘于懷 今年春 與德卿偕約 馨姪爲後約 典姪與德孫 亦合筴而願其從

四月初一日 偕典德發行 行六十里 宿于延鳳店

翌日 晚午 到陜川涵碧樓 樓壓大川而構 可俯而唾也 稍西挕壁 而行數

武 上有蘭若一區 名烟湖 亦極峻潔 點後 渡前川 十里而宿獐谷村

初三日 早發西行 觀所謂黃溪瀑沛者 從石壁上 直下百餘尺 勢甚噴薄
其下爲泓潭 又注而爲下瀑 散布如十幅雪練 亦可觀也 因扳上後嶺 而窮
其源 遂從山路 行三十里許 日過中 抵丘坪 尹明則方被人誣告 拘在邑內
乃與典姪共宿權必迪士吉家

初四日 往慕隗 見外從姊 爲眉翁家從孫婦者 夫婦偕七十有餘 俱康
健 二子侍側 皆鸞鵠如也 又有孫年十七 文理已成就 可愛稱福家 不虛
語也 路過嘉樹縣治入慰尹明則 時同行者 權士吉 典姪 德孫也 路中逢
雨 衣盡濕

五日 留慕隗 得玩眉老篆楷 數十帖 是日也 終日雨 霆雷並迅

六日 食後 雨霽 仍與諸人 還丘坪

七日 與典姪 欲見鎭將 往晉州 於安干驛 逢善卿而還

八日 往梧谷 見許學應 點午而返 則許侄老瞻 爲回謝來待 至意可感
前進雖急 而所以濡滯 至五六日者 爲待德卿若馨姪之來也

九日 午後 馨姪始來 而德卿不來 信仙區之非可人人易到也

十日 乃與馨典 爲之 更始理行 權士吉許老瞻從之 是日微雨 晩後如注
抵丹溪 權象仲家留宿 馨宿朴生尙悌家

明日 又雨 俟其稍歇 發向德川 行二十餘里 南江橫其前 赤壁峙立如屏
好事者 從而刻之 其字劃亦映水 丹邱城 距江津 可五里贏 而津有一小船
方漕木於上流 其來甚遲 旣渡而日向晡 欲秣馬於邑底 而遍歷一城 才得
少歇處 其時雨脚或微疎 旣點午跨鞍 則雨勢頗注 人家稀少 仍冒雨 行十
餘里 越數大川 皆水深 沒馬腹 抵南沙月 朴經復待之 已久 案上有守愚堂
遺事一卷 得見己丑獄本末曲折 令人有千古不平之餘憤 朴生又言河文忠
崙 姜通亭淮伯 兩公皆産於其地云 見其山水雄偉明麗 宜其地靈之有時
毓偉人 而嗣後無聞 豈非耗旺之不可常者耶

雨止乃發 未及德院五里許 又大注溪漲 不可渡 仍宿南冥山下 神道碑
立於路口 眉翁撰其文也

翌日 雨始霽 招院僕數人而利涉 旣到院 少選整衣 謁先生廟 其東配守

愚堂 謁畢 周觀一院上下 則院臨兩川交會之處 氣雄境幽 最宜隱者盤旋
之地 而院宇亦壯麗爽塏 墻垣 甚整密 如新設版者 乃守愚所築也 裵進士
胤性 來見敍舊 至夜乃罷

十四日 自德川沿溪北行 二十許里 觀三莊寺 其泉石可稱者甚多 而未
暇錄也 到寺 日晩 仍宿 寺甚蕭殘 但其樓閣頗宏濶 足暢遊人之懷

十五日 將觀大源菴 而自此 山益峻路益險 乃捨馬扶筇而行 緣溪直北
步步奇爽 不覺徒步之艱也 據其尤絶處 爲橋以渡人脩幾五七十武 左右
水石 離立噴薄 沸者雪白 停者黛綠 此其大略 而不可盡狀 灣環繞轉 殆十
里有餘 距菴可數百擧趾 而山谷逕絶 以木跨壑爲梁 旣到菴 則境甚整楚
居僧可三十餘人 見客至 頗有款接敬待之意 進蜜水果核等三四品 少頃
進午飯 有擎天僧者 頗穎慧識字 可與語 菴中稱之爲大師云 又稍東數步
許 有小菴 有坐禪僧三四人 方扣鉦

回到三莊寺 覓騎促下 未及德院三四里 見川水 幾減昨日數尺許 從者
意頗易之 舍前來津渡 而稍上數百武 水中石矼 歷歷露出 遂率爾徑涉 水
勢甚湍 馬不能任意前進 馨乃於中流下馬 衣袴盡濡 吾則無事僅渡 而典
尙在越邊 使先奴 持馬接濟 而典不待 褰衣踔矼而來 先奴與馬 未及到岸
而馬忽失足顚躓 將起輒踣 如是者幾七八度 先奴亦與之俱爲出沒 其勢
甚危

十六日 自德川南行 又涉數大川 踰數大嶺 嶺上遙望天王三峯 縹緲
於雲外 而亦可辨識 是日行七十里 過河東府治 五里而宿屯鷗市 市臨
蟾津江 而江之南則光陽地 爲魚鹽商舶之所湊會 置別將 以管其委輸
居民以累百數 時月明如晝 與馨典 步月沙上 潮水時至 水添四五丈 亦
今日創觀也

十七日 市日 魚以湯膾以喫 稍可人口 日晩始發 並江行四十里 過岳陽
秼花開店 其間巖石之怪 松杉之蔭 皆可盤桓 遊矚越邊 則又蓧蕩竹林 沿
岸薈蔚 亦四十里不絶 而兒輩驟馬過之 余不能獨後 而頗有顧戀之想 岳
陽雖有名稱 而甚無可觀 但所謂姑蘇臺者 屹立盤空 而寒山寺 在其西數
馬場 模倣假稱 雖甚可笑 而亦當有優孟似孫叔處 不妨一登 而行忙未暇

尋 此爲介介

花開臨在蟾津上流 而雙溪洞水 貫中注江 店舍數十戶 兩邊挾溪而居
中設一大橋 廣幾九八十步 足見是溪之大也 自花開 抵雙溪寺 北行可二
十里 遂捨江路 循溪岸而行 聞蘇處士凝天 方僑居寺邊近村 路逢光陽人
遊山者 問之 則前數日 有事去益山 未返 爲之悵然 旣及洞口 雙石對峙
右刻雙溪 左刻石門 到寺而眞鑑禪師碑 立於法堂前 皆崔孤雲之文與筆
而孤雲畫幀 亦藏在一複壁 小閣中係 是千餘歲舊跡 令人有感古之懷 左
右二水 一從新興來 一從佛日來 而合流於寺前 故以名寺 寺本巨麗而凋
獘特甚 末路固無好地 深山亦乃爾耶 其夜雨甚

明日 乃霽 出寺門 折而西行十餘里 神興菴在焉 最以水石稱於山中者
也 當其虎蹲龍拏之勢 則噴風激雷 心目俱壯 淵凝瀨悲之際 山靜谷幽 形
神與寂 所以因地現相 隨觸出奇者 濯纓南冥兩先生 稱之無遺欠 足不負
山靈矣 何容余拙喙也 自庵至七佛 又北可十里 僧言道陜不可騎 又捨馬
步行 半途以下 則皆沿溪而行 殊絶勝可觀 而以上 抵七佛 皆踰阪越峴 無
水石之奇 而但道左杉檜 大可數十圍 黛翠參天蔭映 行人亦自不惡礏危
脚嬾 百步九息 纔到七菴 則又無佳賞可稱者 但左右各一室 而西室 則僧
十餘人 皆面壁無言 客至若無見 禪家所謂入定者 是耶 稍北十餘武 有金
臺者 亦云孤雲所遊賞處 若橫一俎几 而稍隆其中 登此望之 則光陽之白
雲山 只在眼底 僧云 稍上二三十里 則爲盤若峰與天王峰 遙相頡頏 甚欲
扳登 而林巒幽阻 伴從太少 又粮橐已恥 不可曠遊 還到新興菴 夕食就宿
前在大源 聞快善師方在神興 來此問之 則初甚牢諱 後乃云 非此菴 乃距
此十餘里 某菴中 結夏坐禪 十里之地 旣非甚遠 而與初意旣異 則意思嬾
姍 不能往尋 可與不見蘇處士 同恨也

十九日 欲觀石瓮 臨溪求其處 則在越邊水底 方雨後 水深灘險 不可涉
云 盖是瓮之說 曾聞於善卿 言其庵僧盡 於此沉朽 而閱歲不敗者 仍極其
奇詭閎麗之狀 其時善卿從方伯來 遊凡山中之勝 橋川架塹 可以恣意探
討 不若此行之辛勤寂廖 力或不能從心者 而獨怪畢齋南冥兩先生之錄
亦無所謂石瓮者 何也 自雙溪而至神興 自神興而至七佛 二三十里之間

樹木蔚翳 雜果駢植 其淸泉白石之隱映於途傍者 又若月在雲中而時現時
隱者 然閃忽明晦之相 較之復勝於全體呈露者也 前後遊之者 能識破此
境否 神洞之事旣窮

　回到雙溪寺 卽帶僧尋佛日 路險倍蓰於七佛 又循溪而行 此乃發源之
處 水勢不甚鉅 兩岸恰三四丈 半途有奇巖平蹲 高可丈餘 縱廣可坐八九
人 眉有刻喚鶴巖 不知何時何人所鑱也 將到佛日 則磴道劣可容足 而下
臨無底 其曲隅伸縮之際 不得着寸土片石者 或瀾四五丈 或三四丈 亦皆
以木結棚架度 所謂仙眞靈宅 必秘閉牢關 不欲人易跡者 非耶 凌兢縮慄
分寸扶服而進 旣歷重險 而陟其巓 則曠然闢一小有洞天

　就其中 若覆盂者 拓立數間庵 而締構甚妙 丹靑如新 想初施手之時 可
知良工苦心 而今僅有一僧守之 亦覺分外蕭灑 古人以鳥鳴山更幽之句 爲
山家寂寞中會眞語 惟遊心象外者 能知此一般意味也 喘惕旣定 僧進松葉
茶 各一甌 人皆螫口 不能飮 余則頓喫一大椀 頗滌辛葷之氣 東西峯之爲
香爐爲毗盧 左右撑突而不相讓 瀑沛自東峯之最高處 循壁直瀉 高幾萬仞
下注爲鶴潭 其奇懽雄快 不識廬山飛流面目 比此何如耳 顧其筆力可摸
寫者 二先生錄之盡矣 余又何敢贅也 但佛日之爲靑鶴洞 自來俗傳 佔畢
濯纓兩先生 置之於然否之間 而南冥先生 則直信之而不疑 又云靑鶴兩三
棲其巖隙 有時飛出盤回者 以實其說 愚未知三老之孰得也 但今鶴去雲悠
無從憑信 適以起晚遊之感而已 庵之東數步有臺 號玩瀑 鐫其額 或云亦
崔孤雲書 字半漫沒 僅可辨 其傍有金學士兌一刻名 他不能記 看到數息
許 還憩雙溪寺 飯午 因策馬出山 未及河東府二十里 宿一孤店

　二十三日 晨發 過河東 朝飯于冰溪書院 院享一蠹鄭先生 鶴峰金先生
配其東 整衣拜謁 是日士友咸集 行士相見禮 自此而頭流事 畢矣

　翌日 到晉陽 登矗石樓 棟宇特宏鉅 且前臨大江 眺望甚宜 見稱以南州
第一勝者 有以也 若龍蛇往事 謾入遊子之感而已 徙倚良久 欲周覽一城
佳處 未及 而善卿覲行始還鎭 急 使人請之 城去鎭可盡數矢力 心動跋馬
而回 則遂彬以十九日 不救云 哀哉 遂慟哭而還 旣踰月心神少定

　夜間嘿念 此行積營累年 而今始酬債 初欲直上天王之顚領 盡一山之

大觀 其他般若諸峰 要在左右 次第管取 庶幾了平生之願 而蹩躠蹣跚於
山腹林麓之間 如蒼蠅之營營階序 終不能越一級而上之 則豈不爲山靈之
所笑 而猿鶴之所嘲乎 且畢老僅爲五日之遊 而南冥先生之遊 亦不出一
旬 惟濯翁之十六日 爲前後遊之最多 自吾之登路 至此 里踰半千 日且兼
旬 勞倍而獲半 以是愧古人耳 況畢老之所與同遊者 兪克己曺太虛諸公
而共濯翁遊者 乃一蠹先生 從南冥先生遊者 又李龜巖李黃江崔守愚諸老
其遊覽探討之際 相與助發其胸次 而開拓其眼界者 亦當十百千萬於今日
之遊矣

然則 玆遊足目之所及 旣今古有濶絕不同者 而就其所同之中 又有大
不同者 如是 而況宿昔所存 爲今日本領之殊者 又何可論也 於是 而乃
欲掇拾其咫見寸得 而編以蕪語 自附於三先生之下風 則多見其不知量
也 雖然 必待如三先生者而爲是遊 必待如三先生所同遊者 而同其行
又必待如三先生之文章德行者 而爲是錄 則無乃廢人之志 阻人之前 而
頭流從此遊跡絕矣 夫觀山如挹河 又如聽歌哭者焉 雖甕盎殊得 哀喜異
發 而俱不害爲取舍之適 緣意思之有在也 然而至於記勝之處 苟諸老遊
賞之所及 則畧取其一二稱道者 誌載而不敢自出己見如前云爾 歲戊辰
之流頭日題

南遊記
金道洙

余嘗東遊於雪嶽金剛之間 而亦西浮大洋 登摩尼之頂 近又南下 躡無
等跨月出 夫世必稱子長遊者 是固古來文士之張目壯談也 然遊亦豈無助
乎哉 余竊自惟恨大明之亡也 少讀詩 略知辨物通情 讀書觀古君臣之際
使一到天子之庭 吐胸中之有 雖朝暮死而無悔也 嗟乎 安得溯龍門砥柱
而窮黃河之源也 余嘗讀范仲淹岳陽樓記 恨其文之繁也 洞庭湖七百里
望君山一點 足矣 然則此南遊錄 何足道哉 此南遊錄 何足道哉

丁未九月 余旣乞罷景陽矣 將遊嶺南 送印于兼官淳昌郡守李澄

十二日乙丑 發行 從者金玉聲·梁慶祚·金俊弼也 四十里過潭陽府 又四十宿淳昌郡

十三日丙寅 早發 吏房金聲漢·梁致河率諸吏等 辭於馬前 四十里到中酒院 遇靈巖郡守金鑄·興陽縣監宋炳普 下坐于酒店 說遠遊意 宋君歎美不已 仍曰 吾昔年聞智異山燕谷寺北數十里 有所謂萬壽洞 俗傳羅季有數介高官 見雞林將亡 帶家偕隱 至今有甃礎瓦礫在焉 洞中奧曠膏壤 可以種稻云 去二月 適往南原 作路燕谷 問之寺僧 僧對自此行四十里 盖有一洞府 而中甚邃黑 別無可觀云 試與數僧 杖策窮搜 則層氷積雪 莫辨所向 處處見熊虎跡 恐懼中道而返 然而至今猶往來于懷 君行當過燕谷 幸爲我更尋否 余笑曰 君之計過矣 君子忠信篤敬 則蠻貊可行 何必絶物孤往魑魅之藪耶 二君發余行橐 相顧大笑 欲傾糧助之 余辭之 笑曰 昨日棄官 今日乞糧於人 無乃太拙乎 日晚 與二倅別 渡鶉子江 風雨急至 衣笠盡濕 十里宿谷城縣

十四日丁卯 曉霧塞天 沿江行三十里 到鴨綠院 峽勢豁開 江聲雙會 見有一羣水鳥隨波澹淡焉 秣馬將發 忽見李有興揮汗而來 問之 對云 文簿有釐正處 余却笑塵事之猶相來侵也 渡鴨綠津 三十里過求禮縣 縣吏犇走言巡使方至 望見轂騎習習 旄鉞照爛 飛輶之來者 若奔星焉 噫 吾民之瘡痍懊咿 職由於張盖者之距牙也 彼來者果無距牙者耶 十里入華嚴寺 洞壑泠泠 籬落依微 石上見浣紗女 依然有雲門越溪之趣 慶祚走磵邊小樹 摘霜柿四枚而來 啖之甚濃甘 亦山中一滋味也 僧徒持籃輿來 捨輿徐步入寂默堂 坐望山色 如層錦沓繡 紺翠交滴 其下有二層丈六殿 神麗峻壯 舊聞聖能之所建也 能方以捴攝在北漢 其上佐錦性來謁 進以茶果 夕與住持哲識 上浮圖臺 臺極峭爽 風籟瑟然

十五日戊辰 早起 出洞口二十里 過石柱遷 崗巒糾紆 曾石嵓嶙 秋花間發 影倒澄江 楓林向凋 而色猶爛然 十里過燕谷 又十餘里入花開洞 硤勢轉雄 大川決來 澈洌漂疾 激石相吼焉 沿行五里遇籃輿 又數里渡武陵橋 行二里餘 穹巖雙峙 左刻雙溪 右刻石門 四大字 字畫奇古 如橫劍植戟 乃

崔孤雲筆也 蒼藤古木 不見日色 水溷溷自兩壑噴來 寺在兩處 而不甚敞
麗 有金堂 掛眞鑑惠能及南嶽禪師之像 堂之左有瀛洲閣 右有方丈室 前
有靑鶴樓 自樓稍東數十步 有新建大雄殿 殿前樹龜趺巨石 卽眞鑑國師
之碑 大唐光啓三年立 亦孤雲之二妙也 殿之右有香爐殿 掛孤雲影幀

十六日己巳 籃輿上佛日庵 僧言山中多虎 吹雙角前導 崎嶇仰磴而上
數里 見稍平處 有荒田數畝 又行數里 僧告路窮卸輿 乃杖策而前 遇一略
勻架於絶壁之腰 下臨千丈之壑 蹋之窸窣有聲 仰見佛日庵 縹緲若懸磬
於雲端 卽之室中 陰風颯颯 如鬼物交嘯 距菴十餘步有臺 刻甎瀑臺 前有
香爐峰 聳磨靑蒼 有長瀑自右肩直垂 霰噴雹擊 雷殷電鬪 冥冥黝黝 陰沉
萬仞者 名靑鶴洞 僧稱孤雲常棲此洞 騎靑鶴往來 故巖罅古有一雙靑鶴
云 坐菴中少憩 俊弼從東邊垣上來 進山梨五枚 味酸不可食 呼 小壺連酌
數杯 復出坐巖上 洞風衝起 巖木俱動 雲氣溰溰 如飛湍相礴也

還從磴路而下 見有一塊虎矢煖氣未已 從者愕眙 復吹角振響 右轉 數
里 入國師菴 有僧草間出迎 自此地勢稍廣 下多水田 有竹籬茆屋三四
家 緣溪行七里 有少年巖 又行數里 入神興洞 水石絶奇 路傍巖面 刻曰
三神洞 寺在錦麓之間 日照燦然 樓臨大壑 薨桷駿駥 有大師德梅 迎入
點茶 出步磵石 石上刻洗耳嵒三字 僧稱孤雲手蹟 而體畫甚俗 非孤雲
也 玆山大抵多土少石 水石尤少 而獨此洞名焉 源泉沖壯 大石離離 鋪數
十里 或渟滀霶霡 而森然動魄 或琮琤滎濙 而泠然洗襟 僧言春夏之際 砰
磅訇磕 如萬面雷鼓 又如風檣陣馬 犇迅騰趍 令人心目俱駴 不暇應接云

其上多楓楠梒栢紋梓連抱之木 翻風動日 萬竅齊號焉 德梅進一詩 余
口占和之 歎息謂德梅曰 吾昔與天浩長老 隱於淸平之洞 讀南華楞嚴之
屬 日喫一盂飯一瓢水 自言如斯可以度此生也 一出世路 萬事蹉跎 今雖
欲與君徜徉於此中 其可得乎

有頃 從者告輿辦 與德梅別 向七佛菴 行六七里 有獨木橋 遂下輿步行
所過山多大木 鬱紆黝纚 從風猗狔 音響悲切 上有蒼隼巢之 而百鳥亂啼
又行六七里 望七佛菴 洞天曠閬 益別境也 下輿入碧眼堂 房突左右崛起
爲座榻狀 房中掛達摩像 有八九癯僧 面壁參禪 見余至 下榻拜迎 其中二

僧 昔余遊楓嶽時 相識於內圓通者 頗有喜容曰 上舍今行 無乃白傳香山之意耶 余笑答曰 吾寧乘桴浮海 豈忍作空山之枯木乎 諸僧皆一粲 俄進茶果 一僧問神興靑鶴兩洞之優劣 余曰 神興之敞朗 靑鶴之窈邃 各有長短 而使吾御風弄月 泠然而忘返者 神興是也 若靑鶴者 悄愴酸骨 非石頭陀 不可居也

余又謂僧曰 世人貴耳而賤目焉 吾一見玆山之後 始覺桃源之非眞也 吾嘗讀李眉叟集 有靑鶴洞記曰 故老傳言靑鶴洞路甚窄纔通人 扶服經數里 始得虛曠之境 盖古遯世者之所居 頹垣壞塹 猶在荊棘中 四隅皆良田沃土 有靑鶴巢其中 眉叟尋之不得 留詩巖石而歸云

自古談靈境者 每多神奇之語 而苦海沉浮之蹤 易動遲矯之情 故瞻雲齋咨 至發於辭句之間 而近世又有一浪客 遊玆山歸 自言見梨花洞 其說髣髴於眉叟之所稱靑鶴洞 而奇異則過之 鬱鬱蒼山之中 望萬樹梨花 如吳王夫差之伐越也 以白常[裳]白旂素甲白羽之繒 秉枹提鼓 中陳而立者然 噫 果妄語也 玆山雖蟠踞雄廣 陵谷紆譎 而前後僧俗之遊屐相望 豈有神奇如兩境 而人不能知者乎 諸僧又相視一粲

仍與數僧從法堂後 登玉寶臺 臺形類臥牛 其上多老檜 僧言玉寶新羅時人 入山成道 常遊此臺故名云

日暮還雙溪之探眞堂 夜有老僧說前年熊羆暴多 人之相觸者 輒被傷害 今年又多虎 人不能往來 自初夏至今 天旱水涸 林木枯死 雉兔縱橫不避人 又以三營之紙役繁重 僧不能聊生 余惻然長吁曰 聖代多德音仁聞 而天之閟澤 此甚 至令山中禽獸不安其居 豈下之人有殘忍毒暴之政 而使天怒不解耶 且雲水生涯之類 猶不能堪其命 況吾民之顚連而無告者乎

十七日庚午 日出騎馬 出花開洞 行十里 過鈒巖 是麗朝韓錄事惟漢之所棲也 嗟乎 國之將亂 賢者必先避世 惟漢見崔忠獻之貪賄賣爵 已知有竊弄廢立之擧 遂拂衣來隱此巖之下 其高風卓識 可以警千古之鄙夫也夫 又行十里 過岳陽 岳陽古縣 乃舊時民物之所聚也 臨江有沙村漁戶 謫客往往來居云 又二十里 到蟾津 適値場日 是湖嶺之交也 質劑並湊 澀聶聚猱 山毛海錯 鱗萃雲委 牛馬人衆之來往者 望之 若蟻封之初潰也 中火于

河東府 自此始捨江 行三十里 過古河東 宿橫浦驛

十八日辛未 早發 三十里 過鳳溪驛 溪山抱廻 極有佳致 世之求山水之
鄉者 每於窮寂之穴 幽麗之藪 而不知通衢達劇 自有安身之地 實可笑也
又四十里 抵晉陽城 門卒急報于兵使李思周 同會於矗石樓 樓勢壯傑 城
下有南江萬里之水 鄭君龜寧引余指西南林麓下 有故水使朴昌潤家 昌潤
嶺右之富豪也 有池臺鐘鼓之樂 時與歌童舞女 按棹遊戲於滄流之上 又
使花郎百隊前擁後殿 擊鼓選舞於倒花垂柳之中云 如余之一鞭羸馬 浮遊
東南 啾唧咿哳於幽崖邃谷之間者 正爲昌潤之一笑也 樓東有凌虛堂 有
涵玉軒 鄭君曰 此軒最宜月夜彈琴

十九日壬申 鄭君復邀余 上矗石樓 鄭君曰 此江有二源 一出智異山北
雲峰縣之境 一出智異山南 合于州西 東流爲鼎巖津 入于洛東江 此樓古
謂之狀元樓 龍頭寺僧端永者 重新之 白澹庵見江之中有石矗矗 遂改名
曰矗石樓 癸巳之亂 倭寇燒之 後雖重建 而雙清堂臨鏡軒 終不能復古云
語移時 與鄭君上鎭南樓 別兵使 向伽倻山 四十里 過安澗驛 又三十里 宿
三嘉縣

사진 협조

찾아보기

아